P9-CAO-795

NOV 8 7 2011

Furia venenosa

SUN VALLEY

NOV 0 7 2014

Marita Gallman

Furia venenosa

S
217123216

Libros /de
seda

Furia venenosa. Libro 1 de la serie *Maeve Regan.*

Título original: *Maeve Regan. 1 Rage de dents.*

© Marita Gallman
© de la traducción: Meritxell Borra Comallonga

© de esta edición: Libros de Seda, S.L.
Paseo de Gracia 118, principal
08008 Barcelona
www.librosdeseda.com
info@librosdeseda.com

Diseño de cubierta y maquetación: Germán Algarra
Imagen de la cubierta: AgeFotostock / Elizabeth MayTrigger

Primera edición: abril de 2013

Depósito legal: B. 8548-2013
ISBN: 978-84-15854-02-9

Impreso en España – Printed in Spain

Queda rigurosamente prohibida, sin la autorización escrita de los titulares del copyright, bajo
las sanciones establecidas por las leyes, la reproducción total o parcial de esta obra por cualquier medio o procedimiento, comprendidos la reprografía y el tratamiento informático, y
la distribución de ejemplares mediante alquiler o préstamo públicos. Si necesita fotocopiar
o reproducir algún fragmento de esta obra, diríjase al editor o a CEDRO (www.cedro.org).

Para Julie,
Lo/

Agradecimientos

Hace un año, me hubiera hecho muy feliz que diez personas leyesen mi novela. Para la niña que soñaba con escribir libros cuando fuese mayor, este último año ha sido como un cuento de hadas.

Por lo tanto, quiero darles las gracias a mis hadas madrinas. Primero, a la «dentiaguda», por haberme abierto su ataúd durante un tiempo y haber transformado mi calabaza en carroza: muchachas, valéis un imperio, no cambiéis nunca. A continuación, a mi madrina barbuda, por haberme regalado el vestido de baile con el cual sueña cualquier niña, incluso Maeve. Gracias también a todos los duendecillos que la han peinado y maquillado entre bastidores: sois un equipo genial.

Gracias a todos los amigos que me han apoyado durante la aventura. Sois demasiados para que no me olvide de nadie, así que no correré el riesgo de citar nombres. Pero gracias y mil veces gracias. Sin vosotros, no hubiera disfrutado ni apreciado tanto lo que ha sucedido y seguramente lo hubiera mandado todo a paseo hace tiempo.

Y, por supuesto, esto también vale para todos los lectores. Vuestros ánimos y vuestra amabilidad me han emocionado especialmente.

Laetitia: gracias por tu amistad y tu apoyo desde el primer momento. Gracias por haber estado presente cuando lo necesitaba y cuando no me lo merecía. Tu presencia significa para mí más de lo que nunca sabré expresar.

Finalmente, Julie. Siempre. Me gustaría afirmar que ya está todo dicho, pero sería una lástima tener cosas bonitas que decirle a alguien y no hacerlo solo porque lo sabe. Julie: eres mi fuerza, mi norte, mi luz en la oscuridad. Creíste en mí antes de que nos hiciéramos amigas, y con tanto entusiasmo que, de alguna manera, has seguido apoyándome hasta que lo he conseguido. Gracias a ti, hoy sonrío cada vez que alguien me hace un cumplido. De todo corazón, gracias.

Capítulo 1

«Está claro que voy a necesitar una copa.»

Eso fue lo primero que me pasó por la cabeza al entrar en esta discoteca, hará unos veinte minutos, y lo único que tenía en mente ahora que había visto entrar en la sala a Elliot y a doña Perfecta.

Bendito sea el alcohol.

Después de haber conseguido llegar hasta el bar, pedirle al camarero preadolescente que me diera lo más fuerte que tuviera y habérmelo tragado de golpe, ya me sentía mejor. Puse más dinero encima del mostrador, dándole a entender que me volviera a servir lo mismo. Sabía a mil demonios y no tenía ni idea de lo que era, pero consiguió el efecto esperado. Lo sé, lo sé. El alcohol no soluciona los problemas, pero ayuda a diluirlos.

Un minuto después me había acabado la segunda copa. Me incliné por encima de la barra para decirle al chico que quería otra. Demasiado ocupado en servir a los nuevos clientes que habían entrado en el club en los últimos cinco minutos, parecía que no me veía. De acuerdo, soy bajita, pero, de todas maneras, podía haber hecho un esfuerzo. Como si yo no tuviera nada más que hacer.

Debían de ser las doce y media pasadas, y la gente empezaba a llegar. El ambiente no tardaría en estar cargado. Dios mío, ¡cómo odiaba las discotecas! Pegados unos a otros, sudando hasta deshidratarse con un fondo de «bum bum» repetitivo y ensordecedor, ¡genial! Es justo lo que yo llamaría la noche perfecta...

Bueno, el camarero seguía haciéndose el sueco. O me subía a la barra y me rasgaba el top aparentando que había sido un accidente, o me deshacía con mi sonrisa más encantadora. No estaba de humor para reír, o sea que me puse a considerar seriamente la primera opción cuando una cabeza se inclinó hacia mí.

—¿Qué tomas?

Miré al tipo que me lo había preguntado. Bastante alto, castaño caoba con algunas pecas aquí y allá que le daban un aire cordial y subrayaban unos ojos azul oscuro. Tenía una cara agradable y, en conjunto, era más bien atractivo. A fin de cuentas, sería él quien conseguiría mi sonrisa más encantadora. Y, quién sabe, quizá sí que me acabaría arrancando el top al final de la noche.

—Lo mismo que tú —susurré.

Inclinándose por encima de la barra después de dirigirme una sonrisa arrebatadora, le hizo señas al camarero, que acudió de inmediato. «Acabas de perder las propinas por los siglos de los siglos», pensé. Mi nuevo amigo pidió algo cuyo nombre no entendí por el jaleo. Cuando volvió el camarero, llevaba dos vasitos de chupito y una botella extraña con un líquido naranja. No recordaba haber visto nunca nada de ese color. Roció los vasos con mucha ceremonia, derramando casi tanto líquido como el que acababa de servir, y se fue rápidamente después de haber cobrado el dinero de mi generoso donante sin siquiera una sonrisa. Me preguntaba si este le había dejado propina.

—Por nuestro encuentro —dijo mientras me acercaba un vaso.

Con la copa del extraño brebaje en la mano, le esperé para brindar.

—Michael —me dijo.

—Maeve —contesté con mi voz más dulce.

Y para dentro, de un trago.

Por poco me ahogo al tragar el matarratas al que me había invitado tan amablemente.

—¡Joder! ¿Qué coño es esto? —exclamé en cuanto hube dejado, o más bien arrojado, mi vaso en la barra.

Me dirigió una gran sonrisa mientras miraba cómo recuperaba el aliento.

—Especialidad de la casa. Lo llaman «el Sol». Mismo color, misma temperatura.

De acuerdo, me hacía a la idea. Y, en efecto, tenía la sensación de que me había quemado viva por dentro.

—Bueno, Michael, te agradezco que me hayas cauterizado el esófago.

—El gusto es mío —dijo con la misma sonrisa arrebatadora de antes.

Entonces vi una masa de cabello leonado que atravesaba la multitud y se me acercaba peligrosamente. Segundos más tarde, una cara blanca salpicada de pecas me miraba con la determinación de un soldado en misión suicida. Suspiré. Prefería de lejos las pecas de Michael.

—Tengo que irme —farfullé al darme cuenta de que Brianne estaba demasiado cerca de nosotros.

—¿Te vas? —preguntó con una mueca de decepción que me dio todavía menos ganas de marcharme.

—Me temo que el deber me llama —dije a regañadientes—. Pero nos vemos luego.

Aunque no hubiera subido el tono de voz, mi afirmación no dejaba de ser una pregunta discreta. Me sonrió como respuesta, que decidí tomar por un sí.

Di unos pasos en dirección a Brianne. Me miraba fijamente con sus grandes ojos de color marrón, con una mueca de desaprobación y, Dios sabe cómo, ya había conseguido cruzar los brazos. A decir verdad, podía imaginármela con claridad atravesando toda la discoteca con los brazos cruzados, ante la posibilidad de encontrarse conmigo en cualquier momento.

—Pero ¿dónde te habías metido? —me sermoneó—. ¡Llevo diez minutos buscándote por todas partes! Elliot ha llegado con Tara, y Albert, el tipo que quiero presentarte, también está aquí.

La miré incrédula.

—Albert. ¿Me estás tomando el pelo?

Me observó como si no entendiera nada. Y seguramente no lo entendía. Brianne era adorable en todo. Excepto en una cosa. Quería emparejarme a toda costa y todos los tipos que me presentaba tenían el mismo perfil. Eran amables, demasiado amables, blandengues, un poco lentos y, sobre todo, todos tenían nombres estúpidos. El último de la fila se llamaba Brice.

—No, qué va —acabé farfullando.

—Bueno —dijo con firmeza.

Teniendo en cuenta cómo le había contestado, con los dientes apretadísimos, me pregunté cómo había conseguido oírme a través del estruendo ensordecedor que el pinchadiscos tomaba por música.

Se apoderó de mi mano y me arrastró al otro lado de la sala, enfrentándose a la multitud como nadie. Había que estar loco para obstaculizarle el paso, y todo el mundo se apartaba de manera instintiva. Dejé que me guiara, decidida a expiar mi pena.

Llegamos al rincón opuesto al lugar en el que había conocido al guapo de Michael. Dos siluetas abrazadas bailaban lentamente al ritmo frenético de la música, como si fueran de otro mundo. Un rubio alto con una sonrisa arrebatadora, vestido con una sencilla camisa que le daba mucha clase a pesar de los *jeans* descoloridos que llevaba, y una rubia alta, con un vestido negro sofisticado que ceñía su cuerpo de modelo a la perfección. Fruncí los ojos al verla sin darme cuenta. Doña Perfecta.

—¡Eh, parejita! —les soltó Brianne.

Bajaron de las nubes y nos dedicaron una sonrisa sincronizada. La pareja perfecta. Me puse aún más tensa. Simplemente era magnífica. De hecho, su ropa no tenía nada de especial si se miraba de cerca. Era un vestido sencillo, un vulgar trozo de tela, pero cuando ella lo llevaba puesto, se convertía en algo sofisticado. Todo lo que hacía, pensaba y llevaba era perfecto.

Tara, con la melena larga y ondulada, los ojos de un azul acuático, los hoyuelos que tenía cuando sonreía. Tara, la estudiante de derecho que rozaba la excelencia, venía de buena familia, siempre era amable, abnegada, llevaba el corazón en la mano y se ocupaba de obras de caridad, a pesar de tener una agenda atiborrada entre las clases de la universidad, las lecciones de violín, de chino, de yoga y de Dios sabe qué. La mujer perfecta, que salía con mi mejor amigo. La odiaba más que nunca.

Se me acercó y me dio dos besos. Yo no podía estar más rígida. A pesar de todo, un automatismo de educación salido de la nada me obligó a devolverle el saludo.

—Maeve —me dijo—. Esta noche estás encantadora.

Apreté el puño. Iba vestida con mi uniforme habitual, o sea, *jeans* y top negro. No había cambiado nada. Quizá el alcohol me daba buen aspecto, quién sabe. De esperanza también se vive.

Eché pestes para mis adentros. Ni siquiera me podía tomar mal su comentario. Ya que, por supuesto, no era hipócrita. No, doña Perfecta no conoce la hipocresía. Vamos, que su carrera en las obras de caridad seguramente estaba alcanzando ya a su vida privada. Sea como fuere, me tragué el ataque de pura rabia que me había asaltado al oírla para agradecerle el cumplido.

Elliot se acercó para saludarme a su vez. El corazón me dio un vuelco cuando me rozó la mejilla con la boca. Su labio superior, carnoso y ligeramente dibujado, siempre hacía que me fundiera. Ojalá nadie me hubiera visto mirarle de reojo una vez más. Le devolví el beso, mientras me contenía para no volver a ponerle en su sitio el mechón de pelo que le escondía sus ojos verde claro.

—Tengo un vestido para ti, para la noche de gala —exclamó Tara, que no se había dado cuenta de lo incómodo del momento anterior.

¡Mierda!

Enseguida volví a la realidad. Me había olvidado totalmente de la gala de caridad en la que había aceptado hacer de azafata —después de que Brianne hubiera insistido durante dos semanas, día y noche—. Mi estilo son los *jeans* y las zapatillas deportivas. Encontrarme con vestido de noche, en un hotel de lujo, pidiendo a hombres ricos fumadores de puros que invirtieran su dinero para construir escuelas en el Tercer Mundo no era…, cómo expresarlo…, no era lo mío. No porque no me parezca que la causa no sea noble, sino porque hubiera preferido de lejos hacerlo calzando mis deportivas.

—¡Estupendo! —mentí—. Me muero de ganas de verlo.

Llevaba un minuto en su presencia y ya era demasiado. Me sacaba de quicio y no salían a relucir los mejores aspectos de mi personalidad. Sé que no es culpa suya, ya que me aprecia de veras, pero no hay remedio. En cuanto la veía, me daban ganas de pegarle un puñetazo en la cara. Como ahora.

Instantes después con una falsa sonrisa Colgate, me oí preguntarle a Brianne:

—¿Dónde está el famoso Albert?

Vi cómo Elliot se reía con sarcasmo y lo fusilé con la mirada. Levantó los brazos dando a entender su impotencia, sin por ello abandonar su encantadora sonrisa.

Cuando empezamos a buscar a Albert, me consolé diciéndome que no sería peor que la visión de la pareja perfecta. Solo después de que Brianne me arrastrara hasta la otra punta de la sala me di cuenta de que había saltado de la sartén para caer en las brasas.

Albert estaba en un rincón sorprendentemente vacío, habida cuenta de lo tarde que era. Se agitaba, solo, al ritmo de la música. Y era… igualito que Brice.

Me quedé quieta de golpe y Brianne tuvo que arrastrarme a lo largo de los últimos dos metros.

—¡Joder! Brianne, ¿te burlas de mí?

—Deja ya de soltar tacos, Maeve, no es nada elegante.

—Elegante, un cuerno. Tu Albert es quien no tiene nada de elegante —refunfuñé.

Me lanzó una mirada asesina. Pero cuando vio que la mía no era para menos, volvió a poner su carita encantadora y se volvió hacia el famoso Albert.

—Maeve, este es Albert. Albert, te presento a Maeve, ya te he hablado de ella. Disculpadme, tengo que ir al baño.

Y así de rápido, va y me enchufa a este saltarín desconocido. Gracias, Brianne. De verdad, muchas gracias.

—Hola, Maeva —me dijo, un poco incómodo, dejando de retorcerse para la ocasión.

—Maeve —corregí mecánicamente, acostumbrada al error.

De acuerdo. Albert no parecía malo. Pero ahí residía seguramente buena parte del problema. Como Elliot, llevaba una sencilla camisa blanca, encima de un pantalón negro. No me hubiera sorprendido que fuera del esmoquin que se había puesto para el entierro de su abuelo. En todo caso, al contrario que a Elliot, la vestimenta le quedaba ridícula. Era enclenque —casi tanto como yo, ya es decir— y tenía una cara aniñada, excepto por las mejillas hundidas, casi raquíticas y llenas de años de ingratitud, ya que el acné había dejado tantas cicatrices rojizas como personas borrachas había en la discoteca. El pelo castaño oscuro, corto, lo llevaba peinado de punta y se le veían capas de gomina. El peinado chocaba con el aspecto de informático que se ha escapado de un sótano que le daban las gafas. Esta vez, Brianne se había superado.

—Brianne me ha hablado mucho de ti —gritó.

«No me extraña, seguro que lo sabes todo —pensé—. Desde la hora de mi nacimiento hasta el color de mi ropa interior.»

—¡Ah! —fue lo único que le contesté.

Tampoco había firmado para ser simpática. Brianne había rescindido el contrato de buena conducta cuando se esfumó al aseo más rápida que el rayo. Ojalá se estuviera lavando la lengua con jabón.

Mentalmente, me di cinco minutos para soportar este suplicio antes de volver a la sala en busca de Michael, esperando que no hubiera encontrado todavía a otra compañera para la noche.

—¿Qué bebes? —me preguntó.

—Un Sol —contesté.

Seguramente lo necesitaría, aunque solo tuviera que aguantar cinco minutos.

Se dirigió hacia la barra donde había estado al principio de la noche y, con una satisfacción morbosa, me di cuenta de que tenía tantas dificultades como yo para que lo viera el camarero.

Volvió al cabo de cinco minutos y me dio un vaso con el extraño líquido naranja. Había tomado lo mismo. «Pobre parajillo», pensé.

Acercó el vaso para brindar y, justo después de beberme el chupito, me pregunté si los cinco minutos iban a empezar ahora o antes, cuando se había ido. Bueno, seamos amables, acababa de invitarme a una copa. Cinco minutos a partir de ahora.

Se puso a hacer unas muecas horribles, con el vaso medio vacío en la mano. Quedaba claro que no estaba acostumbrado a los chupitos ni a las bebidas fuertes. No pude disimular una sonrisa al verle levantar el vaso para obligarse a tragar la segunda mitad de su Sol, y estoy segura de que se moría de ganas de taparse la nariz para hacerlo.

—Está asqueroso —soltó con una mueca.

—A mí me gusta.

Era verdad. No me había vuelto a quemar la garganta como el primero que me tomé, y no sentía más que la dulce calidez de este brebaje divino. Un punto a favor de mi índice de alcoholemia.

—Brianne me ha dicho que estabas en último curso de Letras, ¿verdad?

«¿Qué quieres que te diga? Ya lo sabes todo de mí, sabiondo.»

—Sí.

Silencio.

—¿Y te gusta?

«No, en absoluto. Lo odio. Por eso elegí esa carrera y no la de medicina.»

—Sí.

Silencio.

—Maeve es un nombre poco corriente. ¿A tus padres no les gustaban los nombres que acaban con «a»?

«Oye, estoy acostumbrada a que me llamen Maeva.»

—No. Creo que sobre todo prefieren los nombres morbosos.

—¿Por qué?

—Significa veneno —le respondí poniendo cara de psicópata.

Hubiera podido ir más lejos y contarle que, de todas maneras, mis progenitores apenas habían tenido tiempo de elegir un nombre para mí antes de morir en un accidente de automóvil al volver del hospital. Pero ¿para qué seguir hundiendo el clavo que ya aguanta el cadalso?

Me miraba con una expresión rara, sin saber cómo reaccionar ante mi actitud. Se lo puse fácil al reírme como un cerdo. Parecía que funcionaba. Ahora sí que me miraba con extrañeza. ¡Vamos, ánimo! Ya casi han pasado los cinco minutos.

En la pista de baile, el gentío se retorcía al ritmo de los bajos. Vi a Michael, en un rincón cerca del bar, hablando con otro tipo. Perfecto, sería una buena puerta de salida.

Mientras observaba a Michael y sus encantadoras pecas, me llamó la atención una figura que miraba fijamente en mi dirección. Un hombre, muy alto, con el pelo castaño oscuro. Desde donde estaba no conseguía verle los ojos, pero podía sentirlos sobre mí. Al darse cuenta de que lo había visto, desapareció entre la multitud de la pista de baile. Las luces de los proyectores apenas me permitieron darme cuenta de que era sencillamente magnífico, aunque no pude fijarme bien.

—¿... nudo por aquí?

—¿Qué?

Me volví hacia Albert, que aparentemente no había dejado de hablarme mientras mi espíritu divagaba. Bueno, seguro que los cinco minutos ya habían pasado, había cumplido mi condena. Había llegado el momento de soltar la excusa perfecta, Michael, un viejo amigo, al que tenía que ir a saludar. Iba a decírselo a Albert cuando vi a un hombre

19

cuyo rostro no podía distinguir que acompañaba a Brianne hacia la salida. ¡Qué rápido había ligado la tía! En fin, no sería yo quien se lo echara en cara.

Sin embargo, algo me molestaba. Brianne no parecía estar contenta, ni tampoco de acuerdo. Un foco que iluminó a la pareja feliz me permitió darme cuenta de que quien la estaba llevando del brazo no era otro que Marc, su ex. Marc, el violento hijo de puta que le había pegado durante meses. Se me revolvió el estómago.

—Discúlpame —le solté a Albert cuando ya me había ido.

Por fin se habían acabado las falsas excusas.

Me apresuré en llegar al pasillo que llevaba al guardarropía y luego a la salida. Una vez allí, me encontré con Brianne arrinconada en la pared y Marc que la aplastaba con todo su peso y le hablaba al oído. Ella giraba la cabeza y no parecía tenerlas todas consigo. Este cretino seguramente apestaba a alcohol.

—¡Eh, imbécil, déjala! —le solté mientras reducía el paso.

Se volvió hacia mí con una sonrisita estúpida.

—Por supuesto, estás aquí. Siempre apareces donde no haces falta —me dijo en tono agresivo—. Vamos, desaparece y deja de meter las narices en los asuntos de los demás.

Lo repasé con la mirada de arriba abajo para darle a entender que no me daba miedo.

—Te prometí que te partiría la cara si volvías a acosarla —gruñí acercándome un poco más.

Soltó a Brianne y se encaró conmigo. Casi estábamos pegados. La situación hubiera podido ser cómica —él, un gigante; yo, una muñequita— de no ser porque teníamos ganas de atizarnos el uno al otro. Se podía sentir la tensión.

—Maeve, no te metas —me suplicó Brianne.

No le hice caso. La rabia que me inspiraba este tipo era indescriptible y sentía cómo me recorría el cuerpo. Durante meses había pegado a Brianne, que no se atrevía a decir nada por miedo. Un día insistí en que me explicara cómo se había hecho un moratón que había disimulado mal, no pudo más y lo confesó. Había encontrado la fuerza de dejarlo, respaldada por Elliot y por mí, pero los primeros tiempos no fueron fáciles. La acosaba sin cesar. Y, por lo visto, seguía haciéndolo.

—¿Qué podría hacerme un renacuajo como tú?

Me observaba, tan furioso como yo. No costaba mucho darse cuenta de lo que Brianne había visto en él. Era un hombre muy apuesto, bastante alto, con el pelo negro, los ojos de color verde claro, la mandíbula cuadrada, la piel bronceada, musculoso y deportista de élite. Hubiera sido el hombre perfecto, de no ser un imbécil violento.

Le seguí sosteniendo la mirada sin desfallecer. Me moría de ganas de pegarle, pero tenía que ser realista. Me sacaba la cabeza, y cada uno de sus brazos era como mis dos muslos. Pero, sobre todo, yo nunca pegaba primero.

Dio un paso atrás y su rictus se acentuó cuando me soltó un simple «Anda, vete, pequeña» mientras me empujaba el hombro con indolencia. Eso me bastó para abrir las hostilidades y le aticé un buen golpe con la derecha antes de que tuviera tiempo de darse cuenta de lo que pasaba. Se oyó un ruido sordo cuando se le rompió la nariz tras el puñetazo. Algunos años de experiencia me habían servido para saber que no hace falta ser alta para apuntar a la nariz. El ataque desde abajo es igual de doloroso y eficaz. Brianne soltó algo que parecía un gritito y salió corriendo hacia la sala, sin duda en busca de refuerzos. Las pocas personas que rondaban por el pasillo se habían quedado paradas, boquiabiertas, mirando el espectáculo.

Marc se sujetaba la nariz, despotricando, con la cara ensangrentada. Lanzó una mirada llena de rabia hacia mí.

—¡Te voy a matar, mala puta! —soltó.

«Encantador.»

—Estás más acostumbrado a dar golpes a las mujeres que a recibirlos, ¿eh? —le provoqué.

Puestos a hacer que se cabreara, mejor no quedarse a medias.

Se levantó del todo. Parecía tan fuera de sí que, por primera vez, me pregunté si mi temperamento demasiado encendido no me llevaría unos días al hospital. O al depósito de cadáveres.

Miré a mi alrededor. El pasillo se había quedado vacío, o más bien todo el mundo había ido a parar a un rincón. Dios mío, ¿dónde estaban los de seguridad cuando hacía falta? No eran los borrachos que se apretujaban contra la pared quienes iban a ayudarme. Marc era demasiado imponente, incluso para un hombre de estatura normal.

Estaba frente a mí, a punto de abalanzarse, y observé que la rabia le hacía temblar. Seguramente era la única ventaja que tenía sobre él. Si pudiera explotar su rabia antes de que llegara la ayuda, quizá sobreviviera para ver salir el sol dentro de unas horas.

—¿Qué pasa, Marc? ¿No me digas que no te atreves a pegar a una mujer? ¡Sería un notición!

Había intentado sonar tan dura y despectiva como podía. En realidad, estaba muerta de miedo. Si no llegaba rápidamente Elliot o alguien de seguridad, mi piel no valdría nada.

Pero parecía que mi estrategia funcionaba. De momento. La ira no deja mucho sitio a la reflexión —estaba bien situada para saberlo—, y Marc se abalanzó sobre mí como un toro. Me aparté a un lado y pasó de largo. Se paró y se volvió bruscamente. Lo miré de frente sacudiendo la cabeza.

—Patético —dije.

Fue más que suficiente para que volviera a atacar. «No es demasiado inteligente ese animal» pensé, mientras daba un paso hacia el lado opuesto para esquivarlo. Dios mío, ¿durante cuánto tiempo iba a tener que torearlo antes de que llegara algo de ayuda?

—Te voy a romper los brazos, mala puta. Un hueso tras otro. Y después pasaré la noche con Brianne, y a ella le partiré las piernas, tenlo por seguro.

—Eres todo un poeta, Marc.

—Y luego la castigaré como se merece por lo que me ha hecho.

No hubiera hecho falta que su voz sonara tan cruel para producir el mismo efecto. Sus ojos, enrojecidos, le conferían un cierto aire de loco, cosa que a su mirada no le hacía ninguna falta.

—Si vuelves a tocarle un solo pelo, te juro que te mataré —solté, perdiendo la calma.

También había entendido claramente que perdía los estribos con facilidad. Me lancé encima de él con todas mis fuerzas, apuntando al vientre. Pero, sin efecto sorpresa, mi golpe no tuvo nada de extraordinario. En lugar de hacerlo aullar de dolor, le hice reír. Antes de darme cuenta, me había atrapado el brazo con el que le había golpeado.

—Pegas como una niña —dijo con desdén.

Y en ese momento supe que estaba a punto de pegarme y que nadie vendría en mi ayuda. Me sujetaba con tal fuerza que, de todas maneras, no hubiera podido ir a ninguna parte. Solo me quedaba una fracción de segundo para prepararme para lo inevitable o...

Se puso a chillar. Maeve uno – Marc cero. Pellizcar la nariz rota de un bruto daba resultado. Y ahora, ¿quién es la niña, imbécil?

Entonces fue cuando lo vi. Bajo la luz del pasillo, entendí exactamente por qué este desconocido me había parecido tan guapo antes, cuando no pude verle la mitad de la cara. Era alto, aún más que Marc, y las puntas de su cabello castaño oscuro, demasiado largo, se ondulaban como si quisieran rizarse, pero lo hacían con pereza. Y sus ojos... Eran indescriptibles. Pardos, casi translúcidos. Fascinantes. Su rostro de mandíbula cuadrada era inexpresivo y no mostró la menor señal de sorpresa cuando vio cómo me daban un puñetazo en pleno rostro. Simplemente, me siguió observando, como si estuviera esperando ver mi reacción.

Yo también lo hubiera seguido mirando, pero la violencia del golpe y, sobre todo, el dolor que me había provocado me habían hecho volver a la realidad en un santiamén. Era como si una apisonadora acabara de pasarme por la cabeza y un taladro se ocupara de rematar la faena. Casi no me hubiera sorprendido ver parajitos amarillos revoloteando a mi alrededor. Maldito hijo de puta. Casi me había olvidado de él. Marc. Pero ahora era todo cuanto ocupaba mi mente.

No me había soltado el brazo, con lo cual había evitado que me cayera y podía leer en sus ojos que el golpe que me había dado no era más que el aperitivo.

La rabia me calentó el vientre como un horno. Lo miré fijamente, mientras la sangre me enturbiaba la vista del lado izquierdo, y le ofrecí mi mejor sonrisa. Y, sin perder el tiempo, en una fracción de segundo, le apreté el paquete tan fuerte que sentí cómo crujía algo —los *jeans* o las joyas de la corona, no me importaba—. Mientras se retorcía de dolor, me soltó el brazo y, sin disminuir la presión que mi mano izquierda ejercía en su entrepierna, obligándolo a agacharse, levanté el codo tan cerca de mi cara que me tapó la boca.

—Tienes suerte de que pegue como una niña —dije plácidamente.

Y, acto seguido, le golpeé en la mandíbula con todas mis fuerzas. Se cayó al suelo, no sin que antes el cráneo le diera de lleno en la pared. Levanté la cabeza, con los ojos animados por una ira fría y los labios deformados, para descubrir que mi desconocido había desaparecido. En su lugar estaban Elliot, Brianne y doña Perfecta, los tres boquiabiertos.

Elliot fue el primero en volver en sí. Se acercó a mí rápidamente, despotricando.

—¡Maldita sea, Maeve! ¿En qué estabas pensando? ¡Estás completamente loca! ¿Has perdido la razón?

Di un paso atrás ante la furia mezclada con miedo de Elliot y me encontré de espaldas a la pared. Era sorprendente ver que Marc no me asustaba, pero que temblaba ante los reproches de mi mejor amigo.

—¡Te hubiera podido matar!

Marcó su ataque de rabia dando un golpe con la palma de la mano en la pared, junto a mi cabeza, con lo que me hizo volver a la realidad. Y en ese preciso instante, tomé conciencia de lo que hubiera podido suceder, si una punta de adrenalina no hubiera conseguido aumentar mis fuerzas.

—Empezó él —solté, poco segura de mí misma.

Pero ante la mirada oscura de Elliot, me di cuenta que más valía que, por una vez, mantuviera la boca cerrada.

Una hora después estaba en casa, acostada tranquilamente en mi cama, como si no hubiera pasado nada. Nada, de no ser porque la sien izquierda me estaba dando una serenata de campeonato.

Elliot me había acompañado a casa después de haber ido a hablar con el servicio de seguridad, que evidentemente llegó cuando todo había pasado. Se habían llevado a Marc al hospital, por si tenía una conmoción. Le prohibirían la entrada en la discoteca y a mí no. Un punto a mi favor; las sonrisas encantadoras funcionaban incluso con la cara hecha un mapa. No es que tuviera ganas de volver, pero siempre era halagador.

En el coche, Elliot apenas había hablado, excepto para hacerme reproches. Había insistido en acompañarme hasta mi apartamento, limpiarme la herida que ya me había desinfectado una camarera del club y volverme a poner hielo. Después de eso, y de algunos comentarios más sobre mi maldito carácter que me ponía en situaciones cada vez más peligrosas, salió dando un portazo y diciéndome que nos veríamos al día siguiente para ir a casa de Walter. Dos segundos y medio más tarde, reapareció y me dijo simplemente:

—¡Muchas felicidades, cumpleañera!

Y volvió a cerrar la puerta, esta vez con calma y tranquilidad, y se marchó definitivamente.

Menuda manera de celebrar mis veintiún años... Volviendo a casa sola, con un ojo a la funerala y resaca.

Capítulo 2

«Me desperté sobresaltada.»

Todavía era de noche, y una ojeada a mi reloj digital de pulsera me indicó que eran las cuatro y veintitrés. Apenas había dormido una hora. ¡Genial! Y había vuelto a tener uno de aquellos sueños tan extraños. Los acontecimientos de la víspera me habían marcado sin duda más de lo que mi ego estaba dispuesto a reconocer. Estaba bañada en sudor y tan relajada como un soldado de la guardia del palacio de Buckingham.

Con un suspiro, me dejé caer encima del almohadón. Un dolor en la sien izquierda me recordó que, si no me había peleado en sueños, sí que lo había hecho en la realidad, la noche anterior. ¡Maldito Marc! Ya sé que pensar así no era algo muy «elegante», pero la verdad era que me gustaría que todavía tuviera una conmoción y que no fuera la costura de sus *jeans* lo que había crujido.

Tenía que intentar volver a dormir. Sobrevivir a un encuentro familiar con un ojo morado, ojeras y un humor de mil demonios no sería fácil. Sin contar que, conociendo a Elliot, me sermonearía —con su falso aire de hermano mayor—, intentaría darme una lección y no me apoyaría moralmente cuando Walter empezara con su interrogatorio, considerando —quizá merecidamente— que me serviría de ejemplo para no tener ganas de volver a empezar.

Pasados unos minutos que se me hicieron eternos, me tuve que rendir a la evidencia. No podía dormir. Mi guardia no había terminado. El cuerpo se me había puesto rígido y la cabeza me daba vueltas más rápido de lo que el cerebro podía soportar a una hora como esta. Volvía a pensar en Marc —era obvio—, pero como telón de fondo, no podía quitarme de la cabeza las imágenes de las calles de una ciudad que no reconocía y que seguramente no existían, con las que soñaba desde hacía ya varios días.

Lo más emocionante de mis sueños era que no pasaba nada. Absolutamente nada. Me paseaba por callejuelas casi desiertas, evitando a los pocos transeúntes que se aventuraban por ellas. Sabía que perseguía algo, pero ignoraba qué, y estaba claro que no lo encontraba. Pero seguía buscando, cada noche, a la misma hora, alrededor de las cuatro.

Sin embargo, esta vez sí que lo localicé. Y me puse a seguirlo. Un hombre, muy alto y muy delgado, que se deslizaba por las calles oscuras tan discretamente como yo. No le veía la cara. Todo cuanto veía de él, en la oscuridad, era que tenía el pelo negro como el carbón. Pero era él, lo sabía. No puedo decir que pasara mucho más. Había acabado por despertarme, como cada noche, al cabo de unos minutos, como si seguir en este cuerpo fuera demasiado esfuerzo. Y nada más. Me preguntaba qué hubiera pensado un terapeuta. Recordaba haber oído contar a un estudiante de psicología que, en sueños, todos somos los protagonistas al mismo tiempo, aunque se trate de alguien a quien conozcamos, y hacerlo así simboliza una parte de nosotros mismos que reconocemos en esa persona. Quizá me estuviera buscando, simplemente, y después de los ocurrido con Marc había empezado a encontrar algo. ¿Quién dice que la violencia no resuelve nada?

Deseché ese pensamiento con un suspiro de cansancio y abandoné la idea de volver a dormirme enseguida. Me levanté y me dirigí al cuarto de baño arrastrando los pies. Encendí la luz y me planté delante del lavabo para refrescarme la cara con agua fría. El contacto del líquido helado me devolvió a la realidad. Habían desaparecido las calles oscuras, pero quedaba el reflejo de mi cara hinchada en el espejo, que desentonaba con la normalidad del cuarto. La de una muchacha normal, que no se cuida mucho, pero que no se pelea los viernes por la noche. Ni crema de día, ni estuche de maquillaje. Allí solo se veía un simple rímel, tirado encima del lavabo, como olvidado por Dios y por los hombres. Como única decoración, tenía un patito de plástico rosa que había ganado Elliot en una feria y que me regaló después. Y la verdad, desentonaba a más no poder con los azulejos de color ocre.

Repasé mi imagen con detalle. Mi larga melena, casi negra y ondulada, me caía de manera desigual sobre los hombros; las cejas se me habían quedado tiesas y tenía tal cara de cansancio que mi expresión hubiera causado furor en una reunión de insomnes anónimos —«Hola, me llamo Maeve y soy insomne», «Hola, Maeve»—. Tenía la boca tirante y los labios, por lo general carnosos, mostraban dos líneas indecisas bajo la pálida luz. Mis ojos verdes acuosos me parecían más transparentes que nunca y mi cara, que respiraba la alegría de vivir la noche, lucía un tremendo ojo morado. «Pues qué bien, Regan», pensé. Por suerte, el color violeta me favorecía.

Decidí que el espectáculo era lo bastante patético como para que me dieran ganas de esconderme bajo las mantas y apagué la luz antes de volver a una cama que se había quedado fría. Al día siguiente tendría que emplearme a fondo, como si fuera una maquilladora profesional, para tener un aspecto aceptable, aparte del ojo morado, claro. Eso ya no tenía arreglo.

Echada en la cama, me debatía entre el interés cada vez mayor que despertaba en mí el techo y la regañina que me echaría Elliot dentro de unas horas. A doña Perfecta no se le hubiera ocurrido nunca partirle la cara a nadie. No, ella habría conversado, con calma y tranquilidad, y aunque supiera que era imposible que por la mente de Marc pasara ni un solo pensamiento racional, ella hubiera conseguido resolver las cosas hablando. Doña Perfecta conseguía todo lo que se proponía. La odiaba.

Ya en el coche, Elliot guardaba silencio. Me saludó con frialdad, desempeñando su papel a la perfección, y arrancó en cuanto me senté. A partir de ahí, nada. Eso no me gustaba. Si quería sermonearme, que lo hiciera ya, y así nos podríamos olvidar del asunto. Odiaba su manía de aplazarlo todo, porque con eso siempre acababa siendo el que controlaba la situación. Yo soy de las que saltan al ruedo primero y piensan en lo que están haciendo después. Me resulta más fácil. Pero, claro, eso sería lo que iba a reprocharme y yo lo sabía.

A pesar de todo, conseguí conciliar el sueño de madrugada. Había dormido bien, aunque con un cierto desfase horario. Después de haber descansado, la «operación camuflaje» se me hizo menos pesada de lo que pensaba. Milagrosamente, el ojo se me había desinflamado y no se veía tan morado. No me había resultado demasiado difícil enmascararlo bajo una base de maquillaje que había encontrado por casualidad en un cajón junto a una laca de uñas, que ya ni recordaba, abandonados a su suerte y casi sorprendidos de que alguien los utilizara. Eso tendría que haber bastado para alegrarme el día, pero el silencio absoluto de Elliot me ponía cada vez más nerviosa, según iban corriendo los kilómetros.

—¿Qué tal?

La callada por respuesta. Al parecer, Elliot no tenía ni pizca de ganas de contestarme.

—¿Has dormido bien?

No es que me interesara saber qué tal le había ido la noche con doña Perfecta, al contrario. Sin embargo, sabía que si seguía haciéndole preguntas sin interés acabaría por hacerle perder la calma. No quería cederle el monopolio. No me apetecía que controlara la conversación.

—¿Cómo te van las clases?

Él seguía con la vista fija en la carretera, como si yo no existiera.

—¿Te alegras de volver a ver a tu madre?

—Maeve, ¡cállate!

Me sorprendió su tono áspero. Tanto si estaba furioso como si no, nunca se había mostrado tan brusco conmigo. Pero, por lo menos, había reaccionado. Dejé que pasaran unos segundos antes de continuar.

—Elliot, sé perfectamente que me vas a sermonear y sé muy bien que tendrás razón en lo que me digas, pero no soporto este silencio. Acabemos con este asunto y pasemos a otra cosa.

Frenó de golpe y aparcó de cualquier manera. Me di la vuelta para ver si nos seguía algún vehículo y podíamos causar un accidente. Por suerte, nadie a la vista. Me volví lentamente hacia Elliot, que seguía con la mirada fija al frente, apretando el volante con tal fuerza que los dedos se le habían quedado blancos. El meñique derecho, que se había roto cuando yo cumplí diez años, todavía tenía un ángulo extraño y se apoyaba en su anular de manera poco natural. Me sentía de lo más incómoda. Lo que más me asustaba no era que hubiese frenado como un loco en medio de la nada, aunque no fuera de su estilo, sino que todavía no había dicho una sola palabra y eso no presagiaba nada bueno. Me esperaba una reprimenda de campeonato.

Por fin me dirigió una mirada fría y furiosa. El color verde de sus ojos se había oscurecido y tenía el labio superior crispado, lo que lo hacía resaltar aún más. Me hubiera parecido de lo más guapo si no me hubiera asustado lo que me esperaba.

—¿Sabes cuál es tu problema? —Hizo una pausa retórica y esperé mi sentencia con paciencia—. Pues que no vas a cambiar nunca. No aprendes de tus errores, siempre vuelves a cometer los mismos, sin parar. Y de momento tienes suerte, pero eso no va a durar siempre. ¿En qué estabas pensando al pelearte con un tipo que te dobla el tamaño y pesa cuatro veces más que tú? ¿Pretendes suicidarte?

—Que sepas que lo tumbé.

De acuerdo, no era lo más inteligente que podía decir, pero se me escapó al querer defenderme.

Elliot levantó la vista, con exasperación.

—¿Acaso no oyes lo que te digo? La suerte no siempre estará de tu lado, acabarás por perder en este juego, y ya que no dejas de cometer estupideces y que estas van en aumento, cualquier día te van a matar, ¡maldita sea! ¿A qué te dedicarás luego, a correr y a estrellarte contra un coche para ver quién tiene la cabeza más dura?

Un mechón de pelo le tapaba los ojos, como si quisiera marcar su territorio. Pero esta vez no tenía ganas de ponerle en su sitio.

Me quedé sin palabras. Tenía toda la razón y sabía muy bien de qué hablaba. Yo siempre había sido una cabra loca y siempre me había costado mucho controlar mis ataques de ira. Pero si Marc no había sido el primero con quien me había peleado, sí era el más fuerte y, sobre todo, el más peligroso. Ayer, quizá por primera vez en mi vida, tuve miedo. Pero ¿cómo explicarle a Elliot que, más allá de lo negativo de ese sentimiento, era una de las sensaciones más maravillosas que había experimentado jamás? No me entendería, y con seguridad utilizaría este argumento para apoyar su punto de vista, o incluso para hacer que me internaran en un psiquiátrico.

—Depende de si hablamos de un Volvo o de una camioneta.

Sacudió la cabeza, un tanto asqueada.

—Siempre tienes que ser la más lista. Sigue así. Pero el día en que te encuentres tumbada en el suelo, en el hospital o criando malvas, no te servirá de nada ir de listilla.

Apreté los labios ante la amargura de su voz. Aunque me hubiera preparado mentalmente, no me gustaba nada que me sermoneara. Sin duda porque, desde luego, tenía razón.

—Elliot, soy lo bastante mayorcita para saber lo que hago. Ayer me pasé un poco, pero es que tenía a Brianne contra la pared y me dijo que le iba a pegar como se merecía por lo que le había hecho. Tú también le hubieras arreado un buen puñetazo.

Se quedó pensativo durante un instante. Cuando volvió a hablar, lo hizo con más tranquilidad.

—Quizá lo hubiera hecho, pero con una gran diferencia: cada uno de mis brazos mide lo mismo que uno de tus muslos, soy más alto que tú y, además, no soy una mujer.

Me quedé mirándolo, entre incrédula y divertida.

—Y porque soy mujer, ¿eso lo cambia todo? ¿Cuándo te has descargado la actualización de «Machista XP»?

Sonrió. Qué bien, yo también.

—Sabes muy bien lo que quiero decir. Si le hubiese pegado, no hubiera sido por costumbre.

Esperó mi reacción. No, amigo mío, no verás nada de nada. Soy tan inocente como un cordero recién nacido. Hubiera empezado a silbar, levantando la mirada, pero eso aún hubiera parecido más sospechoso.

—Thomas Mills cuando estábamos en párvulos. Charles Brett en primer año, Phil... Nosequé el mismo año, Jon en segundo. ¿Sigo o te haces a la idea?

«Puedes continuar, no pienso darte la razón», pensé.

—David Jones, los hermanos Moore, los tres al mismo tiempo.

«De acuerdo, me hacía a la idea.»

—Y el bajito, con gafas, que siempre andaba metido en juegos de rol, ¿cómo se llamaba?

No contesté, tenía los labios muy tensos.

—El que te llamó «*hobbit*».

—Antoine Forbes —gruñí.

Y ahí me eché a reír. ¡Antoine Forbes! Intenté contener las lágrimas que se me saltaban sin querer, pero se me hacía difícil. Antoine Forbes. Debíamos de tener unos once años. Creo que yo le gustaba y tenía una manera extraña de demostrarlo, porque siempre me ponía motes raros. El día que me llamó «*hobbit*» porque yo era bajita, me empeñé con éxito en demostrarle que de los dos él era el único que tenía los pies llenos de pelos —por decirlo de alguna manera— y además lo hice ante testigos. Después de eso, jamás volvió a ponerme motes. Pero tampoco volvió a dirigirme la palabra.

—Pobrecillo —dijo Elliot, pensativo—. Y todo eso para decirte que siempre te pones furiosa y que deberías buscar alguna manera de desahogarte. Lo que espero es que, por lo menos, no lo hagas golpeando a tipos como Marc. Practica algún deporte, no sé, boxeo, *kickboxing*, yoga.

—¿Y si me pongo a tocar el violín, como doña Perfecta?

Al oír mis palabras, se le enturbió el semblante y también la mirada. No le gustaba nada que la llamara así.

—Maeve, hablo en serio. Estoy muy enfadado, pero eso me pasa porque me preocupo por ti. Una cara tan bonita como la tuya no debería estar así, llena de moratones.

¡Ay¡ Mientras hablaba, me puso la mano en un ojo, en el que tenía el hematoma que yo, hábilmente, había camuflado bajo una capa de maquillaje. Enseguida volví la cabeza. Me traía malos recuerdos. Cosas que no quería rememorar.

Estaba mirando por la ventanilla cuando por fin le contesté:

—Lo prometo, buscaré otra manera de desahogarme. Pero si no quieres que acabe así, que me aconsejes la práctica del boxeo o el *kickboxing* puede que no sea lo más acertado.

Le había hablado con suavidad, evitando su mirada. Sin embargo, de reojo pude observar que había vuelto a poner la mano en el volante. No era la única que se sentía incómoda. Odiaba estos momentos penosos con Elliot.

—Será mejor que volvamos a arrancar —dijo al cabo de un momento—. Nos deben de estar esperando.

Dicho y hecho.

Se abrió la puerta incluso antes de que pudiéramos subir los tres escalones de la entrada.

—¡Muchas felicidades!

Apenas tuve tiempo de oír la frase cuando me apresó un abrazo de hierro. No había podido ver la cara de la persona que me había cazado al vuelo tan rápido. No es que tuviera dudas sobre su identidad, ya que Walter no acostumbraba a dar muestras de afecto.

—Mamá, intenta no asfixiarla —dijo Elliot al pasar junto a nosotros para entrar en casa, como si no pasara nada.

Después de haber devuelto el saludo como pude, a un palmo del suelo, me soltaron y pude volver a tocar tierra sin peligro. Serena Dunn me miraba con una gran sonrisa. Llevaba la media melena rubia un poco despeinada, y sus grandes ojos verdes claro brillaban de alegría. Era una mujer muy hermosa. Como Elliot. De tal palo, tal astilla.

—¡Te he echado tanto de menos! —exclamó mientras me miraba con ternura, con la cabeza ladeada.

«Bueno, de acuerdo, nos vimos la semana pasada, ¿verdad?» Apenas tuve tiempo de pensarlo cuando se le congeló la sonrisa.

—Maeve Anabelle Regan, ¿qué es lo que tienes en la cara?

Teniendo en cuenta su tono de voz, no era una pregunta. Estaba buscando una réplica apropiada cuando Elliot se plantó en la entrada.

—Maeve se ha creído que es Mike Tyson. Por cierto, yo también te quiero, mamá —dijo, besándole la mejilla. Y entró en casa.

Serena seguía observándome con desaprobación maternal y sólo le pude contestar con mi sonrisa más encantadora. Lo de arrancarme el top no funcionaría con ella. Y eso que me había entrenado durante años. Mis padres murieron cuando yo era una recién nacida y me fui a vivir con mi abuelo. Serena, una joven viuda que criaba sola a sus dos hijos después de la muerte prematura de su marido militar, vivía en la casa de al lado y me trató como la hija que no había podido tener. Tenía todo el carácter materno que le faltaba a Walter y nos convertimos en una gran familia. Poco habitual, pero muy unida.

—Es tu cumpleaños, o sea que enterraremos el hacha de guerra por un día, pero tú y yo vamos a tener que hablar en serio, grandullona —dijo mientras entrábamos, con un brazo de él alrededor de mis hombros.

Había que ver las cosas por el lado bueno. Para empezar, Walter no había oído la conversación y quizá no vería las marcas debajo del maquillaje. Y además, Serena era con toda seguridad la única persona del mundo que me llamaba «grandullona».

Me soltó en el vestíbulo. Al parecer, me habían concedido la libertad condicional. Desapareció en dirección al salón, dejándome sola. Me quité la americana mientras examinaba con afecto la casa en la que había crecido. ¡Y decir que me había largado en cuanto pude a la ciudad y a la universidad! Eso me parecía siempre muy raro cuando volvía. Mi casa, donde me encontraba bien, estaba aquí.

El amplio vestíbulo era el alma del lugar y había sido el escenario de muchos escarceos con Elliot. Se podían ver fotos de cuando éramos niños, como un testimonio mudo. Desde la entrada se llegaba al salón y enfrente de la puerta se hallaba la gran mesa del comedor. ¡Qué recuerdos me traía! Allí me di un golpe y me partí un diente de leche al intentar alcanzar un disco que me había tirado Elliot un día lluvioso, cuando teníamos seis años. A la izquierda, la gran escalera que conducía a la planta superior donde se encontraban las habitaciones y por la que nos habíamos caído más de una vez.

—¡Cómo hemos cambiado!

Me di la vuelta y me encontré a Elliot detrás de mí, mirando una foto en la que salíamos nosotros, sonriendo de oreja a oreja. A ambos nos faltaban dos dientes. Formábamos un equipo estupendo.

Se marchó sin esperar a que le contestara, y me quedé un momento con la mirada fija en la foto. Tenía razón. Ahora éramos muy distintos.

Colgué el abrigo en el perchero y, guiándome por el olor, me dirigí a la derecha del salón, donde encontré a Walter. Estaba en la cocina, acabando de preparar la comida. Era un cocinero de primera. Nunca había comido mal en su compañía. Se volvió al oírme. Me sonrió con calma y se le marcaron los hoyuelos, que habían resistido el paso del tiempo. A la edad de ochenta años, mi abuelo todavía se podía considerar un hombre apuesto. Causaba estragos entre las féminas de la tercera edad —e incluso de la segunda—. Tenía una sonrisa franca, subrayada por la blancura inmaculada de su cabello siempre despeinado, como el mío. Sus ojos de color azul helado siempre eran cálidos y también reían la mayor parte del tiempo. Era una de las pocas personas que habría visto alguna vez sonreír con la mirada.

—Buenos días, princesa —dijo mientras le besaba la mejilla.

—Buenos días, Walter.

Walter no deseaba nunca «muchas felicidades», ni por asomo. No éramos muy afectuosos ni expresivos; éramos funcionales. En eso nos parecíamos mucho. Era poco hablador, más bien reservado, pero eso nunca había sido un problema para mí. Creo que hubiera preferido quedarme sorda antes que oírle hablar de sus conquistas en el club de bridge. Después de este pequeño intercambio, siguió cortando una cebolla como si yo no estuviera. A veces, parecía que viviera en un mundo aparte. Siempre distraído o ausente, no habría sabido qué decir. A pesar de todo, no se le escapaba detalle y nunca se olvidaba de nada. Habría tenido que recordarlo mientras salía de la cocina, contenta de que no se hubiera fijado en mi ojo.

—Maeve, ¿te cuesta contener accesos de rabia últimamente? —me preguntó con tranquilidad, sin siquiera levantar los ojos hacia mí.

Me pilló por sorpresa. Por supuesto, tenía ganas de negarlo con descaro. Pero odiaba mentirle a Walter. Siempre se daba cuenta. A veces, la mejor respuesta a un ataque es esquivarlo.

—¿De qué quieres hablar, Walter?

Siempre intentaba medir mis palabras cuando hablaba con Walter, aunque fuera por imitación. Él siempre se expresaba bien, y yo tenía dos registros lingüísticos intercambiables. No le gustaba nada que soltara tacos en su presencia, y por eso me esforzaba. No tenía por qué saber que me desfogaba con creces a sus espaldas.

—Sabes muy bien de qué estoy hablando —contestó.

Sonreía, entre tranquilo y divertido. No estaba enfadado, era peor.

—De que te tomes por Mike Tyson.

Seguía cortando cebollas, como si no pasara nada. ¡Caramba! Había oído el comentario de Elliot.

37

—Como de costumbre —dije.

Sin ser la pura verdad, tampoco era una mentira. Siempre me había costado catalizar mi ira. Últimamente tenía siempre los nervios a flor de piel. Pensándolo bien, desde que llegó doña Perfecta a mi vida, bueno, a la de Elliot.

—Hum…

Cuando suspiraba así no era buena señal. Walter no acostumbraba a gritar. Nunca le había visto salirse de sus casillas, a decir verdad. Pero, a su manera, daba miedo, aunque me fuese imposible decir por qué. Walter podía ver a través de la gente, y eso era como una amenaza silenciosa que llevaba escrita en el rostro. Y yo no era la única que prefería rectificar el tiro antes de que me pasara los rayos X con su mirada helada. Si podía sonreír con los ojos, también sabía utilizarlos como instrumento de tortura. No era casual que le llamaran *Walterminator*. Silencioso y de una eficacia terrorífica.

Puso la cebolla en la ensaladera que se dispuso a llevar a la mesa. Al llegar a mi altura, me dijo, con la misma tranquilidad:

—Tendremos que hablar. Hoy no, no te preocupes. Pero ya llegará el momento.

Se fundió el hielo y me sonrió con la mirada mientras me hablaba al oído.

—No te preocupes, incluso con morados sigues siendo la más guapa, y siempre serás mi princesa.

Dicho esto, y aunque sólo fuera por una vez, me besó en la frente antes de dirigirse al vestíbulo.

—¡A comer!

Walter no solo era un *chef* de primera. También era un verdadero detector de mentiras y, de alguna manera, la idea de hablar de mi nueva pasión por el boxeo con Walter en lugar de Serena, que pondría el grito en el cielo, no me tranquilizaba en absoluto.

«La que me va a caer encima», pensé, mientras me arrastraba hasta el comedor.

Capítulo 3

«Increíble: había conseguido sobrevivir a mi comida de cumpleaños.»

Ni Walter ni Serena me habían acorralado después de los postres para darme su opinión sobre mis actividades extraescolares. En cuanto a Elliot, no había hecho ningún comentario adicional sobre mis facultades para boxear más rápido que mi sombra.

Comimos en un ambiente cordial, con Serena hablando la mayor parte del tiempo. Y luego llegó el momento que odio tanto, la entrega de regalos. Que yo recuerde, jamás me ha gustado que me regalaran nada. Walter lo entendió enseguida y nunca me daba nada. Sin embargo, me decía que le podía pedir lo que necesitase. Pero Serena era una madraza y siempre me tenía algo preparado. Tanto si era mi cumpleaños como si no. Tenía un montón de ropa, joyas y accesorios que no me ponía nunca... Soy de esas mujeres que llevan pantalones y un top negro, de lunes a domingo, desde las ocho de la mañana hasta las doce de la noche, pero Serena no quiso darse por enterada. Ya que sus dos hijos, Elliot y su hermano mayor, Julian, no llevaban nada de color rosa, se resarció conmigo. Y yo aceptaba el castigo de buena gana. Ella era la única figura materna que había conocido, y la quería de todo corazón. A cambio, podía pagar el precio de ponerme un vestido tres veces al año.

Este año me había regalado un vestido negro muy bonito, con la ropa interior y los zapatos a juego, así como un estuche de maquillaje de color antracita. Había acabado advirtiendo que el rosa no era mi color, aunque en años anteriores había intentado probar con tonos a juego. Así fue como me di cuenta de lo bien que me sentaba el violeta, gracias a ella.

Parecía que, por fin, había desistido. Y le quedaba agradecida. Haría el esfuerzo de ponerme uno de sus regalos. En cuanto a Elliot, me había regalado un cuaderno de dibujo muy bonito. Sabía que me gustaba garabatear de vez en cuando —en eso había salido a Julian, que era todo un artista—, y me emocionó su regalo, aunque odiara recibirlo, ya que no tenía ni idea de cómo agradecérselo.

Hacía media hora que nos habíamos marchado de casa de Walter. Por término medio se tardaba una hora para hacer el trayecto. Ambos estábamos silenciosos, Elliot con la vista puesta en la carretera, yo mirando fijamente un punto invisible que se encontraba entre la ventanilla y el infinito. Todavía me sentía incómoda en su presencia y no tenía ganas de pensar en ello.

Sonó el teléfono de Elliot, anunciándole un nuevo mensaje, y me sacó de mis pensamientos a la fuerza. Bajo mi mirada de desaprobación, tomó el aparato y lo leyó. Odio que la gente consulte su móvil mientras conduce, siempre me hace pensar en catástrofes. Puso mala cara.

—Bueno —me dijo—. Brianne no va a salir, los acontecimientos de anoche la han trastornado. Tara estará con nosotros dentro de una hora.

Hizo una pausa mientras yo me enfurruñaba al pensar que Brianne había avisado a Elliot antes que a mí, y eso que era mi mejor amiga y que era mi cumpleaños. Lo cual no presagiaba nada bueno.

—¿Aún quieres ir?

Traducción: ¿te fastidia pasar la noche haciendo de acompañante?

—Sí —contesté, sin ninguna emoción.

Es mi cumpleaños, no tengo ninguna intención de volver sola, amigo mío. Y ni hablar de que doña Perfecta cambie nada.

—¿Dentro de una hora? —pregunté, mirando la hora en el reloj del coche—. Pero antes tengo que pasar por casa.

Me sentía... «distinta» cuando entramos en el bar de moda, que estaba llenísimo y que tanto éxito tenía entre los jóvenes de nuestra edad. Ya me había costado aguantar la expresión de Elliot cuando me vio salir del cuarto de baño. Enseguida me hartaría de que todos estos desconocidos me repasasen con la mirada como si fuese un trozo de carne. Quizá no había sido buena idea, a fin de cuentas.

«Tengo que tomármelo con calma», pensé. Pero no lo conseguí del todo. Mike Tyson no lleva vestido. Pero bueno, no quería volver sola y, ataviada así, quedarían dos paquetes por desenvolver.

Enseguida encontramos una mesa, después de no haber hecho ni caso a dos tipos que querían invitarme a tomar una copa. En un rincón, perfecto. Cerca de la barra, aún mejor. Un camarero alto y pelirrojo vino a tomarnos nota con rapidez. Andaba como una zanahoria desarticulada y, cuando habló, me sorprendió oír una voz profunda en lugar de un falsete. Pensando que era una lástima que aquí no sirvieran Soles, pedí un ron con cola y Elliot una cerveza irlandesa. El pelirrojo alto volvió al cabo de unos minutos con las bebidas. Mientras tanto, Elliot y yo permanecimos en silencio; yo me puse a estudiar la decoración anaranjada y Elliot a buscar una mancha invisible en los zapatos.

Parecía que le costase mirarme a la cara y eso empezaba a cargarme. A ver, qué pasa, ¿es el vestido o el maquillaje? Me exasperaba que no admitiera nunca nada. También me sentía incómoda. Pero yo llevaba un vestido, tenía una excusa. Que apechugara con eso o fuera a cambiarse.

—No está mal este local —acabó soltando al cabo de un rato, como si me hubiese leído el pensamiento.

Asentí y seguí saboreando el ron. Doña Perfecta no tardaría en llegar. Y en cuanto apareciese, podría dedicarme a la caza y captura dejando mis preocupaciones de lado. La gente entraba y salía, la mayoría para fumar, y me volví varias veces en vano esperando verla. Cuando

41

hube sorbido la última gota de mi cóctel, me lo tomé con calma. Llegar tarde no es una cualidad; seguro que vendría.

Me estaba mirando el pie con cariño cuando se nos acercó alguien. Levanté la cabeza de golpe, pensando que se trataba de mi salvadora, pero no era más que nuestro amigo pelirrojo, con otro cubata.

—De parte del caballero que está en la barra —dijo, depositando el vaso en la mesa con delicadeza.

Elliot frunció el ceño mientras me volvía para mirar hacia donde me indicaba el camarero. El rostro que me indicaba no me era del todo desconocido. Era el imbécil que la noche anterior me había observado sin intervenir mientras me arreaban una tunda. Sólo me alegré a medias de verlo.

Pero había que reconocer que era hermoso como un ángel, con el pelo castaño alborotado, la barba sin afeitar y los hoyuelos marcados por la sonrisa que me dirigía. Tan guapo como estúpido. ¿Una copa en lugar de ayudarme la víspera? ¡Imbécil! Afortunadamente, mi cama nunca había considerado que la inteligencia fuese un criterio de selección y, con lo seductor que era, sabía que iba a romper los muelles. Alcé mi copa con una sonrisa picante. Me correspondió y bebimos al mismo tiempo. Elliot se me quedó mirando con desaprobación.

—¿Una de tus conquistas?

¡Joder! Ni que fuera una mujer cornuda pillando a su marido *in fraganti*. Y a él qué coño le importaba. Bueno, no le iba a contestar así, echaría a perder una amistad de más de veinte años. Pero estaba harta, no tenía por qué hablarme así. Él no. Por eso no.

Me conformé con una mirada turbia.

—Para empezar, no es asunto tuyo. Y no es el caso, que lo sepas —añadí con amargura después de una pequeña pausa.

Expresaba mi rabia con frialdad. Odiaba los malentendidos. No tenía por qué juzgar mi comportamiento, sobre todo después de como me había tratado. Montarme una escena de celos mientras esperábamos a su novia superaba todos los límites. Y no pensaba dejarlo pasar así como así.

Me levanté y me incliné encima de la mesa para hablarle al oído, ofreciéndole a propósito unas vistas insuperables a mi escote.

—Pero vuelve a preguntarme lo mismo mañana. La respuesta será distinta.

Con estas y el vaso en la mano, me dirigí hacia mi nuevo amigo, que sonreía más a medida que nos acercábamos.

Al llegar a su altura había olvidado a Elliot del todo, fascinada por su sonrisa. Quizá fuera un estúpido, pero nunca me había encontrado con uno tan seductor como él. De cerca, sus ojos desprendían magnetismo y se podía palpar su carisma.

—¿Tu amiguito no se va a enfadar si lo dejas plantado? —me preguntó entonces.

¡Qué voz! Suave, casi un susurro, pero segura y picante. Tenía una pizca de acento que no conseguía situar.

Le hubiera podido precisar que no se trataba de mi novio, pero ¿para qué compartir información innecesaria?

—Si te molesta, ¿por qué invitas a copas a mujeres que vienen acompañadas?

¡Bingo!

Dudó unos instantes y, con la versión masculina de mi mejor sonrisa, dijo:

—A ti no te va contestar preguntas, ¿verdad?

Yo también me callé un poco. Además de encantadora, su sonrisa me pareció misteriosa y las pupilas le brillaban de deseo —esperaba que por mí.

—¿Y a ti te va decir mentiras para saber verdades?

Sabía que era consciente de que yo no estaba con Elliot. Cualquiera se hubiese dado cuenta.

Su sonrisa se transformó en un rictus depredador.

Me costaba definir con palabras qué aspecto de su personalidad lo hacía tan atractivo, no conseguía captar por qué. Cautivaba con unos ojos electrizantes y de un color que oscilaba en olas imperceptibles para el ojo humano. Se movían y estaban quietos al mismo tiempo, pero era imposible comprender el mecanismo, como lo era también intentar dejar de contemplarlos para intentar entenderlo. Sus pestañas largas y negras los convertían en un conjunto implacable. Dejando a sus ojos de lado, de todo su cuerpo emanaba una energía tan invisible como palpable. La noche anterior, en la discoteca, no le había visto los ojos, pero había sentido su mirada sobre mí incluso antes de distinguirlo. Ardía. Y yo tenía ganas de que me consumiera. Entera.

Volví a la realidad al verle acercarse el vaso a los labios. Si me había contestado, no había oído nada. Pero si, como me parecía, este tipo y yo estábamos en la misma onda, no había reaccionado a la pregunta. Yo no lo habría hecho. Podría haberme sentido culpable por repasarlo con la mirada, pero como él había hecho otro tanto, supuse que se trataba de una simple cortesía.

Y daba la impresión de que había apreciado los detalles de mi aspecto tanto como yo los suyos.

—Dime qué hace aquí una niña como tú a estas horas —bufó—. Hace rato que tendrías que estar en la cama.

Este tipo y yo hablábamos el mismo idioma. Quizá fuese el hombre perfecto.

Con mis andares más felinos, me acerqué para hablarle al oído. Apenas le alcanzaba de puntillas, inclinado como estaba sobre la barra.

No me había hecho preguntas, y yo tampoco se las haría.

—Me asusta la oscuridad. Necesito que alguien me acueste y se quede conmigo hasta que me duerma —susurré sensualmente.

Como no añadí nada, pero tampoco me había movido, giró la cabeza hacia mí y su nariz se apoyó en la mía. Su respiración me acariciaba el labio superior, que se hallaba a milímetros del suyo. ¡Dios mío, qué bien olía y qué alto era! Todavía más que Marc. Era la primera vez que me sentía tan bajita, y eso nunca me había gustado ni excitado más.

Quedándome junto a él, volví a poner los pies en el suelo y, a pesar de mis tacones, me sentí minúscula. Me dominaba con su estatura, y

44

seguía mirándome como un depredador a su presa. Empezó a juguetear con un mechón de mi pelo, sin apartar la mirada. Cuando lo soltó, fue para deslizar, muy poco a poco, su mano sobre mi brazo desnudo, poniéndome la piel de gallina. Este contacto me enloquecía. Tenía la sensación de recibir una serie de descargas de electricidad estática y estaba demasiado fascinada para preocuparme por ello. Al llegar a la parte inferior de mi brazo, me tomó la mano y, sin mediar palabra, hizo que le siguiera. No me costó obedecerle. Y cuando pasamos junto a Elliot y doña Perfecta —que por fin había llegado—, me alegró que mi amigo me fusilara con la mirada. Tara se quedó boquiabierta, con los ojos como platos. No sabía si era el vestido o el guapo desconocido lo que la sorprendía tanto, pero me llenaba de regocijo. Le guiñé un ojo al pasar, pero no obtuve ninguna respuesta, ya que se había quedado pasmada. No pude quedarme a disfrutar del espectáculo, ya que mi desconocido me arrastraba afuera con un paso decidido.

Después de atravesar el grupo de fumadores situados delante del bar y de haber andado unos metros, nos metimos en un callejón sin luz y sin salida que había entre dos edificios. Tras adentrarse hasta quedar en la oscuridad, se detuvo. Se puso frente a mí y me empujó con lentitud contra la pared, paso a paso, y yo me dejé llevar con docilidad. De nuevo, me dominaba del todo por su físico y no era una sensación desagradable. A cada paso que daba hacia atrás, sentía escalofríos en la espalda. Hasta encontrarme en su poder.

Apretada contra la fuerza de su deseo, le dejé que llevara las riendas. Con una mano me levantó la barbilla para obligarme a mirarle a los ojos, mientras deslizaba la otra por mi lado derecho con lentitud. El efecto producido me hacía enloquecer. Me electrizaba una sobredosis de deseo y, durante una milésima de segundo, me pregunté qué estaba haciendo. Bueno, sí que era mi estilo llevarme a un hombre a casa la misma noche, pero no entraba en materia tan rápido, no al cabo de cinco minutos. Este tipo y yo apenas habíamos intercambiado unas frases, no sabía cómo se llamaba, ni su edad, no sabía nada de él. Y no entendía qué me estaba pasando. Pero sabía que lo deseaba como nunca había deseado a nadie y tenía la impresión de que me moriría si no lo hacíamos enseguida.

Como si pudiera leerme el pensamiento, me soltó la barbilla para ponerme las manos en los muslos y deslizarlas hasta las caderas, levantándome el vestido de pasada. Me siguió mirando a los ojos durante todo el rato, sin pestañear, mientras me levantaba. Por instinto, puse las piernas alrededor de su cintura y se me cayó un zapato. Retrocediendo un poco, sus palmas pasaron de mis caderas a mis nalgas, que agarró de lleno. La excitación provocada por sus manos inquisidoras y por el deseo visible en su entrepierna, contra el que estaba aplastada del todo, hizo que saltara la última barrera que quedaba entre nosotros. Mi boca se abalanzó contra la suya para apoderarse de sus labios, más dispuesta a devorar que a besar, mientras mis manos capturaban su rostro por miedo a que se escapara. Tenía los labios dulces, de un gusto divino.

Me dio un beso tan apasionado que me costó recuperar el aliento. Invadida por el deseo, le hundí las uñas en el cuello y le arañé hasta hacerlo sangrar, con lo que pareció excitarse todavía más. Me volvió a aplastar contra la pared con tal fuerza que me hubiera podido romper las costillas. Pero en lugar de detener mi impulso, el dolor me excitó aún más. Ojo por ojo...

Me mordí el labio inferior, poseída por un deseo violento. Movió la cabeza unos centímetros, dejando de besarme, y su mano derecha se aventuró por mi escote mientras su boca me dirigía una sonrisa libidinosa. Encontró con rapidez un pezón que había salido a su encuentro, incapaz de esperar más. Empezó a acariciarlo a través de la tela fina, y tuve que aguantarme para no ponerme a aullar como una gata en celo. Lo pellizcó con firmeza entre dos dedos castañeando los dientes al mismo tiempo, lo que me hizo volver a la realidad. O más bien a la realidad de su mirada ardiente. Su boca se apoderó de la mía mientras su mano me acariciaba el pecho. Diente por diente...

Él también me mordió el labio. Se me llenó la boca con un gusto de hierro. El muy hijo de puta me había mordido hasta hacerme sangrar y eso todavía me excitaba más, caso de ser humanamente posible. Hundí la cabeza en su nuca, cerca de donde le había arañado, descubriendo una piel inmaculada. Creí que estaba soñando. Le besé ahí y, cuando iba a morderlo, sentí cómo se tensaba.

Un segundo después me caí al suelo de golpe, sin saber qué pasaba. Con la pierna derecha había aterrizado encima del zapato que se me había caído antes, el tacón se me estaba clavando en la nalga y dolía como mil demonios. Lo aparté echando pestes.

A mi lado, mi gran desconocido se estaba ahogando. Sin conmoverme, me levanté y me puse el zapato. Y, a regañadientes, le di unos golpes fraternales en la espalda, lo bastante fuertes como para sacar cualquier cosa que se le hubiese quedado atascada. Agachado del todo, escupió en el suelo. ¡Qué encantador! Había roto la magia del momento. Sin lugar a dudas, era el peor cumpleaños que había tenido en los últimos veinte años.

—Bueno, ya nos veremos —dije mientras me alejaba.

—¡Espera!

Me detuve y me di la vuelta, a tiempo para verlo correr hacia la pared y vomitar hasta la primera papilla. «Cumpleaños feliz, cumpleaños feliz...» Afortunadamente, la calle estaba demasiado oscura para poder ver el resultado. Pero lo había oído y con eso me bastaba. ¡Menudo imbécil!

Cuando no se aguanta el alcohol, no se bebe, corazón. Ahora voy a acabar de pasar la noche sobreexcitada y sola, con un tufo a vómito por compañía. Mentalmente, le agradecí que no me hubiese echado las papas encima. O dentro. ¡Qué asco!

Me puse en marcha.

—¡Espera! —volvió a suplicar.

«Si te has creído que me voy a quedar mirando mientras te pones a vomitar, lo tienes claro», pensé. No me detuve.

—¿Te puedo llamar?

La pregunta me sorprendió tanto que me volví de golpe, con las cejas arqueadas, subrayando mi incredulidad. Estaba de broma, tenía que estar de broma. Pero parecía muy serio. Muy enfermo y muy serio.

—Psé, si quieres —dije, dándome la vuelta.

—No tengo tu número.

Me quedé dudando. A favor: bello ejemplar masculino, seductor y sin duda bien equipado habida cuenta del bulto que le deformaba el pantalón hacía pocos minutos. En contra: el tipo que se quedó mirando sin hacer nada mientras me apaleaban y que casi me vomita encima después de haberme besado y toqueteado por todos lados.

—Está en la guía —dije.

Y lo dejé plantado. Al final de la calle, dudé un instante y decidí volver derechita a casa. No quería que Elliot supiese que había vuelto sola.

Las calles estaban tan desiertas como oscura la noche. No me había cruzado con un alma en los últimos diez minutos. El frío me mordía los brazos desnudos, pero eso no me molestaba, ya que me mantenía despierta y alerta. No me habían seguido y pronto llegaría a mi destino.

Doblando por una calle transversal, encontré lo que buscaba. Ahí estaba, solo, y me esperaba. Me daba la espalda y no me oyó llegar. Más rápida que el rayo, me abalancé sobre él y le partí la nuca. No merecía una muerte digna.

Lo dejé caer al suelo como una marioneta desarticulada, como el objeto inútil que era.

Lo prometido es deuda. Ya me había mostrado muy clemente. Lo hubiera podido hacer sufrir durante horas. Pero ya había perdido demasiado tiempo para hallarlo.

Me agaché y lo registré. Encontré lo que buscaba en su cartera. Y me pareció tan fácil que me puse a reír, sola, en el frío de la noche, con el eco que vibraba en las paredes rodeándome como mil hombres.

Y me desperté chillando.

Capítulo 4

«Llevaba dos semanas sin pegar ojo.»

Estaba tumbada en la cama, en pijama, con una pierna encima del edredón y la otra doblada, los ojos distraídos con la televisión y la cabeza en cualquier otra parte.

El sueño que había tenido diez días antes, en el que le había partido la nuca a un desconocido, no había sido más que el primero de una larga serie. Ahora salía de caza cada noche. Sabía que estaba buscando algo, pero ignoraba qué. Estos sueños me emocionaban y me asustaban al mismo tiempo.

Me divertía mucho con la persecución. Sobre todo, me gustaba el sentimiento de superioridad que me producía encontrar lo que buscaba, pero lo que hacía me aterrorizaba. Romperle la nuca era lo más delicado que le había hecho a quien se me cruzara en sueños, y empezaba a tener serias dudas sobre mi salud mental.

La noche anterior había tenido el sueño más duro. Poco a poco, había conseguido encontrar a un pez gordo, y se me helaba la sangre al pensar en lo que le había hecho.

Se trataba de un hombre mayor. Vamos, que debía rondar los sesenta años. Tenía una buena tripa y llevaba el pelo entrecano bien peinado a ambos lados de la calva. Tenía unos ojillos negros que lanzaban desafíos y una nariz aquilina que le hubiera triturado con ganas para empezar.

Lo estuve machacando durante horas, intentando romper cada una de sus resistencias. El viejo loco era duro de pelar, pero yo no tenía prisa. Lo había encadenado a la pared de su bodega, me divertía provocándole dolor hasta que se desmayaba y luego lo despertaba echándole agua helada. Me parecía de lo más agradable. Sabía que acabaría matándolo, aunque le prometía lo contrario. Tenía información y me alegraba de que no quisiera soltarla. Eso me daba una excusa perfecta para seguir infligiéndole el trato con el que tanto disfrutaba.

Soñé con él más de una vez. Llevaba cuatro noches seguidas con el tema cuando se torcieron las cosas. Porque al cabo de cuatro sesiones, había empezado a hartarme de que se resistiera y acabé por matarlo. Lo degollé con una cuchilla, sin más sentimiento que una plenitud increíble. Había mirado cómo se quedaba sin sangre y luego le arranqué el corazón. Había sido todo tan fácil. Bastó con abrirle el tórax con mi navaja, cortarle las arterias y después continuar con las manos desnudas sin dificultades. El órgano era magnífico, escarlata y todavía me latía débilmente en la mano. Una vez quemado, se acabó. Cuando me fui lo dejé colgando de la pared, con los pies bañados en un charco de su propia sangre.

Lo que más me preocupaba no era que asesinara a gente mientras dormía. Había matado a varias personas en sueños en los últimos días, y siempre pensé que eso estaba relacionado con la rabia que no conseguía exteriorizar mientras estaba despierta. Pero este sueño me había afectado mucho. Cada vez que le había clavado la cuchilla en una parte blanda del cuerpo, cada vez que le había roto un hueso, arrancado una uña antes de hacérsela tragar... Cada vez había experimentado una alegría indescriptible. No me preocupaba que aumentara la violencia. Lo que me tenía intranquila era hasta qué punto me gustaba.

De acuerdo, se trataba de sueños —que duraban cada vez más—, pero seguro que se me había aflojado un tornillo para estar tan obsesionada con el asunto. Estaba resentida con mucha gente y también me costaba contener mi rabia, pero de ahí a soñar cada noche que me vengaba con desconocidos había un límite que no tenía ganas de franquear.

Por lo tanto, intentaba dormir tan poco como podía, sin demasiado éxito. Acababa por cabecear tarde o temprano, aunque sólo fuera durante una hora, y me desquitaba rompiendo dedos. Me había dado cuenta de que tenía estos sueños hacia las cuatro de la madrugada, y por eso puse un montón de despertadores antes de esa hora. Funcionó durante dos días seguidos, hasta que mi cerebro detectó el truco y empecé a tener pesadillas a cualquier hora.

Llevaba una semana sin ir a clase. Una mañana, en la cafetería, me desperté sobresaltada, gritando algo que no entendí. Vi cómo varias personas se quedaban mirándome, Elliot entre ellas, y después de eso evité tanto ir a la universidad como verlo.

Me levanté y fui a la cocina. Todavía era de noche, pero no encendí la luz. Empezaba a tener los ojos muy sensibles, entre la falta de sueño y el intentar dormir de día y ver la televisión toda la noche, desde hacía dos semanas. El reloj del horno marcaba las 20.43. Iba a ser una noche muy larga. Abrí un armario y miré qué había. Mucha pasta, dos botellas de vino tinto, una de tequila y otra de ginebra. El vino, ni hablar. La ginebra estaba asquerosa. Me llevé el tequila y volví a la cama arrastrando los pies.

Estuve zapeando hasta encontrar el canal de dibujos animados. Sin duda, era lo menos espantoso que se podía ver. Abrí la botella y bebí un trago. Sonó el timbre de la puerta. Miré la entrada de mi apartamento con mala baba, me quedé sin reaccionar y me tomé otro trago de tequila.

Volvieron a llamar al timbre. Una y otra vez. Y como no obtenían respuesta, empezaron a golpear la puerta. Era Elliot, o Brianne. Ya habían intentado entrar varias veces en los últimos días. No les había abierto la puerta. Total, ¿para qué? Elliot me sermonaría. Y Brianne más de lo mismo, excepto que se encontraba fatal desde lo de Marc, lo intentaría y se pondría a llorar porque no conseguía hacerme entrar en razón. Un poco más de tequila y cerré la botella.

El timbre y los golpes en la puerta empezaban a alterarme los nervios. Fuese quien fuese, había decidido fastidiarme. Me tumbé de espaldas y me puse la almohada en la cabeza. El ruido me llegaba más apagado, pero seguía siendo igual de cargante. Durante una milésima de segundo, pensé en levantarme y arrancarle las uñas a la persona que estuviera detrás de la puerta, hacérselas tragar y luego romperle los dedos de la mano uno tras otro. Sería un sueño.

—Maeve, soy Tara. Abre la puerta, sé que estás ahí.

A pesar de la almohada, la había oído perfectamente. Sí, me encantaría hacerte tragar las uñas. Hasta te daría un laxante para ayudarte a bajarlas.

Como si me hubiera leído el pensamiento, dejó de aporrear la puerta y de martillear el timbre.

—Veo que hay luz en casa —dijo con tranquilidad—. No me moveré hasta que abras.

¡Maldito televisor! ¡Jodido viejo edificio! Suspiré y tiré la almohada. Estaba hablando en serio, y estaba segura de que lo haría. ¡Maldita idiota! Me levanté.

Sin ninguna prisa y, sobre todo, echando pestes en silencio, me dirigí a la entrada. Descorrí el cerrojo y, con un último suspiro, giré la manija, para descubrir que Tara iba tan impecable de pies a cabeza como de costumbre. Llevaba la melena rubia peinada de una manera que parecía descuidada, pero sin un solo defecto. Se le caía un mechón en la cara de tez pálida, y los ojos azules, sin ningún reproche, me miraban con fijeza. Tenía su eterna mirada de cervatillo. No me gustaba la violencia contra los animales, pero con ella hubiera hecho un buen guisado.

Llevaba un sencillo pantalón negro, recto, y una blusa ocre en cuyo escote se veía un colgante de oro en forma de hada. «Voy a vomitar», pensé. Y eso que aún no había visto el paquete de la tintorería que llevaba en el brazo izquierdo y una bolsa de restaurante de comida rápida en la mano derecha.

—Te he traído comida —dijo.

Me hice a un lado, dándole a entender que podía entrar.

—Aquí huele a tigre —dijo con un tono neutro al pasar delante de mí.

«Sí y, si no me equivoco, una fiera devoraría a un cervatillo», pensé.

Se dirigió al rinconcito que me servía de salón después de haber encendido la luz, lo que me provocó una migraña instantánea. Depositó la bolsa de la tintorería en mi único sofá y observó la mesita. Con un mohín de disgusto, también dejó la comida en el asiento. A continuación, miró a su alrededor, como si quisiera evaluar los daños. Y, al mismo tiempo, me di cuenta de lo mal que estaba.

El cuarto parecía una zona de combate, después de la explosión de varias bombas atómicas. Tenía los bordes de la cama llenos de basura de todo tipo: platos sucios, botellas vacías, pañuelos usados y cosas por el estilo. No tenía la impresión de haber bebido tanto. Había ropa sucia tirada por todos lados, entre la que destacaban unas bragas encima del televisor. En las estanterías no quedaba un solo libro bien puesto, resultado de las noches durante las cuales había intentado mantenerme despierta leyendo. Algunos se habían quedado tirados, después de que los hubiera lanzado con rabia a través de la habitación. Al darme cuenta de cómo estaba todo, tenía la certeza de que estaba en lo cierto cuando decía que olía a tigre, aunque no pudiera comprobarlo personalmente. Me preguntaba qué podía pensar doña Perfecta de esta escena del Apocalipsis. Seguro que en su casa todo estaba perfecto. «¿Este perfume no incomoda a su Alteza?»

Enseguida lamenté mis pensamientos. Sí, había dicho que olía mal, pero sin ningún reproche. Era una simple observación. Pero aunque la razón me dictase que no estaba bien tenérselo en cuenta, mis entrañas gritaban que odiaban su presencia, su olor, su aspecto tan ordenado en medio de esta leonera. Pero era mi leonera, y aquí ella no pintaba nada. A menos que también quisiera quitármela...

Sin decir una palabra, fue a la cocina y abrió la ventana. A continuación, se puso a rebuscar. Decir que me importaba un comino lo que estuviese haciendo era quedarse corto. Volví a la cama y tomé la botella para echar un par de tragos. Hice una mueca. Si la ginebra tiene un gusto asqueroso, el tequila sabe a mil demonios. Pero es más fuerte.

Tara salió de la cocina con bolsas de basura. Me acercó una que no tomé y cayó al suelo.

—¿Has venido a mi casa para hacer la limpieza? —pregunté, sin la menor simpatía.

Tenía la impresión que, de un momento a otro, iba a perfumar mi apartamento con Chanel nº 5 para marcar su territorio.

Me miró con insistencia.

—No te hemos visto desde hace diez días, no contestas al teléfono, has desaparecido, nadie sabe qué está pasando. Elliot está preocupadísimo y Brianne no digamos. Ya va siendo hora de que reacciones, Maeve. No he venido para limpiar, sino para hacer que vuelvas a la realidad. Y la realidad es que no puedes vivir así. O sea que arreglemos este desastre.

Se había vuelto a expresar tranquilamente, sin hostilidad. Soñaba con arreglarla a mi manera más que nunca. Se había inclinado encima de mi mesita para quitar la basura. Miré cómo lo hacía y me tomé un trago. Lo iba a necesitar.

—Suelta ya la botella —me pidió sin siquiera volverse.

—Deja de hablarme como si fueras mi madre —solté con aspereza—. Se dio la vuelta para mirarme y, de la manera más sencilla del mundo, como si hubiese estado hablando del color de las cortinas de mi casa, dijo:

—Si no te comportaras como una chiquilla caprichosa, no haría falta.

Se me abrieron los ojos como platos, de rabia. ¿Cómo se atrevía?

—Siento que mi estilo de vida no esté a tu altura, princesa. Pero si no estás de acuerdo con él, te sugiero que te largues y me dejes en paz. No soy una de tus malditas obras de caridad, y si alguien aún pude salvarme, seguro que no sois tú y tu culito perfecto.

Me observó durante un instante, con tranquilidad, como si esperase a ver si tenía algo que añadir.

—Maeve, sé perfectamente que no te gusto. Nunca te he caído bien, pero eso no me supone ningún problema. Yo te aprecio, aunque te burles. Y, sobre todo, quiero a Elliot, y está preocupado de verdad. No contestas a las personas que quieres, pero me has abierto la puerta, o sea que creo que mi culito perfecto te será más útil que esta botella de tequila. Ahora —siguió diciendo, después de una breve pausa—, ¿querrías dejarla y ayudarme a ordenar esto? No me apetece en especial hacerlo sola, aunque puedo hacerlo.

Dicho esto, se puso a continuar lo que había empezado, de cara a la mesa.

¡Joder! La odiaba. Por primera vez en mi vida, se me habían acabado los insultos para describir hasta qué punto la despreciaba. Me quedé parada durante unos instantes, mientras miraba cómo ordenaba mi leonera. Vi, boquiabierta, cómo una niña perfecta tiraba un plato de macarrones precocinados tan podridos que podrían haber ido solos hasta el cubo de la basura. Y no supe qué decir.

Entonces hice lo único que podía hacer. Dejé la botella en el sofá, tomé la bolsa de basura y me puse a ayudarla. Después de todo, cuanto antes acabásemos, antes se iría.

Al cabo de tres cuartos de hora, mi apartamento volvía a parecer normal. Como si quisiera cargarme aún más, Tara se ofreció para venir a ayudarme a limpiar al día siguiente, si quería. Rechacé amablemente su propuesta. A menos que se rociara el cuerpo con lejía y se revolcara por el suelo. ¡Ni hablar!

Estábamos en el rincón que servía de salón. Se había sentado en la butaca y yo en el suelo, comiendo una hamburguesa fría. No sé por qué, me habría esperado comida casera. Me sacaba de mis casillas que hubiese pensado que preferiría comida rápida y me la hubiese traído. Todo me irritaba de ella, incluso su amabilidad.

La tele emitía un ruido de fondo salvador. No hubiese soportado quedarme en un silencio absoluto con ella en el mismo cuarto. La tortura tiene un límite. Romperme yo misma los dedos uno por uno me parecía una buena alternativa.

Dejé la servilleta con la que me había limpiado la boca y murmuré una especie de gracias. O más bien gruñí. Ni pensar en agradecerle oficialmente nada que hubiese hecho. En cuanto hube acabado con la servilleta se puso a sonar mi teléfono móvil, que estaba encima de una mesita ahora bien ordenada. Apareció una cabeza blanca con una sonrisa crispada y unos ojos perspicaces. Mi abuelo me había dejado un montón de mensajes en los últimos días, y yo no había escuchado ninguno. Serena también había intentado hablar conmigo varias veces, sin éxito. Acabé por enviar un mensaje en el que decía que había pillado una gripe repentina y muy contagiosa, para evitar que se me presentara en casa.

Suspiré al rechazar la llamada y me levanté para tirar las sobras de la cena. No quería dejarlas por ahí, no fuera caso que doña Perfecta se me instalara en casa hasta que consiguiera llevar una vida ordenada.

Cuando volví a la estancia principal, Tara había apagado la tele y me miraba con preocupación. Me volví a sentar en el suelo.

—¿Por qué haces esto?

Por toda respuesta, alcancé la botella de tequila y bebí a gollete. Tara puso los ojos en blanco.

—¿Por qué hago qué?

—No das noticias tuyas a ninguna de las personas que te quieren, dejas que se preocupen. Eso es muy egoísta, ¿lo sabes?

No me lo había planteado desde ese punto de vista, pero sí, lo era. Y no me molestaba. Elliot se había portado como un imbécil y no tenía ganas de verlo. Me montaba demasiadas escenas de celos mientras paseaba a su novia delante de mis narices. Brianne me exasperaba con su manía de querer emparejarme a toda costa, porque no lo hacía por mí, sino para no tener que pensar en que echaba a perder su vida amorosa eligiendo a tipos problemáticos. Me daba cuenta de que esta manera de pensar era muy dura, pero era la cruda realidad. Esa era mi opinión. Y no me sentía culpable. Después de todo, quizá no fuese extraño que soñara con descuartizar a desconocidos. Tenía ganas de degollar a

Elliot y de partirle el cuello a Brianne. Mi vida no era feliz, porque la compartía con gente que tampoco lo era, y eso me afectaba desde hacía tiempo. Y, como prueba de que había tocado fondo, había permitido que lo presenciara la persona que más odiaba en este mundo y le había dejado que limpiara mi mierda.

Le ofrecí tequila, que rechazó con educación.

—Y tú, ¿por qué no te desmadras nunca? —le pregunté—. Bebe conmigo y contestaré a tus preguntas.

Vaciló durante unos instantes y alcanzó la botella, casi con incredulidad, para beber a morro. Hacía muecas antes de haber probado el alcohol. Me puse a reír en cuanto hubo tragado unas gotas, pues por poco se atraganta. Y me miró con sus ojillos de cervatillo indefenso. Levanté los brazos como defensa, sin poder evitar una carcajada.

—¡Discúlpame! No me estoy burlando —dije—. Pero ¡es tan divertido!

Y volví a reírme. Había que reconocer que no se lo tomaba mal. Yo ya habría pegado a alguien que hubiera sonreído si la situación hubiese sido a la inversa. Me levanté con presteza y volví con la ginebra al cabo de unos segundos.

—Toma, prueba con esto. No es tan fuerte.

No le dije qué había pensado en ese instante: que la ginebra era una bebida casi de niñas. No tenía con qué mezclarla, ya era bastante castigo.

Abrió la botella y se tomó unos tragos, mientras yo la miraba pasmada. Y la dejó delante de ella, haciendo un sonido que parecía «yuk». ¡Se había bebido la tercera parte del contenido de golpe!

—¿Es suficiente para que me contestes? —preguntó con una voz que intentaba controlar y con la cara llena de asco.

—Pero bueno —solté, sintiendo una gran admiración hacia ella por primera vez.

Me callé un momento. Una parte de mí no tenía ni pizca de ganas de hablar con ella, la misma parte que no la soportaba bajo ninguna circunstancia. Pero la otra me decía que esta muchacha había venido a ver a alguien que sabía que la odiaba, le había ordenado la casa y se había bebido de golpe un líquido asqueroso sólo para responder a sus expectativas. Di un suspiro tan profundo que se me levantó un mechón.

—Últimamente me cuesta —admití—. Me cuesta controlar mi rabia y, sí, evito a Elliot y a Brianne. Estoy harta de que intenten protegerme y de que juzguen todo lo que hago.

—Pero me has dejado entrar.

No era una pregunta y no pensaba contestar. Sin embargo había vuelto a darle a la botella de ginebra y se proponía vaciarla un poco más. Será cabrona...

—Oye, no voy a mentirte. No me caes bien, aunque no tengo motivos para ello. No puedo evitarlo.

Sonrió con tristeza y, además del odio habitual, sentí una cierta culpabilidad.

—¿Sabes? —me dijo—. Crees que soy tonta y Elliot también, hasta cierto punto... Pero lo sé. Aunque vosotros no me hayáis dicho nunca nada, yo lo sé.

Medité lo que acababa de decirme. Claro que era tonta. Y, por supuesto, eso no le había impedido darse cuenta de algo. ¡Jodida imbécil! La maldije en silencio.

No le contesté. Tenía los ojos llorosos, fijos en la media botella de ginebra que tenía delante.

—Pero le quiero. Lo suficiente como para hacer la vista gorda.

Sentí la necesidad imperiosa de justificarme. ¿Qué creía? ¿Que Elliot y yo nos habíamos liado a sus espaldas?

—Tara, ¡entre Elliot y yo no hay nada! Es como un hermano para mí —añadí enseguida, con la voz extrañamente segura a pesar de la mentira piadosa que acababa de decir. Un hermano que se pone celoso cada vez que me acerco a un tipo.

—Gracias, Maeve —dijo con una sonrisa triste.

Volvió a echar un trago. Veía con claridad que no se lo creía más que yo. En realidad, no había mentido. Ahora no había nada.

—Tara, ¡ya está bien, para de una vez! —insistí—. Quería fastidiarte, no tienes por qué continuar.

Me sentía culpable. Aborrecía a una muchacha que tenía todos los motivos del mundo para odiarme a mí, mientras que yo no tenía ninguno. Lo peor de todo era que ella no me guardaba rencor. Una «chiquilla caprichosa»: ¿eso fue lo que dijo?

—¿Has bebido lo suficiente para probarte el vestido que te he traído para la gala? —me preguntó, después de soltar la botella.

Me sonrió y, cosa increíble, yo también a ella.

Tara se había quedado hasta muy tarde. Cuando se fue, mi despertador marcaba las tres de la madrugada. Me había probado el vestido para que estuviera contenta, después de una ducha rápida. Realmente tenía un gusto perfecto. El vestido era precioso y me sentaba como un guante. De un color azul zafiro que brillaba sobre mi piel clara, ceñido bajo el pecho, se ajustaba a la perfección. Hasta a mí me había gustado vérmelo puesto.

Nos habíamos acabado nuestras botellas respectivas y, en resumen, pasado una velada entre muchachas. Me preguntó por el guapo desconocido con quien había desaparecido la última vez que nos vimos y, sorprendiéndome a mí misma, le conté lo del vómito.

Cuando se fue, la odiaba por haber conseguido que la odiase algo menos —la cabra tira al monte—. Me había hecho jurar que le contestaría si me llamaba, y a cambio me prometió que no hablaría de nuestra velada con Elliot o con Brianne.

Al día siguiente, me desperté con un dolor de cabeza espantoso. No recordaba haber tenido ninguna pesadilla. Punto a favor. Pero no conseguía abrir los ojos. Punto negativo.

Debía de ser temprano. Sentía el sol en la cara, y me entraron ganas de cerrar las persianas para poder dormir un poco más. Después de sopesar los pros y los contras, abrí los párpados con un gran esfuerzo. Y descubrí que no estaba sola.

Me estaban mirando unos ojos azules y fríos.

Capítulo 5

«Me observaba una mirada helada.»

—¡Recórcholis! ¡Me has dado un susto de muerte! —exclamé.

Recórcholis. Esto..., bueno. Quizá debería revisar mi lista de palabrotas para cualquier ocasión. ¡Pardiez! Eso sí que quedaría bien en plena conversación.

Walter me sonrió tranquilizador. Estaba sentado en la cama, a mi lado, y había un juego de llaves entre ambos. Por supuesto, tenía las llaves. Me reproché no haber contestado sus llamadas. No habría aparecido en casa como por arte de magia si lo hubiese hecho.

—Siento no haberte dado noticias. No me encontraba bien —me limité a decir.

Esperaba que se tragara el anzuelo. Al fin y al cabo, seguro que tenía mal aspecto, entre la resaca y las ojeras. Y parecía enferma.

Me seguía mirando con su sonrisa tranquila.

—Tenemos que hablar, princesa.

Vaya, vaya. No me gustaba cómo sonaba la frase.

Me incorporé en la cama, con la espalda apoyada en la pared y las ideas de repente mucho más claras. Había algo en el tono que había utilizado. Algo que me desagradaba en grado sumo. No me iba a regañar, ni nada por el estilo. Se trataba de algo grave. Inspiró profundamente y espiró lentamente antes de hablar.

—Maeve, no he venido a verte antes porque he tenido que ocuparme de muchas cosas durante estos últimos quince días. Pero no he dejado de vigilarte.

Hizo otra pausa, como si no supiera cómo expresarse. No era su estilo. Siempre sabía cómo decir las cosas. Algo no cuadraba, se estaba esforzando. Y eso no me gustaba. ¿No había dejado de vigilarme? ¿Cómo? ¿Había hecho poner cámaras de vigilancia sin que yo lo supiera? Observé los muebles, como si de repente fuera a ver algo que se me había escapado durante meses.

—Tengo que irme durante una temporada. Han ocurrido... cosas que requieren toda mi atención.

Me habría gustado que no fuera tan enigmático, pero por lo visto eso no entraba en sus planes.

—No entiendo nada de lo que intentas decirme, Walter.

Había intentado que no se me notara el pánico en la voz, sin éxito. Se volvió y contempló el horizonte a través de la ventana. Después de lo que me pareció una eternidad, volvió a hablar, sin mirarme.

—Tengo que confesarte que no he sido sincero contigo, princesa. Siempre he estado convencido de que era para protegerte...

Dejó la frase sin acabar y el corazón se me puso a latir con menos fuerza. ¿No se supone que el estrés provoca el efecto contrario?

Sin embargo, latía mucho más lento, mientras me pasaban por la cabeza toda una serie de pensamientos, a cual más espantoso. Iba a confesarme que tenía cáncer —o alguna enfermedad incurable— y que se moriría en un mes. Odiaba que estuviese tan sereno, como de costumbre. Se me llenaron los ojos de lágrimas mientras esperaba a que continuara.

—Tengo motivos para pensar que ha fallecido hace poco un gran amigo mío —dijo por fin.

¿Qué? Nada de lo que había imaginado. Mi corazón recuperó su ritmo, al entender que mi abuelo no estaba a punto de morir y que, si bien las noticias no eran para saltar de alegría, tampoco eran tan malas como me temía. Bueno, por lo menos es lo que pensé entonces.

—Lo siento —contesté sin más.

Le tomé la mano y la apreté contra la mía. Sonrió, pero estaba claro que la procesión iba por dentro. Fuera lo que fuese lo que había venido a decirme, estaba segura de que todavía no lo había hecho y me espantaba pensarlo. Lo conocía bastante bien para saber que, a pesar de su abatimiento, la muerte de su amigo no era motivo suficiente para que se desplazara a darme la noticia en persona. No era como si se tratara de un pariente próximo. Había algo más.

—Princesa, tienes que entender que Karl era una de las pocas personas de este mundo que podía ponerse en contacto conmigo.

—¿Qué?

Esta vez había hablado en voz alta. Sabía cómo localizarlo, Elliot también, y Serena, así como todas las mujeres del club de bridge —y ¡sí que lo encontraban...! —. Por un instante, me pregunté si acaso Walter no estaría enfermo: Alzheimer, o algo por el estilo. No entendía nada de lo que me decía y no se esforzaba nada por ayudarme. Se le muere un amigo, se le cruzan los cables y he aquí a mi abuelo transformado en vegetal. Me sabía mal estar tan poco por casa para ver cómo se las arreglaba en el día a día. Quizá necesitaba que lo cuidasen y yo estaba viviendo mi vida egoísta en otro lado, dejando que se sumiera poco a poco en la locura.

—Walter, siento mucho lo de Karl. De verdad. Pero no entiendo qué intentas decirme y no me gusta.

Se le heló la mirada.

—Hay motivos para pensar que lo asesinaron.

A mi alrededor, las paredes empezaron a moverse de manera extraña, alejándose y acercándose, como en un baile macabro. Tenía miedo de oír lo que iba a decirme a continuación.

—Tengo que comprobarlo en persona —me anunció, al fin, con tranquilidad.

—Walter, si han asesinado a tu amigo, te aconsejo que no vayas, podría ser peligroso —dije mientras una parte de mí seguía pensando en hablar con su médico de cabecera.

—Maeve, lo que tienes que entender es que vivimos escondidos desde hace veintiún años.

—¡Joder, Walter! ¿Te estás cachondeando de mí?

Si le chocaron mis palabras, no lo mostró, por suerte para mí. La próxima vez no me complicaré la existencia intentando decir recórcholis, pardiez o caramba. Pero ¡córcholis! Veintiún años, los que acabo de cumplir. Y, sobre todo, los que han pasado desde que murieron mis padres. Pensé en algo espantoso.

—Walter, ¿mis padres...?

—Lo siento mucho, princesa, tendría que habértelo contado.

Un accidente de automóvil. ¡Un accidente de automóvil! No conocí a mi padre ni a mi madre, y siempre había creído que murieron en un maldito accidente de automóvil, no asesinados.

Esta vez fue él quien me tomó la mano. Lo miré, con los ojos dudando entre lágrimas de tristeza y de rabia. Pero la rabia llevaba las de ganar. La mano que tenía libre apretaba con fuerza la funda del edredón.

—Quiero la verdad —articulé con dificultad, intentando contener la rabia y evitar que me temblara la voz—. Quiero saber de quién nos escondemos y por qué.

Había vuelto la cabeza para que no se diera cuenta de que, a pesar de la seguridad con la que hablaba, todo mi mundo se estaba desmoronando.

—Y te la diré cuando haya vuelto. Pero hasta entonces, cuanto menos sepas, mejor.

Me entraron ganas de pegarle. Y eso era espantoso. Nunca me había enfadado antes con Walter. Nunca. Pero ¿cómo se atrevía a venir a contarme cosas como esas para marcharse luego rodeado de misterio y dejarme en un limbo aún más doloroso que el anterior? Habría podido largarse y no decirme nada antes de volver. O no hacerlo nunca. Me estaban entrando instintos asesinos. Y estaba despierta.

Un crujido me sacó de mis pensamientos. Agachando la cabeza, me di cuenta de que había roto la funda de tanto machacarla. Solté una palabrota. Mejor la funda que Walter, pero ¡joder! Aparté la mano que aguantaba la de mi abuelo y puse los brazos alrededor de las rodillas. No quería sentir su contacto. Me había mentido. Durante veintiún años.

—Sé que estás resentida conmigo, princesa. Y lo acepto.

¿Lo aceptas? Y a mí, qué.

—Pero tenía que decírtelo, porque tu vida también podría verse amenazada.

¡Estupendo! ¿Algo más? ¿Algo como que mi madre se dedicaba a hacer *striptease* y a la prostitución?

—¿Y por qué me lo dices antes de irte? ¿Qué habría cambiado si hubieses esperado a volver para hablarme de ello y contarme toda la historia de una vez?

Y en ese momento vi algo en los ojos de mi abuelo que no había visto nunca. Tardé un poco en identificar qué era, pero no cabía duda: era miedo.

—Dios mío, Walter, no me digas que temes no volver.

Guardó silencio.

—Y si no vuelves, ¿qué hago?

—Volveré —me aseguró, sonriendo con la comisura de los labios. *Walterminator.*

Lancé un suspiro. Nunca había pensado en serio que mi abuelo podría desaparecer algún día. Parecía intocable. Sin embargo, ahora daba la sensación de que tenía miedo de perder el pellejo. Yo también tenía miedo. Sin contar con que se llevaría los secretos a la tumba. Y, a pesar de ello, sabía que no serviría de nada insistir o rogarle que no se fuera. Era el tipo de hombre que no cambia de opinión.

—Lo he organizado todo para que una persona de confianza te vigile mientras estoy fuera.

Lo que faltaba.

—Ni siquiera te darás cuenta de que está, y me gustaría que siguieras comportándote como si nada.

¿Y eso cómo se hace? ¡Joder!

Intentó tranquilizarme con la sonrisa.

—También me gustaría que llevaras esto.

Se sacó del bolsillo un colgante de plata, que representaba a un dragón que guardaba una joya minúscula, y me lo dio. La piedra preciosa, de color azul oscuro, brillaba con una fuerza extraña a pesar de su reducido tamaño. «¡Tienes un gusto de mierda, Walter!», pensé.

—Es una antigua joya de familia. Tu madre la llevaba antes que tú, su madre antes que ella y así sucesivamente. Dicen que protege.

Pero bueno... Y ahora, ¿qué? ¿Un collar? ¿Para protegerme? Sabía que a Walter siempre le habían gustado los amuletos, pero ahora no era el momento, porque eso parecía más bien una transmisión hereditaria y no hacía más que aumentarme el estrés.

Volvió a mirarme con una sonrisa inexpresiva. Todo él parecía que quería decirme: «Lo siento». Pues yo también lo siento. Pero tenía ganas de que se fuera y me dejara tranquila. Que desapareciera. Y, en aquel momento, incluso deseé no volver a verlo.

—Me lo reprochas —añadió—. Me lo merezco. Pero tienes que entender que no lo he hecho nunca contra ti, sino por ti. Todo cuanto he hecho siempre ha sido para protegerte. Y cuando murieron tus padres, me las arreglé para que pensaran que te habías ido con ellos. Solo me buscan a mí, y tengo que asegurarme de que no corres ningún peligro antes de volver. Te doy mi palabra de que, cuando regrese, te contaré toda la verdad, toda tu historia.

Como si el hecho de saber que quisieran matarlo a él en exclusiva o que me había mentido tan sólo para protegerme fuera a tranquilizarme.

Se levantó. No me moví. Aún no le había dicho nada. No tenía ganas de hacerlo.

—Ahora me voy. Haz como de costumbre, pero sé prudente. Y no hables de ello con nadie. Volveré lo antes posible. Te lo prometo.

Con estas palabras, desapareció, cerrando la puerta con llave. Me entraron unas ganas locas de levantarme y de tirar mis cosas por todo el cuarto. Quería gritar, pegarle a alguien, golpear algo. Mientras intentaba contener mi rabia, me quemó el colgante que tenía en la mano. Por las lágrimas que aún reprimía, me di cuenta de que había apretado tanto el puño que me había clavado las uñas en la palma de la mano. Sangraba y me picaba el contacto del medallón con la herida. Sería mejor que lo desinfectase. Bueno, si me importara en lo más mínimo.

Tiré el colgante al suelo y, por primera vez en años, me puse a llorar.

—Bonito collar.

Me volví para ver quién estaba hablando. Un tipo, más o menos de mi edad, rubio, con los ojos azules y aspecto de surfista australiano. Demasiado bajito. Y nada especial.

—Gracias —dije, girando la cabeza hacia la barra.

Habían pasado tres días desde la visita de Walter y seguía igual de crispada que cuando se marchó. Sin embargo, había decidido seguir sus consejos y vivir con normalidad. O casi.

Hay momentos en mi vida en los que estoy tan pasada de rosca que me comporto de manera poco inteligente. Marc era un buen ejemplo y lo que me había propuesto hacer era otro. No buscaba problemas. Sólo quería estar en primera línea para asegurarme de que, si se presentaban, me encontrarían.

Había salido todas las noches, había vuelto sola cada vez, como una buena chica. E iba a continuar así. No necesariamente volviendo sola, pero sí saliendo. No había vuelto a ver a Elliot, ni a Brianne ni a Tara. Ésta me envió un mensaje para asegurarse de que estaba bien, e incluso le contesté.

Emprendí la caza en solitario.

Después de haber llorado todas las lágrimas que tenía en el cuerpo hasta que me ardieron los ojos de rabia, cuando se fue Walter, reflexioné. Primero pensé que estaba loca de remate; luego, que me importaba un bledo. Si de verdad corría peligro, como temía Walter, y me encontraban los asesinos de mis padres, no tendría que buscarlos. Y me daba igual jugarme la vida mientras tanto. Me estaban protegiendo sin darme cuenta, había dicho Walter. Pues si los llevaba hasta mí, mejor que mejor. De todas maneras, era a él a quien buscaban. En el peor de los casos, me utilizarían como moneda de cambio si me capturaban. Y tampoco era como si los estuviera buscando. Sólo me ponía a su disposición, bien visible, sacando ventaja.

Si me hubiera parado dos minutos a pensar con sensatez, me habría dado cuenta de que esta actitud era de lo más estúpido. Pero ahí radicaba el problema cuando perdía los estribos: no tenía ganas de ser racional. Quería aplastar al mundo con las manos, dejar de ser razonable y hacer tonterías. Muchas tonterías. Hasta pensaba en lamentarlas con unas ganas locas.

Llevaba otro vestido negro, comprado para la ocasión. Me ceñía todo el cuerpo de manera casi escandalosa y tenía el escote mucho más pronunciado que el que me había regalado Serena. Llevaba medias negras, los zapatos que me había dado, y me había maquillado los ojos con tonos oscuros. «Como un felino», pensé al salir de casa dos horas antes. Llevaba el pelo recogido de manera que me cayesen unos mechones en el cuello, y quedaba muy bien. Nada más lejos de lo que llamaba mi uniforme de trabajo. La oruga se había transformado en mariposa venenosa. Me sentía como una pantera negra, suave como el terciopelo y depredadora mortal. Y eso me gustaba.

—¿Vienes mucho por aquí?

Miré al aprendiz de surfista con desdén. ¿Por qué los hombres tenían que mostrar siempre tanta estupidez y tan poca imaginación? Vamos, crío, lárgate, mamá osa está esperando a una presa más grande.

—Sí.

No era del todo mentira. Era la discoteca donde me había peleado con Marc y a la que había vuelto a ir las dos noches anteriores. Necesitaba una rutina, si quería que me localizasen con facilidad. No tenía ni idea de con quién iba a encontrarme, pero intuía que lo sabría cuando llegase el momento. Y en todo caso, no era este rubiales insulso.

—¿Te puedo invitar a una copa?

Dios mío, ¿no iba a parar nunca? Lár-ga-te ya.

—No.

Miré hacia el camarero, antes de gritar a pesar mío imitando al surfista.

—Eres la mujer más guapa que he visto por aquí, y de lejos —continuó.

Me volví de golpe, a punto de estallar y de ordenarle que me dejase tranquila, de manera muy gráfica, cuando se me acercó un tipo vestido de negro.

—¿La molesta este joven?

Me di cuenta de que llevaba un auricular. Así que al menos había personal de seguridad en el local. El rubito palideció, farfulló algo y desapareció.

—Gracias —le dije al guardia.

Sonrió de una manera que no supe interpretar. Lo observé con detenimiento. Muy alto, pelo rapado y brazos en los que ya no cabían más músculos. Era el estereotipo del agente de seguridad. Sin embargo, tenía un aspecto muy dulce y sus ojos azules eran amistosos.

—No querría que también tumbaras a este —dijo divertido—. Dejaste al otro fuera de combate. Jim.

Más que una mano, me tendió una pata de oso.

—Maeve —contesté, dándole la mano como pude.

—Maeve, eres toda una mujer. Tengo que ir a hacer la ronda, pero si algún día buscas trabajo, avísame.

Me guiñó el ojo y se fue. ¡Habrase visto! Nunca hubiera pensado que me ofrecerían trabajo por haberle arreglado la cara a un imbécil. Expulsarme, sí, pero eso, en absoluto. Estaba claro que no iba a aceptar, pero por lo menos había conseguido hacerme sonreír.

Después de un par de copas y como no encontré nada interesante, decidí volver a casa. Pasé por el guardarropía para buscar la americana y salí. La noche era fresca a pesar de la época del año. Había llovido el día anterior y las temperaturas habían bajado.

Me di la vuelta varias veces mientras volvía a casa. Tenía la extraña sensación de que alguien me estaba siguiendo, y la tenía sin cesar desde que hablé con Walter. Sin duda me estaba volviendo paranoica, aunque mi abuelo me había dicho que lo había arreglado todo para que me protegieran. Sin embargo, esta noche olía a algo. El olor era indescriptible. Olía... a polvo. La idea me pareció descabellada, el polvo no huele. No obstante, olía de verdad a polvo.

Me dio un vuelco el corazón al oír un ruido detrás de mí. Me volví con rapidez, pero no vi nada. La calle estaba desierta. Al pasar delante de unos grandes almacenes, aproveché para esconderme en un rincón detrás de un escaparate. Y esperé. Un minuto... Dos minutos... Entonces lo vi y casi se me paró el corazón. De nuevo. Lo cual me dio aún más miedo. No era el momento de tener un ataque cardiaco.

Decir que era enorme era quedarse corto. Medía más de dos metros. Tenía la piel oscura, el pelo castaño, liso y largo, atado en una coleta. Llevaba *jeans* —que debían ser de mi talla— y una camiseta sin mangas muy ajustada. Avanzaba con pesadez y parecía que husmeara el aire.

Sentí cómo los latidos de mi corazón disminuían a medida que aumentaba el temor. Me zumbaban los oídos y, cuando me quité los zapatos de tacón, no oí ningún latido. Ya no sentía nada. Acababa de morirme de miedo, en el sentido literal de la palabra.

El gigante pasó bajo una farola y, al verle el rostro, me entró hipo por la sorpresa. Parecía un guerrero indio, pero con cicatrices en las mejillas en lugar de pinturas de guerra. Una era muy gruesa y le atravesaba toda la cara, separándole la ceja negra en dos partes iguales encima de un ojo que parecía apagado.

Me pareció que me había oído al instante, ya que dio media vuelta en cuanto el hipo me salió de los labios. Dejé de respirar. Si se volvía a girar, tendría una milésima de segundo para marcharme a toda velocidad en dirección opuesta esperando encontrarme con más gente. Por fin se presentó la ocasión. Mr. T se volvió y dio un par de pasos. No esperé una segunda oportunidad.

Me puse a correr hacia la discoteca, deshaciendo los pasos que había dado en sentido contrario. Iba tan rápido que los pulmones me quemaban y el corazón seguía su ritmo. Después de un silencio de muerte, ahora latía con fuerza. Al llegar a la discoteca, me detuve delante de la puerta para recuperar el aliento. Mis ojos se movían al ritmo de los latidos y me dolía cada bocanada de aire. Intenté entrar, pero el portero me paro los pies.

—Si te crees que vas a pasar sin zapatos, pequeña...

—He venido a ver a Jim —dije.

Y, a pesar del dolor que eso me causó, le obsequié con mi sonrisa más encantadora.

Capítulo 6

«No había echado de menos este lugar, en absoluto.»

La cafetería de la universidad se estaba llenando poco a poco, y yo fulminaba con la mirada a quien se atreviese a observarme. La última vez que estuve aquí, había gritado al despertarme, delante de varias personas. No me había entretenido en hacer una lista de testigos, pero las miradas que me lanzaban de vez en cuando me recordaban que la cafetería estaba bastante llena en el momento del crimen.

Enfrente de mí, Elliot tenía la nariz metida en un libro, Tara comía una ensalada verde —¿qué, si no?— y me obsequiaba con unas miraditas amables que se me atragantaban. Estaba convencida de que comprobaba que me estuviera comiendo toda la verdura. Brianne, sentada a mi lado, tragaba con dificultad un plato de pasta. A su favor, diré que no parecía demasiado apetitosa.

Me había apenado volver a ver a mi amiga. Tenía ojeras —tampoco debía dormir mucho— y sonreía de manera forzada. Aunque siempre transmitía la alegría de vivir y una feliz hiperactividad, parecía totalmente apagada. Hacía meses, nos había costado horrores sacarla de su estado de apatía, y el encuentro con Marc la había hecho recaer, lo cual no presagiaba nada bueno. No la había visto desde hacía dos semanas, y me temía que había estado así durante todo ese tiempo. Me sentía culpable por haber desaparecido cuando más me necesitaba.

Sin embargo, no conseguía conectar con ella, ni tenía ganas de que así fuera. Todas esas historias parecían quedar a años luz, y me sentía ajena a ese universo. La universidad, los novios violentos, los celos, todo eso me resbalaba y no me afectaba. No conseguía sentir que formaba parte del mismo mundo que mis amigos, y de hecho me daba igual.

Me había costado mucho a volver a clase, pero acabé por decidirme. Echaba de menos las clases, y estábamos a lunes. No tenía nada especial que hacer hasta el jueves. Por supuesto, podía salir por la noche, pero los bares cerraban sobre las doce a comienzos de semana. Si quería dar la impresión de que seguía una rutina, tenía que ir a clase durante la semana y a la discoteca el fin de semana.

También tengo que decir que mi encuentro con el gigante patibulario me había trastornado. De acuerdo, era fuerte, había tumbado a Marc, pero lo de Marc no era nada comparado con enfrentarse al tipo que me había seguido. Me había largado corriendo, como una niña asustada. Y me negaba a repetir la experiencia. Ni hablar de volver a encontrarme con aquel tanque humano sin estar armada hasta los dientes. No tenía ni idea de cómo hacerlo, pero disponía de varios días para encontrar una respuesta. Ya se me ocurriría algo, estaba segura. No siempre habría un Jim que me acompañara a casa.

Se había portado como todo un caballero. Le sorprendió volver a verme, hasta que le solté una historia bastante descabellada para parecer creíble, y aceptó acompañarme cuando cerró la discoteca. Me había llevado hasta la puerta de casa, se había asegurado de que entraba en el edificio sin que se me echara nadie encima y se marchó. Y no había intentado nada. Nada de nada. Todo un caballero.

Pasaron dos días sin noticias. Ni suyas, ni de Walter, ni del gigante. De este último no hacía falta, pero Walter me preocupaba. Una parte de mí repetía sin cesar que no volvería a verlo nunca, y que si él también se había encontrado con el coloso, no habría salido indemne. No me lo imaginaba que saliera corriendo como yo. No llevaba bastón, pero era mayor. Sin embargo, otra parte de mí, más chiquitita, me decía que todavía estaba vivito y coleando.

—¿Has pasado un buen fin de semana, Maeve? —me preguntó Tara de repente.

«Sí, me ha perseguido un gigante desfigurado y casi me meo de miedo. Y por poco también pierdo un pulmón.»

—Nada del otro mundo —contesté—. ¿Y tú?

Emitió una especie de sonido que significaba que el suyo no había estado mal, pero no tenía ganas de hablar de ello. Me repugnaba tanto lo que había podido hacer con Elliot que no quería oír los detalles.

Volvimos a quedarnos en silencio alrededor de la mesa. Elliot no me había mirado una sola vez. Nadie había aludido a mi ausencia y nadie me había observado, hasta el punto de que tenía la impresión de que Tara había contado lo que había hecho por mí. Lo de nadie se refería a Brianne y a doña Perfecta. Elliot seguía leyendo y, cuando se acabó la hora de la comida, guardó el libro en la bolsa y se fue sin decir palabra. Tara me miró con una sonrisita de disculpa y también se marchó después de saludarnos.

—Ha tenido una conmoción cerebral —dijo Brianne sin expresar ninguna emoción, sin siquiera levantar los ojos. Hasta me había olvidado de su presencia.

No comenté nada. De verdad, no se me ocurría nada que decir.

—¿Lo has oído?

—Sí —contesté.

¿Qué quería, que me disculpara?

Movía el tenedor con nerviosismo y llevaba la melena pelirroja, que le tapaba una parte de la cara inclinada, con un corte que habría sido de última moda si se hubiera tomado la molestia de peinarse.

—La nariz rota.

Hacía montoncitos con la pasta, sin mirarme, y el color de la salsa de tomate me recordó la sangre de Marc cuando se le rompió la nariz.

—Y dos dientes.

Me estaba estresando al actuar así. A pesar de la fragilidad que desprendía, parecía una psicópata asesina soltando su discurso de presentación antes de destripar a un inocente. Excepto que no tenía nada de psicópata y yo nada de inocente.

Dudé un momento antes de contestar, pero tenía que soltarlo. Intenté decirlo de la manera más neutra que pude, como ella.

—Espero que le sirva de lección.

El tenedor se quedó plantado en la pasta. Un segundo después, Brianne lo soltó, consiguiendo que la comida saliera volando del plato y aterrizara en la mesa y en su pantalón. Se volvió hacia mí y me miró, dudando entre la tristeza y la rabia.

—¿Qué coño te pasa, Maeve? ¿Por qué lo haces? ¿Por qué?

Estaba enfadada. Sus ojos marrones se habían vuelto negros y le saltaron las lágrimas. Me quedé sin habla, pero su mirada seguía fija en mi. Me parecía obvio. ¿Por qué necesitaba que se lo dijera?

—Brianne, es peligroso. Te pegó durante meses, ha tenido lo que se merecía, eso es todo.

Le rodó una lágrima por la mejilla, hasta el fuego de su melena. Sus grandes ojos me miraban con frialdad mientras se mordía el labio inferior; parecían decirme que no entendía nada.

—Me quiere —dijo al fin—. Tiene problemas, lo sé. Pero está en ello, y lo importante es que me ama. Y tú no tienes ningún derecho a actuar cómo lo haces.

Me pasé la mano por la cara lentamente, como para quitarme de los ojos la máscara que quizás tuviera puesta y que me había ocultado algo obvio. Pero incluso después de esto, seguía sin entender cómo podía ser tan estúpida y negarse a ver las cosas tal como eran. El amor es ciego, pero la desesperación tiene el mismo efecto que una lobotomía.

—No dejará de pegarte así por las buenas, como por arte de magia. No estamos en una maldita película de Hollywood, y no vas a tener tu final feliz con un tipo como ese. Y cuanto antes te des cuenta, menos golpes recibirás aunque creas que te los mereces por amor.

Había conseguido mantener la calma.

—Estás celosa.

Sonaba obvio en su boquita apretada.

—¿Perdona?

—Estás celosa porque yo he encontrado a alguien a quien quiero, y que me quiere, y tú no tienes a nadie y, con tu asqueroso carácter, sabes que acabarás sola.

Por lo visto, lo de pasarse de la raya no tenía ninguna importancia para ella.

—Oye, si quieres que te peguen durante años y estás lo bastante ciega para no darte cuenta de que la gente que te rodea intenta ayudarte, es asunto tuyo. Ya eres mayorcita para saber lo que haces, y no me voy a devanar los sesos con el tema, porque tengo problemas más importantes que solucionar.

Dicho esto, me levanté. Brianne se quedó sentada, con los brazos cruzados encima del pecho y los ojos llorosos mirando al vacío.

—Sabes, ese es tu problema. Siempre se trata de ti. Maeve siempre tiene que meterse en todo. Incluso en lo que no es asunto suyo. El mundo no gira a tu alrededor.

Me fui sin pensarlo dos veces. Esa no era Brianne. No podía ser ella. Marc hacía resaltar aspectos de ella que no existían normalmente. Por supuesto, ella también tenía un carácter de mil demonios, era una de las cosas que me habían gustado de ella cuando nos conocimos. Pero la persona con la que acababa de hablar no era ella. Imposible. Se trataba de una broma. Una vulgar copia física rellena de mierda. Y la mierda tenía un nombre. Soñaba más que nunca con destruir totalmente a Marc.

Subí varios escalones de golpe hasta la planta principal y me dirigí al servicio que estaba más cerca. Quería mojarme la cara hasta aclararme las ideas. O hasta ahogarme. Me daba igual.

Pero, por supuesto, ¿por qué iban a ser las cosas tan sencillas? Elliot estaba ahí en medio. Por fin me había mirado. Con ojos llenos de asco y de odio. Pero estaba demasiado crispada para poder reaccionar.

Aminoré el paso para plantarme delante de él y le golpeé el pecho con el dedo.

—No tienes ningún derecho a mirarme así.

Mi voz sonaba llena de rabia, pero me importaba un comino. En ese momento, habría podido romper todo lo que se hallaba a mi alrededor. Me hervía la sangre en las venas y me consumía por dentro. La conversación con Brianne me había sacado de mis casillas, y que Elliot se atreviera a mirarme así no hacía sino avivar el fuego. Lo hacía tranquilo y con desdén. Observó el dedo que tenía en su pecho haciendo una mueca y arqueando una ceja.

—¿Mirarte cómo?

—Como haces ahora, como si yo fuera una mierda, como si me despreciaras, como si no hubiéramos crecido juntos y no fuera tu amiga, sino una extraña por quien solo sientes asco.

Me apartó el dedo con tranquilidad y precaución. Y lo dejó caer.

—Lo haría con ganas, pero ahora mismo solo siento desprecio por ti.

El tono pausado que utilizaba me enrabietaba aún más. ¿Cómo se atrevía? ¿Cómo podía traicionarme así? Con Brianne había más que suficiente.

—¿Por qué? —grité, sin que me importara en lo más mínimo dar un espectáculo en medio del pasillo.

Sorprendido por la fuerza de mi pregunta, se quedó estupefacto y perdió la calma al contestar.

—Pero ¿qué te has creído? ¡Le pegas a cualquiera que te mire mal! ¡Y te tiras a todo el mundo!

«¡Gilipollas!», fue mi única respuesta.

—Ni siquiera te respetas a ti misma. ¿Cómo quieres que te respete yo?

Lo dijo con tanto asco que hasta a mí me entraron ganas de vomitar.

—Eres un cabrón, Elliot Dunn, un maldito cabrón. Y estás echando a perder más de veinte años de amistad.

Se serenó un poco antes de contestar. La rabia le deformaba el rostro y vi que tenía los puños apretados. A nuestro alrededor, la gente pasaba de un lado para otro por el pasillo gris, evitando cruzarse con nuestras miradas.

—De acuerdo. Así te quedará más tiempo libre para tirarte a desconocidos.

Me quedé boquiabierta. La amargura que dejaba traslucir su frase me sentó como un puñetazo. Avancé hacia él y le empujé los hombros con violencia. No sabía con qué palabras contestarle. Lo odiaba tanto que le habría podido arrancar la lengua por lo que acababa de decir.

—¿Y qué vas a hacer ahora? ¿También me vas a pegar? —preguntó muy enfadado.

Me entraron ganas de abofetearlo, pero eso le hubiera dado la razón. Me contuve y retrocedí un paso.

—¿Qué coño te importa que me tire a cualquiera? No eres mi padre ni tampoco mi hermano, así que deja de meter tus narices en mis asuntos.

Avanzó hacia mí, estábamos casi pegados. Lo tenía tan cerca que me costaba mirarlo a los ojos, y tanta proximidad me molestaba.

—Te tiras a cualquiera, menos a mí. —dijo con suavidad. Su tono seguía siendo amargo, pero había tenido la decencia de no gritarlo por todo el pasillo. Sacudí la cabeza y, en silencio, me fui al servicio. Se había acabado la conversación. De hecho, mucho más que la conversación. Antes de entrar en el baño, oí que golpeaba el tablón de anuncios, con un ruido sordo. Esperé que se hubiese hecho daño. Mucho daño.

Me alegré de que no hubiera nadie dentro. Por suerte, ya que habría podido sacudir al primero que se presentara, de tanta rabia. Me puse a andar de un lado para otro, murmurando entre dientes. Ya estaba harta. Hasta la coronilla.

Primero Brianne, el saco de boxeo humano. Ya me había alterado bastante con lo que me dijo. La había protegido y me lo echaba en cara. Hubiera podido intentar ponerme en su lugar, comprender que el amor tiene razones que la razón ignora y todas esas tonterías, pero me dejaba de piedra la estupidez de que hacía gala. No sabía qué se había fumado, pero me hubiera gustado probarlo. Como nunca me había enamorado, no podía entender lo que sentía. Pero, por lo visto, no tenía suficiente corazón para enamorarme.

A continuación volví a Elliot y a sus asquerosos ataques de celos. Entonces, ¿se trataba de eso? Me tiraba a todo el mundo, menos a él. Sin contar con que se saltaba a la torera el hecho de que tenía pareja, una muchacha tan genial que habría puesto verde de envidia a la Madre Teresa. Me sorprendió lo irónico de la situación. Mis dos mejores amigos estaban fuera de cobertura y poco les faltaba para ingresar en un psiquiátrico, y la única persona a quien aún le caía bien era aquella a la que más odiaba. Al final resultaría que doña Perfecta era la única amiga que me quedaba en el planeta. ¡Qué alegría!

Quedaba Walter. Walter y sus mentiras, Walter y su desaparición, Walter que me abandonaba cuando tenía que asimilar el hecho de que mis padres no habían muerto en un accidente, sino asesinados, y que yo misma podía estar en peligro. Y me había dejado sola, para rematar el tiro.

Los odiaba a todos. Los maldecía por envenenarme la existencia de este modo. Yo no lo había buscado. A decir verdad, no le había rogado a Walter que me contara algo que ignoraba, ni a Elliot que se enamorara de mí —o algo por el estilo, fuera lo que fuese, no me importaba—. En cuanto a Brianne, no quería ni pensarlo. Tenía ganas de abandonar esta vida de mierda, de dejarlos plantados, de volver a empezar desde cero en un lugar donde no conociera a nadie. En ese momento los odiaba tanto que me pasó por la cabeza la idea de pedirle al gigante de la cicatriz que me adoptara. Podría hacer maldades, con verdaderos malvados, convertirme en una jodida pesadilla y merecer todo cuanto me sucediera.

Me detuve delante del secamanos automático. No valía la pena seguir luchando. Le di un primer golpe a la máquina. El dolor que me produjo tenía algo de tranquilizador, como si apagara durante una milésima de segundo mi sufrimiento moral. Motivada por aquel respiro momentáneo, seguí martilleando el aparato de metal hasta que se desprendió de la pared y cayó abollado, directo a la papelera demasiado pequeña que había debajo. A continuación le di un puntapié y lo hice rebotar debajo de los lavamanos.

Y entonces vi la imagen que reflejaba el espejo desde hacía un rato. Tenía el rostro deformado por la rabia. Ya no me parecía a mí misma. Ya no tenía nada de humana. Y me odié. Odiaba lo que era, todo lo que no conseguía dominar, toda esa ira constante, toda mi vida y el hecho de que no podía controlarlo.

Le pegué a mi reflejo. Una vez. Y otra. No me detuve hasta que mis manos se llenaron de sangre. Y esa visión era magnífica.

Capítulo 7

«Tenía claro que las discotecas no eran lo mío.»

Sábado por la noche, clientes borrachos, demasiados decibelios y tímpanos delicados. Me armé de paciencia. Seguía sin saber qué esperaba, pero estaba preparada. Tenía una buena navaja sujeta en la pierna con una pistolera, como en las películas, escondida bajo un precioso vestido negro que tapaba lo justo. Pero lo que no dicen en las películas es lo verdaderamente incómodo que llega a ser. También tenía un *spray* de pimienta en el bolso, por si las moscas.

Por si lo necesitaba ¿para qué? Esa era la cuestión. No había aclarado nada el jueves, ni el viernes, y empezaba a desesperar. Y cuanto más tiempo pasaba, más me parecía que debía haber soñado con el gigante patibulario, que no existía de verdad. Ni rastro de él desde que me puse a correr como una loca una semana antes. Y aunque no me lo hubiera imaginado, no creía que me estuviera persiguiendo. «Creen que estás muerta», me dijo mi abuelo. Entonces, ¿por qué iban a buscarme? Estaba decepcionada y empezaba a deprimirme en serio. No pasaba nada fuera de lo corriente y estaba a punto de tirar la toalla. No me amenazaba nada ni nadie, aparte de mi carácter, e incluso se me diluía la rabia, como si ella también se estuviera aburriendo.

Fuera como fuese, Jim se había portado como un caballero y me había acompañado a casa las dos noches anteriores. Seguramente hoy volvería a hacerlo. Tampoco pensaba ligar esta noche. Jim y yo nos habíamos hecho amigos muy deprisa. Quedaba muy lejos del estereotipo del musculitos descerebrado. Al contrario, era un hombre refinado con una conversación interesante y para quien la violencia era el último recurso, aunque le encantaba picarme diciendo que un renacuajo como yo podía hacer mucho daño. Y, sobre todo, no intentaba ligar conmigo, lo cual era un alivio.

Me distraje pidiendo otro Sol, que desapareció antes de que llegara el vaso a la barra. Solo me quedaba el alcohol, además de las conversaciones con Jim cuando me acompañaba a casa. No sabía dónde andaba mi abuelo, el único familiar que me quedaba, ni si estaba vivo; mis mejores amigos eran agua pasada y no me había gustado ninguno de los tipos que se me habían acercado esa noche. Quizá me estuviera volviendo muy selectiva.

Hablando del lobo, había visto entrar a mis amigos en el local hacía apenas un rato. Elliot y Tara, y Brianne con Marc. Solo me había visto Brianne, y me miró de tal modo que hubiera preferido que no advirtiera mi presencia. Como para desafiarme, se había apretujado contra Marc. ¡Que le aproveche! No iba entrar en ese juego morboso.

—Sabía que volveríamos a vernos.

Me di la vuelta y me encontré con una sonrisa depredadora. Don Vómitos. ¡Lo que me faltaba! Me volví hacia la barra y llamé al camarero, que se acercó enseguida. Se fijaba más en mí desde que llevaba vestidos.

—Lo mismo que la señorita —dijo el desconocido—. Dos copas.

Pero ¿quién se había creído que era? No le había dado permiso para invitarme a una copa, ni a tocarme las narices. Además, no debería tomar un Sol. Era demasiado fuerte para él, y recordaba perfectamente que no aguantaba el alcohol.

El camarero se alejó y vi cómo tomaba una botella con un líquido anaranjado. Don Vómitos se apoyó en la barra con indolencia y me miró con la misma sonrisa de inexpresiva en los labios.

—¿Nos conocemos? —acabé preguntando con un tono que pretendía ser de desdén y una ceja arqueada. Ah, sí, eres el tipo que casi me vomita encima hará unas semanas.

Sonrió aún más. Ni rastro de vergüenza. Tenía aspecto de ser tan machista que seguro que la vergüenza no entraba en su repertorio de expresiones.

—Lo siento, princesa, hubiera preferido que no lo presenciaras. Había tenido, cómo diríamos..., una ligera intoxicación alimentaria.

Me chocó que me llamara princesa. Mi abuelo era el único que lo hacía y que se me dirigiera así un tipo que intentaba ligar conmigo y que me había metido la lengua en la boca le daba al tema un toque incestuoso que me retorció las tripas.

El camarero atajó los pensamientos repugnantes que se formaban en mi mente dejando dos chupitos de Sol delante de nosotros. Mi alto acompañante le dio un billete, tomó las copas y me acercó una. Después de brindar, bebimos al mismo tiempo y dejamos los vasos en la barra dando un golpe. Intenté detectar alguna reacción, sin éxito. Ninguno de los tipos que me había invitado a un Sol últimamente se había quedado impasible después de haber bebido. Todos habían reaccionado haciendo muecas y a menudo habían soltado un par de tacos. Pero él no. Debía de estar acostumbrado a las bebidas fuertes. En cantidades limitadas.

Me miró con una sonrisa tan voraz que me entró un cosquilleo en el vientre y me di cuenta de que seguía siendo igual de guapo. El desánimo de los días anteriores me había vuelto selectiva de veras, hasta el punto de hacerme ocultar lo que saltaba a la vista.

Estaba a punto de hablar. «Si me pregunta si vengo aquí a menudo, le rebano el cuello», pensé. Me alivió que no lo hiciera.

—Me recuerdas a alguien que conocí hace tiempo —me dijo.

—¿Esto qué es? —solté con un tono hostil—. ¿La nueva versión de «no nos hemos visto en alguna parte»?

Sonrió con tanto encanto que las cosquillas volvieron a la carga.

—No tienes pelos en la lengua, pero creo que eres una de las mujeres más hermosas que he visto y tienes buen gusto en cuanto al alcohol.

Lo miré de arriba abajo, fingiendo poco interés. Al contrario —ya que todavía era más espectacular de lo que recordaba, y al ver su tez clara, que parecía impoluta, me entraban unas ganas locas de pegarle un mordisco—, aunque él no tenía por qué saberlo. No quería ponérselo tan fácil.

Se me acercó y me susurró, casi tocándome el cuello:

—Pero estoy seguro de que conseguiré domarte la lengua.

Esta vez no eran cosquillas lo que sentía en el vientre, sino un hambre canina. En cuanto a los pensamientos lujuriosos que me pasaban por la cabeza, ya no tenían nada de incestuoso o asqueroso. Este tipo tenía el don de ponerme a tono en menos de lo que canta un gallo. Con vómitos o sin vómitos, tenía ganas de lanzarme sobre él en medio de la discoteca y de gritarle que me tomara ahí mismo, encima de la barra. Despedía oleadas de energía, y cada una de ellas me atraía más hacia él, sin que pudiera evitarlo. No se había movido ni un ápice y, sin embargo, tenía la sensación de que me hallaba pegada a él.

—¿Cómo te llamas? —le pregunté.

Sentí su mano encima de la rodilla y, como la primera vez, su contacto me electrizó. Haría falta que me echaran un cubo de agua encima para impedir que me arrojara sobre él. De verdad que no entendía lo que me ocurría. Acostumbraba a lanzarme sobre tipos casi desconocidos, pero no tan rápidamente. Este tenía algo especial, y me volvía loca no poder definir el qué.

—¿Acaso importan los nombres? —me susurró al oído, acariciándome la oreja con los labios.

Iba a enloquecer. No se había movido, seguía rozándome la oreja con la boca y me la mordisqueaba con los labios, como quien no quiere la cosa.

—¿Cómo te llamas? —mascullé.

—Lukas —murmuró.

El tono que utilizó prometía todos los placeres imaginables, si decidía portarme bien.

—¿Y tú?

Me levanté de golpe. Al fondo de la sala había visto una silueta, una gran masa informe que sobresalía por encima del grupo de bailarines alcoholizados. Enseguida salí de mi trance. Tenía que ir a comprobarlo.

—Los nombres no tienen ninguna importancia —le solté con una pícara sonrisa, desapareciendo entre la gente.

Volvería a verlo al final de la noche, si era posible. En caso contrario, él ya me había dejado tirada en el peor momento. Ahora le tocaba a él.

Fui corriendo hasta el rincón donde me había parecido ver a mi amigo el gigante, pero ya no estaba. A pocos pasos de mí, Brianne bailaba con Marc, que le había puesto las manos sobre las caderas, marcando el terreno. «Y ahora, ¿quién es el trozo de carne?» —pensé.

Como si me hubiese oído, levantó la cabeza y fijó su mirada en mí como un tonto. Brianne me daba la espalda y no me había visto. Y, por lo tanto, tampoco vio cómo se pasaba el pulgar por el cuello lentamente, en un signo más que reconocible del lenguaje universal. «Te voy a cortar el cuello», acababa de decirme. Levanté los hombros, con los brazos separados, como para invitarlo a que viniera a darme un abrazo. Me dedicó su mirada más turbia. Era ridículo. «Otra vez será», parecía que estuviesen diciendo sus ojos. «Con mucho gusto», le contestaron los míos.

Pasando de Marc, empecé a dar vueltas una y otra vez por toda la discoteca, sin éxito. Me paraban tipos borrachos, que apestaban a alcohol a un quilómetro de distancia y que querían hacerse amigos míos. Los ignoré a todos mientras seguía buscando. No podía ser una alucinación, tenía que estar en alguna parte.

Pero, aunque seguí buscándolo durante una hora, no conseguí dar con él. Desistí después de haberles preguntado a los vigilantes si no habían visto entrar o salir a un coloso con aspecto de Gerónimo. Se me rieron abiertamente y volví adentro, con los hombros caídos. Empezaba a estar harta. Totalmente harta. Decidí echar una última ojeada y volver a casa. Sola. Lo peor que podía pasar era que me siguiera el gigante verde. Bueno, siempre y cuando existiera. De todas maneras, el aire fresco me aclararía las ideas. O las volvería más negras.

Unos minutos después, al dirigirme hacia la salida de la pista de baile me encontré cara a cara con Elliot. ¡Lo que faltaba!

Me miró con frialdad. Iba solo, no se veía a doña Perfecta por ningún lado. La música sonaba tan alta que me podía gritar todo lo que quisiera. Y si lo hacía, había decidido que esta vez le pegaría. Después de todo, tenía ciertas costumbres en esta discoteca.

—Maeve —me dijo con un tono a juego con su expresión.

—Elliot —lo imité.

Y a continuación, silencio. Entre nosotros, porque por desgracia el *disc jockey* seguía dándole sin parar.

Las facciones de Elliot volvieron a endurecerse y, casi al instante, sentí que alguien me tomaba de la cintura, como un conquistador. No necesité darme la vuelta para saber de quién se trataba. Me subió un cosquilleo por toda la espalda y su olor me recordó aquella noche, en el callejón, antes de que todo se fuera al traste.

Lukas me besó en la nuca y me volvieron a rugir las entrañas. Me acerqué un poco más a él, antes de darme cuenta de que Elliot seguía allí, observándonos. Me puse tensa. Esta vez, fue él quien sacudió la cabeza y se largó.

—¿Qué crees que estás haciendo? —le pregunté, empleando falsos reproches.

Lukas siguió besándome la nuca antes de contestarme. Parecía que cada uno de sus besos me sumía en un estado de disociación, en el que se difuminaba todo lo que me rodeaba y las sensaciones eran cada vez más fuertes. Volvió a mordisquearme con el borde de los labios y suspiré de placer, a pesar mío.

—Quieres ponerlo celoso, ¿verdad? —preguntó mientras me devoraba la oreja—. La última vez ya se trataba de eso, Maeve.

Había pronunciado mi nombre con énfasis, para darme a entender que lo había oído cuando lo pronunció Elliot. Era la primera vez que mi propio nombre me sonaba tan excitante.

—No me molesta que me utilices. Hasta te dejaré que lo hagas toda la noche.

Al pronunciar estas palabras, deslizó una mano por debajo de mis pechos mientras la otra seguía en la parte baja de mi vientre, y me acercó aún más a él. Se puso a mover la pelvis como si estuviera bailando, o eso parecería a alguien que nos estuviera mirando. Pero su intención era, a todas luces, hacerme sentir hasta qué punto pensaba lo que acababa de decir, ya que mis nalgas rebotaban contra la prueba de un deseo que —esta vez no me quedaba ninguna duda— me iba destinado. Este tipo me volvía loca y lo sabía... Y ser consciente de ello me hacía enloquecer aún más.

Me dio la vuelta y me abrazó, encajando nuestros cuerpos a la perfección. Casi parecía que los hubieran diseñado a juego, a pesar de la gran diferencia de estatura.

Puso una de mis manos en su nuca, mientras que la otra se aposentaba en su culo, por iniciativa propia. Pareció que el gesto le gustaba y puso sus manos encima de las mías, incluso antes de que tuviera tiempo de apreciar la firmeza de su trasero. Y nos pusimos a balancearnos juntos siguiendo un ritmo que no era el de la música, sino solo nuestro. La fiebre se apoderaba de nuestros cuerpos según iban pasando los segundos y luego los minutos. Ni siquiera nos habíamos besado, estábamos demasiado ocupados jugando al gato y al ratón, sin saber en realidad quién de nosotros era el gato. Cuando la tensión se hizo insoportable, decidí tomar la delantera.

—Si me prometes que no vomitarás, te dejaré que me leas un cuento en la cama.

Sonrió, con esa sonrisa voraz que ya me había excitado tanto antes, y por única respuesta colocó sus labios sobre los míos. Fue un beso largo y profundo, una promesa de todo lo que pensaba hacerme nada más llegar a casa. Cuando se apartó, me había quedado sin aliento. Salimos a la calle y llamó a un taxi.

Echó una ojeada hacia atrás y, durante un segundo, pareció contrariado. Yo no me di la vuelta, ya que no me apetecía en absoluto encontrarme con la mirada desaprobadora de Elliot. Subimos al vehículo, le indiqué mi dirección al conductor y me lancé encima de Lukas.

El trayecto de vuelta a casa fue una verdadera tortura. Por una parte, no tenía ganas de ofrecerle un espectáculo gratis al taxista y, por otra, no podía aguantar más. Le desabroché los botones de la camisa uno a uno, mientras él me tumbaba en el asiento de atrás, sin dejar de besarme, y me levantaba el vestido poco a poco. Descubrí un pecho fuerte y sin pelos, y se me cayó la baba como a un niño en una tienda de caramelos. Me moría de ganas de devorar la dulzura de su piel. Estaba a punto de hacerlo cuando vi que se sorprendía.

«¡Seré imbécil! —pensé al instante—. Me paseo con una navaja escondida debajo del vestido, está claro que ahora debe creer que estoy loca de atar.»

—No te preocupes —le dije acercándolo a mis labios—. Eso no es para ti. Por el contrario, esto...

Y volví a besarlo, rodeándole la cintura con una pierna y juntando así mi intimidad con la suya. El argumento pareció convencerlo y se relajó al momento. Por suerte, no todo su cuerpo...

El automóvil se detuvo y nos levantamos con presteza. Me arreglé el vestido mientras él pagaba galantemente la carrera.

Al salir del taxi, observé con interés que se había dejado la camisa sin abotonar y que sus pectorales destacaban aún más bajo la luz artificial de las farolas. Formaban un cuadro perfecto, y volví a babear. Al fin y al cabo, mi noche había dejado de ser un desastre.

Subimos por la escalera tan rápido como pudimos y, después de abrir la puerta —y cerrarla de un portazo—, lo tumbé encima de la única butaca que tenía para ponerme enseguida encima de él. Me besó con todas sus fuerzas mientras sus manos se apoderaban de mis nalgas. Se apartó hacia atrás, como para disfrutar del espectáculo. Y me presionó la espalda para obligarme a arquearla. Se encontró cara a cara con mi escote y se pasó la lengua por los labios, lo cual era sumamente excitante. Se puso a recorrerme el escote con los labios y la lengua, con mucha calma, y me hizo enloquecer. El exceso de ropa entre nosotros era insoportable. Empecé a tirarle de la camisa como una fiera salvaje.

—Espera —me dijo.

Se levantó, y a mí con él, sin quitarme la mano del trasero. Tenía la impresión de ser tan ligera, tan vulnerable... Se dirigió hacia la pared que quedaba más cerca, se detuvo delante de una estantería baja y me dejó en el suelo. Y me dio la vuelta con violencia. Obedecí sin quejarme cuando se apoyó con las manos en el mueble. Apretó la pelvis contra mis riñones y sentí que se apoderaba de mí una locura embriagadora. Me deslizó una mano por la espalda y se encontró con la otra en el nacimiento de mi trasero y cada una se movió por separado, bajando por la curva de mis piernas y volviendo a subir hasta llegar al vestido. Lo tomó por ambos lados y me lo subió hasta el ombligo. Entonces agarró la navaja que llevaba atada al muslo derecho con firmeza y la tiró al otro lado del cuarto.

—Preferiría conservar mi integridad física mientras te hago lo que estoy pensando —me susurró al oído.

A continuación me dio la vuelta con violencia y me encontré ante una mirada ardiente. Me mordí el labio.

—¿Y qué vas a hacerme?

Se frotó la pelvis contra mi vientre y tardó demasiado en responder, para mi gusto. A continuación me agarró el pelo con la mano.

—Seguro que no es lo que crees...

Aunque esta frase tendría que haberme excitado al máximo, algo en su mirada hizo que me diera cuenta de mi error. Antes de poder reaccionar, me dio un puñetazo que me dejó sin sentido.

Capítulo 8

«Tengo la mercancía, ¡date prisa!»

Eso fue lo primero que oí al volver en mí.

Parecía que la cabeza me iba a estallar. El muy hijo de puta no se había quedado corto. Tenía la mente enturbiada, pero recordaba todo lo que había sucedido. El hechizo de sus ojos, el encanto de su sonrisa y el golpe, no tan agradable. «¡Menuda imbécil estoy hecha!», pensé. Había caído en la trampa como una pardilla. Como me lo había encontrado antes de la conversación con Walter, no desconfié ni un segundo de él ni de su bonito trasero. Además de que el tipo me volvía loca. Y, mira por dónde, había acabado atada a una silla en mi propio salón.

Moví un poco las manos para comprobar si estaba bien atada. El tacto parecía el de un cinturón, pero no de los que tenía yo. Y estaba bien apretado. Lukas estaba a unos metros de mí y me daba la espalda a medias. Observé que seguía con la camisa desabrochada y que ya no llevaba nada que le aguantara los *jeans*. Había aclarado el misterio del origen de mis ataduras.

Es curioso, pero lo cierto es que había dejado de encontrarlo atractivo.

Miré a mi alrededor, y el esfuerzo que tuve que hacer para ver los distintos elementos de mi apartamento empeoró mi dolor de cabeza. Estaba muy tocada, pero demasiado alterada para que me afectara demasiado.

No tenía nada con que ayudarme. La navaja estaba al otro lado del cuarto, cerca de la entrada de la cocina. El bolso no estaba muy lejos de la silla, pero para alcanzar el *spray* de pimienta que tenía dentro, primero tendría que desatarme las manos. Decidí cerrar los ojos mientras intentaba soltar el cinturón.

—Ah, estás despierta.

Al traste con el efecto sorpresa. Abrí los párpados, pero no dije nada. Lo miré tan aviesamente como pude.

—Siento lo del golpe, preciosa —prosiguió—. Por regla general no pego a las mujeres, excepto si se lo han buscado.

—Estúpido.

Retorcí los codos para intentar sacar el cinturón, en vano. Me observó divertido mientras pedaleaba en el aire.

—No intentes soltarte —dijo, condescendiente—. Si te desatas, tendré que volver a atarte y no me gustaría tener que golpear otra vez tu linda carita.

Le escupí a la cara. Por lo menos, lo intenté. Estaba demasiado lejos de mí para poder apuntar bien y mi escupitajo aterrizó a unos centímetros de sus pies, ni siquiera enfrente de él. En mi descargo, debo decir que la mandíbula me dolía horrores. Y tampoco sabía apuntar. Parecía que la situación le resultaba de lo más divertida.

—¿Por qué no me sueltas? ¿Te asusta que te parta la cara? ¿No quieres arreglar esto de hombre a hombre?

Otra sonrisa divertida. Me ponía de los nervios. Me seguía costando mucho controlarme en su presencia, pero por causas muy distintas.

—Aunque tengas un buen revés, no me asustas. Pero prefiero que no me escupan a la cara —contestó sencillamente—. O sea que prefiero mantener las distancias.

Hizo una pausa y me miró de arriba abajo, como si yo fuera un trozo de carne apetitosa.

—Aunque confieso que no me desagradaba estar cerca de ti hace un rato.

—Te voy a partir la cara, mala bestia...

La rabia habló por mí antes de que tuviera tiempo de pensar lo que acababa de decir. Pero era verdad. Tenía ganas de vaciarle las tripas, hacerme collares con sus intestinos, limpiarme las orejas con los dedos que le habría arrancado y de jugar al golf con una de sus piernas y sus joyas de la corona.

Se quedó desconcertado durante unos instantes. Apretó la comisura de los labios mientras buscaba, a todas luces, una respuesta igual de agradable, pero no dijo nada. Luego anduvo hasta la ventana que hay al lado de mi cama y se quedó mirando hacia la calle.

—¿Sabes quién soy? —preguntó después de una pausa interminable.

—Un imbécil y un manipulador violento. Y, cuando la ocasión se presta, un asesino.

Apenas tuve tiempo de acabar la frase cuando se me echó encima, con la cara pegada a la mía, mirándome con dureza y dándome un sobresalto. No había oído cómo se movía, pues no hizo el más mínimo ruido, y sin embargo allí estaba.

—Te pareces tanto a ella —dijo, pensativo.

—¿De quién estás hablando?

—Pero era muchísimo más dulce y reservada —prosiguió, como si yo no hubiera dicho nada.

Me puso las manos en los hombros.

—No eres más que una chiquilla—continuo, muy serio—. Muy valiente, pero no dejas de ser una niña. Y no tienes ni idea del monstruo con el que estás jugando, porque si no te comportarías de otra manera.

En efecto, no tenía ni la más mínima idea, pero me irritaba su tono condescendiente. Me habían engañado como a una pardilla y sin duda estaba poniendo a Walter en un aprieto. No sabía quién lo estaba buscando, pero debían de ser lo bastante peligrosos como para que se escondiera desde hacía veinte años. Por unos instantes pensé en la mafia, pero la idea no me convenció. Lukas tenía toda el aspecto de un maleante, pero no de un mafioso.

—Un monstruo que no quiere desatarme por si le muerdo la cola —contesté entre enfadada y sensual.

Sonrió con lujuria antes de recuperar la compostura. Me seguía mirando con fijeza, tan cerca del rostro que hubiera sido tonta de no aprovechar la ocasión. Tenía miedo de que le escupiera a la cara, había dicho antes. Pues sería educada y no volvería a hacerlo.

Me lancé hacia él tan rápido como pude y traté de morderle la mejilla. Pero fracasé en mi intento, ya que había anticipado mi movimiento y se había apartado, haciendo que la silla diera un bote hacia adelante y que aumentara mi frustración.

—Me encantaría que utilizaras tu linda dentadura en otras ocasiones —dijo, para fastidiarme, mientras lo fulminaba con la mirada—. Cuando se haya acabado esta historia, te prometo de me ocuparé de ti hasta el final.

Al pronunciar estas palabras, se me había acercado y me acariciaba la mejilla. Intenté morderle la mano. Sin éxito. Apenas hube apretado los dientes, me sujetó la cara con un puño de hierro. Apretó con tanta fuerza que mi boca empezó a parecerse a un culo de gallina. Me giró la cabeza hacia él y me besó en los labios. De haber podido, lo habría matado. Lo odiaba por todo lo que me había hecho durante las últimas horas y aún más porque el contacto de su piel me seguía produciendo el mismo efecto.

Intenté desasirme como pude, pero me sujetaba con demasiada firmeza. Acabó por despegarse de mis labios y me soltó. Hice muecas para que se me distendiera la cara maltrecha por su culpa.

—Y ahora, ¿vas a ser razonable? —me preguntó, burlón.

Volví la cabeza hacia el otro lado de la habitación. No me apetecía nada mirarlo. Iba a utilizarme, a matarme sin duda y, para empezar, a violarme. Que le aproveche. Si cometía el error de soltarme, iba a lamentarlo con amargura. Estaría muerta antes de que me pasara por encima. Era extraño, pero ya no estaba irritada. De alguna manera, me había resignado. O más bien sabía que no podía hacer nada mientras estuviera atada en este cuarto. Me sentía impotente.

—¿Fuiste tú quien mató a mis padres?

Enseguida me sorprendió la estupidez de la pregunta, pero, por supuesto, después de haberla soltado. No debía de tener más de treinta años, como mucho. O sea que, a lo sumo hubiera tenido unos diez años cuando murieron.

—Bueno, ya se que es una tontería —corregí con rapidez.

Seguía sin dirigirle la mirada. Quería saber más, pero no quería verle la cara. Tardó un poco antes de volver a hablar.

—Pues sí, lo es —dijo, pensativo.

Su respuesta era extraña. Parecía tan absorto en un detalle que escapaba a mi entendimiento que me pregunté si había entendido mi pregunta o si solo había repetido el final de la frase. Volvía a estar enfadada y volví la cabeza hacia él.

—¿Quién mató a mis padres?

Volvía a estar al lado de la ventana y, una vez más, no lo había visto moverse. Debía estar peor de la cabeza de lo que parecía a simple vista. Dio media vuelta, mostrando un rostro tranquilo y pensativo. De nuevo tardó una eternidad en contestar, y eso me ponía cada vez más de los nervios.

—Entonces, ¿qué? —gruñí entre dientes.

Se me acercó y no pude descifrar su expresión.

—¿Qué? —solté y, de repente, me sentí incómoda.

Hizo una mueca muy rara.

—¿Estás intentando hacerme creer que no sabes nada de nada? —preguntó, extrañado.

Esperaba una reacción por mi parte, pero no obtuvo ninguna. Ya me costaba bastante esfuerzo seguir esta curiosa conversación como para poder saber lo que pensaba yo misma en ese momento.

—¿Por qué piensas que mataron a tus padres?

Me quedé atónita ante su pregunta. ¿Acaso se estaba burlando de mí? ¿Hasta qué punto pensaba que era estúpida?

—Mis padres están muertos.

Hizo una nueva pausa, como si buscara cómo contestar a eso. Si hubiera tenido las manos libres...

—Sí, están muertos.

Estupendo. ¿Nada más? ¿Qué tal si añades algún detalle, gilipollas de mierda?

Se sentó en la mesita. Tenía los ojos distintos. Habló con dulzura, en tono casi amistoso.

—O sea que no sabes nada de nada, ¿verdad?

—¿Nada de qué? —pregunté con un tono que no tenía nada de amistoso.

—De tu historia.

Lo miré con dureza. No quería que pudiera darse cuenta de lo insegura que empezaba a sentirme. En efecto, no sabía nada, nunca había sabido nada y había pasado veinte años de mi vida creyendo que mis padres habían muerto en un accidente de automóvil cuando era una recién nacida. Hasta que, hacía una semana, Walter me dijo que los habían asesinado. Estaba maniatada, en manos de un loco peligroso, y no quería que también me controlara psicológicamente.

—Sé cuanto hay que saber —contesté, con neutralidad.

Se rio en silencio y luego sonrió... apenado. ¿Por qué parecía que le daba pena? Nadie se entristecía por la muerte de los padres de una persona a quien se acaba de apalear, después de haber fingido seducirla y de haber intentado vomitarle encima poco antes. Lo odiaba.

—O sea que sabes que tu padre mató a tu madre y a tu hermano.

Parpadeé. Cerré los ojos, los abrí, volví a cerrarlos varias veces seguidas. Pero cada vez que los abría, seguía observándome, muy serio. Y yo, ¿qué estaba haciendo ahí? ¿Dónde está la cámara oculta? Basta ya, ¡os habéis quedado conmigo! Ya podemos parar, quiero volver a casa. Pero ¡joder!, ya estoy en casa, con este imbécil que sigue igual de serio. Joder. Joder, joder, joder, joder. Seguro que el golpe que acababa de recibir me había afectado mucho más de lo que me había parecido.

Y, de repente, me entraron unas ganas locas de echarme a reír. Pero me aguanté y seguí intentando parpadear. Después de todo, quizás acabaría por desaparecer de mi vista.

—No lo sabías.

Lo dijo con sencillez, sin mala intención, de manera inocua. Parecía pesaroso, y yo tenía unas ganas locas de arrancarle su sonrisita triste y de clavársela al fondo de la boca.

—Si te has creído que voy a tragarme una sola palabra de las que has dicho, todavía te chupas el dedo, tan adentro que puedes metértelo por el culo.

Una sonrisa carroñera volvió a hacer reaparecer al antiguo Lukas.

—Lo que tú quieras, preciosa —dijo levantándose—. Pero no he dicho más que la verdad.

Volvió a ponerse delante de la ventana y a contemplar la calle. Parecía que estuviera esperando algo. «Tengo la mercancía. Date prisa.» Esas palabras me volvieron a la memoria. Por supuesto, iba a venir alguien. Me iban a entregar. Un lindo paquetito muy abollado.

—Conocí muy bien a tu madre, sabes —me dijo al cabo de un momento—. Os parecéis como dos gotas de agua, de lo contrario no te habría encontrado nunca.

Se calló un momento antes de continuar:

—Cuando pienso que había buscado una manera de vengarme durante años y que me encontré contigo por pura casualidad...

Se rio de manera extraña.

—Nadie sabe que existes —dijo volviéndose hacia mí—. ¿Te das cuenta de la suerte que es eso?

Me sonrió con ternura antes de girar la cabeza hacia la ventana. Me quedé callada, sin saber qué contestar. Todo aquello me parecía demasiado descabellado, demasiado surrealista y no sabía qué pensar.

—Te vi en la discoteca y no me lo podía creer. Te seguí. Quería verte de cerca para estar seguro del todo. El parecido era tan grande que no pasaba desapercibido. O sea que investigué y fui a buscarte. Y fuiste lo bastante amable para llevarme a casa esa misma noche. Me pregunto qué habría pensado tu madre.

Su tono impertinente y divertido me sacó de quicio. Me puse a tirar de las ataduras hasta hacerme daño. Y por toda reacción, volvió a sonreír.

—No volverá —dije, con frialdad.

—¿Quién?

—Walter. Se ha ido. Para siempre.

Y al pronunciar esta frase, me di cuenta de que deseaba de todo corazón que fuera verdad. Dejando de lado lo enfadada que estaba con él, esperaba que no volviera y que no se metiera en la boca del lobo que había dejado bien abierta yo solita. Había echado a perder su escondite por culpa de un maldito parecido, y seguramente también había hecho que mataran a su amigo por persona interpuesta.

—Perfecto —dijo Lukas—. Por lo menos, no tendremos al viejo imbécil por en medio.

¿Qué?

Estaba jugando conmigo y lo odiaba.

—Entonces, puedes soltarme —proseguí con un tono de falso aburrimiento—. No vendrá, no te soy útil.

Esta vez se rio a carcajadas y, al momento, volvía a estar a mi lado. Se inclinó una vez más hacia mi cara, sin protegerse, y me preguntó:

—Pobrecita mía, ¿qué te hace pensar siquiera un instante que la tengo tomada con Walter?

La pregunta me dejó desconcertada. No sabía qué contestarle. Había ganado la partida. Estaba perdida. De acuerdo, entonces mi padre mató a mi madre y a un hermano cuya existencia desconocía hasta la fecha. En el fondo, ¿qué podía hacerme dudar de que decía la verdad? ¿Que me había seducido para pegarme mejor? ¿Por qué iba a mentirme ahora? No tenía ninguna lógica que lo hiciera, a menos que estuviera muy mal de la cabeza. Tenía un montón de cosas raras, pero la locura no formaba parte de ellas.

Volví a pensar en lo que Walter me había contado y me repetí la conversación una y otra vez. No me había dicho una sola vez que hubieran asesinado a mis padres. Llegué a esa conclusión yo solita. Tampoco me había hablado de ningún hermano, pero, a fin de cuentas, ¿a quién creer? ¿A un desconocido que me tenía prisionera o a un hombre que me había mentido durante toda mi vida?

—Si no me necesitas como moneda de cambio para atraer a Walter, ¿para qué me quieres?

Me dedicó una sonrisa triunfal, seguro de sí mismo. Había bajado sus defensas y se había dado cuenta. Ni siquiera se me notaba enfado en la voz, que sonaba impersonal.

—Además de todas las cosas que no he tenido tiempo de hacerte antes, quiero utilizarte como moneda de cambio.

El cerebro me iba a cien por hora y empezaba a recalentarse. Lo miraba sin entender nada.

—Oye, estoy harta —acabé diciendo, cortante—. Por lo visto, Walter me ha soltado una sarta de tonterías, pero tus frases misteriosas y descabelladas no suenan mucho mejor. ¿Me vas a dar respuestas, joder?

Se volvió a sentar en la mesita, inclinado en mi dirección. Hubiera podido intentar morderle o pegarle una patada en la entrepierna o incluso escupirle. A tan corta distancia, no podía fallar. Pero, curiosamente, ya no tenía ganas. Quería respuestas.

—Preciosa, no tengo por costumbre hacer de hermano mayor protector con las personas a las que pienso utilizar, pero, no sé por qué, me das pena.

—No necesito tu lástima. Ahórrame tus tonterías y ve directo al grano. ¿Por quién quieres intercambiarme?

La boca se le contrajo en un rictus cruel. Y a continuación me miró con ojos ardientes y le aguanté la mirada sin pestañear.

—A decir verdad, no voy a intercambiarte —respondió con sencillez—. Vas a servir de cebo para atraer a un pez más gordo.

Eso tampoco me ayudaba.

—¿Podrías dejar de suponer que tengo ganas de descifrar tus enigmas de mierda?

—Si dejas de soltar tacos a cada frase, igual lo hago —me dijo con más dureza—. De verdad que no queda nada elegante en una boca tan bonita.

Para subrayar su propia frase, me pasó el índice por los labios.

—De acuerdo —contesté con frialdad—. ¿Tendrías la amabilidad de aclarar lo que has dicho, por favor?

Lo miré con una gran sonrisa, tan sincera como mi afecto por él, lo que pareció bastarle para continuar.

—Te voy a utilizar para hacer que tu padre salga de su guarida.

¿Qué? ¿Cómo? ¿Puedes repítelo otra vez?

Me desapareció la sonrisa en cuanto hube digerido la información.

—Mi padre está muerto —dije, con poca seguridad en la voz.

Y entonces volví a pensar en una conversación mucho más reciente. «Mis padres están muertos», había dicho yo. «Sí, están muertos», contestó él. Y de eso estaba segura al cien por cien.

—Sí, lo está.

Cámara oculta, toma dos.

—¿Sabes? No me cabe duda de que el amor filial pueda ser muy fuerte, pero me sorprendería mucho que mi padre se levantara de su tumba solo porque me amenaces con partirme una pierna.

La mueca que hizo, entre divertida y amarga, me descompuso del todo. ¿Tenía gracia lo que había dicho? A mí no me lo parecía.

—¡Para ya! —le ordené, apartando la vista.

—Maeve —dijo con solemnidad—. Mírame a la cara.

—¡Te estoy mirando!

Este tipo debía de estar bajo los efectos de la misma droga que Brianne. Empezaba a costarme mantener la compostura. Había pasado del miedo a la rabia, y después nada más.

Me había secuestrado un enfermo mental. Y me entraba la risa. Pero me aguantaba. Cada vez me costaba más, pero lo conseguía. Las comisuras de los labios intentaban moverse en contra de mi voluntad. Y él me seguía mirando con seriedad. Entonces respiré profundamente y conseguí controlarme. Me observó, para asegurarse de que le estaba escuchando.

—De acuerdo, ¡suéltalo! —dije—. No nos quedaremos a esperar toda la noche.

Se me escapó la risa y la corté en seco.

Ya que me seguía observando, con el semblante serio, me lo quedé mirando, instándole a continuar, porque ya me había tranquilizado.

—Maeve, tu padre es un vampiro.

Aquello fue demasiado. Me puse a reír sin parar. Hasta que me hicieron daño las costillas.

Me dolían los costados, pero no conseguía parar. Me saltaban las lágrimas. Lukas seguía mirándome y empezaba a estar mosqueado, con lo que todavía me divertía más.

—Bueno, ¿ya has acabado? —preguntó, al límite de la paciencia.

—Sí, creo que sí —haciendo un esfuerzo por controlarme.

Me miró de una manera... tan seria, tan...

Me volvió a dar un ataque de risa. Quizá fuera por la situación, pero tenía la impresión de estar borracha. Pero eso duró poco, teniendo en cuenta el golpe que me cayó encima. Paré en seco.

—¿Estás mal de la cabeza o qué? —grité.

—No aguanto los ataques de histeria.

Había dicho esas palabras con una sangre fría que me irritó. Yo no pasaba de la risa a las lágrimas, sino de la risa a la rabia. Y en menos que canta un gallo.

—Cabrón —solté.

—Por lo menos te has tranquilizado.

—Sí, sí —contesté. Ya se me habían pasado las ganas de reír—. O sea que mi padre es un vampiro y tú vas a utilizarme como cebo porque... Eres un hombre lobo, y todos los hombres lobo odian a los vampiros, todo el mundo lo sabe. Es genético, como los perros y los gatos.

—No digas estupideces.

Ahora parecía enfadado de verdad. También conseguía irritarlo. Al menos tenía algo de que alegrarme.

—Los hombres lobo no existen —añadió.

Cuidado, voy a volver a reír. Aunque sea humor negro.

—¡Que te den! —solté con desdén.

Y antes de que tuviera tiempo de entender nada, había vuelto a pegar su cara a la mía. Su cara..., por llamarle de algún modo. Lo que le había servido de cara hasta entonces. Porque estaba deformada por la rabia. Y por un rictus malvado. Pero, sobre todo, por dos colmillos enormes que le salían de la boca.

Pegué un bote tan grande que la silla se precipitó hacia atrás. Por suerte, no se cayó al suelo, ya que la retuvo mi fantástico sofá de color rosa.

Lukas me apretó las rodillas con bastante fuerza para que la silla volviera a su posición original en mi campo de visión. Me miraba con satisfacción. Volvía a tener la cara normal. Bueno, digamos que todos sus dientes parecían proporcionados.

—Algo me dice que vas a dejar de reírte como una gallina clueca y que cuento con toda tu atención.

Tenía ganas de decir algo, pero no podía articular palabra. Ni un chiste de mal gusto para relajar el ambiente. Nada. Oía como me latía el corazón de manera regular, hasta en los oídos. Lento, pero con fuerza. Tenía la boca abierta y paralizada, y no conseguía sacar nada de ella. Y él seguía mirándome, satisfecho con la impresión que había causado.

Todo seguía igual como hacía unos minutos y, sin embargo, todo parecía distinto. Tenía la sensación de estar flotando en un mundo paralelo, sin poder poner un pie en el suelo. Y todo daba vueltas.

De repente, giró la cabeza hacia la puerta. Parecía contrariado, y cuando se volvió hacia mí —no lo había soñado— enseñaba los colmillos. «Santa María, madre de Dios —pensé—, quiero despertarme, es la peor pesadilla que he tenido nunca, y la más larga, de lejos. Por favor, quiero arrancar uñas. Por favor...»

—¿Qué pasa? —pregunté, al límite del pánico.

—Un imprevisto —dijo mientras se levantaba—. Quédate tranquilita donde estás.

«¡Pues no sé cómo iba a moverme, estúpido!», me quejé para mis adentros, mientras el miedo intentaba tomar el control de mis emociones.

La puerta vibró con tres golpes ensordecedores. Y mi corazón dejó de latir.

Capítulo 9

«Confía en mí y todo irá bien.»

Fue lo último que me dijo. Por supuesto, voy a tener una confianza ciega en el vampiro que me dejó sin sentido hará diez minutos.

Lukas, alerta, se había levantado para abrir la puerta. Me había dado cuenta de que algo lo contrariaba, y eso no me tranquilizaba. Pero bueno, ¿acaso no se dice que los enemigos de nuestros enemigos son nuestros amigos? Eso esperaba.

Lo primero que vi salir de la oscuridad del pasillo fue un par de ojos brillantes de color azul añil. Su dueño dio un paso, y descubrí a un tiarrón de piel morena y cabeza rapada, vestido con unos *jeans* y una cazadora de piel encima de una camisa blanca. El vampiro chic, fantaseé.

—Roy —dijo Lukas mientras entraba el susodicho Roy en la habitación—. ¡Sí que has tardado!

Debía de tener una noción del tiempo bastante especial. No habían pasado ni cinco minutos desde que recuperé el sentido.

Roy me miró, y poco a poco se le fue dibujando una sonrisa en la cara, como si se hubiera dado cuenta de que le había tocado la lotería.

—He tenido que encargarme del Indio —dijo como ausente, mientras salvaba la distancia que nos separaba.

Al llegar a mi altura, me tomó la barbilla con una mano fría, me levantó la cabeza y la hizo girar para observarla desde todos los ángulos. Cuando entró en contacto con mi piel, sentí el mismo picor que cuando me tocaba Lukas, pero mucho menos excitante.

—He de confesar que el parecido es extraordinario —continuó, con los ojos brillantes de interés—. Pero ¿estás seguro? Se encargó del niño él mismo. Y, por su parte, ella bien pudo tener otros antes.

Me volvió a girar la cara otra vez. Lo miré con profundo desagrado.

—Muy impresionante, de todas maneras.

Lukas dio unos pasos hasta encontrarse a nuestra altura.

—Me puedo equivocar —admitió—. Pero el parecido es demasiado grande para pasarlo por alto. Y, conociendo a Walter, no me extrañaría nada que se hubiera guardado un as en la manga para engañar a todo el mundo.

Me pregunté por qué decía eso. Antes me había asegurado que había investigado. Algo me decía que Lukas desconfiaba de Roy tanto como yo de ambos.

Roy me soltó la cara y empezó a recorrerla con la punta del dedo. Volví la cabeza al máximo para evitar ese contacto indeseado, pero como mis movimientos quedaban limitados por la silla a la que estaba atada, no podía ir muy lejos. A Roy no pareció importarle que intentara evitar sus caricias. No me gustaba nada el giro que iban tomando los acontecimientos.

—Y la energía que emana... Es increíble —añadió.

No tuve tiempo de entender qué sucedía. Me pasó una sombra negra delante de los ojos y, en un instante, Lukas estaba detrás de Roy y lo sujetaba por el cuello con firmeza, con un puñal apoyado en su corazón. Roy tenía las manos en alto, dando a entender que se rendía, y una sonrisa tranquila en el rostro.

—¡Eh, amigo mío! ¿Qué estás haciendo? —preguntó.

—Había dicho solo —gruñó Lukas.

Cada vez entendía menos.

Estaban quietos como estatuas: Roy, con las manos levantadas, y Lukas, con un aspecto desagradable de malvado, sosteniendo todavía el puñal con mano de hierro. Estaban inmóviles del todo. Pero no hay que fiarse de las aguas tranquilas, o eso dicen.

—Calma, calma —dijo Roy—. He venido solo, ¿verdad?

—Aquí. Pero si te crees que no puedo sentirlos... —empezó a decir Lukas, con voz amenazadora.

—Solo se trata de mi guardia personal, o sea que cálmate. Como habías pedido, ignoran el motivo de mi visita, y nadie lo sabrá hasta que haya comprobado si de verdad has descubierto algo que valga la pena.

Lukas se relajó y soltó a Roy, que primero se quedó inmóvil, a la espera de que se guardara el puñal en el pantalón. Antes no me había dado cuenta de que llevaba un arma, ni en el taxi, ni después. ¡Menuda pardilla estaba hecha!

Luego se dio la vuelta. Seguía con los brazos levantados y no los bajó hasta que Lukas le hizo una señal con la cabeza.

—Vamos a ver, pequeña —me dijo—. ¿Eres la hija de Casandra?

—Mi madre se llamaba Viviana. Y a mí no me llames pequeña.

Odiaba que me llamaran así. Y a pesar de la incongruencia de la situación, no tenía la más mínima intención de dejar que nadie lo hiciera, por muy vampiro que fuera. Roy me sonrió.

—Sí que eres la hija de Casandra, pequeña —dijo remarcando la última palabra.

—No me llames pequeña.

Era sorprendente que mantuviera la calma y que no sintiera nada de miedo. Mi corazón latía a un ritmo regular y tranquilo.

—Como quieras, tesoro.

—Tesoro tampoco.

Por el rabillo del ojo, vi que Lukas estaba sonriendo.

—Es encantadora, ¿verdad? —preguntó con un tono que hacía juego con la expresión de su rostro.

Sin apartar la vista de mí, Roy le contestó:

—Me están entrando muchas ganas de enseñarle buenos modales.

—A mí me pasó lo mismo —dijo Lukas, que seguía risueño.

—Ya lo veo —añadió Roy señalando las marcas de golpes que yo tenía en la cara—. Entonces, niña, ¿vas a oponer resistencia?

Odio a la gente que me habla como si fuera una cría.

—La niña te va a partir la cara —dije con la misma tranquilidad que antes—. Y luego, te arrancaré el corazón para poder pisotearlo.

Al decir eso, le sonreí abiertamente. Su rostro se descompuso en menos de un segundo y le salieron dos colmillos enormes.

—Me parece que ese lindo trocito de carne no lo ha pillado —dijo, amenazador.

Esta vez no me impresionó. Lukas ya lo había hecho antes, y no iba a tumbar la silla de nuevo.

Sin pestañear, le contesté con el mismo tono:

—Me parece que el malvado vampiro no lo ha pillado. Me importa un carajo.

Su mano alcanzó mi cuello incluso antes de que pudiera terminar la frase. Igual de rápido, mientras empezaba a sentir la dolorosa presión que ejercía en mi tráquea, Lukas se interpuso y apartó a Roy, con una mano en su garganta como la del otro en la mía.

—¡Que no se te ocurra estropear la mercancía! —amenazó de mala manera.

«Claro, como si a ti te hubiera supuesto un problema hace un rato.»

De nuevo, Roy levantó los brazos, soltándome al mismo tiempo.

—Vamos a tranquilizarnos —dijo Lukas—. Y a hablar de negocios. Ya has visto el parecido, la ha criado Walter, has sentido la energía que desprende. Y tiene el mismo carácter asqueroso que su padre. ¿Necesitas algo más?

Roy tenía una sonrisa malvada. Muy malvada. Casi podía leer en su expresión todas las cosas malas que tenía ganas de hacerme, y ninguna se parecía a las que Lukas había querido poner en práctica al principio de la noche. Esa sonrisa quería decir: «No pierdes nada por esperar», y la frase quedaba enmarcada por dos colmillos demasiado largos.

—No se molesta al amo para nada —dijo Roy al cabo de un momento—. Pero parece que has dado con algo.

«Pues espero que a ti no se te ocurra volver a darme con la mano —pensé—. O te la arranco a mordiscos, para ver si te vuelve a crecer, como en las películas.»

—Te lo agradezco —añadió levantándose del todo—. Me has puesto en bandeja lo que no había conseguido encontrar en varias semanas de investigación.

Por la cara que ponía Lukas, me di cuenta de que algo no iba bien. Había girado la cabeza hacia la puerta, que estalló justo después, dejando al descubierto un grupo de ojos brillantes.

—Roy, ¿qué te propones? —preguntó Lukas, furioso.

Roy sonreía con satisfacción, y su postura indolente expresaba con claridad que estaba encantado de ver el efecto que producían los recién llegados en Lukas.

—Esto es lo que pasa cuando eres solitario y no confías en nadie —dijo Roy con ironía—. Ningún amigo te viene a salvar el pellejo.

Los ojos se acercaron y se convirtieron en cuatro vampiros, tres grandullones y uno bastante bajito, que apenas me superaba unos centímetros, pero que medía lo mismo de alto que de ancho. También llevaba una cazadora de piel, pero encima de una camiseta y unos pantalones negros, además de una cadena de oro alrededor del cuello; y, dejando de lado la calvicie, se parecía al primo Vinny. Los otros tres —dos morenos y uno rubio— le sacaban la cabeza y todos tenían un aspecto de satisfacción malvada, enseñando las uñas —o más bien los colmillos—. Se pusieron en línea, con el primo Vinny entre los dos morenos, y esperaron como buenos chicos.

—Phil, Rickman, vosotros os lleváis a la muchacha. No me la estropeéis demasiado. Quiero que tenga el rostro intacto. Don y Gus, nos vamos a encargar de este caballero —dijo mientras observaba a Lukas sin disimular las ganas de juerga.

Este último estaba furioso y enseñaba los colmillos.

—Ese no era el trato —contestó, haciendo un esfuerzo por controlarse.

—No confíes nunca en un vampiro.

Y los tres se abalanzaron sobre Lukas.

Por mi parte, abrí los ojos como platos al ver cómo el regordete —o sea, Phil o Rickman— y el rubio alto se acercaban peligrosamente al lugar donde estaba atada. Empezaba a perder la calma. Me puse a tirar del cinturón con todas mis fuerzas, puesto que el ruido que hiciera ya no tenía ninguna importancia estratégica. Pero solo conseguí dañarme las muñecas. No había manera de que cediera.

—Sé que el jefe quiere que nos demos prisa, pero sería una lástima no aprovecharte, preciosa —dijo uno de ellos con una expresión que no me gustó lo más mínimo.

Estaba bloqueada del todo y no podía hacer nada. A nuestro lado, los tres vampiros estaban encima de Lukas, por lo que podía ver. Todo iba demasiado deprisa para unos ojos humanos. Apenas distinguía una masa uniforme, de la cual solo destacaba Roy, gracias al color de su piel. Mis pobres muebles saltaban por todos lados. Me daba cuenta de que Lukas era duro de pelar, pero no podía ayudarme. Vi cómo uno de los vampiros castaños acababa en el suelo, sujetándose la garganta. Se estaba desangrando muy rápido. Durante unos segundos parecía que se iba a ahogar y luego se cerró la herida ante mis ojos, como por arte de magia. Como en las películas... Pero antes de que pudiera disfrutar de la escena, tenía a Phil y a Rickman a ambos lados.

—Hola, chicos —dije con una voz que pretendía mostrarse segura, pero no lo era en lo más mínimo, mientras seguía martilleando el cinturón—. ¿Alguno de vosotros podría ayudarme a sacar este trasto? Me están empezando a doler las muñecas.

Intenté parecer inocente. El regordete bajito me miraba con una sonrisa repulsiva, no se podía describir de otra manera. «¡Viejo verde!», pensé, asqueada.

—Si te suelto, no será por eso —dijo el rubio alto.

¡Estupendo, dos pervertidos!

—Y yo tengo hambre —soltó el doble de Vinny—. ¿Tú podrías ayudarme con eso?

Los ojos le brillaban de una manera que no tenía ganas de identificar.

—Escuchad... Hablemos con tranquilidad. Seguro que podemos llegar a un acuerdo.

Eso es lo que decía Jim. Pero con Jim funcionaba. O no tenía suerte, o me faltaban treinta centímetros y sesenta kilos de persuasión.

—Por supuesto, bonita —soltó el bajito—. Se me ocurre algo para matar la sed.

Me sonrió, enseñando los dientes como un depredador, y me entró miedo. Apenas tuve tiempo de pensar que Lukas no me podría ser de ayuda, ya que estaba ocupado intentando evitar a tres vampiros, antes de que el gordito se me echara encima y me triturara la yugular.

Experimenté un dolor violento, como no había sufrido en toda mi vida. Sentí cómo aspiraba, con un ruido de succión tan fuerte como el daño que sentía. Bebió unos sorbos y paró. Pensaba que iba a volver a empezar, pero no hizo nada. Me atreví a volver a respirar, intentando entender qué estaba pasando. Estaba paralizado. ¿Qué estaba haciendo? ¿La versión vampírica de masticar bien antes de tragar?

Dio unos pasos hacia atrás, con dificultad, aguantándose la garganta con ambas manos, bajo la mirada de espanto de su compañero. Y se puso a hacer un ruido monstruoso. Parecía que quería gritar, pero los gorgoteos que le salían de la boca no le dejaban. Babeaba por la comisura de los labios y los ojos empezaban a darle vueltas.

Me di cuenta de que, a nuestro lado, la masa uniforme se había estabilizado. Roy miraba atónito, mientras uno de los dos morenos sujetaba a Lukas con firmeza, con un puñal debajo de la garganta. El último estaba apoyado en mi estantería baja, tirada por el suelo, y me pisoteaba los libros. Estaba requetemuerto y extrañamente gris.

Todos se habían quedado mirando a Vinny, estupefactos. Solo Lukas parecía encontrar la situación divertida.

—Pero ¿qué le ha hecho? —le preguntó Roy a Lukas, fuera de sí.

«¡Yo no he hecho nada!», pensé en el acto. Pero estaba demasiado ocupada mirando sus convulsiones para ponerme a hablar en voz alta.

—¡Oh no, Roy! —exclamó Lukas con falso pesar—. ¿Me olvidé de decirte que es tan venenosa como hermosa? Lo siento.

—¿Que soy qué?

Mientras Roy me contemplaba muy, muy enfadado, me acordé de aquella noche en el callejón, cuando me mordió y se puso a vomitar. Una intoxicación alimentaria... Ahora todo cobraba su sentido.

El gordito se tumbó en el suelo, sacando la lengua entre los colmillos, y dejó de moverse. Roy parecía enojado.

—Rickman, si se resiste, le cortas la cabeza y luego le arrancas el corazón. En cuanto a ti —dijo mirando a Lukas lleno de rabia—, no pierdes nada por esperar. Pero primero me voy a divertir un poco contigo. Phil era uno de mis mejores hombres.

—Yo en tu lugar me preocuparía por la integridad de los que quedan —respondió Lukas con sencillez.

Sonreí a pesar de mí, pero por poco tiempo. El rubio alto se acercó y me sujetó sin miramientos. La silla se rompió y seguí en el aire, atada. Pero la barra a la que estaba atada el cinturón había salido volando por el impulso y, como nada lo aguantaba, conseguí mover las manos. Un esfuerzo más y podría soltarme.

Estaba de cara a la puerta y lo vi llegar enseguida. Una forma colosal, con un rostro lleno de cicatrices y en los brazos llevaba una cabeza cortada.

Todo fue muy rápido.

En cuanto el Indio hubo dado un paso en el salón, me caí al suelo, ya que el vampiro rubio se había llevado un cabezazo. El gigante se había abalanzado sobre él y no había fallado. Se oyó un ruido de cristales rotos por toda la habitación. Apenas si tuve tiempo de mirar, Gerónimo le había echado la otra cabeza a Lukas, que se estaba peleando con el moreno que lo dominaba hasta entonces. Roy había desaparecido.

Sin perder tiempo, me puse a deshacer lo que quedaba de mis ataduras. En cuanto me hube deshecho del maldito cinturón, me volví y vi que el rubio se había levantado y se dirigía hacia mí y el coloso indio también. Apenas dispuse de una fracción de segundo para pensar.

Rodé con rapidez encima de mi lado derecho, en dirección a mi bolso, mientras oía cómo el rubio se tiraba donde acababa de estar. Antes de poder entender nada, me volví, victoriosa, disparando el *spray* de pimienta delante de mí. Oí —más que vi— cómo gritaba el Indio. Había aplastado a medias al rubito al sentarse encima de él, y el aerosol le había dado de lleno en los ojos. Y no parecía nada contento.

¡Caramba!

El rubio sonrió con maldad. Fue lo último que vi con claridad, ya que el *spray* también me había afectado los ojos. Poco práctico en un cuarto cerrado. Retrocedí tosiendo, con el trasero en el suelo y las manos sirviéndome de radar. Una de ellas entró en contacto con lo que identificó de inmediato como una cabeza cortada. Cada vez me costaba más respirar. Tenía que abrir la ventana. Al dar media vuelta, me di cuenta de que lo que había producido el ruido de cristales rotos que había oído antes iba a impedírmelo. Seguro que por ahí se había escapado Roy, ya que el cristal estaba pulverizado. Se tendría que poder respirar mejor, por lo menos eso esperaba, ya que no se podía abrir en otro lado. Bueno, sí, en la cocina, pero no me imaginaba diciendo: «Un momentito, chicos, voy a abrir la ventana, me pican los ojos». No mientras el afortunado vampiro rubio al que no había dado antes estuviera intentando clavarle la barra de la silla al hermano mayor de Pocahontas.

Agarré por los pelos los restos del vampiro encima del cual acababa de caerme. Dios mío, nunca me había dado cuenta de lo pesada que podía llegar a ser una cabeza. «Bueno, tampoco es que me dedique al lanzamiento de cabezas cortadas todo el día», pensé, mientras se la tiraba al rubito.

—Eh, compañero, ven a jugar por aquí —dije.

La cabeza le dio al rubio de lleno, y estaba contenta de ver que se me daba mejor lanzar cabezas que escupitajos. El Indio seguía con las manos en los ojos, con la barra de una silla plantada debajo del omóplato. Me levanté de golpe cuando me di cuenta de que el otro vampiro había aceptado mi invitación.

No es que se me ofrecieran muchas posibilidades. No estaba armada y, aunque parecía tonto de remate, no iba a ser tan estúpido como para intentar chuparme la sangre. Le bastaría con partirme la nuca y listos. Y no tenía nada que pudiera servirme de arma.

Intenté ganar tiempo yendo hacia atrás, poco a poco, manteniendo la calma. Mi pie chocó contra algo. Miré de reojo y vi que se trataba de la navaja que había tirado Lukas al acompañarme a casa. Un punto a mi favor.

El rubio me siguió la mirada y me contestó con una sonrisa. Hasta me invitó, con la cabeza, a asir el arma. Un asesino caballeroso, era mi día de suerte.

Sin perderlo de vista, me agaché lentamente y tomé la navaja. Por la cuchilla en lugar del mango. Me insulté en silencio. De pasada me corté el dedo, pero no me quejé. No quería que tuviera la satisfacción de ver que era estúpida.

Me incorporé sin dejar de observarlo y le planté cara. Detrás de él, parecía que el Indio había dejado de derramar lágrimas de sangre que, por cierto, hacían juego con sus cicatrices, y no tardaría en levantarse, o al menos eso esperaba. En el plano siguiente, Lukas estaba en mala situación, con un puñal en la espalda, sacando los colmillos e intentando alcanzar el cuello de su asaltante. Toda la escena me parecía estática. Tenía una navaja en la mano, un vampiro en la línea de tiro y lo único que debía hacer era clavarle la cuchilla en el corazón. Y era un sentimiento mágico. Le devolví la sonrisa maquiavélica a mi adversario y me abalancé sobre él. Tenía a su corazón en mente e intentaba visualizar el arma como si fuera la prolongación de mi mano. Estaba convencidísima. Era más emocionante que cualquier película de acción de las que había visto. Era una sensación embriagadora, me sentía todopoderosa. Me disponía a matar algo que ya estaba muerto.

O no. Aunque se había comportado como un caballero en lo de la navaja, tendría que haber sido tonta de remate para pensar que iba a quedarse quietecito mientras me lo cargaba. Se había hecho a un lado, exactamente como yo había evitado a Marc tiempo atrás, y fallé.

Sin perder tiempo, me volví con rapidez y le clavé la navaja. En el corazón, prolongación de mi mano, que estaba tranquila. Le miré la cara, victoriosa, para ver cómo se partía de risa. Había fallado el blanco de mala manera y, si le había clavado la cuchilla, era en el brazo. Quizá de ahora en adelante debería dedicarme solo al lanzamiento de cabezas.

Se estaba riendo a carcajadas.

—¡Eh! ¡Deja de burlarte de mí! ¡Es la primera vez que lo hago!

Se siguió riendo. Idiota.

Le di un puñetazo, que no lo hizo temblar en lo más mínimo. Por el contrario, yo sentí las vibraciones hasta el hombro. Y todavía se reía. Me puse a darle puñetazos, pero era como pegarle a una pared: inútil y doloroso. Seguía inmóvil y había dejado de reírse, pero sonreía. Intenté lanzarle un derechazo, pero me detuvo en pleno vuelo con la mano, que ni siquiera había visto mover.

—Oye, bonita, me encanta ver cómo lo intentas, pero tengo otras cosas que hacer —dijo—. Ha sido un placer...

Se paró en seco. Le dio un espasmo, y luego otro más grande, mientras se le abrían los ojos como platos. No entendía lo que pasaba, incluso cuando se puso a babear como el otro había hecho. No había bebido mi sangre, no había motivos para que reaccionara así. Solo cuando tomó con dificultad la navaja que tenía en el brazo me acordé de que me había cortado antes de clavársela. La lanzó hacia mí, pero falló el tiro por los espasmos.

Estaba demasiado alucinada para poder moverme. También me habría podido sentar en lo que quedaba del sofá para observar el final del espectáculo. En cierto sentido, estaba frustrada, ya que iba a liquidar a mi segundo muerto viviente sin haberlo hecho a posta.

Estaba perdida en mis pensamientos cuando se levantó el rubito. Estaba pálido como la muerte. Bueno, todavía más que antes. Pero no le sacudía ningún espasmo. Me miró con odio.

—Buen intento —soltó con una risa sarcástica—. Pero hace falta algo más para matar a un vampiro de mi categoría.

Y esas fueron sus últimas palabras. El gigante estaba de pie detrás de él, con su cabeza todavía sonriente en la mano. Antes de que pudiera entender lo que había pasado, el cuerpo decapitado se derrumbó delante de mí.

El gran Indio estaba enfrente de mí, victorioso, con el trofeo en la mano, los ojos inyectados de sangre y el rostro enrojecido por las lágrimas que le había hecho derramar el *spray*.

—¡Yo proteger tú! —dijo tirando lo que quedaba de mi adversario a mis pies.

Y eso sonaba como un reproche.

Capítulo 10

«Había estado aporreando la maldita puerta durante horas, o eso me parecía.»

En realidad, no había transcurrido más de un minuto entre que empecé a llamar y que Elliot me vino a abrir. Pero se me había hecho eterno. El estrecho pasillo amarillo de su edificio era agobiante. Hasta entonces no me había dado cuenta de lo mucho que odiaba ese color.

—¿Se puede saber por qué golpeas la puerta como...?

No acabó la frase. Se le abrieron los ojos como platos, pasando de la sorpresa al miedo y luego al asco. «Todavía no he ganado la partida», pensé.

—No tengo tiempo para esto —dijo mientras intentaba cerrar la puerta.

Le sujeté firmemente con la mano derecha. Se quedó mirando las marcas moradas que me había hecho cuando intentaba deshacerme del cinturón que me ataba. Tenía una expresión indescriptible, mezcla de repulsión y desdén. En circunstancias normales, me habría costado soportarlo, pero teniendo en cuenta los acontecimientos de la noche anterior me importaba un comino.

—Necesito que me dejes el automóvil —dije con rapidez antes de que intentara atajar la conversación.

Medio sonrió, entre divertido y muy irritado, moviendo la cabeza y mirándose los pies. Por fin, se enderezó y me miró a la cara.

—No tengo tiempo para esto —repitió con firmeza.

Su expresión no cambiaba. Diez segundos —cronometrados— y ya había empezado a cabrearme. Ahora no era el momento.

—Necesito tu automóvil —insistí—. A mí tampoco me gusta estar aquí, pero no tengo elección. De verdad que es importante.

—¿Por qué, se te ha estropeado el Batmóvil? ¡Por favor, Maeve! ¿Te has mirado al espejo? ¿Has visto cómo vas?

Y parecía asqueado de verdad al decirme eso. Su labio superior ya no me parecía atractivo, ni sus ojos fríos, que destilaban repulsión.

Claro que lo sabía. Tenía morados muy visibles en las muñecas y en el rostro, sangre en los brazos y en las manos, se me había partido el labio, llevaba el pelo de cualquier manera... Y, sobre todo, tenía unas marcas extrañas en el cuello, como si alguien hubiera tratado de arrancarme la yugular —por cierto, ¡alguien lo había intentado!—, y Elliot debía pensar que estaba loca de atar. Pero me importaba un carajo en ese momento.

—Elliot, nos conocemos lo suficiente para que puedas confiar en mí cuando te digo que es importante. Necesito un vehículo. No puedo ir corriendo hasta donde está Walter, y es cuestión de vida o muerte.

Volvió a apartar la vista, con la misma expresión que puso en cuanto me vio.

—Pídeselo a otro, yo no quiero saber nada.

—¡Dios mío! —dije golpeando la puerta con rabia.

Nos volvimos al mismo tiempo al oír el ruido. Elliot abrió un poco la puerta para examinar la marca que había hecho. El sonido era como de algo que se agrietaba y se veía dibujada la línea que había dejado mi puñetazo en la madera. Elliot se puso furioso.

—Lo siento mucho —dije, no muy contenta.

—Por favor, vete —soltó con frialdad.

—Tu automóvil, por favor —contesté.

Pero antes de que tuviera tiempo de protestar, entre él y la puerta había aparecido una mano, que llevaba un juego de llaves. Vi cómo se dibujaba la silueta de Tara.

—Aquí tienes. Estaría bien que volvieras a traerlo intacto —dijo con una sonrisa.

Si le sorprendió o le escandalizó mi aspecto, no lo demostró. Un punto a favor de Tara, seguía siendo noble. Elliot se dio la vuelta y la fusiló con la mirada.

—Estás completamente loca —le dijo.

Casi me alegré de que le hablara con el mismo tono de voz que a mí. Pero enseguida me arrepentí. Acababa de prestarme el automóvil.

—Que yo sepa, sigue siendo mío —contestó, sin molestarse por su actitud—. Y se lo dejo a quien quiero.

Le sonrió con mucha amabilidad. Y yo no me quedé a esperar a que empezaran a gritarse para llevarme las llaves.

—¡Gracias! —le dije con sinceridad a Tara, mientras me alejaba corriendo por el pasillo.

Me largué sin perder tiempo. Cuando estuve fuera, me pregunté cuál sería el automóvil. Miré las llaves de cerca y vi que tenían mando a distancia. «Clic.» Parpadearon unas luces anaranjadas, indicándome la dirección. Un deportivo gris metálico. Descapotable, por supuesto. En serio, ¿qué esperaba?

Subí al vehículo y arranqué. En menos de una hora estaría en casa de Walter. Respetando el límite de velocidad. Pero si no me lo saltaba, quizá llegaría demasiado tarde.

Todo había ido tan rápido... Apenas podía creer lo que había ocurrido en realidad. Me parecía que habían transcurrido horas o días desde que se produjeron los acontecimientos, pero no. Todo había sucedido durante la última hora. Miré la carretera mientras dejaba que mi mente regresara a lo ocurrido antes de que llegara a casa de Elliot.

El gran Indio no parecía muy contento cuando me tiró aquella cabeza a los pies. Por lo que había acabado por entender, él era la protección de la que me había hablado Walter. Por suerte, había pasado días buscándolo y me había encontrado con Lukas en su lugar. O a la inversa, en realidad...

Cuando me estaba preguntando qué iba a contestarle al gigante, Lukas se deshizo del vampiro con el que seguía luchando de una puñalada en el corazón. Había ido tan rápido que tardé en advertir que por fin se había acabado. Era una novata en lo que respecta a combates de vampiros y, de momento, lo único que podía decir era que a veces se levantaban y otras no. Mi breve experiencia me había mostrado que, en general, lo hacían.

Lukas me sonrió como si fuera el ganador de la lotería del día, antes de enfurruñarse ante la mirada de alguacil del Indio.

—Lalawethika —suspiró.

No parecía especialmente contento de volver a verlo. El otro le devolvió la mirada de mala manera. Así que se conocían. Pero teniendo en cuenta cómo se observaban, dudaba mucho de que fueran los mejores amigos del mundo. El Indio lo observaba con dureza y Lukas disimulaba a medias una expresión divertida detrás de algo que identifiqué como abatimiento.

Lukas miró el cadáver del vampiro que estaba a sus pies. Había empezado a cambiar de color. Era extraño de veras, pero no tenía tiempo para preguntarme qué le sucedía. Todavía quedaban dos enemigos vivitos y coleando y, aunque el Indio estuviera ahí para protegerme, teniendo en cuenta el aspecto que tenía, desconfiaba de él tanto como de Lukas.

Le dio una patada al vampiro muerto que estaba a sus pies, mientras ahogaba un gruñido. El coloso hizo crujir los dedos uno a uno. Aquel ruido me puso carne de gallina.

—Bueno, ¿qué está pasando? ¿Qué son todas estas tonterías?

Lukas me miró levantando los hombros, y el gigante no me quitaba la vista de encima.

—Todos te están buscando, princesa —dijo—. Y el problema es que ahora has aparecido.

Ni siquiera le tuve en cuenta lo de «princesa».

—¿Por qué me están buscando?

Una especie de sonrisa deformó el rostro de Lukas y, aunque fuera encantadora, me desagradó en grado sumo. Ya no trataba de congraciarse conmigo, como al principio de la noche. Encontraba que la pregunta era divertida. Este tipo no era trigo limpio.

—Porque no deberías existir y algunas personas están dispuestas a todo para hacer que se confirme esa teoría.

El Indio se movió tan deprisa que apenas lo vi. Cuando pude distinguir lo que pasaba, tenía a Lukas agarrado por el cuello, a medio metro del suelo. Era impresionante de veras. Lukas era tan alto que parecía surrealista verlo colgando en el aire de esta manera.

—Tú callar —le ordenó mi protector con voz de pocos amigos.

Sin saber por qué, me abalancé sobre él para intentar que soltara a Lukas, pero fue en vano. Tenía el brazo demasiado alto, y era demasiado ancho y potente para que pudiera hacer algo. En vista de lo cual, desistí.

Seguía con cara de malas pulgas, las facciones apretadas, haciendo que se curvara la cicatriz que le atravesaba toda la cara. Me pregunté cómo se la habría hecho. Tenía que ser antes de su vida de vampiro, como todas las otras marcas que mostraba su cuerpo. Era muy impresionante. Antes de transformarse, tenía que haber sido un guerrero y, basándome en algunas nociones de historia, debía de ser jodidamente viejo.

—Suéltalo —le pedí al fin, cuando dejé de soñar despierta.

Me sorprendió que me obedeciera. No había pensado que podría ser tan fácil. Lukas se cayó al suelo aguantándose la garganta y masajeándosela. Me guiñó el ojo. Sentí cómo me enfadaba. ¿Qué se había creído? ¿Qué estaba de su parte? Pensándolo bien, le había dicho al Indio que lo soltara. Ya no sabía qué opinar.

—Él matar tú —me dijo el Indio sin perder a Lukas de vista.

—Déjate de tonterías, nunca he tenido la intención de matarla. De utilizarla, sí. Pero no le habría hecho ningún daño. Y la habría protegido... siempre y cuando fuera posible —añadió después de una pequeña pausa.

El Indio arqueó una ceja mientras yo ponía mala cara, moviendo la cabeza, con los brazos cruzados.

—Estás tirando piedras contra tu propio tejado —le dije—. Dame un buen motivo para que no haga que te parta el cuello.

Me dedicó una de sus sonrisas arrebatadoras.

—Para empezar, que me machaquen el cuello no me va a matar, preciosa —contestó con picardía—. Y además, si estuviera muerto no te podría hacer todas las cosas que sueñas que te haga.

Le abofeteé antes de que acabara la frase. Era consciente de que no le había dolido —no era nada comparado con la paliza que acababan de pegarle—, y que era la única que se había hecho daño. Pero era lo que tocaba.

—Me gustan las mujeres con carácter —dijo acariciándose suavemente la mejilla.

Lo observé durante un instante y le sonreí.

—¿Sabes qué? Mátalo —le ordené al Indio sin dejar de mirar a Lukas—. A estas alturas, un vampiro muerto de más o de menos no cambiará la decoración de mi apartamento.

Lukas me sostuvo la mirada, divertido. En cuanto al Indio, un rictus le deformó las facciones. La expresión que le daba, reforzada por las cicatrices, no era nada tranquilizadora. Si no hubiera estado ahí para protegerme, me habría largado corriendo.

En menos que canta un gallo, Lukas volvía a estar colgando en el aire, pero no parecía que le importara mucho. El Indio se volvió hacia mí.

—Tú Elliot, yo Walter.

«¿Yo Tarzán, tú Jane?»

—¿No dejarás que vaya sola? —dijo Lukas con dificultad, ya que el Indio le seguía apretando la garganta—. Roy sigue suelto por ahí.

El Indio se paró a pensar y una especie de rictus le deformó el rostro. Sacó un puñal de no se sabe dónde —con una cuchilla larga como mi antebrazo— y, antes de que pudiera hacer nada, se lo había clavado a Lukas en el pecho.

Ahogué un grito, pensando que el Indio me había hecho caso y había decidido acabar con él. Pero aunque el dolor deformara las facciones de Lukas, seguía sonriendo, con un cuchillo clavado en el tórax.

—No te preocupes, preciosa, no ha apuntado al corazón —me dijo guiñando un ojo—. No quiere matarme, antes tengo que ir a visitar a un viejo amigo.

—¿Walter ha vuelto? —pregunté, desconcertada.

Tomé el silencio de Lukas por un sí. Había vuelto, y ni siquiera había venido a verme. Eso no me gustaba. Este vampiro imbécil me había contado más cosas sobre mi familia que Walter en veinte años.

A continuación, todo fue muy rápido. El Indio le dio la vuelta a Lukas para tenerlo bien sujeto bajo el brazo derecho, con la mano apoyada en el mango del arma que salía del pecho de su prisionero. Y luego me asió de la misma manera —pero sin clavarme un puñal— con el brazo izquierdo. Después de un trayecto breve e incómodo, durante el cual permanecimos en silencio, me dejó delante de la casa de Elliot y me ordenó que me quedara allá hasta que volvieran a buscarme al cabo de unas horas. Vi cómo se alejaban, a una velocidad increíble. En la entrada, Lukas me había dicho algo que no me podía quitar de la cabeza, antes de que el Indio le diera un violento golpe para hacerlo callar.

«Si me matan, nunca sabrás la verdad.»

Llegué a casa de Walter. Tardé treinta minutos en recorrer la distancia que me separaba del hogar familiar. Por suerte, las carreteras estaban vacías a esta hora y no me crucé con ningún poli. Aparqué el automóvil delante de la casa y, cuando iba a salir, me entraron las dudas. El haber viajado sola rebajó la tensión y empezaba a hacerme preguntas serias. ¿Y si todo aquello no había sido más que un sueño? ¿Un viaje muy, muy malo? Creo que habría preferido que me drogaran sin saberlo y haberme imaginado los acontecimientos de las últimas horas.

Por desgracia, no se trataba de eso y, aunque los hechos fueran muy extraños, todo parecía muy real. Lejos de la euforia que me había provocado la existencia de los vampiros al principio de la noche, todo era creíble. No me habría sorprendido descubrir que mis vecinos también lo eran, así como el presidente e incluso Walter. Y estaba claro que Walter lo era, ya que por lo visto se codeaba con este tipo de gente desde hacía mucho tiempo. Y, a todo esto, a mí querían verme muerta y no sabía por qué. Por una parte, quería saber los motivos, pero por otra no. Seguro que tenía que ver con mis padres. Yo nunca había hecho nada que pudiera hacer enfadar a un vampiro hasta el punto que decidiera matarme, o sea que se trataba de otra cosa. A menos que Marc también fuera uno de ellos...

Salí del automóvil, dándole vueltas al asunto, y fui hacia la puerta. No, Marc no era un vampiro, era demasiado estúpido. Bueno, no es que la inteligencia sea una condición imprescindible para convertirse en vampiro —como si yo supiera algo de eso—, pero, sobre todo, no habría acabado en el hospital si lo hubiera sido. Había visto cómo Lukas se iba con mi protector, con un puñal clavado en el pecho. Se expresaba sin problemas, aunque gimiera un poco, y seguía haciendo chistes de mal gusto.

Abrí la puerta. En cuanto hube dado un paso, me encontré colgando a un metro del suelo, con un dolor espantoso en la garganta. Y me caí casi al instante.

—¡Elliot! —rugió el Indio.

No, yo me llamo Maeve.

No parecía nada contento. Por suerte, no le podía ver toda la cara, ya que solo estaba encendida la luz de la cocina y el vestíbulo estaba sumido en una oscuridad casi tranquilizadora, comparada con lo que conseguía leer en los ojos del que tenía enfrente.

Me masajeé el cuello. Joder, me dolía como mil demonios.

—Sí, bueno, lo confieso. Nunca se me ha dado bien recibir órdenes. Más te habría valido atarme a la puerta si querías que me quedara en casa de ese cretino.

Arqueó la ceja partida en dos. Lo miré sin pestañear. No resultaba tan malo cuando no estaba enfadado. Casi parecía un osito de peluche gigante, en claroscuro. Un osito con un montón de cicatrices.

—¿Dónde está? —pregunté, mientras me adentraba en el vestíbulo.

—Todavía no casa —contestó.

—Walter no —precisé cuando me di cuenta de que no hablábamos de la misma persona.

Intenté ocultar mi preocupación. Estaba buscando a un vampiro que había intentado secuestrarme y mi abuelo estaba a punto de volver. En caso de que hubiera conseguido descifrar lo que me estaba diciendo.

—No para ti —contestó.

Entré en la cocina, abrí un armario para tomar un vaso y regresé al vestíbulo. Entre los licores de Walter, elegí el whisky que estaba en la botella más bonita y me serví un buen trago. Odiaba el whisky.

Me lo bebí de un trago después de haber evitado contemplar una foto de Elliot y mía una noche de Halloween. Iba disfrazada de india y él de sheriff.

—Oye... Lala...

Lalawethi...¿qué? ¿Cómo era?

—Lalawethika —dijo con firmeza.

¿No era ese el nombre de uno de los *Teletubbies*?

—Sí, de acuerdo, Lala. No tengo ni idea de quién es ese tipo, no sé dónde anda mi abuelo, no sé nada de nada y eso me pone de los nervios. O sea que quiero hablar con él. Y tú no me lo vas a impedir.

El paso de gigante que dio en mi dirección me dio a entender que, al contrario, esa era su intención.

Retrocedí.

—¡Dime dónde está!

—No.

Dio un paso hacia adelante. Y yo uno hacia atrás. Había dejado de parecer un osito. Intenté observar adónde dirigía la mirada, para poder

127

conseguir algo de información sobre el lugar donde estaba encerrado Lukas. Pero me vigilaba sin pestañear y ese jueguecito se le daba mejor que a mí.

—Registraré la casa de arriba abajo si hace falta. Acabaré por encontrarlo —dije, segura de mí misma.

En fin, eso esperaba.

—No.

Empezaba a estar harta del disco rallado.

—Entonces dime lo que quiero saber —insistí, esta vez dando un paso en su dirección—. ¿Quién es ese tipo, quiénes son esos amigotes suyos que intentan cargárselo, por qué me están buscando, etcétera? Ese tipo de cosas.

—Walter contar —afirmó, igual de tranquilo.

—¡Pues resulta que no! —repliqué, cabreada—. Hasta ahora solo me ha contado mentiras y no me fío de que esta vez me diga la verdad. O sea que, o respondes a mis preguntas, o me voy a buscar a Lukas para que conteste él. Por lo menos, él habla.

—No.

¿No sabía decir más de dos palabras seguidas?

—¿Sabes qué? Yo me voy a buscar a Lukas. Mientras tanto, tú puedes pedir prestado un diccionario en la biblioteca y leer la definición de «monosílabo».

Y me di la vuelta, lista para emprender la búsqueda. Antes de haber podido dar un paso, volvía a estar delante de mí. Era realmente rápido, a pesar de tener la corpulencia de un bloque de hormigón.

—De acuerdo, ¿y qué vas a hacer? No me vas a hacer daño, estás aquí para protegerme. Y yo estoy aquí para conseguir respuestas, o sea que déjame pasar.

Esperaba que soltara otro «no», pero en vez de ello, me asió más rápido que el rayo y se me subió al hombro. Dio media vuelta y se dirigió al salón, mientras yo le golpeaba la espalda como una loca. Dada su corpulencia, pensaba que resonaría, pero apenas se oía un ruido sordo.

Nos disponíamos a entrar en el cuarto cuando se abrió la puerta de entrada. Levanté la cabeza y, a pesar del pelo que me colgaba delante de la cara y me dejaba medio ciega, vi cómo aparecía una silueta en la penumbra.

—Suéltala.

Lala se dio la vuelta y de repente me caí al suelo.

Capítulo 11

«Se me puso la carne de gallina al oír esa voz.»

Era como si no la hubiese oído desde hacía años, como si saliera de un pasado que ahora me resultaba extraño.

Levanté la cabeza para poder ver al recién llegado, sin hacer ningún esfuerzo por incorporarme. Total, para qué...

—Buenos días, princesa.

Mi abuelo parecía estar en plena forma. Me observaba con tranquilidad, su pelo blanco resaltaba en la penumbra como si le rodeara una aureola y le brillaban los ojos azules, aunque pareciera imposible por la falta de luz.

Se me acercó con calma y me alargó la mano para ayudarme a levantarme. Le ignoré y me alisé el vestido antes de incorporarme. Cuando estuve de pie, me puse frente a él y le sostuve la mirada.

—Walter —le saludé, sin la más mínima simpatía en la voz.

Mi actitud no tenía nada de benévola, al contrario de la de mi abuelo, que me ofrecía un aspecto apacible, parecía contento de verme y casi... divertido. Con eso no iba a ponerme de buenas.

—Estás preciosa con esta ropa —me dijo, observando mi aspecto—. Deberías llevar vestidos más a menudo.

—Walter, déjate de tonterías y vayamos al grano. No estoy de humor.

Entonces, sonrió muy jovial. Por lo visto, le gustaba que me vistiera de manera provocativa y que dijera palabrotas. No necesitaba a una mujer del club de bridge, sino a una prostituta.

—De acuerdo, Maeve, vamos al grano. ¿Qué quieres?

—Respuestas —dije con aspereza—. Y como sé que no me las vas a dar, voy a ir a hablar con Lukas. Pero tu coloso no me deja pasar.

Al decir estas palabras, había señalado al interesado con el dedo. Seguía en la entrada del salón, donde me había dejado caer hacía pocos minutos, y estaba tan tieso como un palo e inmóvil como una estatua. El marco de la puerta casi le rozaba la cabeza y hacía que el hueco pareciera mucho más pequeño. Walter me miraba con una extraña expresión en la cara que no conseguía identificar. Me parece que estaba disgustado. Tardó un poco antes de volver a hablar.

—¿Antes confiarías en un vampiro, al que no conoces y que ha intentado secuestrarte, que en la persona que te ha criado?

Yo también me tomé tiempo para contestar, y mientras tanto lo estuve mirando fijamente, sin pestañear ni una vez. Había utilizado la palabra vampiro y, en boca de mi abuelo, todo el asunto tomaba un cariz muy distinto. No, no estaba soñando. Sí, los vampiros existían. No, no iba a despertarme.

Suspiré. Ahora que por fin parecía dispuesto a dialogar en serio, no sabía por dónde empezar. Porque, aunque parecía dispuesto a hablar, ya no confiaba en él y estaba convencida de que me volvería a mentir si se daba el caso. Más valía ir al grano.

—¿Mi padre mató a mi madre? —pregunté despacio, separando las sílabas.

Walter no contestó y por fin pude encontrar lo que antes no supe identificar. Parecía apenado. Desvió la mirada hacia un punto invisible en el suelo y el silencio inundó la habitación.

—Me gustaría ver a Lukas —acabé diciendo con un tono que no dejaba más que claro que no aceptaría un no por respuesta, a pesar de haberme mostrado educada.

Me ponía de los nervios que, en vez de decir mentiras, se quedara mudo. Ya no tenía ganas de perder el tiempo y, si Walter se callaba, Lukas era la única persona que me podría decir lo que quería saber. Y aunque no tenía más confianza en Lukas que en Walter, sabía cómo era Lukas, pero no podía decir lo mismo de mi abuelo.

Como Walter seguía tan quieto como el Indio, tomé la iniciativa y empecé a andar en dirección a la puerta del sótano. Era el único lugar donde se me ocurría que podían haber dejado a Lukas, si no lo habían matado ya.

—Maeve, espera.

Me detuve, con la mano en el picaporte y pocas ganas de volverme. Al fin, como no añadía nada, miré hacia él. Suspiró.

—Ven conmigo y te contaré todo lo que necesitas saber sobre tus orígenes. Luego, si todavía quieres hablar con Lukas, podrás hacerlo.

Me paré a pensar un momento. Todo cuanto necesitaba saber no era lo mismo que todo lo que quería saber, pero era mejor que nada. Así que solté el picaporte.

Ya llevábamos varios minutos sentados a la mesa del comedor y seguía sin hablar. Me observaba con calma, y de seguir así me sacaría de mis casillas en breve. A decir verdad, ya lo había hecho. Por mucho que mirara el gran aparador que se hallaba detrás de Walter contando todos los platos que alcanzaba a ver, no conseguía calmarme. Estaba hecha un manojo de nervios. Al contrario, ninguna emoción perturbaba el océano de tranquilidad que representaba mi abuelo. Ahora que había un vampiro escondido en algún lugar de la casa y otro esperando con tranquilidad en el vestíbulo, me pregunté hasta qué punto era humano. Por primera vez en la vida, me daba miedo. ¿De verdad era mi abuelo?

—Maeve...

Volví a la realidad de golpe, sobresaltada.

—Por favor, habla, ya no tengo ganas de perder más tiempo y, además de ponerme muy nerviosa, tu silencio me incomoda —dije, con voz ronca.

Y con las uñas afiladas.

—Ya lo veo y lo siento.

—A veces no basta con sentirlo.

Había sido muy tajante. Ahora que había roto el silencio, ya no asustaba. Tenía la voz tan suave que habría sido imposible tener miedo de él, pero no dejaba de estar enfadada.

—Maldita sea, habla ya —insistí.

Me sonrió. «Por mí, quédate con las sonrisas», pensé, reprimiendo unas ganas locas de romperle los dientes aunque fuera mi abuelo.

—Estoy buscando la mejor manera de explicártelo todo... Siempre he sabido que llegaría este día. Pero, egoísta y tonto, creí que podría evitarlo, que podría protegerte si no sabías nada y que había conseguido esconderte lo bastante bien para que no hubiera que llegar nunca a este punto...

—Deja ya de darme coba y suéltalo todo, no me interesan tus dilemas.

Había vuelto a ser muy brusca y, por un instante, me arrepentí. Fue un instante muy breve, ya que entonces me importaba más que me hubiera engañado durante todos estos años que sus remordimientos.

—Quiero que sepas que todo lo que he hecho siempre, incluso mentirte, ha sido para protegerte.

Sí, sí. Está bien, lo pillo. Continuemos.

Mientras tanto, me quedé en silencio. Tarde o temprano volvería a hablar. A menos que le acabara de fulminar un ataque al corazón y, teniendo en cuenta los acontecimientos, no me habría extrañado demasiado. Habría sido capaz, solo para aportar algo de dramatismo. Pero después de carraspear y respirar hondo volvió a hablar.

—Viviana, tu madre (mi hija), se parecía mucho a ti. Tenía el mismo carácter vehemente y era tan testaruda como tú, de manera que nada podía detenerla cuando se le metía algo en la cabeza... Físicamente sois casi iguales, excepto que ella tenía los ojos azules y el pelo rubio... En eso salió a mí.

Y aunque le había reprochado su falta de sensibilidad apenas hacía un instante, la tristeza atravesó la máscara que solía llevar. Se le había enturbiado la mirada y le brillaban los ojos. Resultaba que mi abuelo podía llorar. No lo habría pensado nunca.

—Lo que debes entender —prosiguió— es que si pensaba que algo era justo, luchaba por ello. Es lo que provocó su muerte y el motivo por el cual me preocupo tanto por ti.

De nuevo, hizo una pausa y bajó los ojos. Siguiéndole la mirada, me di cuenta de que observaba nuestras manos, que estaban juntas en la mesa. Lo había hecho sin siquiera darme cuenta. Por supuesto, no odiaba a mi abuelo, pero en este momento no tenía ganas de acercarme a él. Por lo menos no mientras no supiera dónde situarme en medio de todas las mentiras que constituían mi vida. Aparté la mano.

Retiré la vista y miré al gran Indio, que parecía que se había transformado en estatua en el vestíbulo. Su inmovilidad era realmente impresionante. Ni siquiera se lo veía respirar. Me volví hacia Walter, pero sin atreverme a mirarlo.

El viejo reloj que se hallaba detrás de él marcó unos segundos eternos antes de que volviera a hablar, cabizbajo.

—¿Qué piensas de los vampiros? —preguntó incorporándose y clavando su mirada helada en la mía.

—Esto, yo...

Me pilló desprevenida. ¿Qué quería que le dijera, en concreto?

—No entiendo tu pregunta —acabé por confesar.

Se le suavizó la mirada y sonrió.

—Has pasado toda tu vida en un mundo muy racional, en el que los vampiros forman parte de la imaginación colectiva, de los libros y las películas... Sabes que existen desde hace apenas unas horas, o sea que me gustaría saber qué piensas.

Aquello me dejó descolocada, o al menos esa era la impresión que tenía. Entendía mejor la pregunta, pero no a qué venía a cuento en esta conversación. O quizá sí. Veía muy bien el papel que desempeñaban los vampiros en esta historia, pero no lo que pintaba mi opinión sobre ellos.

—¿Te sorprendió? ¿Te chocó? —continuó.

Me puse a pensar mientras sentía cómo se me torcía involuntariamente un lado de la boca. Hice un esfuerzo por relajarlo y volví a hablar.

—De entrada, me hizo gracia —admití—. Me parecía... tan improbable y, sin embargo, tan normal. No sé qué pensé, Walter. Sigo sin saber qué pienso. Pero no me chocó, ni me sorprendió. Solo me extrañó, creo.

Bueno...

Se volvió a quedar callado. Es curioso, esta vez no me molestó tanto como antes, yo misma estaba perdida en mis propios pensamientos. En ningún momento me había dado cuenta de que la existencia de los vampiros no me había dejado estupefacta. Hay que decir que no había tenido tiempo de pensar en ello, habida cuenta del estrés que había sufrido en las últimas horas.

—De hecho, creo que me tranquiliza —admití.

Pareció sorprendido. Observé que, en el vestíbulo, el gigante había vuelto la cabeza hacia nosotros.

—¿Qué quieres decir? —preguntó Walter, con el ceño fruncido.

Excelente pregunta. ¿Qué quería decir con ello, en realidad?

—Pues el hecho de que exista algo peor que el ser humano, peor que mis ataques de rabia, más maléfico... Me tranquiliza.

Había soltado la última frase de un tirón. No me creía que lo hubiera dicho. Pero era verdad. El hecho de saber que había algo peor que yo me apaciguaba y situaba las cosas en un contexto que me sería más fácil asumir.

—Ejem... —dijo pensativo—. ¿Crees que todos los vampiros son malvados?

—En todo caso, todos los que he visto lo eran —repliqué—. ¿Por qué? ¿Acaso me vas a decir que tú también eres uno de ellos?

—Has conocido a Lalawethika. ¿Te parece malvado?

Eso no era una respuesta. Me volví automáticamente hacia el vestíbulo para mirar al interesado, que me observaba con los brazos cruzados. Me dedicó una especie de sonrisa que costaba interpretar, por el miedo que daba su aspecto. Pero es cierto que no parecía malo, solo tenía una apariencia... amenazadora y dulce al mismo tiempo. Miré a mi abuelo.

—¿Te refieres al tipo al que le gusta pasearse con una cabeza en la mano?

Volví a observar al Indio, que se estaba mirando los pies. Desde luego era una sonrisa lo que tenía en la cara, lo cual era sorprendente. Se me puso la carne de gallina. Enseguida aparté la mirada para dirigirme a Walter.

—Eso no responde a mi pregunta. ¿Eres un vampiro?

El ritmo del corazón me empezó a ir más lento, y dejó de latir mientras esperaba una explicación que a mi parecer tardaba una eternidad en llegar.

—No, no lo soy.

Suspiré aliviada, lo que hizo que Walter sonriera enseñando todos los dientes.

—Pero Lalawethika lo es, y también es la persona más amable y justa que haya conocido en toda mi vida.

—Walter, le gusta decapitar a sus semejantes.

Me fulminó con la mirada.

—Hizo lo que tenía que hacer para protegerte, tal y como yo le había pedido.

Parecía que me lo estuviera reprochando. Me encogí de hombros en señal de indiferencia.

—De acuerdo, dejemos el tema. Continúa.

Me había vuelto a mostrar muy seca. No quería desviarme del tema y tenía la desagradable sensación de que intentaba ganar tiempo.

—Muy bien. Tu madre tenía sueños.

¡Y dale que te dale!

—Oye, me parece muy bien que me hables de mi madre, de su carácter y todo eso, pero ahora no creo que sea el momento de hacer una lista de sus cualidades y sus defectos.

—No, no me has entendido. Tu madre era vidente, tenía sueños premonitorios.

En efecto, no lo entendía y se reflejaba en la expresión de mi cara.

—Maeve —prosiguió con dulzura—, nuestra familia es muy antigua y, hasta cierto punto, muy poderosa. Somos Sihr.

Sacudí la cabeza, dando evidentes muestras de incomprensión.

—Tus antepasadas han llevado el nombre de hechiceras, de magas, y muchas acabaron quemadas durante la caza de brujas. Ellas y muchos inocentes.

Hizo una pausa, para dejarme asimilar la información. Al contrario de la existencia de los vampiros, lo que me estaba diciendo no me divertía en lo más mínimo. Por un instante volví a tener la impresión de que mi abuelo había perdido la razón. Sin embargo, se mostraba muy serio. Se expresaba con voz clara, segura y parecía estar en sus cabales. Pensándolo bien, no se me ocurría cómo hubiera podido detectarle signos externos de enajenación mental. Pero tanto si estaba loco como si no, el problema seguía siendo el mismo. ¿Estaba dispuesta a creer que existían los vampiros, pero no los magos?

—Tu madre tenía un don que no se manifiesta de la misma manera en todo el mundo. Ella veía el futuro en sueños —dijo, como para acabar su explicación.

Intenté hablar, pero no lo conseguí. Seguro que era porque no sabía qué quería decir exactamente. Todo aquello era de una absurdidad pasmosa, sin sentido. Me di cuenta de que seguía sacudiendo la cabeza y no conseguía parar.

—No me crees —dijo.

—No —contesté, con un nudo en la garganta—. Me gustaría hacerlo, pero te burlas de mí.

Me fallaba la voz, y me enfadé por no poder controlarla. Pero tenía la impresión de estar en una pesadilla y me pellizqué el brazo para comprobar que no estaba dormida. Por desgracia, no estaba soñando. Debajo de la sangre seca que se había resquebrajado cuando empecé a apretarme, el dolor era real.

—Estás dispuesta a creer en los vampiros y, sin embargo, ¿te parece increíble que tu madre pudiera tener algún poder?

O sea que por eso había hecho la pregunta. «Traidor», pensé.

Me miraba fijamente con sus ojos azules y fríos. Tenía la impresión de que todo se tambaleaba a mi alrededor, como las piezas de un rompecabezas que intentaba encajar en vertical y que no aguantaban juntas por la ley de la gravedad. Sentía como si me desnudara con la mirada y, de repente, me entraron ganas de esconderme, de huir ante el enemigo que me había criado. Ya no sabía quién era este hombre.

Puso las manos encima de la mesa y me aparté con presteza, pensando que quería tomar las mías. Pareció apenado mientras giraba las palmas hacia el techo y volvía a dirigir una mirada helada hacia mi cara horrorizada.

—Toma, de parte de santo Tomás —me dijo con dulzura.

Sonreí al instante por el guiño que acababa de hacerme. A menudo repetía que yo era como santo Tomás y que solo creía lo que veía. Por lo tanto, me lo iba a demostrar. Aunque sonreía sin querer, no me gustaba nada el cariz que iba tomando el asunto.

Walter cerró los ojos y me dispuse a aguardar. No sabía qué tenía que buscar ni a qué esperarme, o sea que eché una ojeada por la habitación al acecho de una señal. En el vestíbulo, el Indio había recuperado su pose de estatua. No parecía preocupado en absoluto. Había vuelto la cabeza, por lo que no conseguí preguntarle con la mirada. Y la tensión volvió a cobrar intensidad.

Entonces vi la luz. Volví la cabeza con presteza hacia mi abuelo. La veía con tanta claridad como a mis brazos ensangrentados. La piel de las manos tenía un color extraño, lechoso, y le empezaban a brillar poco a poco. Parpadeé varias veces seguidas para asegurarme de que no estaba alucinando, pero la luz seguía ahí.

Me sobresalté cuando de repente abrió los ojos. Me observaba, con las pupilas igual de transparentes y brillantes que las manos. El instinto hizo que me hundiera todo lo que pude en la silla, tan lejos de él como conseguí sin caerme de espaldas. Lo miré con fijeza durante un instante inacabable, testigo mudo de su transformación en antorcha humana. Ahora le resplandecía toda la piel e iluminaba la habitación con una luz cegadora. Sin embargo, seguí mirándolo, sin pestañear una sola vez. Ese no era mi abuelo y, aunque parecía un ángel, me daba pánico.

—Muy práctico en caso de avería eléctrica —solté.

¡Menuda idiota! No sabía por qué me había salido esa estupidez. Me sentía tan incómoda que dije lo primero que me pasó por la cabeza. Imbécil, imbécil, imbécil.

Sonrió y, en menos de un segundo, recuperó su aspecto habitual. Todavía tenía la piel blanca y los ojos de color azul claro, pero había dejado de brillar. De verdad que no sabía cómo asimilar esta novedad. ¿Qué pasa cuando santo Tomás no quiere creerse lo que está viendo?

—¿Por eso la asesinaron? —pregunté, queriendo cambiar de tema cuanto antes.

Me miraba con tranquilidad y con una pequeña sonrisa en los labios. Seguro que estaba muy satisfecho con la impresión que había causado.

—No vayas tan rápido. Si quieres saber toda la historia, yo te la contaré, pero paso a paso.

No paraba de hacerme preguntas y me estaba entrando un dolor de cabeza espantoso. ¿Qué es un Sihr? ¿Por qué mi abuelo podía transformarse en farola? ¿De verdad que mi madre era una bruja? ¿Yo también? Deseché esas ideas con energía.

—¿Eres brujo?

—Soy un Sihr. Pero cada cosa a su debido tiempo —dijo.

Ni siquiera repliqué. Ya no estaba enfadada. Por primera vez en la vida, me sentía muy perdida y estaba en baja forma, incapaz de moverme, sin poder reaccionar. Le dejé que empezara a contar su relato, dispuesta a no interrumpirlo hasta que hubiera acabado. Y eso hice.

Capítulo 12

«—O sea que tu madre podía ver el futuro en sueños.»

—Cuando era pequeña, sabía cosas que aún no habían ocurrido y he de confesar que eso me desconcertaba. Antes de ella, no habíamos tenido a ninguna vidente en la familia. Como te he dicho, el don se puede manifestar de maneras distintas y esta era nueva para mí. Pero en la familia de su madre se habían dado varios casos.

Estaba perpleja. ¿Dones que se manifiestan de maneras distintas? ¿Y eso que quiere decir, en concreto? No gran cosa... Y esos dones, ¿qué son? Videntes... Farolas humanas... Si añadimos a dos más, podríamos competir con los personajes de la serie *Los Cuatro Fantásticos*.

—Pareces desorientada —dijo, mirándome con ternura—. Algún día te contaré todo lo que necesitas saber sobre nuestras familias y sus facultades. Pero de momento te diré que, para que se transmita el poder, deben tenerlo ambos progenitores y solo lo heredan las mujeres. Para los hombres es otra historia, pero ahora no lo compliquemos todo. Tu madre me desconcertaba. No era la primogénita, pero era extraordinaria.

O sea que tenía una tía. Estupendo. Esperaba que por lo menos ella no tuviera ganas de matarme.

Había hablado con tanta desenvoltura... ¿Cuántos familiares desconocidos tenía? Además de mi padre muerto viviente —o vivo muerto—, había descubierto que tenía un hermano. ¿Qué otros parientes desconocidos estaban por ahí esperando en la sombra, escondidos tras los secretos de Walter?

—Sin embargo —prosiguió—, no parecía que tuviera ninguna aptitud especial. No tenía el don de la telequinesia, era un desastre absoluto para preparar hechizos (y para cocinar), y no veía a los fantasmas. Pero tenía sueños premonitorios y siempre sabía algo más que nosotros sobre lo que nos depararía el futuro. Nunca olvidaré la primera vez que me habló de tu padre —dijo a continuación—. Debía de tener unos seis años, no más, y se había despertado gritando. Aquella noche tu abuela no estaba y fui a consolarla yo. Por aquel entonces, no tenía el instinto paterno desarrollado. Me dirás que ahora tampoco, pero he aprendido mucho contigo...

En efecto, no se podía decir que Walter fuera un padrazo —o un abuelazo—. Siempre había mantenido las distancias y no me lo imaginaba desempeñando el papel de padre. Era demasiado funcional para mostrarse cariñoso.

—Fui a su habitación. La luz estaba apagada y solo la luna iluminaba el cuarto, creando un ambiente perturbador. O quizá se trataba de que había sentido que algo no iba bien. Viviana había gritado tan fuerte que se me erizó el vello de los brazos y, cuando la vi, me asusté aún más. Era tan pequeñita, tan frágil y tenía tanto miedo...

Iba desechando las imágenes que se agolpaban en mi cabeza tan rápidamente como aparecían. No me apetecía imaginarme a una niña asustada, a una rubita que iba a convertirse en mi madre. Aunque no fuera más que una ilusión, me negaba a que se materializara en mi mente. Las palabras de Walter conllevaban demasiadas emociones y no quería desmoronarme. Había conseguido vivir durante más de veinte años con una imagen difuminada de mi progenitora y podía seguir así unas cuantas horas más.

—Me abrazó en cuanto entré en la habitación. Estaba llorando, y yo no conseguía entender nada de lo que estaba diciendo. Repetía sin cesar: «¡No quiero! ¡Por favor! ¡No quiero! ¡No le dejes!». Todavía se me rompe el corazón cuando pienso en ello.

Hizo una pausa, perdido entre recuerdos a los que yo no podía acceder. Nunca me había hablado mucho de mi madre y la situación hacía que me sintiera incómoda, como si estuviera espiando la intimidad de mis vecinos.

—Cuando hube conseguido que se tranquilizara y que volviera a la cama, le pedí que me explicara qué pasaba. Entonces me contó que, «cuando fuera mayor como una adulta» (esas fueron sus palabras), se casaría con un vampiro, pero que no quería porque era un hombre malo que hacía daño a gente buena. Esa noche dormí en su habitación, o más bien me quedé a su lado. No pude pegar ojo.

No me imaginaba a Walter velándola y tampoco pude evitar sentirme celosa. ¿Había dicho que había aprendido mucho conmigo? Jamás de los jamases se había quedado a mi lado después de que tuviera una pesadilla. Había que ser realista: yo no era su hija y nunca me querría tanto como a ella. Dejé de pensar en cosas desagradables para poder escuchar cómo seguía la historia. Había cosas más importantes ahora mismo.

—Por supuesto, había oído hablar de vampiros con anterioridad. De hecho, conocía a varios de ellos y algunos eran viejos amigos. Es una raza antigua, casi tanto como la nuestra. Hay una leyenda que cuenta que seguramente los habíamos creado nosotros —añadió, casi divertido—. Pero dejaré eso para otra vez.

Sí, claro, cualquier día me lo cuentas. Toda la historia de mi vida.

—Me preocupó mucho lo que me explicó. Por aquel entonces ya había soñado con algunas cosas que se habían hecho realidad. No le dije nada a su madre al día siguiente y, a partir de entonces, siempre le preguntaba si había vuelto a ver al vampiro. Pero ya no soñaba con él, y al fin empecé a creer que solo había sido una pesadilla y no un sueño premonitorio.

«Pues parece que no eres infalible, *Walterminator*», pensé, de mal humor.

—Sin embargo, vino a verme una mañana, cuando era adolescente. Yo estaba en la cocina, leyendo el periódico mientras me tomaba el café. Se sentó en silencio delante de mí y me observó hasta que la miré. Tenía unos ojos azules preciosos. Era la mujer más hermosa que he visto y no te hablo de orgullo de padre. Te pareces tanto a ella... —dijo, arrastrando la voz—. Supongo que estáis al mismo nivel.

Sonreía, pero tenía los ojos tristes. Parecía que el mirarme le causaba dolor y empecé a preguntarme si no era uno de los motivos por los cuales, aunque no había dejado de estar ahí, siempre se había mostrado distante.

—Me miró, muy seria, y se limitó a decir: «Papá, he vuelto a soñar con el vampiro. Es peligroso, muy peligroso, y la única manera de detenerlo es que tenga un hijo con él». Parecía tan segura de sí misma... Era como si hubiera tenido la amabilidad de informarme, como si se tratara de un hecho ineludible y nadie pudiera hacer nada al respecto. Y en realidad fue así.

Me seguía mirando, pero estaba convencida de que ya no me veía. Su mente se hallaba a miles de quilómetros de ahí.

—Luego se negó a contestar a todas las preguntas que le hice, durante mucho tiempo —dijo con amargura—. No me quiso dar ningún detalle. Ni cuándo, ni cómo... Nada. Pero yo estaba convencido de que lo sabía. Me sentía impotente. No se lo conté a su madre porque no quería preocuparla. Ahora pienso que quizá tendría que haberlo hecho, que se hubieran podido evitar muchas cosas...

Cada vez le costaba más hablar. Recordar el pasado debía de resultarle muy doloroso, y se podía leer el sufrimiento en su cara como en un libro abierto.

—Cuando cumplió dieciocho años una noche en que no paré de hacerle preguntas, furioso, accedió a contarme más cosas. Tenía la mirada tan seria cuando me confesó que debía detener a ese hombre teniendo un hijo con él, que me atormentaba. Intuía que no me lo había dicho todo. Lo sabía y eso me enloquecía, ya que la carne de mi carne estaba en peligro.

»Aquella noche me confesó lo que me temía —siguió diciendo—. Tendría un hijo que mataría a ese vampiro y ella moriría al dar a luz. Después de insistir, me dijo que ese hombre la llevaría a la muerte. Pero no quiso decirme su nombre, se negó a darme el más mínimo detalle que me permitiera llegar hasta él y eliminarlo antes de que fuera demasiado tarde. Supliqué durante horas, pero no conseguí nada. Al día siguiente, se había ido y su madre con ella. Por supuesto, le había contado sus sueños y tu abuela decidió ayudarla. Tu abuela era toda una mujer. De algún lado tenía que salir el carácter de Viviana...

Volvió a fijar la mirada en mí, como si de repente se hubiera acordado de que estaba allí. Me entraron escalofríos.

—Durante años no supe nada de ellas —prosiguió, con dureza—, aunque las busqué sin cesar. Seguro que tu abuela la había escondido con un sortilegio muy potente, porque ambas habían desaparecido de la faz de la Tierra. Se convirtió en una obsesión ante la cual no podía hacer nada, a pesar de todos mis poderes, y la locura se iba apoderando de mí poco a poco. Me infiltré entre los vampiros, para saber más de ellos. Pero una voz interior me decía que era imposible que encontrara allí a tu padre, porque todavía no se había podido transformar, ya que antes tenía que tener un hijo. Sin embargo, maté a muchos de ellos que, a mi entender, no merecían vivir, por rabia y frustración. Hasta el día en que llegaste tú.

»Era una preciosa mañana de septiembre, el cielo se había vuelto de color azul claro y acababa de regresar a casa después de una noche muy larga. Como cada vez que volvía de cazar, no tenía sueño y encendí la televisión con una cerveza en la mano. Las noticias del día eran de lo más aburrido, y enseguida cambié de canal para ver una telenovela que tenía mucho éxito por aquel entonces.

No supe qué me chocaba más, si el imaginarlo con una cerveza en la mano o mirando una telenovela. Nunca bebía. Las botellas que tenía debían de ser todas más viejas que yo. En cuanto a las series de televisión, ¿qué iba a decir? Walter no era ese tipo de hombre.

—Pero enseguida sonó un ruido procedente del exterior. Al abrir la puerta no vi nada, pero oí un gemido. En la escalera de entrada, sentada junto al vano de la pared y llena de sangre, estaba tu abuela. Tenía algo en brazos envuelto en una manta y me suplicaba con la mirada.

Al pronunciar esa frase se le apagó la voz y tardó un momento en recuperar la compostura. ¿Mi abuelo la había amado? ¡Qué pregunta más estúpida! Por supuesto que la había querido. Sin embargo, no me lo imaginaba enamorado, era algo... antinatural. Lo mismo que imaginármelo como padre. Siempre había pensado que no tenía sentimientos, ya que no los expresaba. Tenía que admitir que desconocía a Walter más de lo que creía.

—Entré con ella en casa. Falleció al cabo de pocos minutos, dejándome solo con el bulto al que se aferraba, incluso después de exhalar el último suspiro. Ese paquetito eras tú. Pero no te movías, te habías puesto de color azul y no respirabas... Tenías los ojos cerrados y parecías tan tranquila... Se me partió el corazón cuando entendí que estabas muerta. Había perdido a mi hija, a mi esposa y a mi nieta, y todo para nada. Había una carta dentro de tu manta.

Se levantó y me dejó sola con mis pensamientos. Era demasiada información para asimilarla de golpe. Mi madre era médium, mi abuelo era mago o algo parecido y mi abuela otro tanto. Ah, sí, yo estaba muerta cuando era un bebé. Casi lo olvido.

Volvió al cabo de un momento, con un sobre oscuro en la mano, y me lo dio. Al tomarlo, me di cuenta de que lo que coloreaba el papel era sangre seca y muy vieja. ¿La de mi abuela? ¿La de mi madre? No me atreví a preguntar.

—Con esta carta sabrás todo lo que necesitas saber. Luego, si tienes preguntas, las contestaré.

Miré el sobre durante un instante antes de atreverme a hacer nada. Si lo que Walter me había contado era cierto, mi madre murió para que viniera al mundo y matara a mi padre. Comparados con esto, los argumentos de las telenovelas se quedaban cortos.

Por fin, Walter me había hablado y lo que me había revelado planteaba más preguntas que las que me hacía antes. En el fondo, ¿quería saber la verdad ahora que vislumbraba su aspecto? ¿Tanto la necesitaba? En absoluto. Parecerá extraño, pero nunca tuve la impresión de que mis padres habían existido de verdad. Por supuesto, sabía muchas cosas de ellos, todo lo que me había contado Walter, pero después de enterarme de lo que acababa de decirme, lo cuestionaba todo. Pero no me inspiraban amor, ni odio. No los había conocido: ¿cómo hubiera sido posible? Es como esos primos a quienes no vemos nunca. Son de la misma familia, pero no hay afecto. Y, curiosamente, el hecho de que mi padre asesinara a mi madre me dejaba indiferente. La idea en sí era espantosa, pero no lo había vivido y lo veía como un titular de periódico, sin identificarme con ello.

Acabé por tomar el sobre. Además de las manchas de sangre, el papel estaba amarillento. Tardé en sacar la carta, intentando que no me temblaran las manos. Al desplegarla, descubrí una letra redonda y regular, muy agradable. La letra de mi madre.

Papá:

Te escribo esta carta cuando me quedan pocas horas de vida. Cuando la leas, ya no estaré en este mundo. Por favor, no sufras por esta noticia. Me voy tranquila y serena, y he tenido el tiempo necesario para prepararme.

Mañana daré a luz a tu nieta y tú la criarás. Victor, el padre, sabe que estoy embarazada y lo que eso conlleva. Nos está buscando por todos lados. Mamá ha conseguido escondernos, tanto de él como de ti, pero dentro de poco nos encontrará y nos matará. Ella conseguirá escapar. No sobrevivirá, pero te podrá llevar a mi hija. Sé el dolor que te causará pero, como yo, mamá ha tenido tiempo para prepararse.

149

La niña estará muerta cuando nazca, pero he soñado que la reanimabas y no tengo miedo. He visto lo que podrá hacer y es fantástico. Estarás orgulloso de ella como me habría gustado que lo estuvieras de mí. Escóndela y edúcala enseñándole quiénes somos y lo que puede hacer. Será justa y muy poderosa.

Quiero que sepas que, desde que me fui, he pensado en ti cada día y que siempre has estado en mi corazón.

Te quiero,
Viviana

P.D.: Se llama Maeve. No seas demasiado duro con ella y dile que la quiero.

Se me cayó la carta de las manos.

—¿Qué hiciste después de esto? —pregunté con voz apagada.

—Hice lo que me pidió. Había visto que vivirías y por lo tanto no me dio miedo intentarlo. Sabía que lo conseguiría. Y tu corazón volvió a latir, como un loco, como si lo estuviera esperando.

Sus ojos se volvieron a perder en el infinito de otra época. Me había contestado sin siquiera mirarme.

Me quedé un momento sin moverme, escuchándome el ritmo del corazón, que no latía cuando nací. ¿Qué podía pensar de todo esto? Había tantas cosas que no me cuadraban...

—Dijo que sería poderosa, pero no tengo ningún poder, ¿verdad?

Era más una afirmación que una pregunta. Me conocía y sabía que no tenía ninguna aptitud fuera de lo corriente, excepto irritar a la gente con rapidez.

—Que yo sepa, no tienes ninguno. Quizá sus sueños no eran tan fiables o quizá algo cambió.

—Pero ¿por qué no me has dicho nada durante todos estos años? —exclamé de repente, furiosa—. ¡Ella lo quería así! ¡Te pidió que lo hicieras!

Había conseguido controlarme durante un buen rato, pero la lectura de la carta acabó por alterarme. Y, después de todo, ponerme hecha una furia era lo que se me daba mejor.

—Tu madre y tu abuela habían muerto, no quería perderte a ti también... Después de haberte reanimado el corazón —prosiguió tras una breve pausa— me fui de casa para no volver nunca. Te escondí tan bien que nadie hubiera podido encontrarte nunca. E investigué. Me enteré de muchas cosas y renuncié a vengarme mientras estuvieras viva.

—No lo entiendo muy bien —dije.

De hecho, no lo captaba en absoluto. ¿Mientras siga viva? ¿Eso qué quiere decir? ¿Que la voy a palmar en breve?

—Los hombres de nuestra familia son... especiales.

—Eso me ha parecido ver —solté con amargura.

Pareció que le divertía un poco.

—No podemos morir —dijo con un tono fatalista.

No me parecía gracioso. En absoluto. De nuevo, me puse a sacudir la cabeza con frenesí.

—¡No, no, no, no, no! —grité—. ¡Basta ya! ¡No me volveré a tragar tus mentiras! ¡Sé que me mientes!

—No te estoy mintiendo, princesa —dijo con tranquilidad—. Si lo que te he enseñado no te ha convencido, puedo intentar algo más.

Lo miré con odio. Tenía ganas de salir de allí, marcharme lo más lejos posible, no volver nunca. No me extrañaba que mi madre se largara en cuanto alcanzó la mayoría de edad.

—¿Y mi hermano? —pregunté con frialdad.

Walter parecía incómodo. De hecho, *muy* incómodo.

—Yo... ¿Cómo lo sabes?

—Lukas —contesté con rabia.

Seguía muy enfadada. Me levanté de la silla, golpeé la mesa con la palma de la mano y él se sobresaltó. A continuación, como no me hablaba, me puse a dar vueltas por el cuarto.

—Si no me lo cuentas todo, si disfrazas la verdad, ¿cómo quieres que confíe en ti? ¿Cómo quieres que...?

—Tu madre esperaba gemelos —me cortó, apenado.

Me paré en seco. No me lo esperaba. Pensé que se trataba de un hermano mayor, que hubiera nacido antes.

—Me enteré mucho más tarde —continuó—. Estaba embarazada de gemelos y, como tu padre sabía que tendría un hijo, lo que era ella y que conocía tu existencia, se sacrificó con su hijo. ¿Sabes? Tu padre ignoraba si el que lo mataría sería niño o niña; nunca lo supo. Al matar a tu hermano, pensó que había eliminado el peligro.

—Es espantoso —dije, con las lágrimas en los ojos.

—Lo sé —contestó con tristeza—. Lo sé... Y por eso no quería hablarte de ello. Tu madre creía tanto en esa causa que estaba dispuesta a sacrificarse, a sacrificar a su hijo y a su madre para que pudieras vivir.

Me sentí mareada y dolida. ¿Quién era esa gente? De repente, ya no me sentí culpable al no odiar a mi padre por matar a mi madre. ¿Quién está dispuesto a sacrificar a toda su familia por un sueño? Por lo menos, ¿amó a mi padre? Seguro que no. Y él, ¿la había querido a ella? Menuda pregunta. Solo tenía una versión de los hechos, muy escueta, pero más que suficiente para que esta familia me diera asco. Me daban ganas de vomitar. Sobre toda esta historia. Sobre mi abuelo mentiroso. Sobre mi madre manipuladora y psicópata. Inductora al asesinato. ¡Y decir que pensaba que yo no era normal! Por primera vez en mi vida dejé de tener la impresión de que era la causante de los problemas. Me veía como la consecuencia.

—Quiero irme —dije.

—No puedes irte. Te están buscando y...

—¡Me da igual! —le grité—. ¡Me importa un comino, que me encuentren, que me maten! ¡Lo que quieran!

—No digas eso, princesa...

—¡No me llames princesa! ¡Maldita sea! ¿Te das cuenta de lo que has hecho? ¡Me has mentido durante toda mi vida! ¡Ni siquiera sé quién eres!

Me saltaban las lágrimas mientras iba hablando.

—Lo siento mucho —dijo—. De verdad que lo siento. Pero todo lo que he hecho ha sido siempre para protegerte. Y ahora también sigue siendo lo único que me importa. Tenemos que hablar con Lukas, para saber cómo te ha encontrado, quién más lo sabe y después desapareceremos, cambiaremos de ciudad, de identidad, de todo.

—¿Y dejar a todos mis amigos aquí? Antes prefiero morirme, Walter, ¡prefiero morirme!

—Maeve...

—No quiero volver a verte —dije corriendo hacia la escalera.

Al llegar al vestíbulo pasé delante del gran esbirro. Me detuve un instante para mirarlo con odio a él también. Pero como no tuvo ninguna reacción excepto arquear las cejas, empecé a subir los escalones, varios de golpe. Entré en la habitación y di un portazo, lo más fuerte posible para mostrar mi estado de ánimo. Pero eso no me alivió.

Me tumbé en la cama, con la vista nublada por todas las lágrimas que estaba derramando. Me sentía fatal. No había sido capaz de irme, a pesar de lo que le había dicho a Walter. Lo odiaba, pero todavía quedaban demasiadas preguntas sin respuesta. Solo se me ocurría una persona que pudiera darles respuesta ahora.

Y a pesar de lo que había podido gritarle a Walter, no tenía ganas de morir.

Me quedé sentada durante horas, mirando fijamente las paredes de la habitación en la que había crecido. Paredes que escondían mentiras, secretos más amargos que la sangre que se derramó esa noche. Y, durante horas, no pude dejar de darle vueltas a una pregunta que me impedía dormir, aunque estuviera agotada en todos los sentidos.

¿Quién soy?

Capítulo 13

«No tenía ni idea de dónde estaba.»

Me desperté espantada y pegué un salto en la cama. Me quedé inmóvil hasta que conseguí reconocer el lugar donde me hallaba. Me hundí de golpe en el colchón y me puse a mirar el techo.

Seguía en casa de Walter, en mi antigua habitación, y había anochecido. Me había pasado el día durmiendo. ¡Felicidades, Maeve! Recordaba haber visto cómo salía el sol y debía de haberme quedado dormida poco después. La luz de la luna hacía bailar las sombras de los árboles en el techo, creando un baile hipnótico que observé durante una eternidad. No había ningún reloj a mano y no tenía ni idea de la hora que era. No me apetecía moverme en absoluto. La casa estaba silenciosa y eso era lo que necesitaba. El silencio absoluto.

Oí tres golpes rápidos que me sobresaltaron e interrumpieron mis pensamientos. Me llegó la voz de Walter, apagada, a través de la puerta.

—¿Maeve?

Y, sin esperar mi respuesta, abrió. No entró en el cuarto y no me volví hacia él.

—¿Estás durmiendo? —preguntó con dulzura.

Suspiré. No me apetecía nada hablar con él.

—Por desgracia, no —comenté mirando cómo se movía la sombra en el techo.

Abrió la puerta algo más para poder pasar, dejando que entrara la luz del pasillo.

—Princesa, siento mucho tener que pedirte esto, pero...

—¿Qué? —solté con frialdad mientras intentaba hablar.

—Lukas —dijo—. Quiere verte. Hemos intentado hacer que cooperara, pero no hay manera. No habla. He pensado que quizá...

No acabó la frase. Que quizá me hablaría a mí. Estupendo. Ya me había contado muchas cosas, y estaba segura de que conocía una gran parte de la información que Walter deseaba obtener.

Seguí mirando hacia el techo y tardé un poco antes de contestar. Ahora quería que fuera a hablar con el vampiro a quien me había impedido ver unas horas antes. Una casa de locos.

No tenía ganas de ver a Lukas. Sin embargo, me interesaba hacerlo, aunque solo fuera para enterarme de qué manera iba a utilizarme como cebo, quién más lo sabía y a partir de qué punto tendría que ponerme a correr si quería seguir viva. Por otra parte, aunque me negara a reconocerlo, me hacía muchas preguntas sobre mi progenitor y, si Lukas quería matarlo, seguro que lo conocía.

Sin moverme lo más mínimo, acabé por contestarle a Walter.

—Estaré abajo en cinco minutos.

—Muy bien —dijo mientras cerraba la puerta tras él.

El cuarto volvió a sumirse en la oscuridad. Suspiré en cuanto volvió el silencio. Me levanté apoyándome en los codos y miré a mi alrededor. A pesar de haber crecido en esta habitación, me sentía como una extraña. Me pasaba lo mismo con Walter. Ya no sabía quién era, ni si lo había sabido alguna vez. Pensé que no había sido del todo sincero y que, si hablaba con Lukas, quizá me enteraría de más cosas.

Me levanté refunfuñando. Tenía que cambiarme. Todavía llevaba el vestido y no tenía la menor intención de ir a ver a mi antiguo futuro amante y secuestrador con esta ropa. No quería dar pie a comentarios subidos de tono, no estaba de humor para eso. Abrí mi viejo armario ropero, pero, en la oscuridad, me fue imposible distinguir qué había dentro. Di unos pasos hacia la puerta y alargué la mano hasta el interruptor para encender la luz. Enseguida me entró un dolor de cabeza de mil demonios. Miré qué había. Me alegré de encontrar unos *jeans* y un top negro, así como ropa interior limpia. Lo dejé todo encima de la cama mientras me quitaba lo que llevaba puesto.

Me puse mi uniforme habitual y un par de sandalias que había por ahí, y me juré a mí misma que nunca más volvería a ponerme un vestido. A continuación, fui al cuarto de baño y entré sin encender la luz. Me lavé la cara, evitando mirarme en el espejo. No quería asustarme al ver mi aspecto de zombi. Luego me hice un moño y salí.

En menos de un minuto estaba en el vestíbulo. Walter estaba sentado a la mesa, leyendo el periódico como si nada. Se levantó al verme llegar y me sonrió.

—Está abajo —me informó, señalando la puerta de la bodega con la barbilla.

—Ya lo sé —contesté con frialdad, mientras me dirigía hacia la bodega.

Abrí la puerta y di un paso hacia la escalera, cuando me di cuenta de que me pisaba los talones. Me volví.

—Ni hablar —dije con aspereza.

—Princesa, es impres...

—No —lo corté—. Si quiere hablar conmigo, es que hay cosas que no quiere que sepas. Me pasa lo mismo. Pero no te preocupes —continué, dándole la espalda mientras bajaba por la escalera—, seré tan sincera contigo como tú lo has sido conmigo.

Me alivió oír que cerraba la puerta. Me importaba un comino que Walter presenciara lo que tenía que decirme Lukas y seguro que yo después se lo contaría, pero ahora mismo no tenía ganas de estar con él.

Al llegar al último escalón reprimí un grito de sorpresa. Lukas estaba donde creía que lo habrían puesto, pero no pensaba verlo así. A decir verdad, no sabía qué esperaba, quizá que estuviera atado a la pared, yo qué sé. Pero seguro que no tenía nada que ver con lo que me encontré.

Por descontado, estaba esposado. Tenía las manos atadas a una de las paredes con cadenas muy largas. Se hallaba en medio de un círculo hecho con símbolos extraños que parecían escritos con sangre. Pero lo más impresionante era la barra metálica que le atravesaba el vientre y se clavaba en la pared. El conjunto formaba una cruz en el centro del círculo rojizo.

Nada que ver con la bodega que conocía. Las paredes grises y deslucidas estaban desnudas, ya que las estanterías que se apoyaban en ellas habían desaparecido. De hecho, se habían esfumado todos los muebles. Solo quedaba la colección de botellas de vino de Walter, al lado de la escalera. El cuarto estaba vacío, con excepción del extraño espectáculo del centro. Cuando llegué al final de la escalera, me sorprendió ver que Lukas parecía un Cristo crucificado, con la diferencia de que la cruz lo atravesaba en lugar de sostenerlo. En esta postura no podía moverse. Si quería escaparse, tendría que deshacerse de la barra metálica. Pero como las esposas lo tenían asido por los lados y casi le descuartizaban los brazos, no podía dar un paso hacia adelante ni hacia atrás, y las ataduras lo mantenían en pie aunque no lo quisiera. Tenía la cabeza inclinada y parecía muerto. Sonreí ante esa perspectiva.

—Hola, preciosa —me dijo—. Cuánto tiempo.

Me miraba. No había visto cómo se enderezaba. Tenía las facciones tensas, el rostro pálido, pero enrojecido, y parecía estar sufriendo. Mucho. Pero una sonrisa le deformaba la boca. Parecía que le divertía verme ahí. Me alteró comprobar que su mirada no había perdido el magnetismo que desprendía la noche anterior y aparté la mirada. Aunque estuviera atado así, seguía siendo muy atractivo. Todavía tenía la camisa blanca desabotonada y mostraba un pecho cuya única imperfección era el metal que lo atravesaba.

—Plata —me dijo mientras miraba cómo yo observaba la barra—. Dolorosamente eficaz.

—Bien —contesté recuperando la compostura—. Muy bien.

Me acerqué. Las paredes grises conferían al espectáculo que ofrecía un ambiente muy sórdido. El sótano nunca había sido mi estancia favorita, y ahora quedaba claro que nunca lo sería.

Levanté la cabeza, evitando mirarlo a los ojos. Nunca me había dado miedo aguantar la mirada de alguien, pero todas aquellas historias de vampiros que había visto en el cine me venían a la memoria y no tenía ganas de que jugara conmigo. En realidad, no estaba segura de que fuera posible, pero hasta el día anterior tampoco había pensado que existieran los vampiros. O sea que preferí ser prudente.

—Querías hablar conmigo —empecé.

No era una pregunta.

—¿Acaso no eres tú la que tiene preguntas que hacer?

Contuve las ganas de fulminarlo con la mirada. Su ligero acento —seguía sin poder situarlo— confería un tono muy sensual a todo lo que decía. Pero no estaba de humor para esas cosas, sobre todo con él.

—No estoy para tonterías. Walter ya ha contestado a todas las preguntas que me hacía —mentí. Hice una breve pausa—. Ha dicho que querías hablarme, o sea que desembucha.

Parecía decepcionado. No hacía falta mirarlo para darse cuenta de que las cosas no iban como había previsto. Se quedó pensativo. El dolor mezclado con la concentración le daba un aspecto muy especial, y tenía que hacer esfuerzos para no mirarlo a los ojos. De reojo, seguía viendo su color extraño y, aunque no conseguía distinguir su belleza, eran impresionantes y parecía que me quemaban la piel.

—¿Por qué no me miras? —preguntó al fin.

Joder. Si los vampiros podían leer la mente, estaba perdida. Sinceramente, esperaba que no fuera el caso y que no hubiera podido ver los pensamientos indecentes que me habían pasado por la cabeza durante nuestros encuentros previos.

—No te puedo leer el pensamiento, si es eso lo que te da miedo —dijo, divertido.

—Me sorprende que digas eso, es justo lo que me estaba preguntando.

Sonrió.

—No es más que una simple deducción. Evitas cruzarme la mirada desde que has llegado, tienes los labios apretados y pareces preocupada, o más bien contrariada.

Que leyera mis pensamientos como si fuera un libro abierto no ayudaba a que me relajara. Cretino.

—Vamos —dijo con la voz más dulce que nunca—, ¿por qué no me miras a los ojos?

No me gusta que me provoquen e hice lo único que se me ocurrió. Bajé la vista y me volví hacia él, señalándolo con el dedo.

—¿Para que me embrujes como hiciste para seducirme y que te ayude a escapar? ¡Ni hablar!

Se puso a reír. Por supuesto, debía de parecer muy ridícula de esta manera. O ridícula a secas. Lo ignoraba todo de los vampiros. Quizá aquello de que podían hechizar no fuera más que un cuento...

—Eres encantadora —me dijo.

Sentí cómo apretaba aún más los labios. Odiaba profundamente que se rieran de mí.

—Imbécil —murmuré.

—Mírame a los ojos cuando me insultes.

Esta vez se había enfadado. Si no hubiera estado encadenado a la pared e inmovilizado por la barra metálica, me habría largado corriendo sin mirar atrás, dejando a mi ego tras de mí.

—No —dije con toda la seguridad que podía transmitir con mis palabras.

—¡Mírame a los ojos! —gritó.

Fue como si me hubiera golpeado una ráfaga de viento. Me puse a observar, con el ceño fruncido, a la criatura que me había alcanzado con su ira. Medio asustada, medio desafiante, le clavé la mirada. Sin pestañear. Sus facciones, hasta entonces deformadas por el grito que acababa de dar, se relajaron para transformarse en una sonrisa satisfecha.

—Ves cómo no cuesta tanto... —dijo, satisfecho de sí mismo.

—Adelante —solté, con los labios apretados por la rabia—. Controla mi mente y oblígame a soltarte.

Al decir eso no aparté la mirada. No quería dar muestras de debilidad ahora que había ganado. Me devolvió la sonrisa y empezó a mirar a su alrededor.

—Para dejarme libre, primero hace falta soltarme las manos, luego romper el círculo de protección que tu abuelo ha tenido la amabilidad de crear y por fin apartar esta barra de la pared para que pueda sacármela.

Lo dijo como si hubiera estado hablando de decorar una casa. No entendía nada. Ni siquiera me miraba a los ojos, ¿por qué creía que iba a ayudarle? ¿Por pura simpatía? Y, teniendo en cuenta que no estaba dispuesta a obedecer sus órdenes, no había utilizado ningún poder sobre mí. O quizá la manipulación mental funcionaba así. Hacerme creer que no había hecho nada.

—Ahí —dijo, señalando donde estaba clavada la esposa izquierda en la pared—, empieza por soltar esa, ¿de acuerdo?

Abrí los ojos como platos. ¿Se estaba burlando de mí, o qué?

No me moví.

—Vamos, no tenemos toda la noche —insistió.

—¿A qué estás jugando? ¿Por qué crees que voy a ayudarte si no utilizas tu... poder sobre mí?

—¿De qué estás hablando, cariño? ¿De manipulación mental?

No dije nada y asentí.

—Vamos, preciosa, la manipulación mental funciona con los humanos, no con los vampiros. Ahora suelta esto para que podamos encargarnos del resto.

No me moví. Estaba petrificada. Mi corazón dejó de latir por un instante.

Volvió la cabeza hacia mí y me miró de arriba abajo. Me entraron escalofríos cuando me clavó la mirada.

—¿Es una sorpresa? No debería serlo. Pensaba que el viejo te lo había contado todo, ¿o no?

Mi corazón volvió a latir a un ritmo más lento, como si quisiera subrayar lo que acababa de decir Lukas, que no se había perdido ni un ápice del efecto que habían producido sus palabras. Sacudí la cabeza con pocas fuerzas.

—¿Nunca te has preguntado qué edad debía de tener tu padre para ser un vampiro tan poderoso?

—Estás mintiendo —dije con aspereza.

Me costaba controlar la voz. Apreté los puños. Sentía como la ira me recorría todas las articulaciones a medida que iba avanzando.

—Como quieras, preciosa, pero es muy, muy viejo, y para que puedas matarlo tengo que salir de aquí. ¿Trato hecho?

Intenté mantenerme imperturbable mientras le ordenaba al idiota de mi corazón que siguiera latiendo. Hasta entonces me había obedecido.

—Mientes.

Y sin esperar alguna reacción por su parte, me volví y subí despacio por la escalera, como un autómata.

Al llegar arriba, cerré la puerta mientras oía como Lukas me decía divertido que volviera si cambiaba de parecer. Me apoyé un momento en la pared. Y a continuación me llené los pulmones de aire y grité:

—¡Walter!

Estaba sentado a la mesa del comedor donde habíamos hablado el día anterior. Crucé la distancia que nos separaba hecha una furia. No parecía sorprendido, solo a la expectativa.

—¡Dime que es mentira! —grité.

No contestó nada y me indicó que tomara asiento, como si fuera a pasar un examen. Estaba tan furiosa que ni siquiera pensé en protestar y me senté delante de él, con los puños en la mesa.

—Dime que ha mentido —repetí con frialdad.

—¿Respecto a qué, princesa? —preguntó con tranquilidad.

—Deja ya de llamarme princesa, joder, no soy tu princesa. Estoy harta de que te burles de mí.

Me relajé un poco después de haber gritado. Se hizo el silencio. Soltar tacos como un carretero no iba a serme de ayuda y, si bien había conseguido que Walter sonriera ayer, hoy la cara ya no funcionaba.

—Ha dicho que soy un vampiro.

—Ah, eso...

Se quedó pensativo. Tenía la barbilla ligeramente levantada y se rascaba la barba inexistente con indolencia.

—Sí, eso —proseguí con el mismo tono, insistiendo en la última palabra—. Ha mentido, ¿verdad?

Se quedó callado demasiado rato para mi gusto. Puso la mano en la mesa.

—¡Joder, Walter! ¿Te estás riendo de mí?

—Me temo que es técnicamente cierto —dijo, sin mirarme a la cara.

Seguía con la vista clavada en el maldito techo.

—¡Eso es imposible!

Claro que era imposible. El corazón me latía desbocado, demostrando que estaba ahí, vivito y coleando.

—No bebo sangre, vivo de día, respiro, me encanta el ajo, no me dan miedo las cruces, ¡nada de eso!

Una vez más, Walter se quedó callado, evitando mirarme a la cara.

—¡Deja de hacer eso, maldita sea! —grité.

—Durante muchos años pensé que tu madre se casaría (como decía ella cuando era pequeña) con un hombre que se transformaría después. Mucho más tarde, después de que nacieras y de haber investigado, supe que no era así. Tu padre tiene varios siglos de edad y, aunque sea del todo imposible, tuvo un bebé, que eras tú.

—Dos —corregí como un autómata, hecha una furia—. Tuvo dos.

Tenía que estar soñando. Que me lo dijera un vampiro a quien no conocía, pase. Pero que lo confirmara Walter, no. Se me aceleró la respiración al máximo. Los pulmones ya no me obedecían. No era posible. Tenía una pesadilla. Iba a despertarme. Era un mal sueño. Un sueño muy, muy malo. Eso era todo.

—Maeve —dijo Walter, intentando tomarme la mano.

—¡No me toques! —grité. Me levanté de repente, arrastrando conmigo a la silla, que cayó al suelo con un ruido sordo.

Sentía cómo las lágrimas me caían a chorros por las mejillas, me inundaban la boca y acababan en el cuello.

—Maeve, siéntate, por favor.

—Ni hablar —contesté, secándome la cara con el brazo—. Dilo.

Lo miré desafiante. Las lágrimas me seguían resbalando por la piel, pero ya no sollozaba. Estaba esperando.

—No tengo ni idea de cómo lo hizo tu madre —acabó por confesar—. Pero ahí están los hechos: naciste.

—Dilo —repetí con frialdad, conteniendo la rabia en la voz.

—Estabas muerta cuando naciste y me temo que solo te hice vivir artificialmente.

—Quiero oírtelo decir.

Hizo una pausa. Seguía pensativo, buscando las palabras. Tan irritante como de costumbre.

—No eres humana.

La frase me sentó como una patada. Me esperaba un «eres un vampiro», que venía a ser más o menos lo que me había dicho Lukas, pero esto no. Era como si me quitara cualquier rasgo humano.

—Dime que soy un vampiro, mirándome a la cara.

Volvió sus ojos helados hacia mí y vi que estaban tristes. Para ser sincera, me daba igual.

—No sé quién eres con certeza, princesa. Tu madre era bruja y tu padre es un vampiro, no sé cuál es el resultado exacto de esa combinación. Pero eso no cambia nada de lo que eres: una joven fuerte, muy inteligente y...

—¡Ahórrate esas tonterías, joder! —grité y casi temblaron las paredes—. ¿Ha dicho la verdad? ¿Soy un vampiro, sí o no?

Se levantó y dio unos pasos, como si mi ataque de rabia lo dejara indiferente del todo. Me daban ganas de tomar una de las sillas que había alrededor de la mesa para molerlo a golpes hasta que contestara a mis preguntas.

—No paras de decir mentiras, o de mentir por omisión —dije mientras él callaba, como ausente—. Viene a ser lo mismo. Quiero saber la verdad.

Me costaba controlar la voz. Nunca había estado tan enfadada como ahora y Dios sabe que pasaba la mitad del tiempo hecha una furia. El corazón me latía con tanta fuerza que tenía la impresión de que quería salirse, de que me martilleaba las costillas para abrirse camino. Me dolía. Quizá latía tan fuerte para decirme que se equivocaban y que estaba vivo, que era humano y normal.

Walter se había parado delante de una ventana y miraba distraído a la oscuridad que reinaba fuera. Cuando volvió a hablar, su voz no era más que un susurro.

—Siempre había pensado que conseguiría mantenerte alejada de todo esto...

Volvió a hacer una pausa. Yo ya no podía más. Como si no se diera cuenta de que estaba dialogando con alguien, como si hablara solo y yo no estuviera. Maldita sea. Como si no existiera. El corazón aminoró un poco el ritmo.

—Había un motivo.

Se volvió y me miró a los ojos, sin pestañear.

—Después de que murieran tu madre y tu abuela, supe que las visiones de Viviana no eran las únicas que se referían a ti. Por desgracia, las demás distaban de ser tan agradables.

Bajó la vista y se miró los pies durante un instante.

Cuando volvió a levantar los ojos, me pareció que de repente me golpeaba un arma invisible.

—Desde hace mucho tiempo, se dice que solo el descendiente de Victor podrá matarlo, pero que si lo hace servirá al mal y entonces se volverá más poderoso y más peligroso que su padre. Ese hijo eres tú, Maeve.

Me sostuvo la mirada, como para ver cómo me lo tomaba. Cosa extraña, lo único que me marcaba de verdad de lo que decía era que acababa de oír el nombre de mi padre por primera vez. Ya lo había leído, pero no era lo mismo. Acababa de aparecer en un mundo tangible. El hombre del que me habían hablado como si fuera mi padre durante más de veinte años se llamaba Richard, era agente de seguros y buen jugador de tenis. Tenía la sensación de que el suelo se hundía bajo mis pies. Ya no sentía las piernas.

—Si nunca te he dicho nada, es porque no quería que se te ocurriera intentar matarlo.

Solté una risita amarga.

—Más bien di que no querías que me volviera malvada —lo corregí con dureza.

Los sollozos habían dejado paso a la frialdad del odio.

—No quería que te mataran.

—Pero si las visiones se hacen realidad, seré yo quien lo mate. No al revés.

Lo miraba con toda la rabia de que era capaz. Me había ocultado la verdad durante todo este tiempo por miedo a que decidiera ir a degollar cachorros.

—No lo entiendes —me dijo como si hablara con una niña—. No puedes, no debes matarlo.

—No confías en mí, ni por un segundo —solté con aspereza, sin esperar a que añadiera algo—. ¡Estás seguro de que a la mínima voy a transformarme en una criatura maléfica y a dedicarme a propagar el mal desde el Cielo hasta el Infierno!

—Maeve, yo no he dicho eso...

—¡No, eso es lo que has demostrado!

Insistí adrede en la última palabra. Walter me miraba apenado. El comedor se quedó en silencio y me di cuenta de que el corazón apenas me latía. Sacudí la cabeza. Ahora entendía por qué. No era humana, no era una bruja, no era un vampiro. No era nada. Ni siquiera estaba viva. Nunca lo había estado.

Me di la vuelta y salí del comedor.

—Maeve, ¿adónde vas? —me preguntó Walter sin moverse.

Me detuve, de espaldas a él.

—Lejos de aquí, de todas tus mentiras. Y no quiero que me sigas. Ni tú, ni tu osito de peluche gigante.

«O mato a mi padre», pensé.

No impidió que llegara a la puerta y me fuera.

Tuve que esperar varias horas, pero Walter acabó por salir de casa antes de que luciera el sol, seguido por el Indio con cicatrices cuyo nombre no podía pronunciar. Tendría que actuar rápidamente.

Entré en casa cuando estuve segura de que se hallaban lejos y me dirigí a la bodega. En cuanto llegué al final de la escalera, descubrí que Lukas me miraba con una sonrisa enorme.

—¿Una noche animada? —me preguntó con la misma alegría en la voz que la que reflejaba su rostro.

Lo miré con insistencia y, durante un segundo, me pregunté si había tomado la decisión correcta.

—Sabía que acabarías por venir a liberarme.

—¿Y eso por qué? —solté sin ninguna simpatía.

—Mi encanto —dijo con desenvoltura.

Lo fusilé con la mirada. De verdad que no estaba para tonterías.

—Te soltaré —dije—. Con una condición.

Me miró con sus ojos brillantes, tan sonrientes como su boca.

—Todo lo que quieras, preciosa —contestó.

—Vas a ayudarme.

Se le agrandó la sonrisa aún más, aunque pareciera imposible.

—Quieres cargarte a tu padre, ¿verdad? Papá mata a mamá y, hala, te entran ganas de matar a papaito. ¡Qué bonito! —dijo con falsa ternura.

—No.

Había hablado con tanta firmeza que hasta yo me sorprendí.

Frunció el ceño y me observó inclinando un poco la cabeza. Ya no le parecía divertido. Esperó a que volviera a hablar, preguntándome con la mirada.

—Me importa un comino mi padre —dije con tranquilidad—. Y en cuanto a mi madre, se buscó lo que le pasó.

Parecía sorprendido y, a medida que iba hablando, pensé que estaba haciendo una tontería de las gordas. ¿Walter había dicho que mi madre era una cabeza loca? Pues de tal palo, tal astilla.

—Quiero que me enseñes a ser un vampiro.

Capítulo 14

«A pesar de la escasa luz que reinaba en el sótano, se veían dos colmillos blancos y brillantes.»

Los miré, como hipnotizada, pasándome sin querer la lengua por los míos y preguntándome si algún día también se alargarían, como los de Lukas ahora mismo. Todo me parecía posible.

—Cada vez me gustas más, pequeña —me dijo con voz melosa.

En cuanto hubo acabado de hablar, di un paso en su dirección para alcanzar la barra metálica que le atravesaba el cuerpo y tiré de ella hacia la derecha con violencia. Se retorció de dolor al instante, gimiendo. Me pareció que de su boca se escapaba un insulto, pero no me lo tomé como algo personal.

—Nadie me llama «pequeña» —declaré mirándolo a los ojos en cuanto se hubo incorporado—. Me parecía que ese punto ya había quedado claro.

Se esforzó por sonreír, pero era evidente que estaba sufriendo y que no estaba demasiado contento. Mala suerte, guapetón.

Desde su altura, ya que me sacaba la cabeza y con una sonrisa forzada, me dijo de mala manera:

—Esta me la pagarás, cariño.

Le devolví una sonrisa tan falsa como la suya, con el mal humor a juego.

—¿Y cómo piensas hacerlo, cariño —le pregunté poniendo énfasis en la última palabra—, teniendo en cuenta que estás atado y que tengo la sartén por el mango?

Al pronunciar esas palabras, hice girar la barra. No reaccionó como la primera vez, pero al ver su expresión deduje que no le gustaba, a pesar del rictus perverso que se le dibujaba en el rostro.

—Te podría dejar aquí y esperar a que te mate Walter —añadí.

Se puso a reír, sarcástico.

—Cada vez me gustas más —dijo con afectación—. Toda esa rabia, esa determinación y esa crueldad natural... Serás un vampiro fantástico.

Se pasó la lengua por los colmillos y enseguida dejé de sonreír. Quizá no fuera buena idea. ¿Qué esperaba, en realidad? ¿Poder desarrollar superpoderes y divertirme como una loca para la eternidad siendo un vampiro virtuoso, para demostrarle a Walter que se equivocaba? Vaya, vaya, mala idea. El corazón me volvió a latir en el pecho y me di cuenta de que había estado en silencio durante varios minutos. Eso me acabó de confundir. Lukas se dio cuenta y sonrió aún más como un depredador.

—Oh, para que lo sepas —dijo en tono confidencial—, Walter no me matará. Es posible que me tenga aquí durante mucho tiempo, pero ese viejo loco tiene una deuda conmigo. Le salvé la vida.

Dijo la última frase con tanta desenvoltura como si me hubiera estado contado que había pasado a buscar las camisas por la tintorería. Tuve que hacer un esfuerzo sobrehumano para no caerme a trozos.

—¿Lo ves? Todavía te faltan muchas piezas del rompecabezas para poder dártelas de jefecilla. Ahora soy yo quien quiere proponerte un trato, pequeña.

Se deleitó con esa palabra y yo ni siquiera tuve el reflejo de mover la barra, que seguía sujetando con firmeza. Le había salvado la vida a Walter. ¿Cuándo? ¿Por qué?

—Te escucho —murmuré por fin, después de un momento de duda.

Esperó unos segundos. Sabía que lo hacía a propósito, para poder aprovechar el hecho de que, a pesar de que estaba atado por todos lados y de que yo tenía un arma a mano que podía resultarle muy dolorosa, estaba en posición de superioridad.

—Quizá tú no quieras matar a tu padre, pero yo sí. Lo llevo buscando desde hace siglos, y tú eres la primera posibilidad real que se me ha presentado para hacerlo salir de su guarida. O sea que yo te ayudo a convertirte en vampiro, como dices, y tú me sirves de cebo, como había previsto desde el principio.

Lo miré durante unos instantes, mientras se me agolpaban un montón de preguntas en la cabeza.

—¿Por qué quieres matar a mi padre? —le pregunté por fin.

—No es asunto tuyo.

Sonreí con exasperación. De verdad que era increíble, a su manera.

—Lo siento, pero si quieres utilizarme y eso conlleva el riesgo de que me maten, creo que sí lo es.

Y por primera vez desde lo que me había parecido una eternidad, volvía a sentirme segura de mí misma.

Se quedó pensativo.

—Si estás bien entrenada y eres capaz de defenderte, no tiene por qué pasarte nada.

—Eso no es una respuesta —dije.

—Ya lo sé.

Nos miramos con insistencia durante un buen rato, puesto que ninguno de los dos quería ceder.

—¿Trato hecho? —preguntó al cabo de un momento.

Pensé en las opciones que se me ofrecían. Podía cambiar de opinión y huir con Walter, intentando olvidar el hecho de que me había mentido muchas veces, aunque eso conllevara que tendríamos que movernos mucho. O podía seguir mi primer impulso e intentar abrazar mi lado vampírico y ver si era la causa de mi carácter inestable y de lo mucho que me gustaba la violencia. Pero eso implicaría ir en busca de mi padre y eliminarlo. No entraba en mis planes pero, después de todo, me garantizaría una existencia tranquila en el futuro. Ya no tendría que huir de un pasado del que no había formado parte y que me perseguía.

Advertí que Lukas no había dejado de observarme, con una mirada hipnótica y brillante. Tenía la impresión de que todo mi cuerpo había quedado arrollado a pesar de mí misma, aunque los pies no se me hubieran movido del suelo. Era desconcertante.

Conseguí parpadear y esa sensación desapareció.

—Trato hecho —contesté después de dudar por última vez.

Sonrió, y vi que se le habían encogido los colmillos. Y, por una vez, lo hacía sin mostrarse depredador o perverso. Parecía contento y, de alguna manera, me asustaba más así.

—Te daría la mano —dijo—, pero...

Señaló las esposas con la cabeza. Me había olvidado de ellas por completo. Teníamos que largarnos de aquí cuanto antes, en cuanto lo hubiera soltado.

—¿Cómo lo hago? —pregunté—. ¿Dónde están las llaves?

—Supongo que Walter las lleva encima, no es tonto —contestó—. Vas a tener que arrancarlas de la pared, pero no creo que eso te suponga ningún problema.

Lo miré perpleja.

—¿No se supone que tienes una fuerza sobrehumana? Arráncalas tú mismo, no soy tu criada.

—Cariño —me dijo condescendiente—, ya me imagino que todo este mundo es nuevo para ti, pero párate a pensar. Si hubiera sido posible, lo habría hecho hace tiempo.

Me miró con suficiencia. Me sentí estúpida. Claro que lo habría hecho. La trampa para vampiros estaba bien hecha. La barra de plata le debilitaba lo suficiente para que no pudiera arrancar las esposas de la pared. O sea que no se podía deshacer de la barra para borrar los símbolos del círculo que, como empezaba a sospechar, le impedían salir de allí. Menuda estúpida. Y si la magia de Walter funcionaba, no podía eliminar los símbolos él mismo, de lo contrario no sería una trampa.

Observé la barra metálica. Atravesaba la estancia en toda su longitud y estaba aferrada a paredes opuestas. Habría que girarla en diagonal y avanzar hacia la escalera para sacársela. A pesar de mí misma, admiré lo genial que era mi abuelo. Aunque Lukas hubiera podido arrancar las esposas de la pared, al no poder salir del círculo no se habría podido liberar de la barra de hierro. Una celda de alta seguridad al estilo de Houdini.

Me dirigí a la pared donde estaba atada la esposa que le sujetaba la mano derecha. Atrapé la cadena y empecé a tirar con todas mis fuerzas. No sirvió de nada. Mierda.

Durante los tres minutos siguientes lo intenté con ganas, sin que se moviera nada.

—Oye, que no tenemos toda la noche —observó Lukas con voz aburrida.

Sin soltar la cadena, me volví hacia él y lo fusilé con la mirada.

—Por si no te has dado cuenta, estoy haciendo todo el trabajo mientras el señorito se queda esperando. O sea que podrías mostrar algo más de consideración, porque podría cambiar de opinión y dejar que te pudras aquí. Imbécil.

Me sobresalté al oír como crujía algo detrás de mí. Me di la vuelta y descubrí un agujero en la pared gris y desnuda, y vi que colgaba un trozo de pared al final de la cadena que aún tenía en la mano.

—Sabía que lo conseguirías si te enfadabas —dijo con una sonrisa sincera.

—Imbécil.

Esta vez lo dije en voz alta.

Solté la cadena, que se estrelló contra el suelo con un ruido sordo, y me dirigí a la otra pasando debajo de la barra sin mirar a Lukas. Arranqué la segunda de la pared con una facilidad desconcertante, pero no tenía tiempo para sentirme molesta. Se quedó junto a la otra. Observé la barra. No había mil maneras distintas para sacarla de sus goznes: o una barrita mágica, o un soldador. Por supuesto, no tenía ninguno de los dos. ¿Por qué no hay un soldador a mano cuando hace falta?

Fui al fondo de la estancia, detrás de Lukas, y así la barra de plata con ambas manos. Pero a pesar de todos mis esfuerzos y del subidón de adrenalina, no conseguí que se moviera ni un milímetro. La apretaba tan fuerte que los dedos se me pusieron blancos. Así no iría lejos. Pesaba mucho y mis esfuerzos no servían de nada.

—¿Qué, nos lo tomamos con calma?

—Ya va —masculleé.

Volví a pasar debajo de la barra. Si no conseguía tirar de ella, tendría que empujarla, en el sentido opuesto a la escalera. Me quité una sandalia. No era lo más práctico en esta situación. Por desgracia, me había llevado todos mis zapatos de verdad cuando me mudé de piso y solo había dejado lo mínimo imprescindible en casa de Walter.

—Esto va a doler —dije, sin saber si me dirigía a él o a mí misma.

Inspiré hondo y di la patada más fuerte que pude. Joder, ¡qué daño! Sentí las punzadas desde la planta del pie hasta la rodilla.

Mi grito quedó ahogado por el chillido que dio Lukas al mismo tiempo. Estaba claro que sufría mucho más que yo. Y me atrevía a quejarme... ¡Cuánta ingratitud hay en este mundo!

La barra se había movido, pero no había cedido. Al mantener el pie apoyado, el frío del metal me alivió el dolor y me dio un respiro.

—Tengo que volver a empezar —lé avisé.

—Estupendo —dijo entre dientes—. No le tomes gusto.

—En absoluto.

En efecto, la sola idea de volver a darle una patada a la barra me quitaba la satisfacción que habría podido sacar al verlo sufrir.

Golpeé la barra por segunda vez después de haber respirado hondo. El dolor del primer impacto me hizo soportar mejor el segundo. Pero la barra seguía sujeta a la pared.

Lukas había vuelto a gritar y se me pusieron todos los pelos de los brazos de punta. Aunque no le tuviera demasiado aprecio, el sonido que le salió de la garganta era desgarrador.

—Una vez más y paro —dije intentando transmitir seguridad.

Volví a golpear la barra, que se cayó dos metros más lejos con un estrépito ensordecedor. Entre el ruido del metal estrellándose en el suelo, el de la pared que se caía a trozos y el aullido de Lukas, por poco me estallan los tímpanos.

Me agaché para tomar el zapato después de haber puesto el pie dolorido en el suelo. Me di cuenta de que sangraba. Me había arrancado un trozo de piel del tobillo a pesar de los pantalones, seguro que al rozar la pared cuando daba los golpes. Y dolía horrores. Lo tenía en carne viva hasta el talón... Lo que faltaba. Me puse la sandalia con una mueca de dolor y fui hacia Lukas dando saltitos. Cuando me vio el pie le brillaron los ojos.

—No me toques —dije de mala manera.

—No te preocupes, no tengo la intención de suicidarme esta noche.

Cierto, se me había olvidado ese detalle.

La barra se había girado, pero Lukas no había salido del círculo. Fui hasta el extremo que se hallaba cerca de la escalera para quitar el trozo de pared que aún quedaba. Cedió sin dificultad y se partió al caer al suelo. El día perfecto para llevar sandalias. De verdad.

—¿Qué tal? —le pregunté a Lukas volviendo hacia él.

—Me encontraré bien en cuanto salga de aquí —contestó, apretando los dientes.

Lo miré sin moverme. Y contemplé el círculo.

—¿De verdad que no puedes salir de ahí?

—No, no se puede borrar desde dentro, listilla, pues de lo contrario no serviría de nada.

Estaba pensando y no hice caso del sarcasmo.

—¡A ver si nos damos prisa! —insistió.

Levanté la cabeza para observarlo. Era la última oportunidad que tenía para dar marcha atrás. Los ojos le brillaban con dulzura y, curiosamente, en ese preciso instante dejé de desconfiar.

Olvidé el miedo que me paralizaba y me agaché para rascar el suelo. Parecía sangre seca y se resquebrajaba a medida que iba frotando.

—Ya está bien —soltó cuando hube conseguido borrar casi todos los símbolos incomprensibles que lo rodeaban—. Ahora, apártate para que pueda salir.

—Por supuesto —dije, sin que me gustara el tono de voz con el que me había hablado.

Sin embargo, me levanté y me hice a un lado, obediente. Luego observé, sin intervenir, la manera en que caminaba con gran dolor, hasta el extremo del palo gigante. Parecía que cada paso que daba le costaba más que el anterior, pero seguía avanzando. Detrás de él, la plata se había teñido de rojo y, cuando se sacó el último trozo de la barra que lo mantenía prisionero, la dejó de color escarlata. Pero eso no era lo más impresionante. Un ruido raro me salió del vientre y, antes de entender lo que me pasaba, estaba vomitando bilis, doblada en dos. No había comido nada y, en realidad, no estaba expulsando nada, pero las náuseas estaban ahí.

Una vez se deshizo de la barra, le había quedado un agujero del tamaño de un bol de cereales en medio del abdomen y se le veían las entrañas. Nunca había visto el interior de un cuerpo de cerca. Y no me quedaron ganas de repetir la experiencia.

Me incorporé, intentando olvidar el mal gusto que me llenaba la boca y evité mirarlo.

—¿Así que eres sensible? —dijo riendo—. Mira, se acabó.

Una curiosidad morbosa hizo que volviera la cabeza, mientras que algo me decía que no debía confiar en él. Y, en efecto, ya estaba. En lugar del orificio por el que podía ver la escalera hacía escasos segundos, tenía un vientre firme y terso, sin ninguna marca, excepto un poco de sangre que le daba un color rosado. Ya no se veía nada a través de él, y era imposible adivinar que una barra de plata lo había atravesado poco antes.

Me sonrió.

—Vamos, guapa, larguémonos. Me muero de hambre. Y tú también tendrías que comer algo.

Sin esperar a que le contestara, empezó a subir por la escalera con rapidez. Cuando llegué a la planta baja, la puerta de entrada estaba abierta y ya se hallaba fuera. Clareaba, pero aún no era de día.

Cuando salí a la calle tuve que reprimir un grito. Lukas se dirigía con paso firme hacia la única persona que había por el barrio a estas horas. Me puse a correr. «Sabía que no tenía que haber confiado en él», me maldije.

Leonor Bartowski, una de mis vecinas cincuentonas, estaba buscando las llaves en el bolso, junto a su viejo Volvo rojo. Me uní a Lukas cuando llegó a su altura.

—¿Estás completamente loco? —grité mientras lo empujaba por los hombros—. ¡Ni se te ocurra comerte a mi vecina!

Puso mala cara y se volvió hacia la señora Bartowski, que no entendía qué estaba pasando. Parecía asustada, y las cejas demasiado alargadas por el lápiz de maquillaje casi se le juntaban en la frente.

—Todo va bien —le dijo.

—De acuerdo —contestó con tranquilidad.

Estaba tan maravillada por lo que acababa de presenciar que no me di cuenta de que me estaba mirando a mí.

Acababa de hipnotizarla con la mirada. No estaba loca, eso es lo que había hecho. Se quedó esperando con paciencia, y parecía serena. No le quedaba ni rastro de miedo en la cara.

—No voy a devorar a tu vecina, imbécil —me dijo por fin, sacándome así del trance en que me hallaba.

Nunca me ha gustado que me llamaran imbécil. Lo fusilé con la mirada.

Se volvió a dirigir a la señora Bartowski, que estaba quieta y tranquila, con las llaves en la mano.

—Me dará sus llaves y volverá a casa. Hoy no se encuentra bien y tiene ganas de descansar.

—De acuerdo —contestó con sencillez, entregándoselas.

Lukas las tomó.

—Y le ha prestado el automóvil a su hermana. Anda, vamos —me dijo en cuanto la señora Bartowski asintió y se dio la vuelta para ir a su domicilio.

Entré en el vehículo, después de rodearlo. Lukas se sentó en el lugar del conductor y arrancó. Nos alejamos del barrio y me relajé un poco. No se había comido a mi vecina. Y de hecho, parecía ser que ni siquiera se acordaría de que nos había visto.

—No tiene ninguna hermana —dije.

—¿Qué?

Mantuvo la vista en la carretera. No tenía ni idea de adónde íbamos.

—La señora Bartowski. No tiene ninguna hermana —repetí.

Lukas se puso a reír y, de repente, yo también. ¡Qué gustazo y qué alivio! Me quitaba de encima un peso con el que había cargado durante dos días. Iba a hacerse muchas preguntas cuando quisiera recuperar su vehículo. Y a su hermana.

—Llévame a casa —le dije al cabo de un momento.

—Ni hablar, preciosa. Allí es donde todo el mundo mirará primero. Roy no avisará a Victor antes de poder entregarte, por si le corta la garganta. Walter también te buscará allí y no creo que le haga gracia que te hayas largado conmigo.

No dije nada. Tenía razón. No podía volver a casa. Pero una parte de mí misma no estaba dispuesta a dejar que mi antigua vida desapareciera por las buenas, aunque lo hubiera decidido yo.

—Tengo todas mis cosas allá —dije al cabo de un momento.

—No te preocupes, te compraré otras.

Tenía la vista puesta en la carretera y estaba absorta en mis pensamientos. Iban a cambiar muchas cosas.

—Entonces, ¿adónde voy?

Por primera vez desde que subimos al automóvil, se volvió hacia mí para mirarme. Los ojos le brillaban con malicia.

—Te voy a poner en mi ataúd.

Capítulo 15

«El edificio era enorme.»

—¡No me digas que vives ahí! —solté con cara de pocos amigos.

Después de haber aparcado en una callejuela oscura a pesar de que la luz del día despuntaba cada vez más, habíamos andado unos minutos antes de llegar a lo que, visto desde fuera, se parecía mucho a un almacén abandonado. El inmueble debía de haber quedado en desuso hacía años. Las paredes estaban tan viejas y ruinosas que tenía la impresión de que con solo soplar un poco toda la pintura saldría volando.

—Mi casa es tu casa —me contestó, señalando la puerta con un gesto teatral.

Seguía sin identificar su acento, que le daba un toque especial a su manera de hablar, aunque se le entendía perfectamente. Sonreí sin querer al entrar, con precaución, en mi nueva casa.

Era un lugar imponente. Las paredes eran altísimas y me hacían sentir aún más bajita que de costumbre. Debían de medir unos veinte metros y se unían en un techo abovedado. Había una segunda planta a unos quince metros por encima del suelo, a la derecha, pero no vi ninguna escalera de acceso. Aunque el local era tan grande que seguro que estaba escondida por algún lado.

—¿Qué es esto? —pregunté mientras Lukas miraba cómo observaba yo el lugar.

—Una antigua fábrica de zapatos que quedó abandonada en los años cincuenta del siglo pasado.

Habían quitado las máquinas de la sala y ya solo quedaban, aquí y allá, los restos de las grandes mesas y trozos de madera. Las paredes estaban deslucidas y resquebrajadas, y los ventanales que componían el techo abovedado habían quedado amarillentos por el paso del tiempo y apenas dejaban ver la luz del día a través de los cristales rotos.

«Estupendo. Fantástico —pensé—. Ocupa un almacén en ruinas. Me dijo que me fuera a vivir a su casa. Menuda invitación.»

—Vamos —insistió—. Tienes que comer algo y hemos de descansar antes de tu primer entrenamiento.

Lo seguí mientras se dirigía a una pared sumida en la oscuridad. Seguro que me iba a mostrar la caja de cartón en la que iba a dormir. ¡Felicidades, Maeve! ¡Muchas felicidades!

En cuanto llegamos a la pared, observé que había una puerta medio escondida en la semipenumbra del lugar. Lukas la abrió con un juego de llaves que se sacó del bolsillo. Llegamos ante un tramo de escalera. O sea que sí era posible subir al segundo piso. La escalera no estaba iluminada y los ojos se me acostumbraron poco a poco a la penumbra. Lo seguía más con el oído que con la vista, y quedé aliviada cuando llegamos por fin al rellano. Volví a oír ruido de llaves. Lukas abrió una segunda puerta y entramos en lo que parecía... un apartamento. Y, además, estupendo.

También tenía el techo muy alto, las paredes de ladrillos vista y una decoración moderna. Era un enorme espacio abierto. Delante de nosotros había un sofá en medio de la estancia, enfrente de una pantalla plana gigante y, a la derecha, una cocina americana con una barra y dos taburetes. Me pregunté para qué la quería.

Al fondo, detrás de la cocina, se veían varias puertas cerradas. A la izquierda, más allá del sofá y delante de los ventanales, había una mesa de billar. En varios lados, unas grandes librerías estaban llenas a rebosar de libros, algunos de los cuales parecían muy antiguos. Era un lugar magnífico.

—¿Qué, pensabas que vivía abajo?

Sonrió con picardía y fue detrás de la barra. Eso sí que no me lo esperaba. Todo era tan elegante... Seguro que estaba forrado.

Abrió el frigorífico y se volvió hacia mí. No me moví.

—¿Qué te apetece? Tengo huevos, un bistec, cereales y leche. También puedo hacer pasta.

Fruncí el ceño.

—¿Por qué tienes comida? —pregunté con suspicacia.

—Como ibas a venir, he ido a hacer la compra —contestó con desenvoltura—. ¿Qué quieres comer?

—Cereales —respondí dirigiéndome a la barra para sentarme en un taburete.

No estaba segura de que tuviera que conmoverme el hecho de que había pensado en llenar el frigorífico para alimentarme después de haberme secuestrado. Decidí olvidar el tema.

Sacó un cartón de leche del frigorífico y un bol de un armario suspendido. Me lo puso todo delante antes de agacharse y levantarse con una caja de cereales en la mano. Luego desapareció sin decir palabra detrás de una de las puertas del fondo. Me serví y comí en silencio. Todo era tan surrealista... Estaba en la cocina de un vampiro con el que había estado a punto de acostarme antes de que intentara secuestrarme, tomando el desayuno para entrenarme a continuación con el fin de aprender a defenderme cuando intentáramos matar a mi padre. Un día cualquiera, vamos. Los cereales tenían un gusto amargo.

Cuando volvió Lukas, yo ya había acabado de desayunar y él se había cambiado. Adiós a la camisa agujereada y a los *jeans,* y bienvenidos los pantalones de entrenamiento. Y eso era todo. Las marcas rosadas que se veían antes también habían desaparecido. Solo quedaba un torso en perfecto estado y mucho más apetecible que lo que acababa de tragarme. Durante un instante me volvió el recuerdo de sus manos recorriéndome la piel y seguro que me ruboricé enseguida, ya que me sonrió de una manera inequívoca. Odiaba que supiera el efecto que provocaba en mí.

—¿Vamos a la cama? —me preguntó al ver que había acabado de comer.

Tenía una voz llena de inocencia, pero no se me escapó el doble sentido. Ni hablar. No mientras estuviera viva. Bueno, viva o lo que fuera yo.

—Muy bien —dije bajando del taburete.

Al poner el pie en el suelo hice una mueca de dolor. Se me había olvidado.

—Tendríamos que limpiar eso antes de ir a dormir —me dijo—. Pero no tengo desinfectante. Sígueme.

Pasó por la cocina para tomar lo que parecía una botella de alcohol antes de dirigirse a la puerta que se hallaba al lado de la que había utilizado unos minutos antes. Entramos en un cuarto de baño tan lujoso como el resto del apartamento, todo de ébano y mármol blanco, con una bañera enorme al nivel del suelo, encima de la cual un espejo inmenso reflejaba nuestras imágenes. O sea que los vampiros sí tienen un reflejo. El Lukas del espejo me miró a los ojos y volví la cabeza enseguida, como si me hubiera pillado in fraganti.

Me indicó por señas que me sentara en el inodoro y se arrodilló delante de mí. Puso mi pie encima de su muslo y subió mis *jeans* poco a poco para dejar la herida al descubierto, aprovechando para rozarme la pierna más de lo necesario. Me seguía electrizando cuando me tocaba y me daba rabia no poder controlar mi reacción. Por suerte para mí, la herida era lo bastante fea como para hacer pensar en otra cosa.

La sangre se había secado y no era algo agradable de ver. Se había arrancado un trozo de piel y se había retorcido hasta formar una especie de bola deforme que estaba endurecida debajo de la costra.

Lukas puso mi pie en el suelo y se levantó para ir a buscar una toalla que mojó antes de volver conmigo. Volvió a poner mi pie encima de su pierna y empezó a lavar la herida. No era una sensación agradable. A decir verdad, quemaba horrores. En cuanto la herida estuvo limpia, solo quedaba la carne viva. Él seguía imperturbable y no pude evitar preguntarme si le atraía mi sangre, aunque fuera veneno para él. No parecía que fuera el caso, pero no dejaba de pensar en los estereotipos.

Tomó la botella, que identifiqué entonces como tequila, y le quitó el tapón.

—Espera —dije.

Le quité el alcohol de las manos y eché un trago. Si lo que iba a suceder a continuación era como en las películas, no me iba a gustar. Le devolví la botella y respiré hondo.

La quemadura fue espantosa, mucho más que la desinfección.

—Joder, joder, joder —solté.

—¿Es delicada la señorita? —preguntó, deshaciéndose en sonrisas—. Y uno para el camino.

Volvió a echarme alcohol en el pie. Hijo de puta. Por suerte, se soportaba mejor la segunda vez que la primera.

—Bueno, con eso tendría que ser suficiente —declaró dejándome el pie en el suelo sin miramientos—. Tampoco tengo nada para vendártelo, o sea que tendrás que dejar que se seque al aire libre.

Sí, señor.

—Vamos a la cama —me dijo mientras se incorporaba y me ofrecía la mano.

Lo ignoré y me levanté. El pie me seguía haciendo un daño de mil demonios.

Lukas bajó el brazo que había ofrecido como si no se hubiera dado cuenta y salió del cuarto de baño. Lo seguí. En cuanto estuvimos en la habitación principal, se detuvo y me miró con una sonrisa de depredador que no había visto desde hacía una hora.

—Mi habitación está ahí —dijo señalando la puerta que había utilizado antes.

No reaccioné.

—¿Y la mía? —pregunté.

Le brilló la mirada de una manera que reconocía muy bien. Era insistente.

—Ahí —señaló la misma puerta dando las cosas por supuestas.

Puse los ojos en blanco antes de contestar, para ganar tiempo.

—No tengo la más mínima intención de dormir en tu ataúd —dije con un tono de hastío.

Antes de poder entender lo que sucedía, me encontré pegada a la pared. Una de sus manos subía por mi espalda y la otra me acariciaba la mejilla. Tuve escalofríos por toda la columna mientras me susurraba al oído:

—No duermo en un ataúd, sino en una cama. ¿Ya sabes qué se puede hacer en una cama? Claro que sí —prosiguió mientras que yo no reaccionaba—, he visto cómo me mirabas antes.

El contacto de su piel desnuda me volvía loca. Podría recorrerla con los dedos con solo levantar los brazos, que seguían colgando a ambos lados de mi cuerpo, impotentes. Por muy atractivo que fuera, no tenía la intención de ceder a mis impulsos. Seguía siendo un depredador peligroso que poco antes había estado a punto de entregarme al malvado lobo.

Me recorrió la espalda con la mano, cada vez más abajo, hasta llegar al nacimiento de mis nalgas. Con un movimiento brusco, me abrazó con más fuerza y me levantó ligeramente, dejando que su peso nos empujara hacia la pared.

—Pero también podemos hacerlo contra la pared —añadió.

Empezaba a costarme un esfuerzo. Mi cuerpo gritaba que me rindiera. Mi cabeza se negaba.

—Suéltame —le dije sin moverme.

Me acariciaba las orejas con su aliento y mi bajo vientre respondía. Me levantó la barbilla para rozarme los labios con los suyos mientras hablaba.

—Sé cuándo una mujer se siente atraída por mí.

La proximidad de su boca era un suplicio. Todavía me dejaba elegir, aunque me estuviera rindiendo a su deseo. No era una prueba fácil de superar, pues aunque no me forzara, tampoco me lo ponía fácil.

—Suéltame —repetí con firmeza, mientras lo rechazaba.

No le cambió la expresión mientras me liberaba. Siguió mirándome con los ojos brillantes y sonriendo con la comisura de los labios.

—No tengo la menor intención de acostarme contigo. Ni esta noche, ni nunca —afirmé categórica.

—Solo los tontos no cambian nunca de parecer. Por lo menos, lo habré intentado —dijo encogiéndose de hombros—. Puedes dormir en la habitación de invitados, al fondo. Buenas noches.

Y desapareció de repente, dejándome sola en la inmensa sala.

Me sobresalté al abrir los ojos. Lukas estaba de pie al lado de la cama y me observaba con su mirada salvaje. Por lo menos, estaba vestido.

—¿Ya sabes que te rechinan los dientes? —dijo como saludo.

—Gracias, he dormido bien —contesté mientras me levantaba, intentando ocultar el cuerpo con las mantas todo lo que podía.

Hacía una noche tan cerrada como la boca de un lobo.

—Voy a prepararte algo de comer. Luego recibirás tu primera lección. Date prisa.

Salió de la habitación. Mi primera lección, eso sonaba bien. Tan solo esperaba que no me azotara si no me esforzaba lo suficiente.

—Por cierto, he salido a comprarte ropa —soltó desde lo que debía de ser la cocina—. Te lo he puesto todo en el armario mientras esperaba que te despertaras.

Miré delante de mí. Había un gran armario empotrado.

Al acostarme por la mañana no me había parado a observar los detalles del cuarto. La habitación de invitados era tan lujosa como todo el apartamento. Era enorme y, de día, seguro que era magnífica y entraba la luz por el ventanal que llenaba casi toda la pared del fondo. La cama era inmensa y baja, y las mesitas de noche, de madera maciza. Estaba claro que a este tipo le sobraba el dinero.

Me levanté y fui hacia el armario. Lukas había dejado la puerta abierta y yo solo llevaba el top negro del día anterior y unas bragas a juego. Sabía que no había cerrado a propósito. Podía oír cómo silbaba a pesar del ruido de las ollas, y estaba convencida de que no se había perdido ni un ápice de mi paso por su campo de visión.

El armario estaba lleno de ropa. Seguro que se había gastado una fortuna. No quedaba ninguna etiqueta en la ropa, pero toda era de marca. Y la mayoría era..., cómo decirlo, sexy. Por lo visto, no había captado mi advertencia del día anterior. Si solo los tontos no cambiaban de parecer, estaba dispuesta a demostrarle con orgullo que era la reina de las idiotas.

Busqué entre los vestidos ceñidos y los tops demasiado escotados hasta encontrar algo que ponerme. No sabía qué había previsto además de los entrenamientos, pero no tenía la intención de aceptar nada que implicara llevar este tipo de ropa.

Para una sesión de formación vampírica, me dije que unas mallas y una camiseta habrían ido de perlas. Pero solo encontré unos pantaloncillos azules tan cortos que casi parecían indecentes y varios tops negros como el que llevaba. En una estantería del ropero me esperaban varios conjuntos de ropa interior, a cual más sexy. Y todos de mi talla, ¡qué detalle!

Elegí lo que me hacía parecer menos una buscona y salí de la habitación con la ropa en la mano para ir al cuarto de baño. Sentí, más que vi, la mirada de Lukas mientras pasaba por la estancia principal. Seguro que no se esperaba que me atreviera a salir con tan poca ropa y confiaba en que había conseguido algún efecto. Si tenía la intención de volverme loca, quería que supiera que él no tenía el monopolio y que encontraría resistencia. No quería dejar que se saliera con la suya.

Entré en el cuarto de baño y encendí la luz. Después de comprobar dos veces que había cerrado con llave, me desnudé antes de utilizar la ducha que se hallaba al lado de la bañera. Aunque había entrado en el juego e intentaba provocarlo, no quería que viniera a observarme mientras me lavaba.

El contacto del agua me sentó de fábula, distendiendo los músculos rígidos por el estrés y dejándome relajada del todo. Sin embargo, no me entretuve demasiado, ya que mi nuevo compañero de piso me estaba preparando algo de comer.

En cuanto salí de la ducha, me sequé con una toalla plegada que me esperaba ahí al lado y me vestí con rapidez. Al llegar al espejo para ver qué aspecto tenía, me sorprendió encontrar un cepillo para el pelo, algo para atarlo y un estuche de maquillaje con todo tipo de productos carísimos. Increíble, había pensado en todo. No sabía si tenía que preocuparme o no. No tenía la más mínima intención de pasar mucho tiempo con él y, sin embargo, todo estaba guardado como si viviera allí desde hacía siglos. Solo el hecho de que las cosas fueran nuevas daba fe de lo contrario.

Al abrir el botiquín encontré un cepillo de dientes, desinfectante, vendas y muchas cosas más. Tomé un tubo cuyo contenido no conseguía identificar y vi que se trataba de crema para depilar. Encantador. También había una maquinilla de afeitar. Sacudí la cabeza mientras volvía a guardarlo todo.

Me cepillé el pelo antes de hacerme un moño apretado —no se cambia de costumbres de un día para otro— y decidí no maquillarme. No quería ponerme guapa para Lukas.

Salí del cuarto de baño y fui hacia la barra donde había comido el día anterior. En cuanto me hube sentado, se materializó un plato delante de mí. Alubias, puré de patata y un bistec sin salsa. Por lo menos, no era comida congelada. Un vampiro que sabía cocinar. Iba de sorpresa en sorpresa.

—Me he tomado la libertad de prepararlo poco hecho —anunció con una mirada que lo decía todo—. Más vale acostumbrarse bien desde el principio.

De acuerdo... Me gustaba más la carne en su punto, pero al diablo con los prejuicios.

—¿Tú no comes? —le pregunté mientras cortaba el bistec.

La estupidez de mi pregunta quedó patente, y la imagen que se me formó de Lukas depositando a un ser vivo en la encimera, sacando una pajita y diciendo «buen provecho» me dejó un regusto amargo.

—Ya he comido —contestó con aire misterioso.

No quiero saberlo.

Me llevé el primer bocado de carne sangrante a la boca. Pues no estaba tan mala. Devoré el contenido del plato.

Mientras estaba comiendo, Lukas desapareció. Volvió enseguida con algo que se parecía mucho a una bolsita de hemoglobina. La depositó en una taza y la puso unos segundos en el microondas. Y a continuación la dejó delante de mí.

Miré el líquido espeso, con el tenedor levantado.

—Me parece que va a ser que no —empecé con tono de disculpa.

—¿Quieres ser un vampiro o no? Porque, según tengo entendido, los vampiros beben sangre.

Volvió a sonreír con satisfacción perversa. El muy hijo de puta se lo estaba pasando en grande con el cariz que iba tomando el asunto.

—Esta vez, paso —dije con sencillez.

—¡De acuerdo!

Tomó la taza y se alejó saboreando el contenido.

Al cabo de una hora, estábamos en el almacén para lo que iba a ser mi primer entrenamiento. Estaba muy emocionada.

Se me había pasado el miedo que había tenido por la mañana y me sentía eufórica por lo que iba a seguir. Ahora estaba convencida de que había sido buena idea. Elliot me había sugerido que practicara *kickboxing* para canalizar mi rabia. Lo que había encontrado era mucho mejor.

—¿Por qué empezamos? —pregunté con una voz infantil, dando saltitos—. ¿Me enseñas a pelear? ¿Cómo lo hacemos? ¿Me atacas y me defiendo? ¿Tú...?

Dejé la frase en suspenso, al ver la cara de sádico que se le iba poniendo.

—¿Qué? —dije preocupada.

—Para empezar, vas a dar cien veces la vuelta del almacén. Luego ya veremos.

Miré a mi alrededor. El edificio era enorme y seguro que iba a tardar horas. «Se está burlando de mí», pensé. Estaba convencida de que quería desquitarse por haberle hecho daño con la barra de plata.

—No creo que sirva de mucho —empecé.

Se abalanzó hacia mí antes de que pudiera entender lo que sucedía. Pero no me moví. Se detuvo a pocos centímetros de mí, con los colmillos fuera en actitud amenazadora, y me sonrió.

—Eres valiente —bufó—. Para ser tan chiquita.

Lo fusilé con la mirada.

—Y ahora, a trabajar —dijo con firmeza.

—Yo...

—¡A trabajar!

Gritó tan fuerte que temblaron las paredes. Y seguro que me había explotado un tímpano. Le devolví una mirada dura y, con los dientes apretados, me puse a correr, resignada.

Capítulo 16

«Esta vez había ido demasiado lejos.»

—¡A ver, te estás burlando de mí! —grité, apretando los diente.

Me estaba «entrenando» desde hacía casi una semana. Me habían tomado el pelo como una tonta porque aquello, más que una formación, era una tortura y no había aprendido nada. Nada de nada. Solo tenía la sensación de que los miembros se me iban a caer del cuerpo en cualquier momento, después de haber participado en una especie de campo de entrenamiento militar para sádicos insípidos.

Lukas me miraba con una piedra en la mano, sorprendido, mientras yo me aguantaba el vientre, destrozado por un dolor punzante. Con las puntas rizadas de su melena, cuyo brillo hacía resaltar la luz del almacén, y sus grandes ojos inocentes, casi parecía un ángel. Pero no era más que apariencia. Era un monstruo. Un maldito sádico.

—Si quieres aprender, tienes que empezar por mejorar tus reflejos. Sin eso, no llegarás a nada. Y, de momento, no tienes ninguno. Como muestra.

Con la barbilla señaló mi vientre, allí donde me había dado de lleno la piedra que acababa de tirarme. También había recibido una en el brazo, el muslo, la pantorrilla y la nalga. Pero la del vientre había sido demasiado.

—Reflejos, reflejos, reflejos —repetí, furiosa—. ¿Quieres que te enseñe reflejos?

Me agaché para tomar una piedra y tirársela a la cara. Pero para cuando llegó al lugar donde se encontraba una milésima de segundo antes, ya no estaba, y sentí el contacto de una cuchilla en la garganta.

—Sí, reflejos —me dijo, insistiendo en la palabra una vez más.

Un reflejo más y juré que lo mataría.

—¿Ves por qué son útiles? Me has pedido que te enseñe a ser un vampiro. Si quieres saber pelear, primero tienes que aprender a sobrevivir. Sobre todo si tienes la intención de dejar que te utilicen como cebo —añadió—. Y lo haces a mi manera o no lo haces.

Sentía su aliento en la nuca con desagrado.

—Todavía puedo cambiar de opinión y llevarte por la fuerza como había previsto —dijo, apretando aún más.

Tenía razón. Primero había pensado que lo de enseñarme a ser un vampiro consistiría en explicarme cómo partir un ladrillo con el dedo meñique y manipular a la gente. Eso fue antes de que advirtiera que se tomaba nuestro trato muy en serio y que no iba a darme como pasto a una manada de fieras hambrientas si estaba indefensa. Me gustó la idea de inmediato. Aprender a luchar, ¡fantástico! Canalizar toda la energía negativa que emitía y de pasada matar a los malos, ¡un sueño! Pero enseguida me desencanté cuando me vi que, si tenía prisa, Lukas tenía toda la eternidad por delante y que no iba a enseñarme a utilizar un arma tan rápido. Y eso me cabreaba. Acababa de pasar una semana haciendo carreras de obstáculos, perfeccionando *sprints*, trabajando mi resistencia y eso era todo. Unas diez horas de entrenamiento al día y no había conseguido nada, excepto músculos doloridos y un odio cada vez más grande hacia mi entrenador.

Y cada día se le ocurría un ejercicio nuevo para desarrollar mis reflejos. En general, se trataba de atrapar objetos al vuelo. Acabó por utilizar pelotas de béisbol cuando descubrió que los huevos y los platos resultaban un desastre y había que limpiarlos luego. Pero hoy había llegado con un cargamento de piedras del tamaño de un puño y había cambiado las reglas. En lugar de intentar atraparlas, tenía que esquivarlas. Se suponía que el dolor iba a motivarme. Maldito imbécil. Él ya se sentía bien. Mientras que yo sudaba sangre, él leía con tranquilidad y me reprochaba, entre otras cosas, que no fuera demasiado espabilada. Lo peor de todo es que hacía los comentarios sin levantar la vista de los libros.

También hacía observaciones desagradables todo el rato sobre el hecho de que no hubiera dado muestras de fuerza sobrehumana ni una sola vez desde que me había llevado a su casa, y criticaba sin cesar mi decisión de no beber sangre. Si esta última semana no hubiera pasado las veinticuatro horas del día con un vampiro sádico, habría creído que todo lo sucedido era un sueño. Normal y corriente. Vamos, que más normal, imposible.

—Si quieres reflejos, te los voy a dar —dije, con los dientes apretados de rabia.

Y, con un gesto rápido, con la mano que tenía en la espalda le agarré las joyas de la corona y apreté todo lo que pude. Le oí gemir en el mismo instante que la cuchilla se me hundía en el lado derecho de la garganta. Era superficial y casi no sentí nada, porque me dolían más otras partes del cuerpo.

Me volví y retrocedí dos pasos.

—¡Santa María madre de Dios! —soltó mientras se agitaba como un perro que sale del agua—. Y yo que pensaba que la próxima vez que te acercaras a esta parte de mi anatomía ¡sería por otros motivos!

Parecía muy... contento. Y divertido. Llevaba una semana haciendo comentarios subidos de tono. Ya me había acostumbrado.

—¡Ya ves que, cuando quieres, puedes! —dijo—. Basta con motivarte.

«Motivarme —gruñí para mis adentros, llevándome de nuevo la mano al vientre dolorido—. Motivarme».

—Debes conseguir canalizar tu energía sin que tenga que hacerte enfurecer —añadió—. Pero por fin estamos progresando.

—Estupendo —contesté sin convicción—. Y ahora, ¿puedes enseñarme a pelear, por favor?

Sonrió. Había vuelto Lukas «el sádico».

—No tan rápido, señorita. Aunque hayas tenido suerte una vez, no siempre va a ser así. A ver si repites lo que has hecho para defenderte y luego veremos cómo atacamos. Aunque —añadió al cabo de un instante—, podríamos hacer algo más divertido para acabar el entrenamiento.

Se mostraba misterioso, o sea que seguro que no se trataba de un combate cuerpo a cuerpo, tal como vinimos al mundo.

—¿De qué se trata? —pregunté, interesada por fin en una de sus propuestas.

—Lanzamiento de cuchillos —me dijo, con un tono que me hizo temer de veras que hubiera pensado en sustituir las piedras por navajas.

Por la noche seguía viva —o más bien por la mañana, teniendo en cuenta el horario desfasado que llevábamos— y estaba muerta de hambre. Me tragué con rapidez la comida que me había preparado, mientras él me miraba pensativo.

Había pasado el resto de nuestra sesión intentando aprender a lanzar cuchillos y, sin lugar a dudas, era lo más interesante que había hecho en toda la semana. No se me daba demasiado mal, aunque tampoco era una experta. Pero era mi primer entrenamiento y no podía esperar milagros. Por poco le doy a Lukas y, aunque había apuntado a la pared, este pequeño éxito me alegraba el corazón. Me habría gustado lesionarle por error, después de lo que me había hecho durante la noche. Tenía el hombro morado, así como la piel encima del ombligo, y las piernas con marcas amarillas y verdes. Y, la guinda del pastel, tenía una nalga como la cara oculta de la luna. Menuda motivación.

—¿Qué pasa? —le pregunté, con la boca medio llena, cuando me di cuenta de que no apartaba los ojos de mí.

Me daba igual dar muestras de buena educación en su presencia. Cuanto menos atractiva me encontrara, mejor.

—Estaba pensando —contestó.

¿De verdad? Me puse a comer el bistec en silencio. Los hombres misteriosos me ponían de los nervios.

Seguía observándome con insistencia.

—De acuerdo —solté, dejando ruidosamente los cubiertos—. ¿Qué ocurre?

Como seguía perdido en sus pensamientos, tomé el vaso de agua que tenía delante y bebí un sorbo.

—Creo que deberías beber sangre —dijo.

Me atraganté. Volvía a sacar el maldito tema. Sin embargo, ya le había explicado cien veces que, al ser un vampiro solo a medias, no creía que me hiciera falta. Tomaba comida sólida, y había demostrado que tenía fuerza sin haber bebido sangre varias veces. Además, si los vampiros se alimentaban con ella, no sacaban sus fuerzas de ahí. Bueno, en realidad sí, pero no más que una persona corriente a partir de productos tradicionales. Sin comida, no se tienen fuerzas, y pensaba que eso también se aplicaba al régimen vampírico.

—Todavía no —gruñí.

—Como tú, he creído que no te haría falta, teniendo en cuenta lo que has conseguido hacer sin tomarla, y que basta con activarte para que funciones. Pero ya llevamos una semana y, a menos que estés hecha una furia, no eres más peligrosa que una abuelita a la que intentara robarle el bolso. Sin embargo, eres un vampiro. Hueles a vampiro, tienes un aura muy potente, pero nada más. Lo más probable es que necesites una dieta más adecuada.

Hizo una pausa.

—Es posible que la sangre no nos dé fuerza —continuó; yo estaba enfadada—, pero sigue siendo nuestro régimen alimenticio normal. Un ser humano también tendrá carencias si solo come bananas.

No hice caso de la enésima referencia fálica del día y sacudí la cabeza. Tomaba mis argumentos al pie de la letra y les daba la vuelta. Aquello no iba a funcionar.

—No y mil veces no. No tengo la más mínima intención de tragarme eso —le corté en seco.

—Serás tonta —gruñó.

Desapareció en su habitación antes de que pudiera contestarle. No lo había visto moverse. Regresó al cabo de pocos segundos con una bolsita de hemoglobina.

—Aquí tienes —dijo, poniéndola delante de mí.

Una vez le había visto beber sangre caliente, pero desde entonces no había repetido y me tenía intrigada.

—Y tú, ¿sacas el alimento... directamente de la víctima?

No sabía cómo expresarlo. Él y yo nunca habíamos hablado de su régimen alimentario. Y en la medida en que los vampiros beben sangre para sobrevivir y que yo lo hacía muy bien sin tomarla, me había imaginado que no me haría falta. Sin embargo, él tenía que comer de algún modo e imaginarlo mordiendo una garganta no me hacía ninguna gracia. Lo de la carne poco hecha, pase. Era buey. De momento no tenía la intención de probar otras cosas.

—Sí, me alimento a base de seres humanos —dijo—. Pero tengo reservas en casa por si acaso.

—Y tú..., esto... Ya sabes...

—¿Que si los mato? No.

No dijo nada más, y yo tampoco insistí. Nunca contestaba de verdad a mis preguntas. Hasta la fecha, todas las que le había hecho sobre los vampiros habían resultado bastante inútiles. Supe que los vampiros no tenían miedo de las cruces, que no dormían en ataúdes y que se les podía ver reflejados en un espejo. Y por lo que se refiere a esto último, lo descubrí con mis propios ojos. Lukas era una tumba.

Me enteré de muchas cosas observándolo. Sabía que necesitaba menos horas de sueño que yo. A menudo salía por ahí y volvía poco después de que me despertara. Por cierto, no salía de mi habitación antes de su regreso para que no se diera cuenta. No sabía por qué actuaba así, pero me pareció lo más acertado.

Sabía que era muy fuerte, tanto como los vampiros de las películas, o incluso más. También era muy rápido y podía controlar la mente de la gente con la mirada. Pero dejando todo eso de lado, desconocía muchas cosas. Ni siquiera había querido contestar a las preguntas que le había hecho sobre Roy. Solo me aseguró que, de momento, no tenía nada que temer en ese sentido y que ya volveríamos a hablar cuando se diera el caso.

—¿Sabes? No me convence mucho lo de la sangre —dije arrastrando la voz—. Me gustaría seguir intentándolo un poco sin tomarla.

Me examinó durante unos instantes y se cruzó de brazos.

—Es tu cuerpo, tú decides. Pero teniendo en cuenta la mezcla especial de la que estás hecha, creo que tal vez la necesites para desarrollar verdaderas aptitudes vampíricas. Me parece que deberías probarlo.

—No —me limité a contestar, con la mente en otra parte.

Quizás una parte de mí seguía aferrada a la humanidad que parecía tener. Después de todo, había querido ser un vampiro, le había pedido que me enseñara a serlo. Pero los vampiros se alimentaban con sangre y, si quería convertirme en uno de ellos, sería lógico que también la bebiera.

Al pensar en todo eso, me dieron ganas de hacer algo que me inquietaba desde hacía varios días. Me habría gustado volver a la universidad, pero sabía que Lukas no estaría de acuerdo. Sin embargo, tenía el gusanillo. No había estado en contacto con el mundo exterior desde hacía una semana. Walter había intentado llamarme no sé cuántas veces, pero no le había contestado. No tenía noticias de Elliot ni de Brianne, aunque Tara me había enviado dos mensajes. Uno en respuesta al que le había escrito indicándole dónde tenía el automóvil y otro para saber qué tal estaba. También me preguntaba cuándo volvería a clase y, a partir de ahí, había pensado mucho en el tema. Y había tomado una decisión, pero no sabía cómo conseguiría que Lukas lo aceptara.

—Mañana vuelvo a la universidad —dije al cabo de un momento, mientras movía los guisantes con el tenedor.

—Ni pensarlo, preciosa.

197

—No era una pregunta.

Aunque había levantado los ojos, yo le aguantaba la mirada. Se mantenía tan firme como yo y, como cada vez que sucedía —muchas— desde que lo conocía y que no estábamos de acuerdo —a menudo—, ninguno de los dos estaba dispuesto a ceder.

—Quiero terminar la carrera. Me quedan dos semestres antes de acabar y no se trata de abandonar ahora.

—¡Se trata sobre todo de que pases desapercibida! ¿Dónde crees que irán a buscarte en primer lugar?

No tenía muy claro si se refería a Roy y a su banda o a Walter y a su fiel compañero.

—Me importa un comino. Y, además, si es el lugar donde piensan buscarme primero, ya lo habrán hecho y habrán deducido que me escondo para salvar el pellejo.

Di por supuesto que hablaba de Roy y de sus amigos más que de Walter.

—Y si Walter va a buscarme, no podrá hacer nada.

—Te digo que no.

—No te he pedido permiso.

—Eres muy testaruda para ser una pequeña humana.

—Soy muy vampira para ser una humana de baja estatura.

—Los vampiros beben sangre.

Había perdido la labia que me permitía replicar al instante. Me mordí los labios. Sabía dónde íbamos a llegar dentro de un momento.

—Bueno —dije tranquila y desafiante—. Si me bebo la sangre, vuelvo a la universidad. ¿Trato hecho?

—Trato hecho.

Me sostuvo la mirada durante varios segundos y asintió.

—Trato hecho.

Pero no parecía demasiado contento con nuestro arreglo. Afronta la situación, grandullón. Tú consigues lo que quieres y yo también. Así son los tratos.

Lukas sacó una taza del armario y vertió en ella todo el contenido de la bolsita.

—O te la bebes entera, o no hay universidad —declaró—. ¿La señora la tomará fría o caliente?

La pregunta me sorprendió un poco. Parecía que me estuviera pidiendo cómo me gustaba la leche. Pues no lo había pensado.

—Más bien fría.

Hizo deslizar la taza por la barra hasta donde yo estaba. La tomé.

—Hasta la última gota. O no hay trato.

—¿Qué crees, que no voy a poder acábarmela?

Pardillo.

Lo miré como una dama, desafiándolo a que añadiera algo, y me llevé la taza a la boca mientras cruzaba los brazos encima del pecho.

Bebí un sorbo. Era espantoso. Espantoso. Tenía la sensación de que acababa de pasarme una barra de hierro oxidada por el esófago.

—Es asqueroso —dije con una mueca.

Por lo visto, le gustó mi actitud. Me dedicó una sonrisa burlona.

—¿Su Alteza Real quizá desea que añada un poco de canela?

Moví la cabeza con desdén. Odiaba la canela. Ya vería.

Volví a acercarme la taza a la boca. Y ¡hala!, de un trago. Un sorbo, dos sorbos, tres sorbos... Por fin dejé la taza vacía en la barra haciendo ruido, triunfante. Y lo miré a los ojos desafiándolo de la misma manera que había hecho hacía un momento y con una sonrisa hipócrita de propina.

—Aquí tiene el señor —dije.

Me observó penetrantemente durante unos segundos, como si estuviera esperando a que tuviera otra reacción. Pues podía esperar sentado. Era lo más repugnante que había bebido nunca y Dios sabe la de cosas extrañas que había llegado a probar. Pero no tenía la intención de darle gusto.

Como no me movía, al cabo de un rato tomó la taza, la miró por dentro y se dio la vuelta para ponerla en el lavavajillas. Había ganado. O no.

Sentí un hormigueo raro en la mandíbula. Conocía esa sensación desagradable y no me gustaba nada. Intenté respirar hondo para calmarla, pero no lo logré. Cuando ya no pude aguantar más, corrí hasta el fregadero y llegué justo a tiempo para vomitar toda la sangre que acababa de beberme.

—Menudo desperdicio —dijo Lukas, sin ninguna emoción en la voz.

Lo maldije en silencio mientras me incorporaba. Tomé la servilleta que había al lado de mi plato en la barra y me limpié la boca.

—Si me disculpas, voy a lavarme los dientes.

Pasé delante de él para ir hasta el cuarto de baño.

—Y nada de asistir a la universidad mañana —soltó.

Me volví, hecha una furia.

—¡Me he bebido toda la taza!

—Has vomitado toda la taza, que no es lo mismo. No has cumplido con tu parte del trato, o sea que no vas. Punto final.

—¡Insisto en que no! El trato era que me bebiera todo el contenido de la taza, sin precisar que no podía vomitarlo.

—Oye, tanto si te has bebido la sangre como si no, no vas a ir. Ni hablar, es demasiado peligroso.

Me quedé de brazos cruzados.

—Iré.

—No.

—Iré.

—No.

—No voy a obedecer órdenes, ni tuyas ni de nadie. Tema cerrado. Que yo sepa, se trata de mi vida.

Pocas veces lo había visto mirarme tan aviesamente.

—Pues si le tienes algo de apego, no la pondrás en peligro —dijo con mucha dureza—. Aunque tenga que impedírtelo yo por la fuerza.

—Cabrón —masculló.

Pude añadir otra característica a lo que estaba aprendiendo sobre los vampiros: tienen el oído muy fino.

Antes de acabar de pronunciar el insulto, estaba delante de mí, dominándome con su estatura y señalándome el pecho con el dedo, en actitud agresiva.

—Escúchame con atención, estúpida —dijo con la voz llena de rabia contenida—. No he vivido durante doscientos noventa y ocho años para que me insulte una chiquilla. Hay trato siempre y cuando me ayudes a conseguir lo que quiero, y si tantas ganas tienes de que te maten rápido, puedo entregarte a Victor mañana mismo.

Estaba tan furiosa y apretaba los labios tan fuerte que seguro que estaban blancos bajo la capa de sangre pastosa que empezaba a resquebrajarse por los lados.

—Bueno —dije agresiva.

—Bueno —contestó con el mismo tono.

Y desaparecí en el cuarto de baño dando un portazo.

Fui hasta el lavabo hecha una furia y empecé a lavarme los dientes con enérgicamente después de haber salpicado el lavamanos al intentar poner pasta dentífrica en el cepillo con la mano temblando de rabia.

El reflejo que veía en el espejo no era muy favorecedor. Parecía cansada, y el enfado que llevaba escrito en las facciones no arreglaba las cosas. Además, tenía el hombro morado por el golpe que me había dado ese maldito imbécil con una piedra. Lo odiaba con todas mis fuerzas, y en ese preciso instante juré que lo mataría en cuanto se me presentara la oportunidad. Cuando estuviera lo bastante fuerte.

Escupí los restos de dentífrico rosado al fondo del lavabo y me aclaré la boca. Por lo menos me había quitado el gusto de sangre. Al levantar la cabeza, me fijé en el colgante que me había dado Walter y que me esperaba al lado del grifo. Me lo quitaba para entrenarme, ya que no era muy agradable sentir aquellos golpecitos en el pecho cuando corría. Esa cosilla pesaba mucho. Lo seguía llevando aunque no quisiera ver a mi abuelo. Sin embargo, era una manera de estar con él. Una especie de sentimentalismo extraño pero necesario puesto que ya no estaba en contacto con ese vampiro imbécil que pensaba que le pertenecía. No obstante, había examinado el objeto por todos lados para asegurarme de que solo se trataba de un colgante, y eso parecía.

Volví a ponérmelo. La quemazón que me provocó el contacto de la cadena en el cuello me recordó que Lukas me había cortado con su cuchillo durante el entrenamiento. Maldito vampiro. Me quité el collar y, con rabia, lo tiré al suelo. Tenía ganas de llorar.

Me dejé caer al suelo, cerca del medallón. Quizá no era demasiado tarde para dar marcha atrás. Podría intentar escapar y volver con Walter. Por lo menos sabía que hacía todo lo que podía para que no me mataran, aunque a veces metiera la pata.

Me levanté al cabo de unos minutos. Era hora de ir a la cama.

Antes de salir del baño, recogí el colgante para dejarlo encima del lavamanos. Podría volver a ponérmelo dentro de un par de días, puesto que la herida no era demasiado profunda.

Cuando me volví a acercar al espejo, me pareció ver algo raro, pero no conseguí identificar qué era. Seguía pareciendo un zombi, con el rostro hinchado por la rabia y el cansancio. Seguro que estaba soñando.

Di media vuelta y apagué la luz al llegar a la puerta. Y me quedé de piedra. Volví a encender el interruptor y me volví para mirarme en el gran espejo que había encima de la bañera. Increíble. Di unos pasos mientras me observaba, incapaz de mirarme el cuerpo en otro lugar que no fuera el reflejo.

Ya no tenía el hombro morado. Después de haberlo examinado por todos lados en el espejo durante casi un minuto, decidí observarlo directamente. Me lo palpé, me lo retorcí y me lo pellizqué. Nada. Ya no me dolía, y no me había quedado ninguna marca. Un rápido vistazo me permitió comprobar que ya no tenía ningún morado en el cuerpo y, cuando me llevé la mano al cuello, también había desaparecido la costra que me había hecho Lukas al cortarme. Y sin embargo, estaba ahí hacía apenas un segundo. Eso solo podía tener una explicación. Si la pequeña cantidad de sangre que había conseguido ingerir me había curado las heridas, Dios sabe qué fuerza me proporcionaría una dosis que consiguiera digerir.

Salí corriendo del cuarto de baño.

—¡Lukas!

Pero ya no estaba. Llamé a su puerta y entré sin esperar a que me invitara a pasar, pero me detuve nada más entrar. Estaba echado en la cama, con el pecho desnudo, la manta subida hasta el ombligo y los brazos cruzados detrás de la nuca. Ni siquiera se molestó en girar la cabeza cuando entré en la habitación. Por supuesto, sabía que era yo, pues, había oído cómo le llamaba cuando salí disparada del cuarto de baño.

Era la primera vez que entraba en su habitación. Tenía las paredes de color rojo sangre y los muebles de ébano. Había pocos, como en la mía, y la cama se parecía mucho a la que yo utilizaba, con la diferencia de que la suya tenía la cabecera de hierro forjado. Nada de decoración, solo una mesa de despacho y una librería gigante llena de libros que ocupaba toda la pared.

—Si crees que hoy es el día para proponerme una tregua a cambio de favores sexuales, te equivocas —dijo, sin apartar la vista del techo.

Di un paso hacia él. No era el momento de insultarlo. O sea que me abstuve de hacer comentarios.

—Mira —dije mientras me bajaba el tirante del top, aunque fuera inútil.

—Te he dicho que no.

—¡Es increíble lo estúpido que puedes llegar a ser! —gruñí mientras me sentaba a su lado en la cama.

Por la ojeada que me echó, todavía podía ver que estaba irritado conmigo. Pero a continuación me miró el hombro y se incorporó en la cama. Las sábanas apenas ocultaban que no llevaba nada puesto.

—¡Han desaparecido las marcas de los golpes! —exclamé tan emocionada como una niña.

Me rozó el omoplato, como si quisiera comprobar los hechos palpándolos. El contacto me electrizó, como cada vez que me tocaba. Pero las sensaciones eran más claras y fuertes. Por supuesto, se dio cuenta del efecto que me provocaba en la piel.

—Qué interesante —se limitó a decir.

No sabía si hablaba de mi curación o de la reacción que me habían provocado sus dedos.

—¿Nada en ninguna parte?

—Nada —contesté con dulzura señalándome la pierna con la barbilla—. Nada de nada.

Me acarició la rodilla con la mano. Se me ponía carne de gallina cada vez que rozaba las zonas donde me habían alcanzado las piedras y entendí que había estado deseando ese contacto. No sabía si podría resistirme mucho más. Por mucho que lo odiara, me perturbaba cómo me atraía este tipo. Era algo visceral, o más bien... animal.

Me seguía fulminando con la mirada, pero ya no parecía que estuviera enfadado. No conseguía adivinar qué pensaba, y eso me hacía sentir incómoda.

Dejó de tocarme la rodilla y me levantó la barbilla sin miramientos. Luego me pasó los dedos desde la oreja hasta el cuello. Y seguía bajando.

—¿Qué crees que estás haciendo? —pregunté con voz insegura.

—Soy como santo Tomás —susurró—. Ver para creer. Me has dicho que ya no te queda ninguna marca y yo lo compruebo.

Si no hubiera estado ocupada con otros asuntos, me habría parado a pensar que tenía las mismas referencias que yo. Deslizó los dedos entre mis pechos, demorándose lo suficiente para hacerme sentir incómoda, pero no lo bastante para que le pegara un puñetazo. Cuando llegó al final de mi top, lo levantó con ambas manos y dejó mi vientre al descubierto. Como había hecho con el hombro y la pierna, me pasó el índice alrededor del ombligo durante un instante antes de rodearme la espalda con un brazo para intentar acercarme a él. Me quedé como paralizada, incapaz de moverme. Tenía los ojos clavados en los míos y yo no conseguía apartar la mirada.

—Para...

Sonaba como una súplica más que una orden. Quería que parase, pero una parte de mí —que me costaba horrores controlar— se moría de ganas de que continuara.

—También te di con una piedra ahí —dijo—. Me gustaría comprobarlo.

—¡Basta ya! —exclamé mientras me incorporaba de repente.

Pero antes de que pudiera levantarme del todo, me tiró de la muñeca y me hizo caer encima de él. Las sábanas se apartaron lo suficiente para que yo pudiera ver que estaba desnudo.

—Quiero levantarme —dije con tan poca convicción como antes.

Con una mano, me tomó la nalga en la que me había hecho un morado durante el entrenamiento.

—Ya veo que no te duele si te toco ahí —susurró mientras se abría paso por debajo de la goma del pijama.

—¡Basta ya! —repetí mientras empezaba a forcejear.

Me hizo girar tan rápido que la cabeza me dio vueltas.

Acabé inmovilizada por su peso y con las dos manos entre las suyas, mientras su aliento me acariciaba el cuello, donde me besó con ternura. Casi me derrito. Siguió besándome, subiendo poco a poco hasta la mandíbula, alcanzando luego la mejilla y acercándose cada vez más a la boca. Peligro.

—No quiero —susurré.

—Nadie se me resiste mucho tiempo —dijo con un tono en la voz que me dio ganas de salir corriendo.

Me miró hasta lo más hondo de mi ser. Sentía cómo peligraba mi resistencia. Tenía las pupilas tan dilatadas que parecía que tenía los ojos negros y, aunque me había asegurado que era imposible, tenía la sensación de estar bajo su influencia.

—No estoy...

Pero no conseguí acabar la frase. Sus labios estaban rozando los míos, y me besó con pasión mientras me acariciaba la curva de las caderas con la mano libre. Le devolví el beso antes de que un sobresalto de lucidez me hiciera volver la cabeza con brusquedad. Le solté un rodillazo en la entrepierna y me liberé de su abrazo. Gruñó, pero no se me echó encima. Y, cosa extraña, me quedé sentada en la cama frente a él.

—Si crees que hoy es el día para proponerme una tregua a cambio de favores sexuales, te equivocas —dije autoritaria.

Sonrió malévolo.

—Puedes seguir negando lo que deseas todo el tiempo que quieras —susurró al fin—. Tengo toda la eternidad por delante.

—De todas maneras, ¿por qué querrías estar con una tonta como yo? —repliqué al levantarme—. No has estado esperando durante doscientos noventa y ocho años para tirarte a una chiquilla como yo.

—Si eso es lo que crees...

Se dejó caer en la cama, volvió a cruzar los brazos detrás de la cabeza y a mirar el techo.

—Bueno —dije con aspereza mientras me dirigía a la puerta.

—Bueno —me imitó sin quejarse.

Al salir de la habitación di un portazo. Vampiro imbécil.

Capítulo 17

«Grité hasta destrozarme las cuerdas vocales.»

Di un salto en la cama, con las manos agarrando las sábanas. Al momento se abrió la puerta con un ruido ensordecedor y apareció Lukas en mi habitación.

—¡Dios mío! —rugió y se quedó parado—. ¡Creía que te estaban matando!

Tenía la respiración acelerada y el corazón casi no me latía. Era una sensación muy extraña. Estaba espantada.

—¿Qué pasa? —preguntó con indolencia mientras intentaba volver a colocar la puerta en su sitio.

—Nada, solo que... he tenido una pesadilla.

—Debía de parecer real —dijo con suspicacia mientras ajustaba la puerta.

En efecto, lo parecía.

No había tenido pesadillas desde hacía unos diez días y pensaba que eran agua pasada. Pero con los nuevos elementos que tenía, esta última me había dejado de piedra.

No había matado a nadie. Habría podido resultar un punto a favor, de no ser porque el intercambio que había tenido con Roy había resultado muy perturbador. Estábamos en un salón amueblado con austeridad. La estancia estaba sumida en la oscuridad, y solo una lámpara que había al lado de la chimenea proporcionaba algo de luz a su alrededor. Estaba sentada en una butaca delante de las brasas que calentaban un poco el ambiente. Delante de mí, Roy, tieso como un palo, parecía intranquilo. Tenía varios agujeros en la camisa negra y la frente sudorosa.

Le hacía preguntas sobre varias cuestiones y, cuando no me gustaba una respuesta, le hundía un cuchillo de plata en los intestinos. Resultaba muy doloroso y podía hacerlo todas las veces que quisiera, ya que se curaba en cuanto sacaba el arma. Me encantaba.

Estaba enfadada porque no llegábamos a nada y la vigilancia del apartamento todavía no había dado resultados. La presa había huido. Pero daba lo mismo. Para ser un buen cazador, había que mostrarse paciente.

En un momento dado, me levanté para acercarme a Roy. Le pasé la cuchilla poco a poco alrededor de la oreja. Sabía lo mucho que podía doler un tímpano perforado, sobre todo con plata.

—Vuelve a intentarlo —dije con frialdad—. Y la próxima vez que te vea, quiero tener noticias. En caso contrario...

Y me paré en seco.

—¿Qué pasa? —preguntó Roy asustado.

—¡No estamos solos! —chillé con la voz aguda por la rabia, mirando a mi alrededor.

Supe que tenía que marcharme cuanto antes. Tenía que despertarme. Enseguida.

Abrí los ojos con un sudor frío en la espalda. Los sueños que había tenido antes me parecían ahora pesadillas borrosas, sin ninguna lógica en especial, excepto el hecho que exteriorizaba una rabia que no conseguía sacar cuando estaba despierta. Pero después de todo lo que me había contado Walter... Si mi madre era vidente, quizá yo también tuviera ese don. Como no había mostrado ninguna característica de vampiro hasta hacía pocas semanas, era bastante probable que la herencia materna se hubiera revelado al mismo tiempo. Y si soñaba con el futuro y todavía no me habían encontrado, eso quería decir que estaba segura en el presente.

Recobré el sentido. Aunque no hubiera encendido la luz al entrar en la habitación, enseguida me di cuenta de que Lukas no se había vestido desde nuestra conversación anterior.

—¡Maldita sea, Lukas! Podrías ir un poco más decente —dije volviendo la cabeza.

—¿Por qué? ¿No te gusta lo que ves? —preguntó orgulloso con las manos en las caderas.

A decir verdad, no veía nada, sino que lo adivinaba. Y adivinaba más de lo necesario. No le contesté.

—Vuélve a dormirte —me dijo—. Apenas son las siete de la mañana, has descansado menos de dos horas.

—No tengo sueño —dije sin más—. Tengo ganas de entrenarme. ¿Me acompañas?

—Estás loca, preciosa. No he dormido más que tú y estoy de muy mal humor si no descanso.

No se había movido ni un milímetro. Este tipo no tenía ningún pudor. Tenía que hacer esfuerzos para no bizquear.

—Como quieras —contesté—. Voy a tirar cuchillos. ¿Dónde los guardas?

—Estás loca de remate.

—Perfecto, volveré al apartamento a buscar algunos —solté amenazadora.

Irritado, hizo chasquear la lengua contra el paladar. Lo que decía era cierto, estaba hecho un cascarrabias cuando no había dormido lo suficiente.

—En el cuartito que hay al lado de la puerta de entrada —gruñó.

—Gracias —contesté—. Ahora sal de aquí, quiero encender la luz.

Se fue en silencio, andando con pesadez.

Esperé a oír cómo se encerraba en su habitación para levantarme y vestirme con rapidez. Encontré los cuchillos donde me había dicho, junto a la habitación principal. Levanté la gran caja de madera maciza en la que estaban guardados, conseguí abrir la puerta de entrada y me escabullí por la escalera. Sin embargo, tuve que dejarla en el suelo para volver a buscar las llaves, Lukas era un admirador de las cerraduras.

Me dirigí hacia la pared donde Lukas había instalado una diana el día anterior. Abrí la maleta y observé con detalle el contenido. Un juego de cuchillos que esperaban a que los sacaran. Había para todos los gustos. Recorrí las ataduras con los dedos y me pregunté si algunos serían de plata. No sabía lo bastante de cuchillos y metales para poder contestar a la pregunta, pero me hubiera extrañado que Lukas dejara a mi alcance armas que le resultarían letales. Llevaba varios días haciéndome proposiciones más o menos tentadoras, pero no estaba loco. Seguro que pensaba que, en algún momento, aprovecharía la oportunidad para cortarle el cuello. Y, con lo retorcido que era, estaba segura de que eso lo excitaba.

Tomé un cuchillo y miré cómo reflejaba la luz artificial. Lukas era sensible a la plata, como todos los vampiros. Por lo visto, no era un cuento, aunque no se me ocurría ninguna razón por la cual este metal tuviera más efecto que cualquier otra aleación. Pero sin duda había muchos sinsentidos en el mito de los chupadores de sangre... Algún día tendría que aprender más sobre ellos.

Abrí poco a poco la mano que no sujetaba el cuchillo. La veía muy blanca bajo la luz eléctrica del almacén. Me pregunté si mi extrema palidez estaría relacionada con mis orígenes. Seguro que no. Lukas no tenía la piel como el mármol, ni tampoco los otros vampiros con quienes me había cruzado.

Abrí y cerré los dedos varias veces, contrayendo los músculos, para ver si podía conseguir que la palma enrojeciera. Los estiré en cuanto tuvieron algo de color y, antes de tener tiempo de cambiar de opinión, pasé la cuchilla rápidamente por toda la palma. Sentí picazón, más que dolor, mientras empezaba a sangrar allí donde me había cortado. Miré fijamente, fascinada por la sangre. Tenía un color tan cálido y bonito. Me tenía cautivada. Me puse a recordar las torturas que había infligido en sueños que quizá no lo fueran. Sentía la misma emoción con mi propia mano.

Debajo de la sangre, la herida ya había empezado a cicatrizar. No lo veía a causa del líquido pastoso que la cubría, pero podía sentirlo. Era una sensación embriagadora. El cosquilleo que producía resultaba muy agradable. Era como si mi cuerpo tuviera voluntad propia y yo fuera un simple testigo. Empezaba a sentir su fuerza, y aquello me fascinaba. Me daba cuenta de que la curación no era tan rápida como para Lukas, que se había recuperado de un agujero enorme en el cuerpo en pocos segundos, pero yo no era del todo vampiro y me daba igual. Seguro que mi otra mitad era poderosa a su manera, aunque no supiera cómo utilizarla.

La herida dejó de picarme y me puse a rascar la sangre medio seca para descubrir que, en efecto, el corte había desaparecido del todo. Aunque tuviera la palma rosada, estaba como nueva. Me pregunté si podría convertirme en una antorcha humana, como Walter. Mientras me sentaba en el suelo, pensé que quien no se arriesga, no gana.

Deposité el cuchillo a mi lado y, en cuclillas, puse los brazos encima de las rodillas, con las palmas vueltas hacia el techo. Me puse a respirar hondo. Tenía que concentrarme, aunque no paraba de abrir los ojos para ver si ocurría algo. Pero no pasaba nada. Seguía teniendo las manos igual de apagadas y no sentía nada. Eché pestes para mis adentros. Había sido una estupidez creer que podría imitar a Walter con tanta facilidad. Como si el hecho de haber demostrado aptitudes fuera de lo corriente lo hiciera todo posible. Mientras me levantaba, me fustigué por ser tan ingenua.

Tomé otros dos cuchillos de la maleta y me puse en frente de la pared, mientras me insultaba en voz baja. Miré la diana, varios círculos amarillos y un centro rojo, sobre el fondo gris de la pared. Durante el entrenamiento anterior casi había hecho diana, más por casualidad que por otra cosa. La mayoría de los cuchillos ni siquiera se habían acercado al objetivo y se habían estrellado contra el suelo.

Respiré hondo y tiré mi primer cuchillo. Se clavó en el extremo inferior, pero cayó poco después, víctima de la gravedad terrestre. No lo había lanzado con suficiente fuerza. Tiré el segundo y pasó lo mismo.

211

El tercero se quedó clavado en la diana el tiempo suficiente para que pudiera sacarlo e ir a buscar los otros dos. Volví a empezar.

Al cabo de varios minutos y tras haber tirado varios cuchillos, poco mejor que los anteriores, oí que algo crujía detrás de mí. Me volví sobresaltada para descubrir que Lukas me estaba mirando, apoyado en la pared cerca de la puerta. Por lo menos se había vestido, con unos *jeans* y una camiseta negra. Era la primera vez que la llevaba.

—¿Quieres que me dé un ataque al corazón? —solté, entre enfadada y aliviada.

Se le dibujó una ligera sonrisa en los labios, pero no se movió.

—Tu pequeña sesión de meditación no te ha ayudado a apuntar mejor —observó, pensativo.

Maldito cabrón. ¿Cuánto rato hacía que me vigilaba?

—Será que mi profesor no es muy bueno —repliqué.

Sonrió un poco más antes de ponerse serio.

—Lo que necesitas es entrenamiento. Caminante, se hace camino al andar, como decís vosotros.

Lo miré un instante antes de soltar:

—Y vosotros, ¿qué decís?

Arqueó una ceja mientras entrecerraba los ojos con un aspecto malicioso que le sentaba de perlas.

—¿Qué quieres decir con eso?

Liante. Sabía muy bien qué quería decir.

—Ya sabes, en tu lugar de origen. Seguro que lo decís de otra manera. Por cierto, ¿de dónde eres?

Se incorporó, divertido.

—¡Vaya, todo eso para preguntarme de dónde vengo!

Refunfuñé por dentro con los dientes apretados.

—Si lo hago directamente, ¿me contestarás?

Se paró a pensar, o eso parecía. Por fin, volvió a apoyarse contra la pared y cruzó los brazos.

—No —dijo evitando la pregunta.

Lancé un fuerte suspiro.

—Eres increíble —solté con amargura.

—Las mujeres me lo dicen a menudo. ¿Por qué tanto interés de repente? —preguntó a continuación con un tono que parecía sincero.

Recordé lo que le había dicho Roy aquella noche en mi apartamento: «Eso es lo que pasa cuando eres solitario y no confías en nadie», o algo por el estilo. Lukas no iba a soltar prenda sobre él mismo. No era la primera vez que le hacía preguntas personales y, como de costumbre, evitaba contestarlas. Le estaba ayudando a buscar a un padre que no había conocido, con la intención de matarlo, y desconocía los motivos que le empujaban a vengarse.

—¿Por qué no respondes nunca a las preguntas? —pregunté, sin la menor hostilidad.

Desvió la mirada hacia el techo. Entonces pensé en la interpretación del lenguaje corporal. Me habían dicho que, según el lado adonde se miraba, se era sincero o se estaba mintiendo, pero no me había fijado en qué dirección había puesto la vista exactamente. Y, de todas maneras, no recordaba qué lado representaba la verdad.

—Sí que contesto a tus preguntas —soltó al fin.

Reí sarcástica.

—No, no dejas traslucir nada. Estoy aquí desde hace más de una semana y sigo sin saber nada de ti.

Seguía callado y quieto contra la pared.

—No sé dónde conociste a Walter, ni al gigante de las cicatrices.

Por mucho que me esforzara, no conseguía recordar su nombre.

—Lalawethika —me dijo.

—Sí, el mismo. Desconozco en qué circunstancias los conociste o por qué le salvaste la vida a mi abuelo. No sé nada. Lo único que revelas sobre ti mismo es que eres un mujeriego y, al oírte hablar, una creería que te has pasado los últimos tres siglos en la cama.

Me esperaba una sonrisa burlona, como de costumbre, pero no se inmutó. Sentí cómo se iba alterando mi sistema nervioso a causa del enfado.

—¿Estás celosa?

La pregunta me sorprendió tanto que lo fulminé con la mirada y le lancé uno de los cuchillos que aún tenía en la mano.

No acerté ni por casualidad, mientras Lukas hacía ver que se protegía el rostro con los brazos, muerto de risa.

—Te falta mucho entrenamiento —dijo desternillándose.

—¡Lárgate! —grité mientras le tiraba el último cuchillo.

No se hizo de rogar y desapareció por la escalera, con una carcajada. Lo odiaba.

—Vaya, vaya, a quién tenemos por aquí.

Elliot depositó su bandeja enfrente de mí. Detrás de él, Tara me sonrió contenta. Se sentaron mientras echaba una ojeada a la cafetería abarrotada. Era sorprendente, pero nadie había venido a sentarse a mi lado antes de que llegaran.

Les saludé con un simple «hola».

El rostro de Elliot resultaba inexpresivo, y era imposible saber si estaba enfadado o contento de verme.

—¿Estás bien? —me preguntó Tara—. Parece que no has dormido mucho.

En efecto, no había pegado ojo. Había pasado el resto de la «noche» anterior lanzando cuchillos para perfeccionarme. Ya había pensado en escaparme a la universidad, pero sabía que Lukas me vigilaba. Por lo tanto, decidí esperar un día más. Estábamos a martes y había pasado la noche en vela. Después del entrenamiento, me duché y esperé en mi habitación a que Lukas se durmiera para largarme. De todas maneras, en cuanto saliera el sol, no tendría problemas para pasar el día con tranquilidad.

—Estoy bien —contesté sin más—. Gracias de nuevo por el automóvil.

Elliot soltó un suspiro de desaprobación.

—Gracias por dejarlo delante de la casa de mi madre —dijo.

De acuerdo, Elliot seguía enfadado conmigo.

—Si solo has venido para quejarte, podrías haberte sentado en otra mesa. Tengo trabajo por recuperar y lo último que necesito es que me vengan con sarcasmos.

Señalé con la barbilla el montón de páginas que se apilaban delante de mí. Había faltado más de una semana a clase, sin contar las que me había saltado antes, y me iba a costar un esfuerzo ponerme al día. Por suerte, una compañera muy simpática me había fotocopiado sus apuntes. Teniendo en cuenta que cursábamos más o menos las mismas asignaturas, tenía casi todo lo que necesitaba.

—¿Dónde está Brianne? —solté para cambiar de tema.

Mis interlocutores desviaron la mirada y fruncieron los labios.

—Con Marc —contestó Tara arrastrando la voz.

Por lo visto, Marc no había subido en su estima durante mi ausencia.

—Y tú, ¿dónde has estado durante todo este tiempo? —me preguntó Elliot mientras cruzaba los brazos sobre el pecho.

Una mañana tranquila y ya me estaba dando la lata. Y lo de la mañana tranquila era porque no le había visto.

—Oh, ya sabes —contesté con desenvoltura—. Peleas en los bares, rollos de una noche. ¡Lo de siempre!

Parecía que Elliot me quería fulminar con la mirada. Pues yo también a él.

—A ver. Vosotros dos, basta ya —sermoneó Tara—. Estaría bien que os esforzarais un poco. No habéis sido amigos durante veinte años para andar a la greña cada vez que os veis.

Elliot puso mala cara. Parecía que al niño con el que me peleaba de pequeña no le había gustado que le pegara una niña. A mí tampoco me había sentado bien el comentario de Tara, que tenía razón, para variar. No quería enfadarme con él. Había vuelto para intentar tener una vida más o menos normal. Pero las discusiones con él no formaban parte de ella y tenía ganas de recuperar a mi amigo.

Suspiró y descruzó los brazos.

—¿Amigos? —preguntó.

—Amigos.

Y nos sonreímos.

—¡Por fin, volvemos a estar como de costumbre! —dijo Tara con alegría.

Estuvimos de buen humor durante el resto de la comida. Era muy agradable poder reír con gente normal, me di cuenta de lo mucho que lo había echado de menos y de lo mucho que los había echado de menos a ellos. Estaba muy contenta de que Elliot se comportara de manera correcta conmigo. Respecto a Tara, aunque seguía poniéndome de los nervios, también me alegraba de volver a verla. Por primera vez desde hacía semanas, tenía la impresión de ser normal y eso me hacía sentir de fábula.

Después de comer, tenía dos horas de historia de la literatura inglesa. Distaba de ser mi asignatura favorita. Pero no había luchado para volver y luego saltarme las clases a la primera.

Al ir a clase me crucé con Brianne. Al verme se paró en medio del pasillo, y resultó una buena sorpresa que no saliera corriendo cuando me reconoció. Incluso me saludó con un escueto «hola».

Tenía la tranquilidad pintada en la cara y no me miraba mal. Observé que volvía a peinarse. Su deslumbrante melena se desparramaba por todos lados, pero de manera controlada. Y, sobre todo, no se mostraba resentida al hablar.

Le devolví el saludo.

Pasaron varios estudiantes delante de nosotras antes de que nos decidiéramos a entablar conversación.

—¿Estás bien?

Estaba tan contenta por la pregunta que contesté con una sonrisa.

—¿Y tú? —le pregunté.

—Muy bien —dijo, antes de que nos volviéramos a quedar calladas.

No sabía qué decirle, pero habíamos dado un gran paso.

—Tengo que irme —añadió después de echarle una rápida ojeada al reloj—. ¡Nos vemos luego!

Le contesté asintiendo con la cabeza y vi cómo desaparecía por el pasillo, en medio de los estudiantes que se repartían por las distintas salas. Me dirigí hacia la mía, con una sonrisa en los labios.

Me encontré con Hannah dentro de lo que utilizábamos como aula, un pequeño auditorio pintado de azul oscuro, con sillas tan cómodas como las de la sala de espera de un dentista. Era increíble tomando apuntes y me había salvado al dejármelos. Anotaba con cuidado todo lo que se decía en clase, y estar a su lado me animaba a prestar atención. Me senté y entró el profesor. En cuanto hubo dejado la cartera encima de la mesa, se puso a hablar de Chaucer. Se expresaba como un autómata. Parecía que el tema lo motivaba tanto como a mí.

Me volví hacia Hannah.

—¿Por casualidad no tendrías una hoja?

Arrancó una de su cuaderno de notas y me la dio.

—¿Y un bolígrafo? —pregunté con inocencia.

Se rio y buscó en su estuche.

—No cambiarás nunca —dijo al dejármelo.

Hubiera replicado, pero no me imaginaba diciéndole que no podía volver a mi casa porque una banda de vampiros salvajes le había puesto precio a mi cabeza. Pero me habría gustado, solo para ver su reacción. Sonreí y me puse a anotar las fechas que iba desgranando el profe.

Al cabo de diez minutos, Hanna ya había llenado tres hojas y yo solo media. Era una verdadera máquina. No sabía cómo lo conseguía. Debía de tener la muñeca de acero.

La clase era para morirse de aburrimiento. Empezaba a notar el cansancio. Me puse a bostezar mientras dejaba de prestar atención a lo que decía el profesor. A mi favor, diré que no tenía nada de apasionante, con su voz monótona y la alegría de vivir de un sepulturero. Su rostro tampoco contribuía a darle un aspecto jovial. Tenía los mismos ojos que el perro *Droopy*.

Al cabo de un rato, me di cuenta de que, a mi lado, Hannah había dejado de moverse. Tenía la cabeza levantada y no tomaba apuntes.

—¿Qué pasa? —le pregunté en voz baja.

—Nada —contestó—. Solo que ha llegado un nuevo compañero de clase y es muy *sexy*.

Me reí. Hannah no era de las que dejan que un hombre les quite la concentración. Para ella, las clases eran lo primero. Volví a copiar con una sonrisa. Pero ella seguía en trance.

—¡Eh, despierta! —le dije dándole un ligero codazo—. Te estás perdiendo todo lo que nos está soltando el profe.

—Tienes razón. Además, creo que le interesas tú —dijo decepcionada.

Se puso a escribir y a mí me entró el pánico. Tragué saliva con dificultad. Antes de volver la cabeza, ya sabía que tenía problemas. Eché una ojeada discreta.

Estaba de mierda hasta el cuello.

Capítulo 18

«Creía que los vampiros no podían salir de día.»

Me equivocaba.

Había vuelto al apartamento y Lukas no estaba nada contento. Andaba de un lado para otro echando pestes en silencio. Por fin, cuando estuvimos en la cocina, se giró y me fusiló con la mirada.

—¿Acaso has perdido el juicio? —gritó dando un puñetazo en la barra.

Era la primera vez que me dirigía la palabra desde que me había encontrado. Había esperado a estar en casa para cantarme las cuarenta. Qué amabilidad. Un verdadero caballero. Pero muy enfadado.

Cuando lo vi en clase de historia de la literatura inglesa, mi corazón dejó de latir. Y no era una simple expresión. Empezaba a darme cuenta de que lo hacía cada vez que tenía miedo, como si de alguna manera mi lado vampírico tomara el relevo en esos casos.

Durante la última hora, no había conseguido apuntar una sola palabra y salí del edificio con el rabo entre las piernas, esperando a que me alcanzara. No habló, subimos al Volvo rojo de la señora Bartowski y regresamos, en silencio. Sabía que no le había gustado mi comportamiento, pero más bien me esperaba que reaccionara con cinismo y amenazas. No que estallara de ira. Nunca antes lo había visto furioso.

—Te dije que volvería —contesté sin desmoronarme.

—Y yo te lo prohibí.

No serviría de nada que volviéramos a pelearnos por lo mismo, pero que se le iba a hacer.

—Y yo te dije que no iba a recibir órdenes —añadí, intentando reprimir mi irritación al hablar.

Por toda respuesta, volvió a dar un puñetazo en la barra, que se partió a causa del golpe. Estaba muy, muy enfadado.

—¡Podrían haberte matado! —gritó a continuación—. ¿Te das cuenta?

—¿Y tú habrías perdido a tu preciado cebo? Mala suerte.

Tenía la impresión de ser una adolescente rebelde de quince años, pero me daba igual. Odiaba que me gritaran.

Había decidido no hablarle de mis sueños y de que, por lo tanto, estaba segura que no podía ocurrirme nada. No era asunto suyo. Para él yo no era más que una mercancía y estaba a punto de darle un infarto porque todo cuanto quería era llegar hasta mi padre. Me daba asco. No le importaba mi seguridad. Solo se miraba su propio ombligo.

—Eres tonta de remate —me dijo asqueado.

No me gustaba que me gritaran, pero odiaba aún más que me insultaran. Íbamos a acabar mal.

—Y tú un imbécil de campeonato —contesté con el mismo tono.

—¡Que sea la última vez que me insultas! —rugió señalándome con el dedo.

—¿O de lo contrario qué? —pregunté desafiante—. ¿Me matarás? ¡No me vengas con historias!

—Eres una pequeña idiota —dijo con desdén.

Esta vez se había pasado. Me sacaba de mis casillas que me llamara así.

—Muy bien —escupí—. ¿Lo hablamos de hombre a hombre? Dame sangre y vamos a pelearnos.

Se puso a reír a mandíbula batiente. Me lo tomé muy mal.

—¿Qué pasa? ¿Te da miedo la pequeña idiota?

Se le congeló la sonrisa. Desapareció y volvió en menos de un segundo con una bolsita que me tiró por encima de la barra, al lado de la grieta que acababa de abrir.

—Siéntete como en tu casa —me dijo con amargura.

La tomé y arranqué la parte superior del plástico. No me iba a molestar en utilizar una taza. Y tampoco le iba a mostrar la reacción de mis tripas al ver el líquido. Había intentado beber sangre la noche anterior, antes del entrenamiento, y la devolví tan rápido como la primera vez. Mi cuerpo se negaba a conservarla en su interior. Pero esta vez, sería distinto.

Me llevé la bolsita a la boca y me puse a beber, poco a poco. Sentía las quejas de mi vientre a medida que el líquido iba bajando, pero era más testaruda que él.

Acabé de tragarme el contenido del envase y se lo tiré a la cabeza. Lukas lo pilló al vuelo. Unas gotas le salpicaron la cara. Me daba igual que se lo tomara mal, eso pretendía. Me miró de mala manera, rodeó la barra, me tomó por la muñeca y me arrastró sin miramientos hasta el almacén. En cuanto llegamos me tiró al suelo. Me levanté como si nada y me alisé la ropa con afectación. No quería darle ventaja.

—Vamos, enséñame lo que vales, chiquilla —dijo entre divertido y malvado.

Le devolví la mirada y me abalancé hacia él sin dilación, pero era demasiado rápido. Cuando llegaba donde estaba, ya había desaparecido. Sin embargo, aunque se moviera demasiado deprisa, había conseguido verlo por primera vez.

Me volví para situarme frente a él.

—Creía que te gustaba que las mujeres se te echaran encima —dije con cinismo.

Y antes de esperar una respuesta, volví a la carga. Sabía que se escabulliría por un lado cuando me pusiera en movimiento. O sea que salté directamente hacia la derecha. Mierda, era el lado equivocado. Se rio con crueldad. Si quería cabrearme, estaba consiguiéndolo.

Me di la vuelta con rapidez y salté sin mirar siquiera adonde iba. Me había guiado por el oído y acerté. Le caí encima de lleno y fuimos dando tumbos hasta que nos detuvo la pared, contra la cual me golpeé la cabeza. Sonó un ruido sordo, pero no tenía tiempo de preocuparme por eso.

Nos levantamos enseguida y le di un rodillazo en el vientre, seguido por un codazo en plena cara. La manera en que me miró no hacía presagiar nada bueno. Hice una mueca. Acababa de entender que había dejado que le pegara y que lo había encontrado muy divertido.

Saltó con presteza y de repente lo tuve detrás de la espalda. Al volverme recibí un derechazo en la mandíbula y sentí cómo se partía por el choque. El ruido que produjo era bastante más preocupante que el de la cabeza contra la pared. Sin ninguna duda, se había dislocado. Cabrón. Mi primer reflejo fue soltarle una bofetada.

—¿Y eso es lo que vas a hacer para defenderte? ¿Dar una bofetada cuando te hayan zurrado porque no se pega a las mujeres?

Volví al ataque. Gracias a la sangre, podía seguirlo. Me costaba, pero lo lograba. Pocas veces evitaba mis acometidas, aunque las encajaba bien.

Después de cinco intensos minutos, lo ataqué con un derechazo que esquivó agachándose. Me hizo perder el equilibrio con una patada y me caí con estrépito. Intenté levantarme, pero me agarraba las piernas y no tardó en arrastrarme hasta él. No conseguía que me soltara, ni tampoco sostenerme, ya que los dedos me resbalaban por el suelo.

Un dolor lacerante en la cadera me indicó que acababa de arrastrarme por encima de una de las piedras que había tirado dos días antes. La tomé y me volví con rapidez para tirársela a la cara. Y di en el blanco. Gritó y se llevó las manos a la cara. Al quedar en libertad, me levanté para soltarle una patada en las partes que lo dejó doblado en dos. A continuación le di un puñetazo en la sien y otro rodillazo en las costillas. Acabó tumbado en el suelo y me subí encima de él como para plantar la bandera de la victoria. Estaba encantada.

Seguía sujetándose la cara con ambas manos y la sangre le corría entre los dedos.

—Joder, ¿estás bien? —le pregunté, preocupada.

Cuando apartó las manos de la nariz, parecía normal. Pero lo que no era normal eran los dos colmillos alargados que enmarcaban su sonrisa. En una fracción de segundo me encontré aplastada por su peso, con los brazos inmovilizados como el día anterior, por encima de la cabeza.

Me miraba de con cara de pocos amigos y mi corazón dejó de latir. Quizá me iba a matar después de todo.

—No te defiendes mal, para ser una miniatura. Pero no subestimes nunca el hecho de que tu adversario no jugará siguiendo las reglas. Si tienes la oportunidad de acabar con él, hazlo.

Me quedé en silencio. Me daba demasiado miedo decir algo que pudiera provocar que me liquidara al instante.

—Por lo menos, ahora sabemos que tienes reflejos. Por fin vamos a poder trabajar en serio.

De acuerdo, había decidido que no me iba a matar. Me relajé y oí un «bum bum» regular en el pecho.

—Me parece que te acelero el corazón —observó seductor.

—Déjame en paz —dije con un tono neutro.

—¿Y si no quiero?

¿Qué podía contestarle? ¿Que íbamos a quedarnos así durante horas hasta que se cansara?

Me acarició la mejilla con la mano libre.

—Por favor —añadí.

Sonrió con la mirada.

—Veo que vamos mejorando —dijo, divertido.

Odiaba ese tono condescendiente.

No se movía. La situación era insostenible. Me excitaba mucho la postura en la que me aguantaba y sabía que él era consciente de ello. Me dibujó el contorno de la barbilla con el índice y sentí cómo poco a poco se debilitaba mi resistencia. La sangre hacía que se multiplicara cada una de mis sensaciones, tanto el dolor como...

—¡Maldita sea! —grité mientras se me tensaban las piernas hasta los dedos de los pies.

Acababa de volverme a poner la mandíbula en su sitio con un golpe seco.

—¡Estás mal de la cabeza! —ladré, furiosa.

Me soltó y me masajeé la cara con fuerza, mientras seguía tumbada en el suelo. Él se había levantado.

—Es como las tiritas, hay que quitarlas de golpe. Bueno, eso es lo que he oído decir. Nunca he tenido la oportunidad de probarlo en persona —añadió con desenvoltura.

—Tendría que haberte puesto la nariz en su sitio cuando tuve la ocasión —gruñí al incorporarme.

Me sonrió con malicia.

—Lo tendrías que haber hecho, en efecto. Pero ahora es demasiado tarde. Vamos a dormir unas horas y luego nos entrenaremos.

Subimos al apartamento. Tenía razón, estaba agotada, necesitaba descansar. Pero me picaba la curiosidad. Tenía la mano en el picaporte cuando decidí dar media vuelta.

Llamé a la puerta del cuarto de baño, por donde Lukas acababa de desaparecer.

—Adelante —dijo.

Abrí y lo vi delante del espejo. La camisa que llevaba antes estaba hecha una bola roja a sus pies, y se estaba limpiando las manchas de sangre que le quedaban en el cuerpo. Era tan guapo que quitaba el aliento. Enseguida me arrepentí de haber entrado. Parecía brillar en el fondo blanco del cuarto de baño, no sabía si la sangre tenía algo que ver con ello. Pero cada vez me costaba más reprimir las ganas de echarme encima de él que me obsesionaban desde que había entrado en el cuarto.

—¿Qué quieres? —preguntó con voz neutra.

No se había vuelto y me miraba a través del espejo. Si se había dado cuenta de lo incómoda que estaba, no lo demostró. Era bastante perturbador.

Abrió el grifo y aclaró la esponja con la que se había frotado la garganta. Había conseguido eliminar la mayor parte de la sangre, pero la piel seguía enrojecida.

—Pensaba que no podíais salir de día —aventuré insegura, intentando no mirarle a la cara.

Cerró el grifo y escurrió la toalla para quitar el exceso de agua. Y volvió a limpiarse la garganta. Bajo la luz artificial le brillaban los brazos musculosos. No era verdad que los vampiros fueran pálidos. La piel de Lukas no era nada blanca. Era casi dorada y parecía suave como la seda.

—No sabes nada sobre los vampiros —contestó al fin.

—¿De quién es la culpa? —susurré.

Se volvió y me miró. Me observó un momento antes de volver a hablar.

—La luz directa del sol debilita a los vampiros, pero no los mata. No pasa nada, si uno evita estar en contacto con ella durante demasiado tiempo. Nunca los verás arder como en el cine, eso son tonterías.

—De acuerdo —me limité a decir.

—¿Más preguntas?

Dudé un instante. Era la primera vez que me contestaba. Era desconcertante y no sabía si atreverme a continuar con el tema.

—¿Cómo se mata a un vampiro? —pregunté con la voz apagada.

Ya había visto cómo eliminaba a uno, pero no había podido pararme a observar cómo lo había hecho. Todo había ocurrido demasiado deprisa y en aquel momento tenía otras preocupaciones. Por supuesto, había entendido que eso se conseguía al arrancarles la cabeza, pero yo no tenía la misma fuerza que el Indio.

Arqueó las cejas.

—¿Para que puedas matarme la próxima vez?

Di un paso hacia él.

—No seas estúpido, no tengo la intención de matarte.

Se volvió hacia el espejo y empezó a frotarse el cuello. Su piel satinada era muy atractiva y me entraron ganas de acariciarla.

—Te queda un poco aquí —dije señalándole la nuca.

Cuando había sangrado estaba tumbado, y tenía sangre hasta en la parte superior de la espalda.

—Dame esto —añadí quitándole la toalla.

Me puse detrás de él y empecé a frotar. No se quejó. Dejaba que continuara, en silencio. Me hacía sentir muy incómoda. Era raro que aún no hubiera soltado ningún comentario subido de tono.

Aclaré la esponja, acabé de limpiarle las últimas marcas de la piel y la tiré al lavamanos.

—A ver, ¿qué pasa? —pregunté.

Se volvió para mirarme cara a cara. O, más bien, para dominarme con su estatura. Estaba muy serio.

—No tienes ni idea de lo mucho que me he preocupado cuando he visto que no estabas.

—Por supuesto, seguro que perder tu única oportunidad de encontrar a Victor te ha provocado pesadillas.

—Para ya —dijo exasperado—. Me he preocupado por ti, tontuela.

Había vuelto a insultarme, pero lo había hecho con una especie de afecto en la voz que me produjo escalofríos.

—Ah.

Movió la cabeza.

—No sé qué te imaginas, y acaso crees que los vampiros no pueden tener sentimientos o qué sé yo, pero te tengo cariño y quiero que sigas viva.

Nunca me había preguntado si los miembros de su especie tenían emociones o no. No parecía demasiado descabellado que las pudieran sentir. Al fin y al cabo, habían sido humanos. Solo pensaba que él, en especial, era un cabrón egoísta y arribista.

—¿Y por eso pareces tan preocupado? Porque te puedo asegurar que...

—No —dijo muy serio—. No se trata de eso.

Hizo una pausa. Suspiró. Y, aunque parezca increíble, rehuyó mi mirada. Al cabo de un momento, respiró hondo y volvió a clavar sus ojos en los míos.

—Me gustaría responder a todas las preguntas que me has hecho estos días, pero no sé si puedo fiarme de ti.

Lukas, el gran solitario, tenía problemas de conciencia.

—Ya te he dicho que no tenía la intención de matarte —me defendí, un poco irritada por su falta de confianza.

Y era verdad. No quería matarlo. Confesaba que estos últimos días había tenido ganas de hacerlo en un momento dado —bueno, bastante a menudo—, pero era algo pasajero. Me desconcertaba la situación. Por primera vez, descubría a un Lukas que no era nada sarcástico ni malvado. Parecía un ser humano.

—Te lo prometo —añadí.

Sonrió con tristeza. Y recuperó la compostura.

—Yo te quiero creer —dijo mostrándose seguro como de costumbre—. Pero hace mucho tiempo que no confío en nadie. Y, sobre todo, hace mucho tiempo que no me atrae nadie de verdad.

—¿Qué?

Al momento subí el tono de voz una octava. Que se las diera de tipo duro proponiéndome aventuras de una noche, pase. Pero no podía con esto. Era mucho peor que una bolsita de sangre.

—No, no y no —dije.

—Dios sabe que tienes un carácter que me provoca ganas de destrozar todo lo que tengo a mano, pero me gustas más de lo que quisiera.

—Cállate —le ordené mientras retrocedía un paso.

Dio uno hacia mí.

—¿Por qué no quieres oírlo?

—¡Porque no tiene ningún sentido!

227

Cruzó la distancia que nos separaba y se arrimó a mí, sin intentar apresarme de ninguna manera.

—Y, sin embargo, es verdad —susurró—. Tu belleza me corta el aliento, y eres fuerte e independiente. Me desconciertas como no lo había hecho nunca nadie, Maeve.

Me dejó paralizada. Me pasó la mano detrás de la oreja para poner en su sitio un mechón de pelo que se había escapado del moño durante nuestro combate. Se me puso carne de gallina.

—Y te deseo, desde la primera noche en que te vi.

Acurruqué la cabeza en la palma de su mano y cerré los ojos. Y dejé que me besara, con ternura. No tenía nada que ver con el Lukas que había conocido y con el que me había enfrentado estas últimas semanas. Me asusté.

—¡No puedo! —dije retrocediendo un paso—. Lo siento.

Salí del cuarto lo más rápidamente posible para ir a refugiarme a mi habitación. Cerré la puerta de golpe y me quedé apoyada en ella durante varios minutos mientras respiraba con fuerza.

Huía de este tipo de situaciones como de la peste. No quería nada que tuviera visos de compromiso. No, gracias. No quería una relación seria. Aventuras de una noche, cuántas más, mejor. Pero sin sentimientos. Los sentimientos debilitan. Sacan los puntos débiles a la luz. Matan poco a poco. Solo me había enamorado una vez en la vida y Elliot lo había estropeado todo de tal manera que me juré que no volvería a ocurrir. En cuanto a Lukas, era demasiado guapo y encantador para correr riesgos con él. Me partiría el corazón a la primera oportunidad. Era un mujeriego, lo había dejado muy claro, y perdería el interés en cuanto me dejara seducir.

Y sin embargo... Me moría de ganas. Aunque fuera un tipo duro y arribista, me gustaba mucho más de lo que quería reconocer. Y lo deseaba. Locamente. Cada vez que estaba en contacto con su piel, me entraban escalofríos de la cabeza a los pies, y sus miradas, incluso las más malvadas, despertaban en mi interior un deseo que me costaba reprimir.

Respiré hondo. A continuación abrí la puerta de la habitación y salí. Estaba de pie delante de la barra de la cocina. Se volvió al oírme llegar, sorprendido. Crucé la distancia que nos separaba y, sin esperar a que dijera nada, lo besé con ferocidad.

Me levantó del suelo devolviéndome el beso, y pasé las piernas alrededor de su cintura, instintivamente. Dio media vuelta y se dirigió hacia su habitación, cuya puerta abrió de golpe antes de echarme encima de la cama.

No tardó en ponerse encima de mí, frotando su cuerpo contra el mío. Tenía la sensación de que iba a gritar si no me tomaba enseguida.

Acercó su cara a la mía y me besó con voracidad. Poco a poco, fue bajando por el cuello, que me mordió con los labios como había hecho antes. Grité de placer mientras me aspiraba la piel. Tenía la boca demasiado suave y olía demasiado bien. Iba a enloquecer.

Le tomé la cara con ambas manos para obligarle a mirarme.

—Que quede claro —dije sin aliento—. Esto solo es sexo. Nada de sentimientos, ni de afecto. No quiero nada más.

Me miró con los ojos tan ardientes que sentí que me derretía.

—De acuerdo —bufó—. Si es sexo lo que quieres, vas a tenerlo.

Capítulo 19

«La situación era insoportable.»

—Me parece que le gustas mucho —me dijo Hannah al salir de una clase de análisis literario que me había costado horrores seguir—. No ha apartado los ojos de ti en todo el rato y ahora me parece que nos sigue.

Soltó un gritito discreto que me dio ganas de estrangularla al momento. A ella y a Lukas, de pasada.

Me volví para comprobar que, en efecto, nos estaba siguiendo, con una gran sonrisa socarrona dibujada en la cara. Llevaba unos *jeans* y una sencilla camiseta. No me acostumbraba a verlo vestido así. El cambio era sorprendente. Completaba el disfraz con un par de gafas elegantes que, a decir verdad, le quedaban muy *sexy*. Lástima que fuera tan pesado.

Me soltó una mirada cómplice mientras Hannah seguía ahogando la risa. Hubiera podido matar a alguien en medio del pasillo. A cualquiera. Fulminaba con la mirada todo lo que se hallaba a mi alrededor y sentía cómo me salía humo de las orejas. Tendría que pensar en serio en apuntarme a clases de yoga, porque a este ritmo no duraría mucho. Con sangre inmortal o sin ella, me daría un infarto antes de cumplir los veinticinco.

—Está buenísimo —me dijo Hannah intentando mostrarse discreta.

Pero eso era sin contar con el oído tan fino de mi amante vampiro. Puse la mirada en blanco mientras me dedicaba una de sus sonrisas arrebatadoras. No se había perdido ni un ápice de nuestra conversación, aunque nos halláramos a varios metros de él y ella estuviera de espaldas.

—No me van las gafas —dije con los dientes apretados—. Y no aguanto a los tipos que se creen irresistibles.

Hannah no entendió mi comentario. No era de extrañar, ya que ella creía que no había hablado nunca con él. Mientras estaba a punto de estallar, Lukas hacía ver que escribía un mensaje con el móvil.

—Pues a mí me encantan sus gafas —prosiguió Hannah con un suspiro—. ¿No quieres ir a hablar con él?

—De verdad que no —contesté rechinando los dientes.

Seguía mirando a Lukas con odio. Ya no me observaba, pero parecía muy satisfecho de sí mismo mientras seguía tecleando.

—Peor para ti, pero no vengas a quejarte cuando lo haya cazado otra. Quizá incluso yo misma —añadió, pensativa.

Respiré hondo. Tenía ganas de precisarle a Hannah que parecía encantador, pero que no lo era, pero no me apetecía ponerme a inventar una historia verosímil para explicar cómo era aquel energúmeno sin revelar su verdadera naturaleza.

Sentí una vibración en el bolsillo. Saqué el móvil para leer el mensaje que acababa de recibir. «Si no cambias de opinión, dile a tu amiga que mis gafas y yo estamos a su entera disposición.» Tiré el teléfono dentro de la bolsa, furiosa y refunfuñando.

—Hasta luego —le solté con frialdad a Hannah, que no entendía el porqué de mis cambios de humor.

La dejé y me dirigí hacia la cafetería lo más rápido posible. Aunque no iba a cambiar nada. Sabía que Lukas seguiría pisándome los talones.

Había transcurrido otra semana y había conseguido que me diera permiso para ir a clase. Con la condición imprescindible de que estuviera en la misma habitación que yo. De hecho, me seguía a todas partes.

Apenas podía ir al servicio sin que estuviera ahí para darme el papel higiénico. Ya no podía más. Decía que era por mi seguridad. Y un cuerno.

Después de la noche más que fogosa que pasamos juntos, le dejé muy claro que no quería que se repitiera. Y estaba convencida de que me lo haría pagar a su manera. Perdería la poca salud mental que aún tenía.

Los entrenamientos habían progresado y eso era lo único positivo. Había aprendido a pelear con varias armas. Había descubierto que mi favorita era la daga. Me encantaba luchar con ella y no se me daba mal. Por supuesto, Lukas siempre acababa ganando, pero cada vez le costaba más esfuerzo y la sangre multiplicaba mis fuerzas de manera espectacular. Pero había que rendirse ante la evidencia. Como decía Lukas, a pesar de la dieta más adecuada, solo tenía las aptitudes de un vampiro recién nacido y andaba mal de reflejos. Siempre. Sin embargo, iba progresando y eso era lo que contaba.

Después de haber ido a buscar la comida, me senté a la mesa donde estaban Brianne y Tara. Esta última me dio la bienvenida con una sonrisa, mientras que Brianne movió la cabeza para saludarme. Nuestra relación había mejorado mucho y, aunque nos halláramos lejos de la amistad que nos unía antes, parecía que la íbamos recuperando poco a poco. Lo único que enturbiaba las cosas era Marc. Seguía saliendo con él y eso no me gustaba nada. No obstante, no había detectado ningún hematoma. Pero no me fiaba. Pensé que solo era una cuestión de tiempo. Aún así, dejando de lado a Marc, hablábamos relajadas y con cordialidad y eso me gustaba.

—No te olvides de que es el viernes —me recordó Tara.

Mierda. La gala de caridad. No me apetecía nada ir.

—Por supuesto que no —contesté.

—¡Estupendo! Estaría bien que empezáramos a arreglarnos a las cuatro de la tarde. Propongo que nos encontremos aquí sobre las tres y media. Vendré con el automóvil de Elliot, así podremos ir las tres juntas.

Me acordé de su deportivo descapotable en el que sería imposible embutir a más de dos personas y sonreí sin querer.

—Hablando del lobo... —dije al ver cómo Elliot se acercaba a nuestra mesa andando con desenvoltura.

Llevaba unos *jeans* que debían ser más viejos que Walter, una camiseta desteñida y su camisa de cuadros favorita. Me pregunté qué había visto Tara en él, ya que ella siempre iba de punta en blanco. Está claro que los opuestos se atraen.

—Hola, señoritas.

—Hola, Charlie* —dije.

Tara frunció el ceño y Elliot sonrió. Por lo menos alguien captaba mi sentido del humor. Seguí comiendo en silencio mientras Elliot hablaba con las otras dos. No estaba de muy buen humor, sentía que Lukas no andaba lejos y no se perdía ni una palabra de nuestra conversación.

La llegada de Elliot me había puesto tensa. Lukas siempre soltaba comentarios desagradables sobre él y sabía que los haría luego durante el entrenamiento. Porque Lukas odiaba a Elliot. Estaba convencido de que sentía algo por él y, teniendo en cuenta el cariz que habían tomado los acontecimientos, no iba a contradecirlo. Cualquier cosa que pudiera irritar a Lukas era bienvenida de entrada.

—Por cierto, Maeve, ¡ayer se me olvidó! Me ha telefoneado Walter —me dijo Elliot al cabo de un momento mientras lo observaba, preguntándome hasta qué punto podía ser cierto lo que pensaba Lukas—. Le gustaría saber cómo estás. ¿No crees que podrías llamarlo de vez en cuando para darle noticias tuyas?

Mierda. No sabía si lo que más me molestaba era que mi abuelo preguntara por mí o el hecho de que Lukas lo utilizara como argumento para que no volviera a la universidad. Quizá había aceptado que volviera a clase, pero no había pasado un día sin mostrar su desacuerdo. Me iba a divertir de lo lindo.

---

* (N de la T.) Referencia a la serie televisiva de los años 1970 *Los ángeles de Charlie* y a las películas del mismo nombre que se estrenaron en 2000 y 2003.

—¿Qué le dijiste? —dije intentando controlar el pánico en la voz.

Walter había intentado ponerse en contacto conmigo tres días antes. Pensaba que había desistido. Conocía mal a mi abuelo.

—Que estabas bien, poca cosa más. Pero parecía muy preocupado. Creo que deberías llamarlo para que esté tranquilo.

—Pensaré en ello.

Maldita sea. Walter sabía que seguía yendo a la universidad. Teniendo en cuenta que había llamado a Elliot hacía un par de días, me sorprendía que no se hubiera presentado.

—Maeve, hay un tipo muy *sexy* que no te quita el ojo de encima —me dijo Brianne con un guiño.

El día no se arreglaba, ni tampoco mi mal humor. Me volví y descubrí que Lukas estaba sentado unas mesas detrás de nosotros. Me saludó con la mano, aparentando timidez. Casi lo mato. Sabía que lo había oído todo, y ese gesto no significaba lo mismo para mí que para mis amigos. Ellos veían a un muchacho del todo normal y que parecía encantador. Yo veía al verdugo con el que había tenido la debilidad de acostarme una vez. Y no quería pensar en ello nunca más. Porque cada vez que recordaba esa noche, me entraba un cosquilleo en el cuerpo. Odiaba el efecto que me provocaba.

Suspiré irritada y volví a poner la atención en mi bandeja. Ya no tenía hambre. Brianne me miraba con complicidad, como diciendo: «Adelante». Era la primera vez que lo veía. Si no se hubiera tratado de Lukas, me habría encantado que Brianne diera su aprobación a un tipo que parecía normal. A pesar de sus gafitas y su aspecto tímido, se parecía mucho a los que Brianne acostumbraba a presentarme.

Tara frunció el ceño.

—Es curioso, me recuerda a alguien —señaló.

Al encontrarme con la mirada insidiosa de Elliot, me di cuenta de que él se acordaba con todo detalle.

—Si me disculpáis... —dije con afectación mientras me levantaba—. Nos vemos mañana.

Y me alejé. Antes de que Tara se diera cuenta de quién era. Me fui de la cafetería después de haber dejado la bandeja en un carrito. No me hacía falta dar la vuelta para saber que Lukas me estaba siguiendo.

Atravesé el edificio con paso decidido hasta la puerta trasera y salí a fuera. El cielo, nublado y oscuro, se adecuaba a la perfección a mi estado de ánimo. Solo habría añadido unos rayos.

Oí cómo se abría la puerta en cuanto la hube cerrado yo.

—Hola, cariño.

Me volví, con los nervios alterados. No había nadie delante del gran edificio gris y adusto sede de la universidad. Punto a favor.

—¡Basta ya! —grité—. Esto es demasiado, no puedo más. Quiero que se acabe.

—¿De qué estás hablando? —preguntó sin darse por aludido.

—¡Esto! ¡Todo esto! —grité gesticulando—. ¡Me estás asfixiando! ¡No puedo dar un paso sin que me sigas, y empiezo a estar harta!

—Solo lo hago para protegerte.

—¡No es verdad! Solo lo haces para satisfacer tu sadismo. No me van a atacar en un aula, ni en medio de la cafetería. No hace falta que me pises los talones continuamente sin apartar la vista de mí ni un instante. Pensaba que al acceder a acostarme contigo, por lo menos me dejarías en paz, ¡pero eso no ha hecho más que empeorar las cosas!

Pareció disfrutar con la última frase.

—Querías sexo y tuviste sexo —soltó con amargura.

—Pues de hecho, no, y ahí es donde me equivoqué. Quería tranquilidad y, en lugar de eso, siempre estás ahí ¡y me persigues de día y de noche!

—Bueno —dijo con frialdad—. Si eso es lo que quieres, ya no me verás cuando te vigile.

No entendía nada de nada. Me exasperaba. Me irritaban sus jueguecitos y todo lo que hacía.

—No es eso lo que quiero —contesté amargamente—. Quiero que pares de verdad. Después de la gala del viernes, ponte en contacto con

Victor y dile que me tienes y que estás dispuesto a entregarme. Puedo defenderme sin dejar el pellejo.

La rabia le deformaba la boca.

—No irás a esa gala.

—¡Lo ves! ¡De eso se trata! —eché pestes con la voz exasperada—. ¡No voy a dejar que me prohíbas hacer nada más!

—Bueno —replicó con aspereza—. Volvamos a casa para el entrenamiento.

—No —dije desafiándolo con la mirada—. Hoy no me entreno. Y volveré sola al almacén.

—No.

—A ver si me lo impides.

Di unos pasos hasta que me agarró el brazo con firmeza.

—Vas a volver conmigo y a entrenarte, porque no estás preparada.

Lo miré asqueada.

—Estoy más que dispuesta a deshacerme de ti.

—No quiero que te maten.

Se le había suavizado el tono de voz, pero seguía sujetándome con fuerza.

—No lo entiendes —dije más tranquila, pero sin perder la firmeza—. Me importa un comino que me tengas afecto. Eso nunca ha formado parte del trato. Has cumplido con tu parte del acuerdo y yo haré lo mismo el sábado. Ahora, suéltame.

Estiré el brazo con un golpe seco. Me soltó y me puse en marcha.

—De acuerdo, vuelves sola —chilló, muy irritado, cuando hube dado unos pasos—. Pero dentro de una hora habrás regresado para la sesión.

—Como quieras —dije en un susurro, aunque sabía que me había oído perfectamente bien.

Seguí andando con paso rápido y decidido durante los treinta minutos siguientes. Después de todo, el entrenamiento me sentaría bien. Necesitaba desfogarme y, si lo podía hacer con él, mejor que mejor.

Estábamos a martes. Tendría que aguantarlo cinco días más y se acabó. Seis, si contaba el domingo. Lo conseguiría y luego me habría deshecho por fin de él y podría volver a llevar una vida normal. De hecho, no sería normal del todo, pero sí más agradable que la que tenía ahora.

No sabía cómo habíamos llegado a ese punto en tan poco tiempo. Nunca tendría que haberme acostado con él, eso estaba claro. Pero solo Dios sabe cómo habrían ido las cosas de no haberlo hecho.

Ya no soportaba el peso de su mirada cuando me observaba. Era como si le perteneciera. Sus ojos translucían algo más que deseo, y eso era lo que no quería. Lo había avisado, pero no captaba el mensaje. No quería tener a un tipo en mi vida, y aún menos a uno así. Era un vampiro imbécil y arrogante. Vamos, todo lo que me gustaba. Y no tenía la menor intención de dejar que los sentimientos me ablandaran hasta llegar a depender de alguien.

Estaba en una callejuela de la zona industrial cuando oí un ruido detrás de mí. Me volví, pero solo vi una serie de edificios que parecían todos iguales. No había ni un alma. Empezaron a caer gotas de lluvia.

—¡Te juro que si me has seguido, te mato! —grité en el vacío.

No oí ninguna respuesta. Esperé un minuto y me decidí a continuar mi camino. Estaba segura de que estaba ahí y me prometí a mí misma que me lo iba a pagar. Un trueno desgarró el cielo.

Llegué al almacén poco después, antes de la hora, calada hasta los huesos. Cosa rara, la puerta estaba abierta. Entré en el edificio con prudencia y dejé la bolsa en el suelo. Di unos pasos más. El ataque fue fulminante.

Recibí un golpe tan rápido en el costado que no pude ver de dónde salía mi agresor; me proyectó a varios metros, y sentí cómo se me rompían algunas costillas. Dolía horrores. Con curación exprés o sin ella, una costilla rota no dejaba de ser una costilla rota. Seguro que una me había perforado el pulmón, porque no tardé en escupir sangre al toser y me costaba respirar. Antes de poder levantarme, recibí una patada en el vientre que me dejó doblada en dos. Apenas me incorporé un poco y me llevé otra.

—No te he acostumbrado lo suficiente al dolor —me dijo una voz conocida—. Nunca sobrevivirías a un ataque sorpresa.

Me hice a un lado para no llevarme la tercera. El pie de Lukas me pasó rozando la cabeza y me puse de pie con rapidez, lo bastante deprisa como para estar preparada cuando volvió a atacar. Rodamos por el suelo por el impacto, pero conseguí utilizar su peso como balancín para proyectarlo más lejos. Logré levantarme y cargar contra él antes de que pudiera reaccionar. Un puñetazo en el vientre, otro debajo de la barbilla y luego un rodillazo en las partes, y gané una fracción de segundo para buscar un arma con la mirada. Por desgracia, no había nada en el suelo que me resultara útil. Al contrario, en la pared opuesta, al fondo del almacén, estaban los cuchillos con los que me entrenaba.

Me puse a correr en dirección al blanco, pero apenas había recorrido la mitad del camino, Lukas se interpuso con un regalo de bienvenida. Me llevé un puñetazo en la sien y a continuación me hizo caer de un puntapié. Antes de que se me echara encima, ya había rodado un metro de lado. Le di un rodillazo en la nariz después de arañarle la cara. Me incorporé y me puse a correr sin dilación. Mi única oportunidad consistía en hacer un *sprint* lo más rápido que pudiera hasta la pared pero, como nunca había sido muy veloz, incluso después de haber bebido sangre, sabía que tenía todas las de perder.

A pesar de todo, me precipité hacia los cuchillos, hasta que Lukas me agarró por el moño. Me sujetaba con la fuerza suficiente para hacerme girar a su alrededor como un simple trapo y enviarme volando hasta el otro extremo de la sala, aún más lejos del blanco. Como si fuera patinaje artístico, exceptuando que no me había sujetado de manera reglamentaria y que fallé el aterrizaje. Pensé decepcionada que el triple salto picado acababa de cobrar todo su sentido cuando me di de cabeza contra el suelo.

Me las iba a pagar. No me gusta que me tomen el pelo, en ningún sentido. Me hallaba cerca de la puerta del almacén cuando volvió a la carga. Lo bloqueé e intenté arañarlo, pero me esquivó como si nada.

Hizo lo mismo con la rodilla que intenté clavarle en el vientre y me dirigió una sonrisa satisfecha. Después me tomó con fuerza por la garganta y me levantó a un metro del suelo, al lado de los cristales rotos que servían de ventanas. Apenas tuve tiempo para arrancar un trozo de vidrio y clavárselo en el pecho antes de que me faltara el aire. Sentí que la sangre me corría entre los dedos.

—Me las vas a pagar —dijo mientras me dejaba libre para poder quitarse la estaca improvisada—. Era mi camisa favorita.

«También era mi nariz favorita», pensé al recordar el vuelo en picado.

Aunque había hablado medio en broma, observé hasta qué punto estaba enfadado y hasta qué punto yo estaba jodida. Me había caído de culo y empecé a retroceder apoyándome en las manos, demasiado espantada para atreverme a levantarme. Tenía el arma improvisada y me miraba aviesamente.

A continuación, todo sucedió como a cámara lenta. Dobló el brazo para darle impulso y, en un momento de pánico, vi cómo lanzaba el trozo de cristal en mi dirección.

—¡No!

Era un grito desesperado. Se me heló la sangre cuando el puñal improvisado me dio en pleno pecho. Nunca me habían herido antes de gravedad, y reconocí en el rostro de Lukas la misma expresión preocupada que se debía de reflejar en el mío.

No era yo quien había gritado.

Capítulo 20

«Era lo peor que podía pasar.»

Elliot forcejeaba a un metro del suelo, intentando que lo soltara Lukas, que lo sujetaba con firmeza por la garganta. Me había encontrado en aquella postura hacía un instante, pero me parecía que no me había puesto azul como él. Daba miedo.

—¡Suéltalo! —dije al levantarme.

Lukas tenía las facciones deformadas por la rabia y miraba a Elliot con una agresividad que pocas veces había mostrado. Después de oírme gritar, me dirigió una mirada llena de odio y tiró a Elliot a mis pies como si fuera una vulgar muñeca de trapo. Este gimió al entrar en contacto con el suelo. Enseguida me agaché para comprobar en qué estado se encontraba.

—Ya ves lo que nos trae tu estupidez —dijo Lukas con voz fría y amenazadora.

Sabía que sacaría a relucir a Elliot durante el entrenamiento, pero no pensé que lo haría en persona.

No le hice caso a Lukas y seguí examinando a Elliot. Parecía que no tenía nada roto, pero el terror le deformaba las facciones. Retrocedió cuando le alargué la mano.

—No temas, todo va bien —le dije intentando tranquilizarle.

Pero seguía mirándome sin pestañear, horrorizado.

—¡Ahora nos tendremos que ocupar de él! —soltó Lukas con voz exasperada.

Elliot abrió los ojos aún más y empezó a agitar la cabeza de manera inarticulada. Desde luego, que al anunciar este tipo de cosas no íbamos a arreglar la situación.

—¿Has perdido el juicio? —le grité a Lukas, sin levantarme del suelo—. No te atrevas a tocarle un pelo.

Yo también intenté parecer amenazadora. Si le hacía algo a Elliot, lo iba a lamentar en serio.

—En general, los humanos que están al tanto de nuestra existencia no viven para contarlo —dijo con una voz fría y cínica.

—Pues con este vas a hacer una excepción —contesté en un tono que no aceptaba contradicciones—. Porque si le pasa algo, juro que te mato con mis propias manos.

Lukas levantó los brazos y giró sobre sí mismo, dando una patada en el suelo. Y pensar que a veces tenía miedo de parecer demasiado teatral...

—¿Qué he hecho yo para merecer toparme con una impresentable como tú?

—Seguro que un montón de cosas.

No me gustaba que me llamaran impresentable, ni siquiera en circunstancias excepcionales.

Me dirigí a Elliot.

—¿Puedes levantarte?

No contestó, y siguió observándome con cara de espanto.

—Oye, sé que debes de estar asustado, pero mírame bien, soy yo, no he cambiado y puedes confiar en mí cuando te digo que todo irá bien.

—Que toquen los violines —gruño Lukas por detrás.

Lo ignoré y volví a ofrecerle la mano a Elliot. Pareció que se relajaba un poco y acabó por tomarla. Tiré con todas mis fuerzas para ayudarlo a levantarse y pareció que recuperaba el color. Continuaba al acecho, pero se mostraba algo más calmado. Echaba ojeadas rápidas a su alrededor, evitando a Lukas con cuidado.

—¿Estás bien? —le pregunté al cabo de un rato.

Seguía con los ojos abiertos como platos y la boca deformada en una mueca. En lugar de contestarme, me miró el pecho y retrocedió, sobresaltado. Le seguí la mirada y me di cuenta de que todavía tenía el trozo de cristal que me había tirado Lukas clavado en el tórax.

—Disculpa un momento —dije quitándomelo con rapidez.

Lo tiré al suelo y se rompió al chocar con el hormigón, mientras la herida se cerraba poco a poco. Al ser solo un vampiro a medias, tardaba más en recuperarme. Pasaba lo mismo con los huesos. Los de Lukas se recomponían automáticamente. En mi caso, era preciso ponerlos en su sitio antes de que se curaran. Algunas veces me los había tenido que volver a romper para que se soldaran bien. No era justo.

Elliot abrió los ojos más de lo que parecía posible hasta se le quedaron en blanco. Perdió el conocimiento y se desplomó con un ruido sordo. A Lukas le dio un ataque de risa.

—Basta —gruñí.

—¡Sí que es duro de pelar! —exclamó con una carcajada.

—Y ahora, ¿qué hacemos con él? —le pregunté a Lukas.

—Ya te lo he dicho: lo matamos.

—Ni hablar —contesté con firmeza.

—Nos va a traer problemas.

—¿Y qué? ¿Qué más da, si el domingo ya te habrás librado de mí? O a la inversa, según se mirase.

Lukas se ofuscó al recordar los hechos. Dejó de reír por el desmayo de Elliot. Volvía a mirarme aviesamente.

—¿Estás enamorada de este humano? —me preguntó.

Había pronunciado la última palabra con tanto desdén que parecía que le daba asco.

—¿Por qué, estás celoso?

Y otra vez estábamos jugando con fuego. Siempre volvíamos a lo mismo. Desde que vivía en su casa, no habíamos pasado un solo día sin discutir y la cosa iba a peor. Estaba demasiado seguro de sí mismo y de su encanto. Y yo era demasiado fiel a mí misma para dejar que me pisotearan. Teníamos que acabar con esta relación antes de que uno matara al otro. Y teniendo en cuenta nuestras posturas respectivas, a ese ritmo no íbamos a tardar mucho.

—No has contestado a mi pregunta —bufó, con un rictus de mezquindad en la cara.

—Tú tampoco.

Dejó de sonreír y puso mala cara.

—Bueno. Llévate a tu invitado arriba.

Pronunció la palabra «invitado» con el mismo tono que había dicho «humano» hacía un momento.

Sin decir nada, intenté despertar a Elliot. En vano. Y no hacía falta que me volviera para saber que la situación debía de divertir a Lukas en grado sumo.

Tiré del brazo de Elliot para hacer que se sentara. No resultaba fácil, ya que era un peso muerto. Lo maldije por tener una constitución tan musculosa y pesada.

En cuanto estuvo sentado, me agaché sin soltarlo para intentar subírmelo al hombro y levantarlo a continuación. De entrada pensé que lo había conseguido, pero el peso me desestabilizó y tuve que soltarlo. Cayó como una masa, sin reaccionar. Mejor. De todas maneras, no podía desmayarse aún más.

Volví a empezar, secundada por una risa mezquina. Lo conseguí al segundo intento. No me faltaban ganas de dedicarle a Lukas una mirada de satisfacción al pasar delante de él, pero Elliot ocupaba tanto espacio que me resultaba imposible ver adónde iba.

Me dirigí hacia la escalera que conducía al apartamento, acostumbrándome al peso poco a poco después de haber encontrado un punto de equilibrio. Lukas me seguía, pero no estaba dispuesto a ayudarme. Al llegar a la puerta, tuve que arreglármelas yo solita para abrirla. Estuve a punto de soltar a Elliot, pero conseguí sujetarlo in extremis. Luego intenté subir los escalones. No resulta fácil arrastrando un cuerpo dos veces más grande que el propio y que tocaba a ambos lados de la pared, aunque me ayudaba a no perder la estabilidad. Algo es algo, porque las piernas me dolían tanto que creí que nunca llegaría al piso de arriba.

A pesar de todo, lo conseguí. Me dirigí hacia el sofá y lo dejé caer como un saco de patatas, con un suspiro de alivio. A continuación, me recosté en el brazo del asiento, mientras recuperaba el aliento. Tenía la impresión de que me habían hecho una transfusión de ácido en los muslos.

Volví la cabeza al oír cómo una taza chocaba con la barra. Lukas me había preparado un reconstituyente.

—No me apetece beber sangre.

—La necesitas.

Odiaba darle la razón, pero estaba en lo cierto. Lo sentía. Sí que quería. Era sorprendente ver hasta qué punto me había acostumbrado a beber sangre estos últimos días. Me seguía pareciendo repugnante, pero tenía un efecto muy euforizante. Tenía la impresión de que podía mover montañas y quizá no estuviera demasiado lejos de la realidad. El único punto negativo era que los efectos no duraban mucho. Nunca se prolongaban más de unas horas.

En cuanto a Lukas, se alimentaba una vez al día con las mismas cantidades que me ofrecía, por lo menos eso era lo que me decía. Para conseguir resultados parecidos, tendría que haberla tomado cada tres horas. Era muy injusto. Nunca me había podido tragar más de una bolsita a la vez, ya que mi cuerpo no lo aceptaba. Quizá los efectos serían más duraderos con dos.

Fui a la cocina, ignorando las quejas de mis muslos, tomé la taza y me puse a beber áridamente.

—Resulta que ahora te gusta.

No era una pregunta y, por lo tanto, no me molesté en contestar. Pero era verdad. Me gustaba. Ya no tenía calambres en las piernas y los miembros habían dejado de dolerme de golpe. Solo sentía molestias en las costillas. Me había roto varias al caer y temía que no se hubieran colocado en su sitio antes de soldarse. Un examen rápido del tórax me confirmó dicho presentimiento. Tenía un bulto sospechoso justo debajo del pecho derecho. Genial.

—Alguna vez tendrías que probar con sangre fresca.

Ya no parecía irritado, solo pensativo.

Dios mío, cuánto odiaba a la gente que parece pensativa. Nunca se sabe qué les pasa por la cabeza.

—Así ya está bastante fresca —contesté masajeándome el punto donde sobresalía la costilla.

Pero, a pesar de lo que acababa de decir, esa idea me rondaba por la cabeza desde hacía varios días. Me había sorprendido a mí misma varias veces observando el cuello de algunos compañeros de clase, maravillada, después de haber visto cómo les latía la sangre en la yugular. Ni siquiera sabía que podía distinguir un movimiento tan imperceptible hasta que me di cuenta de que estaba babeando como un niño en una tienda de caramelos. Pero no tenía los colmillos largos. Por lo tanto, no me imaginaba cómo podría hacerlo sin destrozar antes alguna garganta, y como el asesinato todavía no formaba parte de mis nuevas aspiraciones, tendría que conformarme con sangre envasada.

—Enséñame eso —dijo acercándoseme.

El instinto me hizo retroceder y frunció el ceño. Parecía que se había olvidado muy rápidamente de que acababa de darme una paliza.

—Está bien, no te voy a comer —dijo hastiado.

«Aunque me gustaría», pensé con el tono lascivo que tanto le gustaba. Me sorprendió que no lo añadiera.

Alargó la mano hasta mi top. Al seguir el gesto con la mirada, me di cuenta de que estaba roto. La ropa no se arreglaba por sí sola. Mala suerte.

Lukas palpó el bulto sospechoso y puso cara de preocupación.

—Hay que enderezarla —me anunció muy en serio—. No puedes ir por ahí con una costilla en este estado.

Suspiré y puse la mirada en blanco. Y aparté los brazos para dejarle vía libre. Se situó detrás de mí, me sujetó con firmeza debajo de los hombros y cerré los ojos. El dolor fue lacerante. Me gustaría que algún día me explicaran por qué duele más poner un hueso en su sitio que rompérselo.

—Ya está —dijo con ternura.

No se había movido. Todavía tenía la mano debajo del pecho y me sostenía con el brazo debajo de las axilas. Tenía las piernas como de algodón y me sentí tentada de dejarme resbalar, a sabiendas de que no me dejaría caer. Aunque lo odiara, me sentía segura entre sus brazos.

Sentí cómo apoyaba la barbilla en el hueco de mi cuello.

—Hueles bien —susurró.

No dije nada, y me concentré para evitar que las piernas dejaran de sostenerme sin querer. Me besó con delicadeza en la nuca.

—¿Te das cuenta de que podría haber sido cualquiera? —me preguntó con dulzura al cabo de un rato—. Has tenido mucha suerte de que solo fuera ese humano imbécil.

Me solté de su abrazo y lo miré a los ojos.

—Deja ya de llamarlo «humano» como si fuera un insulto —contesté, obviando el hecho de que también lo había llamado imbécil.

Eso era habitual. Y estaba justificado.

—Lo es.

—Pues solo era un humano —repliqué con el mismo desdén.

Me dirigí a la habitación.

—Eso te debería demostrar que tenía razón cuando decía que no tenía nada que temer.

Y en lo que a mí respectaba, sabía que era cierto. La noche anterior había vuelto a tener un sueño, y seguían ignorando mi paradero.

—Sin embargo, te has puesto en peligro. Piensa que podría haber sido Roy —dijo levantando la voz para que lo oyera bien.

Claro que pensaba en ello, aunque no veía la diferencia. Sabía lo que hacía. Pero no era adonde quería llegar.

—Iré el viernes —dije con firmeza—. O sea que para.

Entonces irrumpió en mi habitación. Intenté no prestarle atención mientras buscaba un top que siguiera entero para ponérmelo.

—¡Eres increíble!

¡Por fin algo de emoción! Sabía que se acabaría enfadando tarde o temprano. Seguí ignorándole mientras encontraba algo en el armario.

—Si hubiera sido Roy, ¡no te podrías haber defendido!

—Sin embargo, me defiendo contra ti.

—Nunca he intentado matarte —dijo dándoselas de enterado.

Bingo. Lo fusilé con la mirada y me quité el top roto, sin apartar la vista de él. Tiré los harapos y me quedé quieta.

—Pues, en este caso, podrías explicarme cómo se liquida a un vampiro, para poder tener una oportunidad cuando me sigan los malos de verdad —dije con frialdad.

Bingo. Y empate.

No contestó nada. Incluso intentaba no mirarme. Me exasperó.

—¡Es increíble! —solté—. ¿Cuándo vas a dejar de pensar que te voy a matar en cuanto se presente una oportunidad?

Me cambié de ropa con rapidez.

—En cuanto dejes de darme esa impresión.

No era justo. No contesté nada. Parecía convencido de que iba a liquidarlo en cuanto supiera cómo hacerlo y no sabía cómo demostrarle lo contrario. Quizá hubiera sido más sencillo confesarle que si estaba dispuesta a tirarme encima de él, sería para pasar la noche juntos, pero no tenía ganas de darle el gusto.

Me dirigí al salón.

—Bastará con un cuchillo de plata en el corazón nueve veces de cada diez —dijo al fin cuando llegué a la altura de la cocina—. También funciona si arrancas la cabeza o el corazón. Pero para los vampiros muy viejos hacen falta medios más eficaces.

Me volví para ver cómo me alcanzaba tranquilamente.

—¿Cuáles?

Hice la pregunta como si nada, como si no me hubiera dado cuenta de lo mucho que le costaba darme ese tipo de información. No quería que parase.

—Cortar la cabeza y quemarlo todo —dijo con desenvoltura.

—¿Qué quiere decir muy viejo?

Me miró con aire de reproche. Por lo visto, iba demasiado lejos para su gusto. Pero me contestó.

—Varios cientos de años. La mayoría de los vampiros mueren asesinados mucho antes a manos de los que quieren ocupar su puesto en la jerarquía y escasean los antiguos. Tu padre es uno de los pocos que hay. Y los demás se esconden. De él.

Dudé durante un segundo. Quizá estaba tentando demasiado la suerte, pero no soy de las que se detienen mientras ganan. Ni de las que confiesan su derrota.

—¿Por qué quieres matar a mi padre?

Chasqueó la lengua contra el paladar mirando hacia el techo, molesto, dudando si contestarme.

—Si decides confiar en mí, hazlo del todo —dije con calma.

Me miró con ojos ardientes. Pero, por una vez, no se trataba de deseo. Era puro desafío y eso me desconcertaba del todo. Me costó aguantarle la mirada.

—Mató a mi hijo delante de mí y poco a poco volvió loca a mi esposa, antes de asesinarla y enviármela, trocito a trocito.

Habló sin emoción en la voz, pero me daba perfecta cuenta de que se trataba de una máscara. Por fin atravesaba las barreras que había levantado Lukas entre ambos, y era una sensación rara. Estaba contenta y horrorizada a la vez.

Tragué saliva con dificultad. No era de extrañar que mi padre se hubiera ganado enemigos si tenía esta clase de aficiones. De repente entendía mejor por qué Lukas había intentado secuestrarme para entregarme. ¿Qué respeto podía tener por la hija del hombre que había matado al suyo? Por primera vez, sentí simpatía por él.

—Creía que los vampiros no podían tener hi...

No acabé la frase, al darme cuenta de que había metido la pata hasta el fondo.

Lukas apartó la vista y se puso a observar un punto al fondo del salón. Me acerqué a él y le tomé la mano, sin pensar demasiado. Cuando volvió a mirar en mi dirección, fue para contemplar mi mano encima de la suya.

—Lo siento —me limité a decir.

Apartó la mano con presteza.

—No quiero que te compadezcas de mí —soltó con frialdad.

La frase me sentó como si me golpeara en el corazón.

—Muy bien —contesté con el mismo tono, alejándome de la barra.

Di unos pasos antes de volverme.

—¡Vete a la mierda! —solté.

—¡Por fin estamos empatados! —replicó.

Eché pestes en silencio.

—¡Siempre tienes que dártelas de tipo arrogante que no dice nada sobre sí mismo! Y cuando por fin dejas caer las barreras y pareces casi humano, ¡es para rechazarme mejor!

Frunció el ceño.

—¡No tengo nada de humano! —rugió—. ¿Y tú quién eres, para atreverte a juzgarme? Eres demasiado orgullosa para confesar que tienes sentimientos y...

—¡No siento nada por ti! —grité, furiosa, cortándole la palabra.

Ladeó la cabeza, con una actitud burlona. Tenía ganas de arrancarle los ojos.

—Por supuesto que no —dijo con cinismo—. No sientes nada por mí y tampoco por ese humano imbécil.

Con un gesto, señaló el sofá donde estaba tumbado Elliot. No contesté nada.

—De los dos, eres la única a quien le cuesta bajar las barreras —prosiguió con amargura—. Y estaría más que encantado si pelearas con las mismas ganas que pones para rechazar cualquier muestra de afecto. Serías una guerrera magnífica, en lugar de ser una remilgada que se cree la reina de hielo.

No contesté nada. Más que la violencia de lo que me acababa de decir, era la veracidad potencial de los hechos lo que me dejaba sin habla. Tenía razón en casi todo. Era fría, casi nunca mostraba ningún sentimiento y no quería atarme a nadie. Había sentido algo por Elliot y quizá aún me duraba. De la misma manera que una parte de mí sentía algo por Lukas, sin duda, aunque fuera demasiado orgullosa para admitirlo.

Nos observamos con insistencia durante un momento, con la misma mirada de odio. Tenía la impresión de que la estancia se balanceaba por el peso del combate que acababa de terminar. Parecía que el espacio que nos separaba se comprimía y se dilataba, hasta que, por fin, entre nosotros solo quedaron nuestras bocas, que se fundieron en un beso furioso. Lo odiaba por todo lo que acababa de decirme y eso no hacía más que aumentar mi deseo.

Solo me había olvidado de un pequeño detalle.

—¿Maeve?

Me sobresalté y solté a Lukas de golpe, para volverme hacia Elliot, que estaba sentado en el sofá y me miraba asombrado.

—¡Maldito idiota! —gruñó Lukas mientras apretaba los puños.

Y no conseguí pensar lo contrario. En ese preciso instante, yo misma habría matado a Elliot.

Capítulo 21

«Esto se estaba animando.»

No habían pasado ni cinco minutos desde que Elliot había recuperado el conocimiento cuando Lukas y él se querían liar a palos. En lo que a mí respecta, les habría cortado el cuello a ambos. Tenía la impresión de estar en una guardería, con la diferencia de que, en lugar de golpearse con los juguetes, habían preferido armas de puño. Lo había dejado muy claro. Nadie iba a pegar a nadie, y quería que nos pusiéramos a hablar como personas civilizadas. Por desgracia, no me habían escuchado, y en realidad ni siquiera me habían oído.

—Me parece que tu amigo no entiende la situación en la que se encuentra —dijo Lukas, en tono desagradable.

Había pronunciado la palabra «amigo» con tanta amabilidad como había hecho con «humanos» hacía poco y, de momento, se había limitado a ser cortés con su vocabulario.

—Y a mí me parece que tu amigo no ha entendido que no me da miedo —replicó Elliot.

—Dile a tu amigo que debería tenerlo.

Con estas amenazas, se quedó mirando a Elliot a los ojos, con los colmillos fuera y una sonrisa de listillo.

—Basta —grité levantando los brazos para marcar una tregua—. No voy a serviros de intermediaria y ahora mismo tampoco me apetece hacer de canguro, o sea que si dejarais de jugar a ver quién la tiene más larga, estaría encantada.

Lukas continuó observando a Elliot sin pestañear.

—En cuanto tu amigo haya entendido cuál es su sitio —contestó.

—Dile a tu amigo que deje de hablarme como a un perro.

—Entonces deja de mover la cola delante de ella —soltó Lukas con un silbido mientras me señalaba con el pulgar.

—¡Basta!

Esta vez había gritado aún más fuerte. Pero no parecía que me hubiera oído ninguno de los dos. Estaban uno frente a otro, cada uno a un extremo de la estancia, y se miraban apretando los dientes. Me sentía como prisionera en medio de la gran tensión que creaban y empezaba a dolerme la cabeza. Tenía sueño, estaba harta y una parte de mí solo pensaba en largarse a la habitación y dejar que se las arreglaran solos. Pero en ese caso, Elliot tenía las de perder y me sentía responsable por ello.

—Me parece que no has oído bien cuando he dicho que no me dabas miedo —gruñó Elliot mientras daba un paso hacia Lukas.

Viva la testosterona.

—Te he oído perfectamente bien —contestó Lukas—. Pero estaba ocupado pensando en cómo te habías desmayado al ver una gota de sangre.

También dio un paso al frente. Dentro de poco me iba a encontrar en medio del fuego cruzado.

—Vas a pagar por eso y por lo que le has hecho a Maeve —gruñó Elliot abalanzándose sobre Lukas.

—Mira por donde, me apetece un bocado —contestó Lukas, meloso.

Cargaron uno contra el otro. Como era previsible, me hallaba justo en el punto de impacto. Conseguí interponerme como pude y mantenerlos separados antes de gritar con todas mis fuerzas:

—¡Parad!

Mis cuerdas vocales sobrevivieron a duras penas al esfuerzo que acababan de hacer, pero podía sentirme orgullosa de mí misma. Había conseguido que temblaran las paredes y también que me prestaran atención los dos imbéciles que me rodeaban. Suerte que no había vecinos.

Me volví hacia Lukas.

—Si le tocas un solo pelo, te hago picadillo. Me parecía que ya había quedado claro. O sea que deja de provocarlo para que te ataque.

A continuación me dirigí a Elliot, para toparme con la expresión de victoria que mostraba su cara.

—Y tú, deja de sonreír como un idiota. Si sigues así, te mato yo misma.

Había hablado con la firmeza suficiente para que se pusiera serio al instante. Punto a favor mío.

—Ahora te vas a sentar en el sofá. Y tú, a la cocina —le dije a Lukas.

Elliot se acomodó donde le había dicho, siguiendo mis órdenes, pero Lukas no se movió. Lo miré con odio y acabó por tomar asiento en uno de los taburetes del bar. Cinco metros de distancia entre ambos me darían un respiro.

Me volví hacia Elliot.

—Lukas no me ha hecho nada —le dije con tranquilidad.

—¿Aparte de transformarte en vampiro? ¡Supe que no era trigo limpio en cuanto lo vi!

Lukas soltó una carcajada sarcástica.

—Está celoso porque he conseguido a la muchacha que él quería —contestó con aire de superioridad, mientras se limpiaba las uñas.

«No es posible —pensé—. ¡Casi tres siglos de evolución para llegar a esto! Y luego hay quien se pregunta por qué desaparecieron los dinosaurios.»

Elliot se puso tenso. Yo también estaba crispada. Lukas acababa de decirle a las claras que nos habíamos acostado juntos y yo no tenía ganas de que lo supiera. Por supuesto, no era tonto, había visto cómo nos besábamos, pero eso era todo. Evité su mirada y desvié la mía hacia una estantería.

—Estuve con ella mucho antes que tú, imbécil —replicó Elliot con frialdad.

«Mierda» —maldije para mis adentros. Tampoco quería que Lukas se enterara. No solo le daba la razón en cuanto a todas las observaciones extemporáneas que había hecho sobre Elliot, sino que tampoco le iba a gustar. Y no tenía ganas de verlo más irritado de lo que ya estaba.

Lukas arqueó una ceja con interés, pero sin volver la cabeza.

—Por lo visto, la señora no quedó satisfecha con tus servicios, pues de lo contrario todavía estaría contigo —dijo con indiferencia.

Había reaccionado mejor de lo que me esperaba. En cambio, no podía decir lo mismo de Elliot, que estaba encendido de rabia.

—¡Te voy a matar! —gritó Elliot, que se incorporó para abalanzarse sobre Lukas.

—Me gustaría verlo —soltó este sin pestañear.

Dios mío, no van a acabar nunca.

Elliot atacó, con los puños levantados, pasando por delante de mí para llegar hasta Lukas. Ni siquiera me veía. A decir verdad, ¿por qué se habrían fijado en mí? No era más que un detalle en la guerra de machos que los enfrentaba.

Un derechazo en la cara y Elliot acabó en el suelo. Enseguida se llevó las manos a la cara, chorreante de sangre.

—¡Me has pegado! —gimió.

Lukas se rio sarcástico.

—Pues no te ha dado fuerte —le contestó—. Espero que ahora sepas dónde está tu sitio, perrito.

Sin pararme a pensar, me volví y le di el mismo puñetazo en la nariz a Lukas, aunque mucho más fuerte. Después de todo, él se iba a curar en un santiamén.

Elliot se puso a reír y por poco se ahoga al respirar la sangre que le salía de la nariz.

—¿Me vais a hacer caso ahora? —pregunté con frialdad.

Elliot se había incorporado aunque seguía sentado, con la camiseta manchada de rojo. Se me hizo la boca agua. Era la primera vez que tenía sangre humana a mano desde que había empezado a tomarla, y eso era una sensación muy perturbadora. Era como si todas las papilas gustativas se hubieran despertado en cuanto me llegó el olor. La tenía a disposición a un metro de mí y la tentación era muy grande.

Di media vuelta en dirección a la cocina y tomé un trapo. Se lo tiré a Elliot.

—Límpiate —le ordené.

Entonces me di cuenta de que Lukas estaba muy orgulloso de mi puñetazo. También tenía la camisa manchada de sangre, pero no me atraía. En cambio, la de Elliot olía tan bien...

Dejé de pensar en eso agitando la cabeza. Lukas me dirigió una mirada llena de odio y a continuación sonrió.

—Cuando decía que deberías beber sangre fresca... Además, te mueres de ganas. Se te ve en la cara. Tienes las aletas de la nariz dilatadas y las papilas hambrientas —contestó a la pregunta que le hacía con la mirada—. ¿Por qué no te das el gusto? Ya me encargaré de esconder luego el cadáver.

Había dicho la última frase en un tono tan bajo que no creía que la hubiera oído Elliot. Pero yo la había oído perfectamente bien. Y estaba horrorizada. Horrorizada por su proposición y también porque una parte de mí tenía ganas de hacerlo. Es decir, no de matar a Elliot en especial, pero sí de vaciarlo hasta la última gota de sangre. Lo que venía a ser lo mismo, al fin y al cabo. Era un monstruo.

Miré a Lukas con desagrado y me acerqué a Elliot, que sujetaba el trapo con fuerza contra la nariz para detener la hemorragia.

—Me has pegado —repitió.

No era un reproche, cosa rara, sino más bien una comprobación de los hechos.

—Ya lo sé. Y volveré a hacerlo si no os estáis quietos —dije con ternura.

Le ofrecí el brazo para ayudarlo a levantarse.

—Vamos a limpiar esto.

Me dio la mano y me siguió al cuarto de baño. Hice que se sentara encima del inodoro, como hizo Lukas la primera noche, cuando me había llevado a su casa, herida. Fui a buscar algo para desinfectarlo en el botiquín. Lukas había comprado de todo para curar cualquier tipo de lesión después de empezar los entrenamientos. Ya no me hacía falta, pero podría resultar útil si Elliot seguía por aquí.

Cuando volví, se quitó la tela de la nariz y vi el destrozo que le había causado. La tenía hinchada y seguía perdiendo sangre. Me parecía haber oído que había que inclinar la cabeza hacia atrás, pero si hacía eso, ¿no corría el riego de asfixiarse?

Empecé a limpiarlo como pude, intentando prestar atención al líquido rojo que empezaba a mancharme la piel. Cuando Elliot estuvo más o menos limpio, le puse algodón en la nariz, a pesar de sus protestas, y le hice inclinar la cabeza hacia atrás. Acto seguido, fui a lavarme las manos lo más rápido posible para evitar la tentación de chuparme los dedos.

Cuando volví con Elliot, le di permiso para bajar la cabeza. Me observaba fijamente. Era imposible decir si estaba enfadado o no. Me miraba con dureza, pero sin mostrarse irritado en absoluto. Tenía las cejas algo arqueadas y la boca apretada, y no pude evitar echar una ojeada a su labio superior, tan apetecible como de costumbre. Volví a pensar en lo que había dicho Lukas y me empecé a sentir incómoda.

—¿A él no le limpias las heridas? —me preguntó entonces Elliot.

Dejé de soñar despierta.

—Ya es lo bastante mayorcito para hacerlo solo —contesté con aspereza.

—No sé si debo tomármelo como un insulto, para él o para mí.

Sonreí. Pues no tenía ni idea.

Le puse la mano en la rodilla. No habíamos tenido este tipo de contacto desde hacía mucho tiempo y él también se dio cuenta.

—Elliot, no me ha hecho nada. No me ha transformado en vampiro y me protege.

Se le puso cara de asco.

—¿Te protege haciéndote daño? Lo he visto antes, cuando te ha tirado aquel trozo de cristal en pleno pecho. Parecía un loco dispuesto a matarte.

—Te equivocas —le dije con ternura—. Me está enseñando a defenderme.

Puso cara de disgusto y me decidí a hacer lo que debía. Respiré hondo y se lo conté todo, sin omitir detalle, excepto la noche loca que pasé con Lukas. No hacía falta atizar el fuego.

Cuando acabé mi relato, Elliot parecía algo disgustado.

—¿Estás bien? —pregunté ante su reacción.

—¿Por qué no me lo habías contado antes?

—Por el mismo motivo por el cual no te habría revelado nada ni no me hubieras seguido —contesté con dulzura—. No quiero ponerte en peligro. Aunque confieso que estoy muy contenta de que lo sepas. Es muy egoísta, pero me hace sentir bien.

—Me hubiera gustado que confiaras antes en mí y que me lo contaras, me hubiera ayudado a entenderte —dijo con sinceridad—. Pero me alegro de saberlo ahora.

Le sonreí incómoda.

—¿No te asusto?

Pareció sorprendido.

—¿Por qué debería tenerte miedo?

Al ver su reacción, parecía que le había hecho una pregunta estúpida.

—¿No crees que soy un monstruo?

Bajé la vista. Se me estaban empañando los ojos y no quería que Elliot me viera así. Me tomó la barbilla y me hizo volver la cabeza hacia él.

—No digas tonterías. Eres la persona más increíble que conozco y no te pareces a un monstruo en absoluto.

Me puse a llorar sin poder evitarlo.

—Vamos, ven aquí —susurró con ternura acercándome a él.

Y mientras sentía su abrazo, tan cálido y reconfortante, acabé por bajar todas mis defensas y me puse a llorar a moco tendido.

Salieron a la superficie todos los temores que había mantenido ocultos dentro de mí durante estas últimas semanas. Aunque me las diera de tipa dura a quien no le preocupa nada, me había afectado mucho la idea de parecer un monstruo. Un monstruo, ni humano, ni vampiro, ni nada. No sabía quién era, y el hombre que me había criado estaba tan convencido de que elegiría el mal que me había mentido durante años. Tenía la impresión de que no podía salvarme de, que era una causa perdida, una bomba de relojería a punto de explotar.

Pero el hecho de que Elliot descubriera la verdad y se siguiera comportando tan tranquilo y normal conmigo me daba esperanzas y me hacía pensar que quizá se había equivocado todo el mundo, incluso yo misma. Al fin y al cabo, habíamos crecido juntos y me conocía mejor que nadie. Quizá no era mala después de todo. A lo mejor hasta era dueña de mi propio destino, a pesar de lo que decían las profecías.

Durante todo el rato en que estuve llorando, me acarició el pelo, con un gesto tranquilo, para intentar calmarme. Con la cabeza apoyada en su nuca, me sentía dividida entre la tristeza que experimentaba, el consuelo que me brindaba y las sensaciones perturbadoras que me provocaba el olor dulce de su piel mezclado con el de su sangre. Ya no tenía ganas de bebérmela, solo de seguir respirando su aroma durante horas.

Cuando por fin dejé de sollozar, me besó en la frente, con mucha ternura, y me deshice de su abrazo.

—Gracias —susurré.

—No tienes que agradecerme nada, de verdad.

Me sonrió, seguro de sí mismo, como para subrayar lo que decía. Estaba radiante.

—Qué conmovedor —se burló una voz cínica.

Me volví para ver que Lukas estaba en la entrada, apoyado en el marco de la puerta, observando la escena con cara de asco. Me sequé las pocas lágrimas que aún me corrían por las mejillas y me levanté con la mayor dignidad posible.

Salí del cuarto sin dignarme a mirarlo y me acomodé en el sofá.

—Me sorprende que no te desmayaras al ver tu propia sangre —oí como le decía a Elliot.

«Si vuelven a empezar, me largo», pensé.

Pero Elliot no replicó y vino a sentarse a mi lado en el salón, tranquilamente, y me tomó la mano. No me importó. Me gustaba esta proximidad. Poco después llegó Lukas y vi cómo miraba de mala manera nuestros dedos entrelazados. No se sentó, sino que se quedó tieso como un palo delante de la ventana de al lado del televisor.

—Y ahora, ¿qué hacemos? —preguntó Elliot con una sonrisa de oreja a oreja.

Lukas lo fusiló con la mirada. En cuanto a mí, me encogí de hombros. De hecho, hubiera matado por una verdadera noche de sueño.

Unas horas después estaba por fin en mi habitación, lejos del combate de gladiadores que había tenido que presenciar durante horas. Algo me decía que esos dos nunca se llevarían bien.

Me tumbé en la cama y suspiré. Se había acabado el entrenamiento por hoy. Por fin iba a poder dormir durante una noche entera. Se había cumplido mi deseo. Pero sabía que si me había saltado la sesión prevista, no era por la comprensión de Lukas, sino por su enfado. No le gustaba nada que hubiera llegado Elliot, y me consideraba responsable de ello.

Estaba a punto de apagar la lámpara de cabecera cuando me di cuenta de que algo no cuadraba. La habitación estaba tranquila, no se oía ningún ruido. No sabía qué estaba haciendo Lukas. Sin duda se había ido a acostar.

Todo parecía normal, pero había algo que me molestaba. El ambiente era pesado y tenía la desagradable impresión de que no estaba sola en la habitación.

—¿Hay alguien? —pregunté al incorporarme.

Solo me contestó el silencio.

Me senté en la cama, pero incluso después de varios minutos, durante los cuales no ocurrió nada, no conseguí deshacerme de esa sensación incómoda.

Me levanté y salí del dormitorio. En el salón no había nadie. Llamé a la puerta de Lukas, sin obtener respuesta. Entré en la habitación y vi que estaba vacía.

No tardé en descubrir qué me preocupaba antes. No tenía ni idea de dónde estaba Elliot. O, para ser precisa, no recordaba que se hubiera ido. Sin embargo, seguro que se había marchado, y debería tenerlo presente. Tampoco me acordaba de cuándo me había ido a la habitación.

Salí de la estancia principal cada vez más intranquila y llamé a Lukas, en vano. No había nadie en el apartamento y todo aquello no tenía ninguna lógica.

Entonces fue cuando lo oí. Una risa sarcástica, seguida por una simple frase:

—Te veo.

El tono era juguetón. Y conocía esa voz.

Me di la vuelta y vi que la puerta del baño estaba abierta. El cuarto estaba oscuro. Apenas conseguía distinguir mi reflejo en el gran espejo del fondo.

Di un paso antes de encender la luz. Y chillé aterrorizada.

Me desperté sobresaltada por mi propio grito y vi a dos pares de ojos encima de mí. Elliot y Lukas me miraban preocupados.

—¿Qué pasa? —preguntó Elliot enseguida.

—He...

Lukas no decía nada. Me observaba muy serio. Como si supiera que algo no iba bien antes de que dijera nada. Y no parecía nada contento.

—Lo siento —dije para justificarme, ignorando a Elliot—. Tendría que haberte hablado de esos sueños hace tiempo...

Se quedó callado y con la barbilla me indicó que continuara. No tenía la intención de ayudarme.

Tragué saliva para quitarme de encima la sensación desagradable que me había dejado la pesadilla. Pero, de hecho, no se trataba de un sueño y era eso lo que lo volvía desagradable.

—Al principio, pensaba que tenía sueños premonitorios, como mi madre. Vi que Roy conversaba con alguien. Conmigo —corregí—. Hablaba conmigo, como si yo fuera otra persona. He tenido varios así, estos últimos días. Antes solo soñaba que mataba a alguien.

Reí con amargura al recordarlo. Lukas se quedó inmóvil como una estatua y Elliot me miraba aún más preocupado que antes.

Intenté continuar, pero tenía un nudo en la garganta.

—Asistía a las escenas —acabé articulando—. Pero hoy me ha hablado. El hombre que está en mis sueños me ha dicho: «Te veo». Y cuando he encendido la luz...

—¿Qué? —insistió Elliot, al ver que yo no conseguía expresarme.

Me quedé sin habla, y mis cuerdas vocales se negaban a hacer más esfuerzos. Todavía veía ese rostro, de la misma manera que veía a Lukas y a Elliot. Era como si se me hubiera quedado pegado en la córnea, indeleble, con su sonrisa socarrona y su aspecto satisfecho.

—Estaba en el espejo. Era mi reflejo en el espejo.

De repente, Elliot pareció muy incómodo. Lukas seguía imperturbable. Incluso cuando por fin me preguntó:

—¿Qué aspecto tenía?

Sabía que no hacía falta que le contestara.

Me quedé cabizbaja.

—Se parecía a mí —susurré.

Capítulo 22

«Estaba loco de atar.»

No había otra explicación: como una cabra.

Me puse a andar de un lado para otro murmurando sin cesar que Lukas había perdido el juicio. Era como un mantra que me permitía conservar la poca tranquilidad que me quedaba.

—No lo entiendo —dijo Elliot, que me seguía con la mirada por todo el cuarto—. ¿Por qué es mala idea llamar a Walter?

Volví a gruñir de lo lindo. Estaba muy tranquilo, sentado al lado de Lukas en el sofá. Este había ocupado mi lugar junto a Elliot, inmóvil como una estatua, tal como se había aficionado a estar desde hacía poco. No se había movido ni emitido ningún sonido desde que telefoneó a Walter. La llamada había sido breve, y desde entonces estaba histérica.

—¿Que por qué es mala idea llamar a Walter? —repetí con una octava más—. ¿Por qué? —Me volví hacia el sofá de manera teatral—. ¡Porque cree que voy a unirme a Darth Vader y a acabar con toda la galaxia! Además, ¡ayudé a ese cretino a escaparse y ahora es él quien me entrega como una presa en una trampa! ¡Me va a encadenar en el sótano y dejará que me pudra allí por los siglos de los siglos!

Lo grité todo de golpe sin tomar aliento, señalando a Lukas con el dedo con actitud de reproche. En cuanto hube acabado, respiré hondo y me puse a andar de nuevo de un lado para otro.

—Maeve, detente.

Me volví hacia Lukas. Por fin había hablado. Un pequeño paso para el hombre, un gran paso para el vampiro.

Todavía tenía el teléfono a mano, encima del brazo del sofá, y se puso a darle vueltas como una peonza.

—He ido informando a Walter sobre tu evolución —soltó al fin.

Había levantado la cara y ahora me miraba a los ojos.

—¿Te estás burlando de mí? —le pregunté de manera sorprendentemente calmada.

Esperó un momento antes de contestar. Lo fulminé tan fuertemente con la mirada que me sorprendió que no le dieran convulsiones por el impacto.

—No. Cuando te dije que no me mataría porque tenía una deuda conmigo era sincero. Pero eso también se aplica a la inversa. Conozco a tu abuelo desde hace muchos años y nuestros caminos se han cruzado más de una vez. Cuando acordamos el trato, empecé a pensar en contactar con él. Pero he esperado a que progresaras para hacerlo. En cuanto estuvo claro que podías defenderte, le comuniqué nuestro plan.

Lo dijo tan despreocupado, como si todo fuera absolutamente normal, que me entraron unas ganas furiosas de quemar todo el almacén y dejar que se fundiera en el sofá de cuero. Me incliné para tomar el jarro que servía de decoración en la mesita delante de mí y se lo tiré a Lukas con violencia.

—¿Y también le has dicho que querías follar conmigo? —pregunté gritando.

Elliot se sobresaltó. Lukas alcanzó el proyectil al vuelo como si le hubiera enviado una simple flor y lo depositó en el suelo tranquilamente, al lado del sofá. No perdió la calma ni por un instante. Y eso me irritaba más de lo que era capaz de exteriorizar.

—Me callé ese detalle. Por otra parte, no creo que tu amigo aquí presente se lo haya contado y el viejo sigue como si tal cosa.

Elliot se volvió al momento hacia Lukas, que le dirigió una sonrisa burlona. No se pierden las viejas costumbres así como así.

—A ti... —empezó Elliot—. Te voy...

—A matar y todas esas cosas —le cortó Lukas—. Ya lo sé. Avísame cuando tengas algo nuevo.

Y se dirigió a mí.

—Walter es muy poderoso, un aliado importante que nos interesa tener a nuestro lado. Cuantos más seamos para protegerte, mejor.

Elliot, que se había quedado cortado después del comentario de Lukas, se relajó y aprobó lo que este acababa de decir, mirándome.

—Tiene razón —dijo.

Me pasé la lengua por los dientes con tanta fuerza por la rabia que sentía, que me hice daño.

—No quiero vuestra protección —solté con desdén cuando dejó de dolerme, entumecida.

—Pues la vas a tener. Veinticuatro horas al día, hasta que entre en contacto con Victor —anunció Lukas con placidez.

—¡Ya te he dicho que no quería que fueras el viernes! —chillé.

—¿Qué? ¿Piensas ir a la gala? No me parece que sea buena idea, Maeve. No con todo lo que está pasando.

Esta vez había hablado Elliot. Le hubiera arrancado la cabeza.

—Es lo que no dejo de explicarle —le contestó Lukas—. Pero no quiere escucharme.

¿Se estaban riendo de mí, o qué? Si habían decidido aliarse contra mí, estaba perdida.

—¿Qué tal si os dejo entre mujeres para tomar el té? —pregunté con aspereza.

—Basta ya, Maeve —me dijo Elliot, exasperado—. Todos estamos preocupados por ti. Y de verdad que no es buena idea que vayas. Tendrías que quedarte aquí hasta el sábado.

—Se lo he prometido a Tara.

—Es tu vida lo que está en juego —se opuso.

—¿Quién es Tara? —nos cortó Lukas.

Maldito cabrón. Sabía muy bien quién era. Puse la mirada en blanco.

—Mi novia —contestó Elliot.

—¿Además sales con una amiga suya? Tienes que estar muy desesperado —dijo Lukas en tono burlón.

Y otra vez en el ruedo. Tendría que haber dejado que se mataran entre ellos y largarme sin decir nada. Después de cinco minutos repitiendo «Te voy a matar», «Me gustaría verlo», «No pierdes nada por esperar», «Ya verás cuando te quite la criptonita de los calzoncillos» y otras lindeces por el estilo, llamaron a la puerta y salí de aquel ambiente surrealista.

Lukas se levantó y fue a abrir. Me quedé en la retaguardia, cerca de la ventana, desde donde había presenciado la pelea de gallos.

Enseguida aparecieron Walter y su compañero gigante. Lukas los saludó inclinando un poco la cabeza, Walter también, y me clavó una mirada helada.

—Buenos días, princesa —me dijo.

—Hola —mascullé.

No me alegraba de verlo. A decir verdad, no estaba contenta de ver a ninguno de los cuatro hombres que se encontraban en la estancia. Excepto quizás a Lala, o comoquiera que fuera ese nombre de *Teletubbie*. Tenía la misma expresión huraña que yo, y eso me gustaba. Le dirigí una sonrisa extraña que no me devolvió, ya que estaba demasiado ocupado en parecer gruñón.

—Elliot, qué agradable sorpresa —dijo Walter mientras se sentaba en el sofá.

Elliot intentó saludarlo, pero se quedó boquiabierto. Por lo visto, parecía tan incómodo como yo por la presencia de mi abuelo.

—Tendremos que curarte la nariz —siguió diciendo mientras me miraba con desaprobación.

¿Cómo podía saber que había sido yo? Quiero decir que también podía haberlo hecho Lukas. Pero no, de entrada tenía que pensar que se trataba de mí. De acuerdo, era verdad. Pero ni siquiera me había concedido la presunción de inocencia.

—Háblame de los sueños que has tenido —dijo con una sonrisita imposible de definir.

¡Eso tan típico de Walter! Directo al grano, sin perder el tiempo con sutilezas. Estoy bien, gracias, ¿y tú?

Suspiré.

—Estaba en el apartamento. Buscaba a Lukas, en vano. Pero sabía que no estaba sola. Oí una risa y alguien me dijo: «Te veo». Cuando encendí la luz del cuarto de baño, estaba en el espejo. O más bien, era mi reflejo, pero no era yo. Era el tipo a través de cuyos ojos había tenido mis últimos sueños. Y me miraba con una gran sonrisa perversa.

Lo había soltado todo a modo de resumen, como si hubiera hablado de las compras que había hecho el día anterior en el mercado. Pero al parecer mi desenvoltura no funcionaba, visto lo preocupado que se mostraba Walter.

—¿Y dices que se parecía a ti? —preguntó.

«No lo he dicho yo —pensé furiosa—. Lo ha dicho Lukas.»

Sin embargo, la pregunta me dejó de piedra. Sin duda alguna, era lo que más me había espantado de todo el sueño. Era perturbador cómo se me parecía el personaje del espejo: el mismo pelo negro, la misma piel clara, la misma boca carnosa con una mueca decidida; y, sobre todo, los mismos ojos.

Asentí con la cabeza a modo de respuesta.

—¿Es posible que fuera tu padre? —preguntó Elliot.

«¡Será metomentodo!», pensé. Claro que era él, y eso era lo que daba miedo. Por un motivo que todavía ignoraba, yo había sido capaz de infiltrarme en su mente mientras dormía y él había acabado por darse cuenta y devolverme el favor. Presentía que ya no volvería a pegar ojo en toda mi vida.

—Es bastante probable —contestó Walter.

—Y muy preocupante.

Había hablado en voz alta sin darme cuenta, imitando la manera de expresarse de Walter.

Cuatro cabezas se volvieron en mi dirección.

—¿Qué pasa? —les pregunté—. No tengo la cabeza para tonterías ni para que nadie se ponga a hurgar en mis pensamientos.

Apreté los puños. Tenía la impresión de que todo aquello se me iba de las manos y de que me precipitaba hacia mi perdición sin poder evitarlo. Pero yo misma me lo había buscado.

—Sin embargo, es muy sospechoso —prosiguió Walter como si yo no hubiera dicho nada—. A menos, claro está, de que a Victor le haya dado por la brujería. Sabiendo cómo es el personaje, no me extrañaría.

Insistí con la mirada para que siguiera hablando.

—Las mentes de los magos están conectadas entre ellas —siguió contando—. Los sueños compartidos son una actividad bastante habitual para nosotros. Así es como mantenía el contacto con Karl, antes de que lo...

No acabó la frase.

—¿Qué? —preguntó Elliot.

Lukas chasqueó la lengua contra el paladar.

—...asesinaran, pobre idiota —dijo sin miramientos.

A Walter se le nublaron los ojos.

—Lo encontré en su casa —prosiguió mi abuelo, sin molestarse por el intercambio—, colgado de una pared del sótano... Le habían arrancado el corazón. Es uno de los pocos medios que hay para matarnos.

Dejé de oírlo. Me silbaban los oídos y tuve una cierta sensación de *déjà vu*. Cuando me fallaron las piernas, el Indio me sostuvo. Me hicieron sitio en el sofá y me hablaron, pero ya no era consciente de nada.

—Acento alemán, medio calvo, una buena panza, le faltaban uñas y tenía el corazón quemado en el suelo, a su lado, para poder ver cómo se consumía mientras se desangraba.

Lo dije de un tirón.

—¿Maeve?

Ni siquiera presté atención a la voz aterrorizada de Elliot.

Walter se inclinó hacia mí, me puso la mano en la rodilla y, con la otra, chasqueó los dedos delante de mi cara. Volví a la realidad.

—¿Qué ocurre, princesa?

Pero leí en su mirada que ya sabía la respuesta.

—Lo maté —susurré mirando a mi abuelo a los ojos—. Lo torturé durante tres días y luego lo maté.

Tendría que haberme dado cuenta antes. Tendría que haber hablado de ello antes. Si le hubiera contado mis sueños a Walter desde el principio, quizá se hubiera podido evitar la muerte de su amigo. Tenía las manos manchadas de sangre.

—No eras tú —me dijo en tono tranquilizador.

No lo entendía.

—Sin embargo, lo hice, y disfruté de cada segundo.

Se me quebró la voz y, aunque estaba quieta como una estatua de mármol, me puse a llorar a lágrima viva. Todos a mi alrededor me miraban muy serios. Era culpable y algún día tendría que pagar por mis pecados.

—Eso quiere decir que no puedo dormir hasta que nos hayamos encargado de él —solté tras un largo silencio, con escalofríos en la espalda—. O que hay que hacerlo esta noche.

Walter me pasó una mano llena de afecto por la mejilla. El contacto me hizo estremecer. Nunca habíamos tenido mucho contacto físico, nada de caricias. Y, sobre todo, acababa de confesarle que era responsable de la muerte de su amigo. No me merecía su compasión.

—No precipitemos las cosas —terció—. Necesitamos un plan, puesto que ya no podemos contar con el efecto sorpresa. Mientras tanto, ¿todavía tienes el colgante de tu madre? Podría evitar este tipo de intrusión.

Lo había dicho para tranquilizarme, pero consiguió el efecto contrario. Nunca había tenido ese tipo de sueños cuando lo llevaba puesto. Me sentía más responsable que nunca. Si por lo menos hubiera hablado, si hubiera seguido llevando el maldito medallón...

—Me parece que deberíamos abandonar la operación.

Era la primera vez que Lukas tomaba la palabra desde la llegada de mi abuelo. Lo miré con incredulidad. Y no era la única.

—Todo el plan se basaba en que no se esperaba un ataque. Nunca se ha tratado de poner la vida de Maeve en peligro, y sigue siendo así. He esperado durante más de doscientos años para matarlo, no hay prisa.

Walter lo miró de tal manera que comprendí que lo había entendido todo. Lukas acababa de decirle bien claro que tenía ganas de follarme. Mi abuelo se había mantenido imperturbable, como de costumbre, pero me di cuenta de que tenía la mirada más ansiosa que nunca.

Reinó un pesado silencio hasta que lo rompió Elliot.

—Podría ser un punto a favor.

Nos volvimos todos hacia él. En lo que a mí respecta, le daba a entender que estaba majareta y, por lo que podía ver a mi alrededor, Walter y Lukas le transmitían el mismo mensaje con la mirada. En cuanto al Indio, no parecía que dispusiera de una expresión facial de recambio y se mantuvo impasible.

—No. Lo que quiero decir con eso es que, ahora, seguro que se espera a que Lukas le entregue a Maeve en bandeja el sábado y, sin ninguna duda, sabe que se trata de una trampa. Si fuera un viejo vampiro que está mal de la cabeza, intentaría atrapar el cebo mientras todavía es una presa.

Me miró con complicidad.

—La gala —susurré.

Lukas se volvió hacia Elliot con una sonrisa franca.

—Empiezas a gustarme, pequeño —soltó con un tono que aún sonaba un poco desdeñoso.

Dos horas después estaba en el almacén entrenándome a tirar cuchillos. Tenía al silencio por única compañía, y eso me resultaba perfecto. Necesitaba vaciarme la cabeza después de la conversación tan profunda que acabábamos de tener.

Al fin y al cabo, iba a asistir a la gala, y además con la bendición de Lukas. Había pasado de cebo voluntario a presa explosiva. Sobre el papel, el plan quedaba claro y no tenía fallos. Pero albergaba serias dudas sobre el hecho de que mi padre fuera a salir de su guarida para hacer el trabajo sucio. No obstante, Walter y Lukas parecían convencidos de que podrían hacer hablar a cualquier secuaz si Victor seguía en su agujero. Yo suponía que esta vez tendría que confiar en ellos. Pero me seguía costando. Quizá no fuera tan raro, ya que Walter me había mentido siempre y Lukas había informado a Walter a mis espaldas.

Todavía estaba en estado de choque por haber visto a mi padre un rato antes. Mantenía la cabeza bien alta mientras estaba acompañada, pero me había afectado mucho. Creía que me daba igual que hubiera matado a mi madre y me hubiera arruinado la vida, pero empezaba a ver las cosas desde otro punto de vista. Si era verdad la mitad de lo que había oído durante las últimas veinticuatro horas, me daban unas ganas locas de hacerle morder el polvo de una vez por todas.

Pero lo que más me sorprendía era su aspecto exterior. No sabía qué me esperaba, pero seguro que no a alguien que parecía tener mi edad. No era la imagen que me había formado de un tal Richard, agente de seguros y que ahora sería un cincuentón. Pero los vampiros no envejecían, y mi padre parecía un joven inocente que nunca había roto un plato. Y tenía sus mismos ojos, de un color verde claro que casi brillaba. El parecido me daba escalofríos. ¿Qué otros rasgos compartía con él? ¿Era malvada, como él? Seguro que no había nacido siendo cruel, sino que se había vuelto así. ¿Me esperaba el mismo destino?

Oí un crujido detrás de mí y me volví con presteza para lanzar un cuchillo en esa dirección. Le di a Lukas de lleno en el pecho. El impacto lo detuvo en seco. Se quitó el cuchillo con una mueca de dolor y siguió avanzando hacia mí.

—Buen tiro —me dijo tendiéndome el puñal—. Has tenido suerte de que fuera yo y no el blandengue de tu ex amante.

No repliqué y se lo quité de las manos para tirarlo enseguida contra la pared.

—Necesito desfogarme —gruñí.

Acto seguido, saqué del blanco los tres cuchillos que acababa de lanzar antes de volver a ponerme allí donde había dejado a Lukas.

—Ya sabes que estás a tiempo de decir que no —comentó con suavidad—. Nadie te lo echará en cara.

—Me lo reprocharía yo —solté al mismo tiempo que lanzaba un puñal.

Fallé el blanco por unos centímetros y se clavó en la pared. Pero la ley de la gravedad lo hizo caer al suelo enseguida.

—¡Maldita sea! ¡Ni siquiera soy capaz de tirar estos trastos como Dios manda!

—¡Cálmate, guapa! —me dijo y se puso detrás de mí.

Se pegó a mi cuerpo, con la mano izquierda en mi cadera y la derecha tomando la mía, que sujetaba un cuchillo.

—Para empezar, me has dejado clavado hace menos de un minuto. O sea que relájate.

Me hizo levantar el brazo y sostener el puñal a la altura de la oreja.

—No lo lances porque estés enfadada o tengas miedo —me dijo con dulzura—. Tíralo porque van a alcanzar el objetivo.

Movió mi muñeca con la suya. Solté el cuchillo, que hizo diana.

—¿Lo ves? Es fácil —me dijo al oido con un tono tranquilizador.

—Lo es cuando lo haces tú.

Miré el puñal que tenía en la mano izquierda. Me saltaron las lágrimas y se me nubló la vista.

—Adelante, tíralo —me dio ánimos.

—No soy lo bastante fuerte.

Había conseguido no sollozar, pero susurré a duras penas.

—No digas tonterías —me contestó Lukas mientras se reía—. Tienes una fuerza extraordinaria. Mira, incluso has conseguido resquebrajar una pared de hormigón con un simple cuchillo.

Para ser franca, no creía que fuera posible, por lo que no me acerqué a comprobarlo.

—No me refiero a eso.

Dejé caer el arma y me volví poco a poco. Me encontré frente a él, con la cabeza gacha y las mejillas llenas de lágrimas.

—No soy lo bastante fuerte para una situación como esta. No puedo cargar con tanto peso.

Me tomó la cara con las manos, la levantó y apoyó su frente en la mía.

—Eres la persona más fuerte que haya conocido nunca —me aseguró mirándome a los ojos—. Una verdadera fuerza de la naturaleza. No lo olvides nunca.

—Tengo miedo —dije cerrando los ojos, avergonzada.

No quería que me viera así, débil y vulnerable. A pesar de todo, se me escaparon las lágrimas a través de los párpados cerrados.

Me puse a llorar a lágrima viva. Todo lo que había acumulado durante las últimas semanas salía ahora a la superficie y hacía saltar la máscara que me había costado tanto ponerme después de mi conversación con Elliot. Estaba muy asustada. Tenía miedo de morir y de que alguien resultara muerto por mi culpa. Estaba aterrorizada.

—Si no tuvieras miedo, me preocuparía —dijo con delicadeza.

Esperé un poco antes de seguir contando lo que me pesaba.

—No tengo ganas de ser el fruto de una profecía —solté sollozando.

Se rio con ternura.

—Maeve, las profecías están hechas para los que necesitan oírlas. Tu vida te pertenece y tienes derecho a hacer con ella lo que quieras. Si prefieres irte, aún estás a tiempo.

Habló sin ningún reproche. Me daba la impresión de que esperaba que decidiera marcharme lo más lejos posible de todo aquello.

Abrí los ojos. Me seguía observando sin pestañear y volví a sentir vergüenza. Giré la cabeza.

—No quiero que me veas así —dije con viveza mientras intentaba retroceder.

Pero sujetaba con firmeza mi rostro contra el suyo.

Tenía la sensación de que mis piernas eran de algodón; solo su abrazo me mantenía en pie. Me sentía más débil e impotente que nunca a medida que saltaban las últimas barreras del dique, una por una. Iba a ahogarme.

—Nunca me habías parecido tan hermosa.

La dulzura de su voz y su aliento en mi piel hicieron saltar el último obstáculo que me apresaba. Puse mi boca contra la suya mientras las lágrimas bañaban nuestro beso y le daban un gusto salado. Me besaba con ternura, casi con timidez. Nunca me había sentido tan cerca de alguien.

Se oyó un ruido en la escalera y me aparté con presteza de los brazos de Lukas. Me limpié las lágrimas de la cara lo más rápidamente posible antes de ver cómo irrumpían en el almacén Elliot, mi abuelo y su acompañante.

Tenía las mejillas encendidas y sabía que todos los aquí presentes se daban cuenta. El Indio arqueó una ceja.

—Acompaño a Elliot a su casa —dijo Walter.

Asentí con la cabeza y despedí a Elliot con un gesto. Parecía triste, y sabía que se había dado cuenta de todo.

Mi abuelo se puso en marcha, seguido de cerca por mi amigo. El Indio empezó a seguirlos, en retaguardia, cuando lo interpeló Walter.

—Lalawethika, ¿te podrías quedar aquí para... proteger a Maeve?

¿Proteger o vigilar? Tanto monta, monta tanto.

Lala asintió y dio media vuelta para ponerse entre Lukas y yo. Lukas puso la vista en blanco, masculló algo incomprensible y se fue bruscamente al apartamento.

Cuando se hubieron marchado Elliot y mi abuelo, me encontré a solas con Lala. Me miró con una expresión rara, parecía que le divertía la situación.

—¿Lukas? —preguntó.

Su tono de voz me confirmó que le parecía graciosa.

—¿Qué pasa con Lukas?

—¿Tú querer Lukas?

Suspiré.

—No lo sé —respondí con franqueza.

Se puso más serio.

—Elliot querer tú.

—Eso ya lo sé —me quejé.

Soltó un sonido que se parecía mucho a «Hum».

—Walter querer Elliot.

—Sí, pues Elliot querer Tara —repliqué mientras recuperaba el cuchillo que había dejado caer unos minutos antes.

Furiosa, lo lancé hacia el blanco pero volví a fallar.

—Así no —dijo Lalawethika.

Fue a buscar los tres puñales, regresó y tiró uno tan fuerte que casi tiembla el almacén. El proyectil había hecho diana. Con tal potencia que no habría manera de volver a sacarlo nunca más, pensé.

—Así —dijo mientras me daba un cuchillo.

Tomé el puñal mecánicamente y lo miré. Estaba sonriendo.

Capítulo 23

«Tenía la impresión de que no iba a sobrevivir a la velada.»

Por supuesto, tenía muy presente la posibilidad de que en cualquier momento se me podían echar encima unos vampiros para asesinarme. Pero lo que más me preocupaba ahora mismo era que no iba a poder soportar mucho más los zapatos de tacón que llevaba.

Lukas me los había regalado orgulloso hacía unas horas, antes de que me fuera a casa de Tara, escoltada por Elliot. Y seguida por Tinky Winky. Porque Elliot era muy amable y quería ayudarme y vigilarme —Dios sabe que no hacía nada más desde hacía dos días—, pero, si nos atacaban, acabarían con él en menos de lo que yo tardo en soltar un taco. A fin de cuentas, estaba más tranquila de que estuviera Lala. Me caía bien, mi osito guerrero.

Por supuesto, las sandalias eran preciosas. Negras, de piel laqueada, con tiras cruzadas sobre los dedos y sobre el tobillo para sujetar el pie. Muy elegantes. Pero lo estético no era lo mejor. Debajo de los tacones de vértigo había una ranura en la que se podía deslizar una cuchilla. Claro está, Lukas me había regalado dos de plata con las sandalias y había dedicado treinta minutos a entrenarme para sacarlas de su escondite. No resultaba lo ideal en situación de estrés, pero era posible. También tenía un arma oculta debajo de la falda y dos agujas que me sujetaban el pelo. Iba tan linda como un corderito recién nacido y tan peligrosa como el lobo que se lo va a comer. Lukas me felicitó cuando vio el resultado final. Sonreí con sinceridad cuando me lo dijo, pero entonces aún no había llevado los malditos zapatos durante horas. Nota: no volver a agradecerle un regalo nunca más. Nunca.

Debían de ser las nueve y media de la noche y habíamos llegado poco antes de las seis de la tarde, con Tara y Brianne. Tara había ido corriendo de un lado para otro, como la anfitriona perfecta, para que todo fuera sobre ruedas, hablar con los organizadores, asegurarse de que todo estaba bien y, por supuesto, comprobar de nuevo que todo estuviera perfecto. Era evidente que sí. Tenía la desagradable sensación de que estaba en el salón de baile del *Titanic* y esperaba en vano a que se hundiera el barco.

La estancia en la que nos encontrábamos era inmensa y muy lujosa. Tenía un techo muy alto y muchas lámparas de cristal —a cual más grande— la iluminaban como al desierto en pleno sol. Todo resplandecía. La comida había sido deliciosa y el postre, exquisito. Después de cenar, había llegado la hora de bailar con ricos hombres de negocios y darles conversación mientras intentaban ligar conmigo descaradamente. A menudo había dudado entre ponerme a reír o a llorar, y lo único que veía con claridad en ese momento era que necesitaba tomarme una copa. De preferencia, muy cargada.

Después de zafarme de un escocés tan encantador como bebido, me escabullí hacia el bar. El joven camarero, compañero de clase de Tara, me preguntó con educación qué deseaba.

—Lo más fuerte que tengas —dije suplicándoselo con la mirada.

Sonrió y empezó a prepararme la bebida detrás de la barra. Me imaginaba que no tendría nada que se pareciera a un Sol, pero soñar es gratis. Puso un cóctel de color rosa delante de mí. No era lo que me esperaba, pero tendría que conformarme con eso. Con eso y diez más a juego.

Me tragué la mezcla de golpe, le di el vaso al camarero y le pedí otro. Enseguida me lo sirvió con una sonrisa de oreja a oreja. No sé por qué, a los hombres les divierte que una mujer se tome una copa de golpe y pida otra al instante. Con qué poco se contentan algunos.

Hice lo mismo con la segunda y volví a por otra. Por lo visto, le pareció algo menos divertido cuando me sirvió la tercera. Por educación, me la bebí con normalidad.

—¿Cómo lo llevas?

Miré a la persona que acababa de hablarme. Elliot estaba impresionante. El esmoquin le hacía parecer más adulto. Adiós al joven amante de camisas de cuadros y de camisetas con frases raras, y bienvenido, señor Dunn. Llevaba el pelo peinado hacia atrás, se había afeitado con cuidado y los ojos le brillaban con algo de picardía. Vamos, que estaba buenísimo. Además, se le había curado la nariz del todo. No sabía qué le había hecho Walter cuando se fueron el otro día, pero había dado resultado. Si hubiéramos estado en el verdadero salón de baile del *Titanic*, le habría dado mil vueltas a Leonardo.

—Como puedo —suspiré mientras me acababa la copa.

Se la di al camarero y le sonreí. Me miró de una manera rara, seguro que esperaba que le pidiera otro. Pero de momento, ya tenía bastante.

—Señorita, ¿me concede este baile? —me preguntó Elliot, ceremonioso, con una reverencia.

—Con mucho gusto, caballero —le contesté con el mismo tono y tomé la mano que me alargaba.

Me condujo hasta el centro de la pista y nos pusimos a seguir el ritmo. La orquesta estaba tocando un vals —los odiaba—, pero con Elliot era divertido. Era muy mala compañera de baile, pero lo intentaba y, por suerte, Elliot sabía llevarme.

—Da gusto bailar contigo —le dije al cabo de un rato—. No apestas a puro y no me pones las manos en las nalgas como quien no quiere la cosa.

Se puso a reír. Aún parecía más seductor con los ojos entrecerrados, tenía un encanto que no le había visto en varios años. Elliot parecía realmente feliz, y eso le sentaba bien.

—¿De verdad se comportan así? —preguntó sin perder ni un ápice de su encanto.

—¡No te lo puedes ni imaginar!

—Parece que tu abuelo se está divirtiendo.

Reía tanto con la voz como con la expresión de su cara. Me hizo dar la vuelta para situarme en frente de la mesa donde estaba sentado Walter. Se había teñido de castaño para la ocasión y su aspecto me resultaba raro, peinado con tanta meticulosidad, con la raya en medio y el pelo engominado. Siempre lo había visto con una melena blanca y espesa y, por lo visto, no era la única, de ahí que anduviera medio camuflado. Por lo general, no aparentaba su edad, pero con el tinte le hubieras echado unos cincuenta años, como mucho; desde luego, podía engañar a cualquiera.

Estaba en plena conversación con un rico hombre de negocios japonés. De vez en cuando, ponía los ojos en blanco. Por lo visto, sí había cosas que exasperaban a Walter. Por un instante, pensé en ir a hablar con su interlocutor. Seguro que descubriría algo.

—Tendremos que pensar en darle las gracias a Tara —dije riendo.

Todavía me preguntaba cómo se me había ocurrido asistir a la gala por voluntad propia.

Elliot se ofuscó al oír su nombre.

—Por cierto, ¿dónde está?

No la había visto desde hacía rato.

—No tengo ni idea —contestó.

Lo miré con las cejas arqueadas. Su tono de voz decía algo más que las palabras que acababa de pronunciar.

—He roto con ella —me anunció como si no tuviera importancia—. Quiero a otra.

Por poco me atraganto.

—¡Elliot!

Intenté soltarme, pero me lo impidió. Por supuesto, me habría liberado si lo hubiera intentado, pero no quería hacer una escena en medio de la pista de baile y llamar la atención. Sobre todo la de Lukas, que se ocultaba de las miradas, vestido como uno de los muchos camareros que recorrían la sala. No tenía ganas de que se liara a palos con él en plena gala.

—No te quiero —le dije con frialdad.

Seguíamos bailando y esperaba que se acabara el vals cuanto antes para poder liberarme de tanta comedia.

—Eso es lo que crees, pero sé que no es verdad. Siempre te he querido y tú a mí también. Pero eres demasiado orgullosa para admitirlo. No importa, tengo paciencia —dijo con desenvoltura—. Y me parece que ahora tengo todo el tiempo del mundo para que te des cuenta.

Lo miré con dureza. Él también me reprochaba mi orgullo. No tenía la impresión de que hubiera para tanto, pero lo cierto era que les gustaba mucho a los hombres.

—No vivirás eternamente.

Por fin dejó de sonar la música.

Elliot se inclinó para besarme en la mejilla, como para darme las gracias por el baile.

—Encontraré la manera —me susurró al oído.

Me marché sin mayor dilación. No tenía ganas de quedarme a escucharlo y esperaba con sinceridad que Lukas no nos hubiera prestado atención. Hubiera preferido de lejos que me secuestraran, torturaran y mataran con un sufrimiento espantoso antes que asistir a la escena que se habría desencadenado si hubiera oído a Elliot.

Fui directa hacia Brianne, que estaba apoyada en la barra que acababa de dejar, con una pose desenfadada, esperando a que la sirvieran, como las demás personas que la rodeaban. El vestido granate que le había elegido Tara le quedaba de fábula con la cabellera pelirroja. Tara tenía muy buen gusto. Dejando de lado a los hombres.

—¿Sabes dónde está Tara? —le pregunté a bocajarro.

Me miró de mala manera.

—¿Por qué, quieres acabar de rematarla?

De entrada, no entendí por qué hablaba con un tono tan áspero. Pero luego el hombre que había a su lado se volvió y reconocí a Marc. Maldije en silencio mientras me observaba con una sonrisa triunfante.

—Pero si es doña Aleccionadora —dijo a modo de saludo.

No contesté nada. No era el momento, ni el lugar.

—Deberías aplicarte tus propios consejos —prosiguió con una risa sarcástica.

—Marc, por favor —empezó Brianne.

—Cierra el pico —soltó sin dejar de sonreír con maldad.

La sobresaltó la aspereza del tono.

—Marc, no le hables así —gruñí—, pues de lo contrario...

Se puso a reír.

—De lo contrario, nada —dijo con una carcajada—. Brianne está conmigo y tú no lo vas a cambiar. ¿Te enteras?

Aunque me moría de ganas de replicar, me callé. No era la noche más indicada.

—Ven —me dijo Brianne tomándome de la mano—, te voy a mostrar donde está.

Marc le puso la mano en el hombro.

—¿Adónde te crees que vas? —le preguntó poco amable.

Brianne sonreía con tristeza.

—Me la llevo a ver a Tara. Así nos dejará en paz —le susurró—. Vuelvo enseguida.

Pareció lo bastante satisfecho con la respuesta, apartó la mano y dejó que se fuera. Me acompañó hasta la puerta del baño.

—Lo siento —me dijo cuando llegamos—. No siempre es así.

Aquello me contrarió. No quería ver las cosas como eran y me daba mucha pena.

—Sí que lo es, Brianne —susurré—. Siempre es así. Y me gustaría tanto, tantísimo, que te dieras cuenta.

Tenía sus grandes ojos castaños nublados. Al hablar miraba hacia el suelo.

—Pero le quiero.

Me partió el corazón con su grito de desesperación. Le puse las manos encima de los hombros y la miré a los ojos.

—Escúchame bien, Brianne. Deberías estar con alguien que te quiera y te respete. Te mereces algo más. ¿Lo entiendes?

La sacudí un poco sin querer. Me observaba con una mirada inexpresiva.

—De acuerdo —respondió sin más.

Me sorprendió su reacción, pero no me extrañó del todo.

Estaba desorientada. Le di un abrazo rápido, pero efusivo, y un beso en la mejilla.

—Tienes que ser fuerte y dejarlo —le dije cuando pude volver a mirarla a la cara—. No tengo ganas de perderte otra vez.

Me seguía mirando con los ojos llorosos.

—De acuerdo —repitió.

Parecía más segura de sí misma. Esperaba que lo consiguiera de todo corazón. Se alejó en dirección a la barra donde había dejado a Marc y suspiré.

Luego entré en el servicio de señoras. Era enorme, más grande que mi salón, y mucho más lujoso, de mármol blanco y cerámica.

Alguien estaba sollozando, pero hubiera sido incapaz de decir detrás de qué puerta se encontraba Tara.

—¿Tara? —pregunté.

Oí cómo respiraba hondo, se sonaba la nariz y decía, casi sin voz:

—Vete.

Me agaché para mirar debajo de las puertas y ver dónde se escondía Tara. Por suerte, nadie entró cuando me encontraba en esa pose tan poco favorecedora. Me incorporé y llamé con suavidad.

—Abre, por favor —le pedí, incómoda.

En lugar de responder, siguió sollozando.

—Elliot es tonto de remate —continué—. Acaba de decirme lo que ha hecho y yo...

De hecho, no sabía qué decir. Que te consuele la persona por la cual te ha dejado el novio no es lo ideal.

—Lo siento mucho —añadí.

No me contestó, pero oí cómo se movía detrás de la puerta y se volvía a sonar la nariz. Por fin, abrió. Se le había corrido el rímel por las mejillas y eso le daba un aspecto muy «alternativo», a pesar del vestido dorado que llevaba. La perfección la había abandonado, por una vez. Parecía humana.

—No estoy enfadada contigo —me dijo con voz controlada—. Siempre he sabido que estaba enamorado de ti. Todo el mundo lo sabía, excepto vosotros dos.

Al decir esas palabras, le volvieron a saltar las lágrimas.

—Tara, yo...

Y sin saber muy bien qué pasaba, la abracé. Siguió llorando durante un rato y yo me mantuve callada, pues no sabía qué decir sin empeorar la situación. Ya no conseguía odiarla y de verdad sentía pena por ella. Si hubiera podido, habría golpeado a Elliot hasta que recuperara el juicio. Pero en ese momento no podía.

De repente, dejó de llorar, retrocedió y levantó la cabeza con dignidad y determinación.

—Tengo que volver a la sala —dijo—. Pero primero voy a arreglarme el maquillaje y a cambiarme el vestido.

Le sonreí algo incómoda.

—El vestido es perfecto —contesté.

—Ya no —dijo mostrándome unas minúsculas marcas negras en el escote.

Con las lágrimas, se le había caído rímel en las lentejuelas, pero hubiera hecho falta tener una vista de lince para darse cuenta a más de cinco centímetros de distancia.

—El vestido es perfecto —repetí, intentando tranquilizarla.

Pero entonces entendí que la perfección era el medio que tenía Tara para seguir controlando la situación.

Se miró en el espejo y empezó a quitarse las machas de rímel de debajo de los ojos.

—Me arreglo y enseguida estoy con vosotros en la sala —prometió.

La miré sin moverme.

—Por favor, vete —me pidió—. Seguro que hay montones de donantes que estarán encantados de bailar contigo, no les hagas esperar.

«Ellos y el diablo», pensé.

—De acuerdo —le dije con dulzura—. Si necesitas algo, cuenta conmigo.

Salí acongojada. Era culpable de la tristeza de Tara y ese peso no era fácil de llevar.

Decidí volver a la barra sin echar una ojeada a la sala. No quería saber dónde estaban Elliot y Lukas y, menos aún, cruzarme con la mirada de Walter. Notaba algo cargado en el ambiente que me daba nauseas. Pero no pude dar dos pasos sin que me agarraran el brazo con violencia.

—¿Qué has hecho, bruja?

Marc me empujó contra la pared sin miramientos. Reboté con un ruido seco.

Tenía la mirada llena de odio. Miré a mi alrededor para intentar localizar a Brianne, pero no la veía por ningún lado.

—Nada —contesté, exasperada—. Ahora, déjame pasar.

—¡Me ha dejado! —gimió.

No pude evitar sonreír.

—¿Qué le has hecho? —repitió con menos simpatía, si eso era posible.

—¿Qué tengo que ver yo con eso? Es una mujer hecha y derecha, y sabe qué clase de escoria eres.

Tenía las facciones deformadas por la rabia y casi no parecía humano.

—Sé que has sido tú —dijo aún más furioso—. Te juro que te voy a matar.

Me disponía a contestarle cuando un brazo apartó a Marc con una facilidad desconcertante.

—Disculpe, ¿hay algún problema?

Reconocí el suave tono de voz de Lukas antes de verlo. Miraba a Marc a la cara.

—Vas a volver a casa y las dejas tranquilas. A las dos.

—De acuerdo —dijo Marc con voz queda.

Enseguida se fue, con calma, mientras yo empezaba a sonreír de oreja a oreja.

—¿Estás bien? —me preguntó Lukas en cuanto hubo desaparecido aquel imbécil.

No podía dejar de sonreír. Sabía que ya había visto esa expresión. Era la misma con la que me había contestado Brianne. La que tenía la señora Bartowski cuando Lukas tomó su vehículo prestado y la que acababa de poner Marc cuando lo habían echado. Había utilizado la manipulación mental por primera vez y me encantaba la idea. Bueno, no era muy bonito habérselo hecho a una amiga, pero no podía evitar sentirme muy contenta.

—Sí —le contesté a Lukas sin más, poniéndole una mano en el brazo. No quería que se pusiera a hacerme preguntas. Le sonreí con franqueza—. Muy bien —añadí—. Vuelvo a desempeñar mi papel, ve a tu puesto.

Me alejé hacia la barra con rapidez. Al llegar, estaba dividida entre la alegría de descubrir que tenía nuevos poderes y la conversación que acababa de tener con Tara. La actitud de Elliot me ponía en una situación muy incómoda y quería irme de aquel sitio cuanto antes.

Le pedí lo mismo de antes al camarero, pero no fue agradable ver su expresión. Esta velada era una broma. Nadie había venido a buscarme y nadie lo haría. La idea de Elliot parecía buena de entrada, pero si yo hubiera sido un viejo vampiro psicótico, no habría procedido así. De ninguna manera.

O sea que no había servido de nada que viniera, excepto para que me metieran mano unos viejos verdes que querían acallar su conciencia con sus limosnas, para romperle el corazón a Tara, para que Marc me amenazara de muerte y para manipular mentalmente a mi mejor amiga. Mi estado de ánimo parecía una montaña rusa.

—¿Me concede este baile?

Lo que me faltaba. Ya no estaba de humor para estos.

—Pues no — contesté sin miramientos.

El camarero puso los ojos como platos al oírme decir esas palabras. No tuve el gusto de ver la reacción del viejo pervertido que me lo había pedido, ya que le daba la espalda, y no tenía ganas de cambiar de postura. Solo esperaba que hubiera puesto la misma cara que el joven que servía las bebidas. Estaba decidida a acabar la noche con una copa en la mano, antes de volver a casa a dormir la mona. Me haría las preguntas existenciales en otro momento.

—¡Qué lástima! —siguió diciendo con insistencia detrás de mí—. He de confesar que es la mujer más hermosa que he visto en toda la noche.

—Estupendo.

Me parecía que había dejado claro que me estaba molestando. Me acabé el cóctel de un trago, le di el vaso vacío al camarero y le señalé con la cabeza que esperaba que lo rellenara. Me alargó otra copa con un cierto pánico en la mirada. Por lo menos él había captado que no estaba de buen humor. No como el viejo cretino que volvía a la carga.

—Hablo en serio —prosiguió.

Tomé la copa y me volví, dispuesta a mandarlo a paseo de una vez por todas. Y me quedé de piedra. Se me cayó el cóctel de las manos y se lo bebió en silencio la moqueta, que ya había absorbido el ruido.

El hombre me sonreía.

—Sería hipócrita si dijera lo contrario de alguien que se me parece tanto.

Me quedé paralizada, con el brazo levantado y la boca abierta, dejando en suspenso la retahíla de insultos que pensaba dedicar a un carcamal tan pesado.

Era él. El hombre del espejo. Tendría que haber reconocido esa maldita voz antes. Mucho antes. ¡Maldita sea!

Me tomó el brazo que seguía levantado y me obligó a seguirlo. Apenas me di cuenta del ruido que hacían los tacones cuando llegamos a la pista, pero era más o menos el único ruido que me llegaba. La música de la orquesta sonaba apagada, así como las voces de los que nos rodeaban. Me zumbaban los oídos y el corazón me latía cada vez más despacio. No podía moverme.

Seguía con una sonrisa en la cara cuando se puso a bailar, arrastrándome. Lo seguí como una muñeca de trapo.

—Eres tan guapa como me había imaginado siempre —dijo, con aire de ensoñación.

No contesté nada. Tenía un nudo en la garganta. Solo conseguí pensar que la caballería no tardaría en llegar. Tenía que llegar. Walter estaba sentado a una mesa cerca de aquí, Lukas no andaba muy lejos y seguro que Elliot no me quitaba la vista de encima después de lo que me había confesado. En cuanto a Tinky Winky, estaba fuera, pero estaba convencida de que vendría a ayudarnos.

—Da la impresión de que no te encuentras bien —observó aparentando estar preocupado.

—Es...

Me aclaré la garganta. La voz me estaba jugando una mala pasada.

—Estoy bien —intenté contestar con seguridad.

Sonrió de oreja a oreja. Tenía los mismos hoyuelos que él cuando sonreía. Se me paró el corazón.

—Tenía ganas de conocerte desde hace tiempo —continuó—. Desde que sé que existes.

Sonreía con franqueza. Si no hubiera sabido quién era, me habría parecido encantador. Pero lo sabía.

Los refuerzos no daban señales de vida, pero no tenía que dejarme llevar por el pánico. Tenía armas. Dos en los zapatos, una debajo del vestido y dos en la melena. Cinco buenas razones para ir con la cabeza alta.

—Vaya desfachatez tienes al presentarte aquí, Victor. ¿No pensarías que no lo habíamos previsto? Has hecho exactamente lo que queríamos que hicieras, y estás rodeado.

Había recuperado la seguridad en mí misma, y eso me ayudó a relajarme un poco. Sin embargo, me desconcertaba que él no hubiera perdido nada de la suya. De hecho, se puso a reír. A carcajadas. Me quedé de piedra.

—¿Victor?

Soltó la mano con la que me llevaba para acariciarme la mejilla con la punta de los dedos. Y luego me miró a los ojos.

—Maeve, no soy tu padre.

Capítulo 24

«Era como si se hubiera parado el tiempo.»

Y sin embargo, la gente seguía bailando, charlando y riendo a nuestro alrededor, pero solo los oía de lejos. Veía cómo se movían coordinadamente a mi lado, siguiendo un ritmo que me era ajeno, como si anduvieran perdidos en la inmensidad del salón. Me sentía tan pequeña que esa sensación empezaba a asfixiarme.

El hombre que tenía delante apartó la mano de mi cara y volvió a apoderarse de mi brazo para seguir bailando. Seguí sin oponer resistencia. No había reaccionado a lo que me había anunciado ya que, para ser honesta, no sabía qué hacer ni qué decir. Me venían montones de pensamientos a la cabeza y el resultado era un batiburrillo más que otra cosa.

—Estás muy callada —observó, rompiendo así la confusión silenciosa que me zumbaba en los oídos.

De repente, reaccioné.

—Estoy pensando cuál sería la mejor manera de matarte sin mancharme demasiado el vestido —repliqué con una sonrisa encantadora.

Se puso a reír a carcajadas.

—¿Quién eres? —le pregunté.

Pero, por extraño que parezca, creía saber la respuesta. Y era lógica. Ahora mismo, todo me parecía normal.

Me sonrió con ternura.

—Soy Connor —me dijo dulcemente.

—¿Por qué sigues vivo?

A decir verdad, no me importaba saber cómo lo había conseguido. El hecho de que no estuviera muerto me irritaba más que las razones que lo habían hecho posible.

—Por el mismo motivo que tú, hermanita —contestó sonriendo.

No había entendido mi pregunta. Pasemos del tema.

—¿Y qué quieres? —pregunté con firmeza.

Sonrió aún más, con maldad. Le brillaban los ojos de una manera que me asustaba más que todo lo que había visto hasta la fecha.

—Vas a venir conmigo, sin que tenga que obligarte, para visitar a nuestro padre.

Sofoqué una sonrisa.

—Aunque aceptara acompañarte, Lukas no me dejaría ir contigo —contesté con un tono de desafío.

La mirada que me lanzó me hizo temblar.

—Querida. A estas horas, Lukas ya está muerto. Igual que ese viejo Indio loco que sigue a tu abuelo como si fuera su sombra y el cretino que te molestaba antes. Considéralo un pequeño favor entre hermanos —dijo con una sonrisita satisfecha.

—¿Y Walter? —le pregunté, sin prestar atención al hecho de que Marc ya no volvería a fastidiar a nadie.

Pareció contrariado.

—¿Qué? ¿Ni siquiera me agradeces que te haya quitado de encima a un imbécil que amenazaba con matarte hace pocos minutos?

Lo miré frunciendo el ceño.

—¿Qué quieres? ¿Que te esté agradecida por ser un asesino?

Vamos a ver. ¿De verdad esperaba que le diera las gracias? Sin embargo, parecía muy serio. No hacía falta ser un genio para darse cuenta de que odiaba a Marc y lo cierto era que hubiera querido verlo muerto más de una vez. Pero de ahí a alegrarse por ello, había un abismo.

Parecía que se regocijaba.

—Pero no me pides que le perdone la vida. ¿Quieres que lo haga?

—¿Aún no lo has matado?

Me miró muy serio.

—Eso no es lo que te he preguntado, hermanita. Si pudieras salvarlo, ¿qué harías?

Había deseado la muerte de Marc tantas veces que decir que quería que siguiera con vida no me salía de manera espontánea. Pero eso no tenía por qué saberlo.

—Lo salvaría.

Connor se rio con ganas.

—¡No sabes mentir! Deberías aprender a tirarte un farol, aunque ahora sea demasiado tarde para salvar la vida de ese humano.

Apreté con fuerza los dientes. Me daba igual lo que le pudiera haber pasado a Marc. Me preocupaban mucho más Lukas y mi abuelo, Walter. Connor me miraba enternecido. Nunca pestañeaba y eso me hacía sentir incómoda.

—Tienes unos ojos preciosos —me dijo justo cuando estaba pensando lo mismo de los suyos.

Me sonrió con franqueza, sin segundas intenciones.

—Antes, con la pelirroja, he visto de qué eras capaz. Y estoy convencido de que puedes llegar a hacer mucho más.

No contesté. Dejé que siguiera llevando la batuta, resignada. Ya que estaba claro que no intentaría nada mientras hubiera tanta gente a nuestro alrededor, así que tendría que armarme de paciencia.

—Por cierto, es muy apetitosa —añadió.

El instinto me hizo clavarle las uñas en la piel hasta atravesarla.

—Si la tocas, lamentarás haber sobrevivido —le dije entre dientes.

Connor volvió la cabeza y miró a nuestras manos juntas. Le había salido sangre encima de los dedos, y le quedaban a juego con el color de mi laca de uñas. Pero las heridas ya le habían cicatrizado.

Levantó la barbilla y parecía un tanto incómodo.

—Siempre he sabido que me gustarías. Desde el instante en que supe de tu existencia, entendí que había una conexión entre tú y yo. Por supuesto, al principio no sabía que se trataba de ti. Apenas podía sentir tu presencia, como si fueras un pequeño residuo de electricidad estática. De entrada, no hice caso de esas sensaciones. Me di cuenta más tarde. Tenía sentimientos que no eran míos. La alegría de descubrir, el placer de hacer sufrir, la fascinación por la sangre.

Hizo una pausa para sonreír con franqueza y satisfacción.

—¿Sabes cuánto hacía que no había experimentado eso? ¡Tantísimo tiempo! —exclamó—. Todo ese candor era maravilloso. Luego me di cuenta de que también podía utilizar el vínculo que nos une para hacerte visitas. Pero mis visiones eran muy decepcionantes. ¡Me gustaría que me explicaras cómo lo haces!

—¿Cómo hago qué?

—Quedarte tanto tiempo —contestó—. Cada vez que he conseguido infiltrarme en tu cabeza, he salido despedido casi al instante. ¡Qué frustración! Sin embargo, quería más. Tenía que acercarme, atraparte, amarte.

Observé que me había puesto una mano detrás de la oreja, como si hubiera colocado un mechón en su sitio.

—Parecías tan desgraciada, tan perdida. Somos muy parecidos —me dijo, hundiendo su mirada en la mía con tal profundidad que casi me sentí mancillada—. Somos como dos mitades de una misma cosa.

Lo miré asqueada.

—¡No soy como tú, en absoluto! —me defendí con vehemencia—. ¡Eres un monstruo!

Soltó una risita, clara y breve, e inclinó la cabeza hacia atrás. Luego clavó una mirada fría como la muerte en mis ojos, incapaces de luchar.

—Eres exactamente como yo —dijo con dureza—. Todas esas ganas, todos esos pensamientos que te han pasado por la cabeza cuando me seguías, eran tuyos, no míos. El gusto por la sangre venía de tu boca cuando torturaba y mataba. Puedes decir lo que quieras, pero sé cómo eres.

—¡Nunca seré como tú!

Había puesto punto y final a nuestro baile y me quedé inmóvil y desafiante. No nos parecíamos en nada.

Sin embargo, mi corazón dejó de latir. ¿Y si tuviera razón? ¿Si era malvada? ¿Qué pasaría si fuera el monstruo que tenía miedo de ser?

Desvié la atención de las dudas que me asaltaban cuando vi la cara sombría que ponía Connor al mirar por detrás de mi hombro. Luego sonrió y a continuación transformó esa sonrisa en un rictus malvado. Me sujetó la mano y la espalda con fuerza creciente a medida que se le ensombrecía la mirada.

—Espero no llegar demasiado tarde a la reunión familiar —canturreó una voz detrás de mí.

Enseguida me relajé al oír hablar a Walter.

Connor me soltó y se puso frente a él.

—Sabía que nos traerías problemas —dijo con una risa sarcástica.

—No está bien que intentes matar a tu abuelo —le dijo Walter como si regañara a un niño—. Y ahora, ¿qué tal si arreglamos las cosas en un lugar más discreto?

Connor se encogió de hombros brevemente, como si no tuviera la culpa de nada. Pero, antes de que pudiera entender qué sucedía, tenía la mano apoyada en el cuello de Walter. El rictus malvado le deformaba tanto las facciones que casi no parecía humano.

—Como he recalcado, sabía que nos traerías problemas, así que te he preparado un cóctel especial. Encantado de conocerte, abuelo —dijo mezquino, insistiendo en la última palabra—. Aunque haya sido por unos instantes.

Soltó a Walter, que se quedó paralizado con una expresión de sorpresa. Y cayó inconsciente pocos segundos después. Algunas caras pasmadas miraron donde estábamos nosotros.

Grité y me agaché con presteza. Walter tenía los ojos abiertos como platos y la mirada fija y vacía. Intenté moverlo para que reaccionara, sin éxito; tenía una pequeña mancha roja en el cuello de la camisa.

—¿Qué le has hecho? —grité girándome hacia Connor.

Por lo visto, se divertía como un loco.

—¡Que alguien llame a una ambulancia! ¡Creo que este hombre tiene un ataque al corazón! —gritó a los que nos miraban.

Empezaron a oírse comentarios en voz baja llenos de pánico y un grupo de mirones se agolpó a nuestro alrededor. Hasta alguien dijo: «Apártense, soy médico». Como en las películas.

Connor me tiró del brazo y me acercó a él violentamente.

—Vámonos, ya hemos perdido demasiado tiempo.

Y me arrastró lejos de la gente, lejos de Walter, lejos de cualquier esperanza.

Salimos del salón y fuimos por un pasillo ancho que, según las indicaciones, llevaba al garaje subterráneo. Se puso a darme empellones para que fuera más rápida. Entonces hice lo único que podía hacer una mujer con tacones de vértigo cuando la empujan sin miramientos por una gruesa moqueta de color burdeos.

Me caí al suelo. Me tiró por el brazo con violencia para que me levantara, soltando tacos. Le clavé la cuchilla en el costado. Al fin y al cabo, estos zapatos resultaban muy prácticos.

Gimió, doblándose en dos, y no perdí ni un segundo. Le di un rodillazo tan fuerte como pude en la mandíbula. Se cayó al suelo y le propiné varias patadas antes de clavarle un tacón en el tórax. Por desgracia, no tardó demasiado en recuperar el sentido y quitarse la cuchilla que le había clavado para hundírmela en la pantorrilla. Dios mío, qué dolor. Nota: No volver a quejarme por recibir una piedra en el trasero.

Aprovechó el momento en que me arrancaba la cuchilla para hacerme caer tirándome de las pantorrillas. Ya se había curado, y me di cuenta de que mi hermano no tenía las mismas facultades que yo, sino muchas más.

Cuando se levantaba dispuesto a atacarme, levanté las piernas para enviarlo volando detrás de mí. Era mucho más pequeño y ligero que Lukas, por lo que fue un juego de niños.

Di un saltito y le hice señas para que se acercara, con la cuchilla en la mano y cara de pocos amigos. Acababa de hacerme enfadar en serio. Y odiaba estar enfadada. Me ponía furiosa.

Avanzó poco a poco, agachado como yo, dispuesto a ir a la carga. Buscaba por dónde embestirme, pero no lo iba a conseguir. Entonces quiso desequilibrarme con una patada, pero salté. No era fácil aterrizar con estos tacones. Estoy segura de que los diseñadores de calzado nunca piensan en este tipo de situaciones.

Vi cómo sonreía cada vez más. Miraba algo detrás de mí. Pero no me engañaría. Di un paso con la cuchilla levantada y recibí una puñalada en la espalda. El dolor era lacerante y enseguida me saltaron las lágrimas. Nunca seré una buena jugadora de póquer. Siempre pienso que la gente se está tirando un farol.

Me volví y descubrí a un Roy burlón. Me había dado de lleno.

Intenté sacarme el puñal de los riñones, pero no era fácil. Me lo quitó Connor, que me agarró fuerte y me lo puso debajo de la garganta. Sentí el olor de mi propia sangre.

—A ver, ¿podemos ir ahora?

Le di un codazo e intenté moverme antes de que me cortara una arteria. La mayoría de la gente se hubiera estado quieta para evitar desangrarse. Yo no. Para empezar, no era como todo el mundo. En segundo lugar, prefería que me mataran allí mismo a que me entregaran a mi padre.

Me hizo un buen corte en el hombro. Roy se abalanzó sobre mí. Puse la pierna detrás de la de Connor y tiré de golpe para hacerle perder el equilibrio. Y nos caímos los tres. Estaba atrapada entre ambos. Pues no había sido buena idea. Tendría que estudiar más a fondo las estrategias de combate.

A continuación organizamos una especie de revoltijo en el que yo intentaba zafarme y ellos acabar conmigo. Conseguí sacar la navaja que llevaba escondida debajo del vestido y clavársela a Roy muy cerca del corazón. Pero no lo suficiente para matarlo. Me miró de arriba abajo con ojos encendidos mientras rodaba de lado. Se la quitó del pecho, y con la mirada me dio a entender que nunca más tendría la oportunidad de volver a intentarlo después de lo que me iba a hacer.

—¡Roy! —oí como gritaban a lo lejos.

Lukas estaba vivo. ¡Lukas estaba vivo!

Roy y Connor volvieron la cabeza al mismo tiempo. Connor parecía fastidiado y se levantó con presteza. Me dedicó una breve sonrisa y se largó hacia el final del pasillo. ¡Qué gallina!

Luego todo fue muy rápido.

Roy me miró de nuevo y tiró el cuchillo antes de que pudiera levantarme. Bueno, seguramente me habría dado tiempo si se me hubiera ocurrido, pero tenía todo el cuerpo paralizado. Lo vi llegar con tranquilidad, a cámara lenta. Me había apuntado al corazón y sabía que iba a acertar. Cerré los ojos. Por lo menos me iría sabiendo que no había causado la muerte de Lukas.

Sentí una corriente de aire en el rostro. Y no sucedió nada. Abrí los ojos a tiempo para ver cómo Lukas agarraba a Roy por el cuello y lo levantaba del suelo para acorralarlo contra la pared. Enseñaba los colmillos y estaba enloquecido. Tenía clavado en el muslo el cuchillo que había tirado Roy.

Roy miraba a Lukas con una sonrisa imperturbable.

—Esto ha acabado para ti, amigo —le dijo Lukas.

Me levanté y me puse a su lado. Roy volvió la cabeza y me miró fijamente.

—No, acaba de empezar —dijo con una risa sarcástica.

—Suéltalo —le ordené a Lukas.

Este dio media vuelta, con una ceja arqueada. Le indiqué que obedeciera y dejó al vampiro en el suelo. Roy no se movió y siguió mirándome con una sonrisa boba.

—Cuando te ponga la mano encima...

No acabó la frase, y me observaba con una mirada de loco.

—Mataré a Connor —dije segura de mí misma—. Y si hace falta, también mataré a Victor. De hecho, creo que serás el primero de una lista muy larga.

Lo observé con la mirada vacía. Ni siquiera había intentado parecer amenazadora. Se puso a reír.

—Nunca te podrás escapar lo bastante lejos —gruñó cuando se hubo tranquilizado un poco—. Y nunca llegarás hasta Victor. Y aunque lo hicieras...

Volvió a dejar la frase sin acabar. Le atrapé por el cuello de la camisa y me puse a sacudirlo.

—¿Qué? —pregunté, perdiendo algo de confianza—. Si llego hasta Victor, ¿qué?

Sentí la mano de Lukas en el hombro y la aparté de golpe. Roy volvió a obsequiarnos con su risa sarcástica y lo sacudí más fuerte.

—No puedes luchar contra la profecía. Si fracasamos, a ti no te irá mejor.

Al oír esa frase se me ensombreció el semblante y dejé de maltratarlo. No se perdió ni un ápice del efecto que me habían producido sus palabras. Por primera vez, me di cuenta de que si la profecía a la que había aludido Walter era cierta, mucha gente debía de querer verme muerta, incluida yo.

—¡Una profecía no significa nada! —me defendí—. ¡Soy dueña de mi destino!

Siguió riendo en voz baja.

—De acuerdo —contestó—. Pero si no es mentira, Victor será el menor de tus problemas. Y tú...

Lo agarré por el cuello antes de que acabara la frase. Apretaba con tal fuerza que la punta de los dedos se me empezaba a hundir en los agujeros que le había abierto en la piel con las uñas. A Roy se le deformó el rostro por el dolor, pero mantuvo la sonrisa.

—¿Yo qué? —pregunté con frialdad a través de los dientes apretados de rabia.

Dejó de reír. Abrió los ojos y arqueó las cejas.

—No serás más fuerte que la profecía —dijo, a pesar de que le estaba destrozando la garganta—. Veo rabia en el fondo de tus ojos, toda la locura silenciosa que escondes. Ni siquiera tu padre tiene los ojos así...

Nunca había actuado tan rápidamente en toda mi vida. El cuchillo estaba en la pierna de Lukas. Un segundo después, le atravesaba el corazón a Roy.

—Soy dueña de mi destino —le dije mientras se le apagaban los ojos y desaparecía aquel rictus.

Solté el arma y dejé que Roy se cayera al suelo. Lo observé con frialdad. Con anterioridad ya había visto cómo se moría un vampiro, pero no en primera fila, y estaba fascinada. Iba perdiendo el color, poco a poco. Pasó del gris oscuro a un gris tan claro que parecía una estatua. Una estatua de ceniza.

Me agaché y lo toqué. Se le rompió el esqueleto y cayó al suelo como una masa uniforme. Escupí encima de sus restos.

—Bueno, supongo que ahora es demasiado tarde para interrogarlo —soltó Lukas en tono vivaracho.

Pero a mí no me hacía gracia. Era probable que Tinky Winky hubiera muerto por mi culpa, Connor se había escapado y...

—¡Walter! —dije incorporándome con rapidez.

Salimos del edificio deprisa y corriendo después de haber preguntado en el salón adónde se habían llevado a Walter.

Fue un juego de niños encontrar nuestro vehículo en el aparcamiento casi desierto. Lukas puso la llave de contacto incluso antes de que su trasero tocara el asiento del conductor. Iba a quitar el freno de mano cuando sofoqué un grito. Detrás de él, al otro lado del cristal, colgaba una cabeza sin cuerpo. Me quedé tranquila en cuanto al destino de un viejo amigo cuando vi que un brazo inmenso sujetaba dicha cabeza.

—¡Lala! —grité, aliviada.

Lukas abrió la puerta de atrás y vi cómo entraba el Indio, sano y salvo.

Me habría parecido cómico verlo así, en un Volvo tan pequeño, si se hubiera tratado de un día cualquiera. Apenas cabía en el asiento, con la cabeza de su víctima encima de las rodillas, como si fuera un perrito.

—¿Por qué no se convierte en polvo? —pregunté, intrigada.

Acababa de ver cómo se convertía un vampiro en cenizas en menos que canta un gallo. Sin embargo, esta cabeza, aunque algo pálida, parecía muy dura.

—Oh, no tardará en hacerlo —me aseguró Lukas—. Solo lleva algo más de tiempo que cuando se clava la plata directa en el corazón. Pero dentro de unos minutos, este trofeo no será más que un recuerdo polvoriento.

Quedé satisfecha con la respuesta y me volví para centrar mi atención en la carretera. Dentro de poco llegaríamos al hospital. Solo esperaba que no fuera demasiado tarde.

Alcanzamos nuestro punto de destino al cabo de treinta minutos. Lalawethika estaba indemne. Nos contó como pudo lo que le había pasado, mientras Lukas hacía lo mismo y yo resumí la reunión familiar y el accidente de Walter lo mejor posible. Por lo visto, los vampiros que había enviado Connor eran muy malos, sin duda, pero tenían pocas luces. Le habían dado trabajo a Lukas, pero se las arregló sin problemas. En cuanto a Lala, seguro que se había divertido de lo lindo arrancando cabezas a diestro y siniestro.

Lukas intentó tranquilizarme, repitiéndome varias veces que todo había acabado, aunque no se lo creía más que yo. Quería que saliera del país al día siguiente. Por mi seguridad, decía. No estaba segura de que, en realidad, eso fuera a servir de ayuda. Puestos a ello, mejor enfrentarse al enemigo con la cabeza alta y terminar de una vez por todas. No me atraía la opción de convertirme en fugitiva de por vida. Pero no estaba de humor para discutir esta noche. Me lo guardé para mis adentros y me abstuve de hacer comentarios en voz alta.

Miré a mi abuelo. Estaba acostado en una ascética cama de hospital, conectado a un montón de tubos, con los ojos cerrados. Los médicos me habían asegurado que su situación era estable. No obstante, confirmaron que no se trataba de un infarto y confesaron que aún no sabían qué tenía. Me hubiera sorprendido que encontraran una respuesta antes de varios cientos de años. Fuera lo que fuese, aunque Walter no muriera, sospechaba que tardaría en salir del coma.

Se me acercó Lukas y me pasó un brazo por los hombros.

—Todo irá bien —me prometió.

Me quedé callada. Tengo un padre psicópata, un hermano que va camino de serlo, los dos quieren matarme y mi abuelo está sumido en una especie de letargia inexplicable. Ah, y además soy un vampiro cruzado con una raza de magos de la cual no sé nada porque es posible que la única persona que podría contestar a mis preguntas no vuelva a hablar nunca. Claro que todo irá bien.

Oí que vibraba algo. El ruido procedía del bolso, que estaba encima de la mesa que había junto a la puerta de la habitación. Me solté del abrazo de Lukas sin decir palabra y saqué el móvil. Vi la foto de Elliot en la pantalla. No le habíamos dicho nada antes de irnos, ya que no lo vimos en el salón. Debía de estar muerto de preocupación.

—Es Elliot. Me voy al pasillo para hablar con él —le dije a Lukas señalando el móvil con la cabeza.

Asintió con desgana y salí de la habitación. Fuera, el ambiente no estaba tan cargado.

—No te preocupes, todo va bien —empezé diciendo al descolgar.

Pero la voz que se oía al otro lado de la línea no era la que yo esperaba.

—¿Estás segura de que todo el mundo está bien, hermanita?

Capítulo 25

«No resultaría fácil.»

Colgué y volví a la habitación de Walter. Intenté no parecer frágil y desvalida a los ojos de Lukas. Miré a Walter unos segundos. No sabía qué le había hecho Lukas en mi ausencia, pero sí sabía que no saldría de su letargo. Aunque siguiera respirando, mi abuelo se había ido.

—Me gustaría volver a casa —dije con pocas fuerzas—. Walter no va a despertarse y necesito cambiar de aires.

Lukas asintió, apenado. En otras circunstancias lo hubiera apreciado.

—Tenemos que sacar a Walter del hospital. No sirve de nada que se quede aquí, y estaría en peligro. Además, empezarían a hacer preguntas engorrosas. Lalawethika, ¿te puedes encargar tú?

Lalawethika. Lala-we-thika. Tenía que aprenderme ese nombre de memoria de una vez por todas.

El Indio gigante tenía el semblante sombrío. Si no hubiera parecido tan bruto, habría podido pensar que tenía sentimientos y que lo que le ocurría a Walter lo afectaba de verdad. Pero, en el fondo, sabía que su aspecto no quería decir nada. No podía ser un bruto a secas, Walter tenía una cierta categoría.

Me dio pena ver cómo se acercaba a la cama y contemplaba a mi abuelo fijamente, con la mirada vacía. Se giró hacia Lukas y asintió con la cabeza.

—Ven —dijo Lukas, tomándome la mano—. Ha sido una noche muy larga. Ya va siendo hora de que se acabe.

«Ojalá —pensé al salir de la habitación—. Ojalá.»

Bajamos hasta la planta baja sin decir palabra y llegamos al aparcamiento. Al acercarme al viejo Volvo rojo me pregunté, con el corazón en un puño, cómo les iría a la señora Bartowski y a su hermana. Todo parecía tan fácil en aquella época, comparado con el presente. Y hacía tan poco tiempo... Pero parecía que hubiera pasado un siglo.

Subí al coche en silencio y dejé que condujera Lukas. Arrancó enseguida. Lala vendría pronto con Walter. No sabía muy bien cómo se las iba a arreglar para robar un paciente, pero confiaba en él. Aunque sus poderes hipnóticos no funcionaran con todo el mundo a la vez, nadie intentaría pararle los pies, aunque estuviera robando un bebé. Seguro que no era un bruto salvaje, pero tenía todo el aspecto.

—Has sido muy valiente —dijo Lukas, rompiendo el silencio que nos rodeaba.

¿Valiente? En circunstancias normales me hubiera ofendido.

No le contesté y me quedé mirando a la carretera, hasta que nos detuvimos en un semáforo en rojo.

—He visto cómo peleabas y me has impresionado tanto que he estado a punto de no intervenir.

—Me habrían matado si no hubieras hecho nada —gruñí de mal humor.

Me miró. Por encima del cansancio y la preocupación que llevaba escritos en la el rostro, apareció una sonrisa tranquila.

—No lo creo. No eres lo que se podría llamar un vampiro tradicional —dijo—. Y, para ser sincero, no sé si te habrías muerto.

No reacioné. Quizá fuera la más inmortal de las inmortales, pero aquello no me producía más satisfacción que conseguir levantarme un domingo antes del mediodía.

El semáforo se puso verde y el vehículo arrancó. Las calles me parecían demasiado tranquilas para ser viernes por la noche, como si fuera la única persona que no hubiera recibido el mensaje de alerta que ordenaba que todo el mundo se quedara en casa.

—Relájate —me dijo con amabilidad al cabo de unos minutos de pesado silencio—. Ahora todo irá bien. Mañana sales del país y te vas a Grecia, a casa del amigo del que te hablé. Me reuniré contigo dentro de unos días, solo tengo que poner unos asuntos en orden antes de ir.

Se me alegró el corazón con solo pensar en bailar *sirtaki* y comer *musaka* a la sombra de un olivo.

—Y no te preocupes por Walter. He visto cómo ese viejo loco sobrevivía a ataques mucho peores. Saldrá de esta.

Intenté reprimir mi curiosidad. Si mi abuelo no sobrevivía, por lo menos le podría pedir a Lukas que me contara cosas sobre él. A pesar de todo, me sentí en la obligación de preguntarle.

—¿Qué tiene?

Vi que dudaba. Mantuvo la vista fija en la carretera y tardó un poco en contestar.

—No puedo estar seguro, preciosa.

No me había llamado así desde hacía siglos.

—Solo sé que hay dos maneras de matar a un inmortal. Arrancarle el corazón y quemarlo, o con un veneno muy especial y muy difícil de encontrar. No te puedo decir si es lo que ha utilizado Connor, ni si ha empleado la dosis adecuada, en caso de que se trate de eso.

Y se había atrevido a decirme que Walter iba a salir de esta. Un escalofrío me recorrió la espalda.

—Pues sí que hay medios de liquidar a un inmortal —solté con un cinismo forzado.

Disminuyó la velocidad y aparcó en doble fila antes de volverse hacia mí.

—Solo hay dos, comparados con los centenares que existen para matar a un ser humano —contestó al fin, mientras yo tenía la cabeza gacha—. Tu abuelo es duro de pelar y se recuperará, puedes estar segura.

Se inclinó hacia mí, me puso la mano detrás de la nuca y me besó en la frente. Como no reaccionaba, volvió a arrancar.

—Por fin ha acabado todo —dijo con voz tranquilizadora.

«Ojalá», pensé de nuevo, ocultando el rostro para que no me viera preocupada.

Llegamos al apartamento al cabo de diez minutos. No habíamos dicho nada más; Lukas había entendido que no estaba de humor para charlas.

Al llegar a casa, estaba en un estado difícil de describir. Mi corazón había dejado de latir al cruzar el umbral, o sea que suponía que estaba muerta de miedo por lo que me disponía a hacer. Sin embargo, no sentía ese temor ni ninguna otra emoción y quizá fuera mejor así. Tenía que ser operativa, no humana.

Lukas empezó a soltarse la pajarita. Todos los camareros la llevaban esa noche, pero ninguno parecía tan *sexy* como él con algo tan ridículo. Se volvió hacia mí mientras se desabrochaba el botón del cuello de la camisa. Era tan alto y tan atractivo. Tenía los rizos castaños despeinados y, cuando me miró, sus ojos brillaban un poco a pesar del cansancio que llevaba escrito en la cara. Ya no quedaba nada del depredador. Solo parecía un hombre. Un hombre cansado, agotado por los acontecimientos de la noche. De verdad.

—Quieres be...

No pudo acabar la frase.

En menos de un segundo acorté la distancia que nos separaba y puse mis labios encima de los suyos sin pensar. Lo besé con ferocidad. Enseguida respondió a mis insinuaciones, me puso las manos en las caderas y me levantó. Mis piernas se enroscaron con naturalidad alrededor de su cintura y sentí que no podía disimular su deseo.

Nos llevó hasta su habitación, mientras me recorría la espalda con los dedos, debajo del vestido. Me dejó en el borde de la cama y se arrodilló delante de mí para cubrirme el cuello de besos. Le pasé una mano por el pelo y tiré de él hacia atrás, para que levantara la cara y pudiera besarlo con más ferocidad aún que antes. Sentí que la excitación le había hecho sacar los colmillos y de repente me pregunté si eso sería algo bueno.

Me incorporé y él me imitó. Todavía me impresionaba ver lo alto que era, mucho más que yo. Y me seguía excitando mucho.

Se inclinó y me susurró al oído todo lo que pensaba hacerme si seguía mirándolo así. A modo de respuesta, le pasé los dedos desde la nuca hasta el pecho, donde le agarré la camisa sin miramientos, le di la vuelta y lo tiré encima de la cama. Saltó con alegría infantil; infantil y perversa, para ser precisos. Tenía la mirada tan ardiente que no sabía si podría soportarla mucho más.

Me agaché, le puse las manos en los tobillos y empecé a avanzar a cuatro patas, maullando como una gata en celo. Llegué hasta su cara y le mordí el labio mientras me sentaba encima de su entrepierna.

—Me vuelves loco —bufó mientras intentaba alcanzar mi boca.

Se lo impedí con firmeza.

—Espera un poco y sabrás lo que es bueno —respondí con languidez.

Lo besé y le tomé una mano con la mía para levantarla por encima de la cabeza. Lo mismo con la otra. Me erguí ligeramente y, después de ordenarle con la mirada que no se moviera, fui bajando poco a poco hacia su pantalón después de abrirle la camisa tan rápidamente que saltaron los botones. Por lo visto, le gustaba mucho que hubiera tomado la iniciativa. Mejor que mejor. Tenía la intención de dar rienda suelta a mis instintos.

Le solté el cinturón y tiré de él. Levantó un poco las caderas para ayudarme y se lo agradecí sonriendo con picardía. Di un par de golpes secos con el cinturón mientras me mordisqueaba el labio inferior. Se le iluminó la mirada.

A continuación, me agaché para besarlo. Me devolvió un beso apasionado e intentó ponerme las manos en el cuerpo. Chasqueé la lengua contra el paladar un par de veces, como hacía él tan a menudo, para protestar. Seguía con el cinturón en la mano y con la otra le volví a poner la suya, con la que me había agarrado la cadera, en la cabecera de la cama. La sujeté con firmeza, mientras que la que aguantaba el trozo de cuero le tomaba la mano que intentaba atraerme hacia él por la nuca.

Con un brazo, me apoyé con todo mi peso en los suyos y, con el otro, desenrollé el cinturón. Le rodeé las manos con él y luego un barrote de la cama, y comprobé que aguantaba bien. Y sonreí mientras me incorporaba.

Le acaricié el pecho con los dedos, que se acercaron peligrosamente a la bragueta, y dio muestras de que le gustaba. Me incliné un poco hacia atrás y, con un golpe de cadera, volvió a acercarme a él.

Hizo ver que me mordía la punta de la nariz, juguetón, y puse mi boca encima de la suya.

—Creo que te quiero —susurró mientras nos besábamos.

Se me partió el corazón al oírlo.

Lo besé con más ardor que nunca para hacer que se callara mientras levantaba los pies hasta que me toqué la parte baja de la espalda con los talones.

Me incorporé lo suficiente para poder verle los ojos.

—¿Qué crees que estás haciendo? —me preguntó en tono burlón.

—Seguro que no es lo que te esperas.

Se le reflejó la sorpresa en la mirada, pero era demasiado tarde. Tenía el cuchillo clavado de lleno en el pecho, justo al lado del corazón.

Fui retrocediendo a cuatro patas, tenía miedo de que no fuera suficiente. Poco a poco, como una fiera en una trampa, esperando un ataque inminente.

—¿Por qué lo has hecho? —me pidió, herido.

Sus ojos mostraban una tristeza que no podía soportar. Tuve que agachar la cabeza antes de poder sostenerle la mirada.

—Alguien me dijo una vez que algunos adversarios no respetan las reglas del juego —respondí saltando de la cama, sin bajar la guardia.

Me puse a correr hacia la salida. Al llegar a la puerta me di la vuelta. Tenía el cuchillo tan cerca del corazón que podría haberlo matado.

Tenía la cara deformada por el dolor. Pero de eso se trataba, de debilitarlo lo suficiente para que no pudiera alcanzarme antes de que estuviera lejos.

—Lo siento mucho —dije con dulzura.

Y me fui corriendo sin mirar atrás. Le oí gritar mi nombre, furioso, y se me heló la sangre.

Me detuve en la cocina para sacar una bolsita de hemoglobina del frigorífico. En cuanto me hube acostumbrado a tomarla con regularidad, dejó de guardarlas en el de su habitación. Por suerte, porque no hubiera podido volver allí. Si algún día nos volvíamos a ver, temía que no sería un encuentro agradable.

Salí del apartamento sin perder más tiempo, mientras él seguía gritando en su cuarto. Bajé por la escalera lo más rápido que pude a pesar de los tacones. Tenía que darme prisa. Connor me había dado una hora y no quedaba mucho tiempo.

Llegué al almacén oscuro y lo crucé al galope hasta que al llegar al exterior me encontré cara a cara con Lala, que llevaba a Walter inconsciente y con bata de hospital. Mierda. Por poco choco con él. Me detuve, sin aliento, delante de él. No había previsto una situación así. No me lo imaginaba soltando a mi abuelo de golpe para atraparme, pero sabía que le bastaría con dejarlo para perseguirme corriendo y entonces tendría las de perder.

Arqueó una ceja a modo de pregunta. En otras circunstancias, hubiera sido divertido ver que el resto de la cara se mantenía inexpresivo, mientras que ese gesto era muy claro. Pero ahora no era el momento. Sentí que el pánico se me mezclaba con el estrés, pero no conseguía controlarlo. Tenía que dejarme pasar.

—Tengo que irme —dije suplicando—. Tiene a Elliot y a Brianne y debo ir sola, pues de lo contrario los matará. De verdad, de verdad de la buena, tienes que dejarme ir. Te lo suplico.

Bajó la ceja.

—No puedo salvar a mi abuelo, tengo que salvarlos a ellos...

Sin querer, me mordí el labio inferior hasta hacerme sangrar. El estrés no era nada comparado con esto. Tenía que dejarme marchar por voluntad propia. Era mi única oportunidad, nunca conseguiría algo por la fuerza.

—Te lo ruego...

—¿Lukas? —me preguntó con tranquilidad.

—Nunca hubiera aceptado que fuera —le expliqué, suplicante—. He tenido que ocuparme de él.

Frunció el ceño. La verdad, nunca lo había visto tan expresivo como ahora.

—Está bien —lo tranquilicé—. Me va a odiar, pero se encuentra bien.

Lo que me había dicho justo antes de que lo apuñalara me golpeó el oído como una bofetada. Lo había traicionado en el peor momento y sabía que no me lo perdonaría.

—Podrás soltarle dentro de poco. ¿De acuerdo? —le pedí después de una breve pausa.

Transcurrieron unos segundos interminables, durante los cuales apenas me latió el corazón, antes de que asintiera. Suspiré aliviada y me puse a correr antes de que cambiara de parecer.

—¡Maeve! —gritó Lala casi al instante.

Aminoré el paso y me di la vuelta, pero no me detuve.

—¿Dónde? —me preguntó sin más.

Dudé unos instantes. Si me había dejado pasar, seguro que no era para impedir que me fuera ahora. Y podría resultar útil tener refuerzos. Connor me había ordenado que fuera sola. Pero no había dicho nada sobre el hecho de que luego se presentaran más invitados a la fiesta. Pensé con rapidez y tomé una decisión.

—¡La pista de patinaje del puerto! —grité como respuesta.

Había una cierta distancia entre nosotros dos, pero él era tan enorme que parecía que estuviera cerca. Asintió de nuevo.

—¡Prudente! —rugió.

La verdad era que no tenía nada de un bruto sin sentimientos. Dudé un momento antes de correr hacia él. Besé a mi abuelo en la frente.

—¡Lo prometo! —le dije—. Y, por favor, cuida de él, Lalawethika.

Me miró muy serio cuando inclinó la cabeza una vez más. Me levanté de puntillas y le di un beso en la mejilla, en la cicatriz que le atravesaba la cara.

—Gracias —susurré.

Empecé a batirme en retirada, sin perderlo de vista, por miedo a que cambiara de opinión. Como no se movía, me volví y me puse a correr.

—¡Maeve! —gritó.

Di media vuelta y seguí retrocediendo mientras lo miraba.

—Mátalo —dijo sin más.

No le noté nada especial en la voz y, de hecho, no tenía tiempo para contestarle. Asentí y me volví por última vez.

Y me puse a correr más rápido que nunca, con la bolsita de sangre en la mano. Si me la hubiera bebido antes de irme, no solo habría perdido unos minutos preciosos durante los cuales Lukas se habría podido soltar, sino que también habría tenido ganas de vomitar durante todo el camino. Y ya tenía bastantes náuseas.

La llamada telefónica había sido breve. Tenía a Elliot y a Brianne, y si no iba, en el plazo de una hora los mataría. Podía intercambiar mi vida por la suya y, aunque no estaba segura de que los dejara ir sanos y salvos, era la única oportunidad que tenía. Lukas nunca me hubiera dejado ir y lamentaba lo que le había hecho, aunque era necesario. Seguro que me odiaba a muerte, pero en ese preciso instante no era lo que más me preocupaba. Lo que me angustiaba, a medida que me acercaba al lugar de encuentro en medio de la noche, era que quizá no volviera a verlo nunca, porque no esperaba salir viva de esta. Connor no dejaría que me marchara con ellos y había jurado que los mataría si me veía venir con alguien más.

Y decir que quizá ese fuera el menor de mis problemas... Si eliminaba a Connor, quedaba Victor. Intentaría matarme por todos los medios si llegaba a enterarse de que había liquidado a su hijo. Tenía pocas probabilidades de conseguirlo. Y aunque tuviera éxito, eso tendría consecuencias. En el caso poco probable de que sobreviviera al encuentro, ¿cómo iba a llegar hasta Victor y conseguir matarlo? Era casi imposible. Además, ¿qué sucedería luego? Quería convencerme a mí misma de que la profecía se equivocaba y de que con la muerte de los últimos miembros de mi familia podría aspirar a llevar una vida casi normal. Quería creer en lo que había visto mi madre. Nunca me parecería a mi padre ni a mi hermano. Antes muerta.

Bueno, eso igual se arreglaba en breve.

Me detuve a unos cincuenta metros del lugar de encuentro y abrí la bolsita. Bebí con rapidez. Esa noche, el gusto de la sangre me dejó un agradable frescor en el paladar.

Tiré el plástico vacío al suelo y me puse a andar. Respiraba hondo, apreciando cada centímetro cúbico de aire que inspiraba. Me iba a meter sola en la boca del lobo, sin armas. En el hotel había utilizado dos cuchillos, y el tercero se había quedado hundido en el pecho de Lukas, que debía odiarme. Lukas, a quien no volvería a ver nunca, puesto que, cuando llegara a la pista de hielo, solo se encontraría con jugadores de *hockey*. Esperaba que Lalawethika se lo hubiera creído y que no me lo tuviera en cuenta. Pero no podía permitirme poner la vida de nadie más en peligro. Lo había hecho hasta la fecha y mis amigos corrían el riesgo de pagar las consecuencias.

Eché una última ojeada a la universidad a la que tanto había querido volver y entré al campo de fútbol para encontrarme con mi hermano. Y matarlo.

Capítulo 26

«Doce ojos brillaban en medio de la noche.»

Y todos me miraban a mí. Tomé aire y me dirigí hacia el grupo de vampiros que me esperaban tan tranquilos en la entrada del gran estadio de fútbol. Todavía costaba más andar con tacones por el césped que correr con ellos. No paraban de hundirse en la tierra. Me detuve para quitarme los zapatos y los tiré detrás de mí. A continuación me acerqué al comité de bienvenida.

Todos parecían contentos de verme y me miraban con gran interés. Como si ahora fuera el momento. Estaban de pie y quietecitos, y casi me divirtió ver lo mucho que se asemejaban. Todos tenían el pelo castaño oscuro y la misma expresión. Lo único que cambiaba era la estatura. Como los hermanos Dalton.

Di un paso hacia Connor, que estaba detrás.

—Estoy aquí —le dije con frialdad, a modo de saludo.

A continuación miré a mi alrededor. Ni rastro de Elliot ni de Brianne. Solo estaban los seis vampiros ante los cuales acababa de pasar y Connor.

—Cachéala —le dijo este con aspereza al esbirro que se hallaba más cerca de mí.

Procedió con una sonrisa enorme, tomándose más tiempo del que hacía falta para comprobar que no iba armada. Se aseguró con todo detalle de que no llevaba nada escondido en el escote. No opuse resistencia y reprimí las ganas de pegarle un puñetazo. Por suerte, no pensó que las agujas que llevaba en el pelo pudieran resultar peligrosas. No iba a darle pistas.

—¿Has venido sola? —me preguntó Connor mientras su secuaz me seguía palpando.

—Tengo a un grupo de músicos esperando fuera para tocar la marcha fúnebre en cuanto me haya ocupado de ti.

Vi cómo volvía la cabeza al instante hacia la puerta del estadio. —Sola y desarmada —rectifiqué levantando los brazos.

Connor se dirigió a los dos vampiros más bajitos.

—Russ, Jack, id a dar una vuelta. Como aparezca alguien, ya te puedes despedir de tus amigos —añadió mirándome a los ojos.

Se fueron sin dilación. El que me estaba registrando acabó decidiendo que no iba a encontrar ningún arma y dio un paso atrás.

—Está limpia —le aseguró a Connor.

—Perfecto.

Bajé los brazos y puse las manos en las caderas.

—¿Dónde están?

—No muy lejos.

—Pues suéltalos —dije con firmeza—. Estoy aquí, he cumplido con mi parte del trato, deja que se marchen.

—No tan deprisa —dijo con una sonrisa que no presagiaba nada bueno—. Has acabado con uno de mis hombres, sería justo que solo te devolviera a uno de los dos.

Di un paso con el puño cerrado, en actitud amenazadora. Un vampiro me cortó el paso levantando una mano delante de mí. Con un gesto, Connor le ordenó que la bajara y él obedeció en el acto.

—Calma y tranquilidad —prosiguió—. Te dejaré elegir. Pero, de momento, hablemos de negocios.

Dicho esto, se me acercó y me puso un brazo alrededor de los hombros. Reprimí las náuseas que me provocó el contacto de su piel.

—Ven —dijo.

Me entraron unas ganas locas de quitarme el brazo de encima y arrancarle el corazón a mordiscos. Pero no hice nada. Todavía quedaban cuatro vampiros detrás de mí y, aunque consiguiera deshacerme de Connor, no saldría viva de esta.

Dejé que me llevara hasta el centro del campo, y ambos guardamos silencio durante el breve trayecto. Por fin, me soltó. Advertí que el cielo estaba despejado y que se podían ver las estrellas desde donde nos encontrábamos. Era una noche preciosa.

El estadio no estaba iluminado y los ojos se me iban acostumbrando poco a poco a la oscuridad. La melena negra de Connor brillaba tenuemente a la luz de la luna y me volvió a llamar la atención lo mucho que nos parecíamos. Tenía los ojos iguales que los míos, incluido el color verde pálido que los caracterizaba y la misma forma. Si se los hubiera maquillado, se habría podido hacer pasar por mí. Tenía la mandíbula cuadrada, como yo, y solo la nariz, algo más grande, se diferenciaba de la mía. Era un hombre apuesto de verdad y, a pesar de su corta estatura, estaba segura de que tenía mucho éxito con las mujeres. Pobrecillas.

—¿Hasta dónde estarías dispuesta a llegar para seguir viva? —soltó a bocajarro.

Me estaba observando, y la mirada verde le seguía brillando un poco. Entonces me di cuenta de la gran diferencia que tenían nuestros ojos. Yo nunca podría parecer tan malvada como él en ese momento.

—¿Qué quieres decir con eso? —le pregunté con desconfianza.

Sonrió. Sentí escalofríos por toda la espalda. Quizá fuera mi hermano, pero nunca me podría sentir cercana a él.

—Lo que quiero decir, hermanita —contestó insistiendo en la última palabra—, es que ahora mismo se nos presentan muchas posibilidades. Deberíamos repasarlas antes de tomar una decisión.

Me daba miedo no entender muy bien adónde quería llegar. Esperé a que continuara.

—Cuando nacimos y nuestro padre vino a matar a la que nos había servido de fugaz progenitora, solo encontró a un bebé, a mí, y pensó que se trataba del de la profecía. En lugar de eliminarme, se mostró clemente y decidió criarme, o más bien hacerme criar, ya que la profecía también hablaba de los inmensos poderes que tendría. Por desgracia, nuestro padre quedó muy decepcionado conmigo. Dejando de lado una fuerza sobrehumana y un gusto muy pronunciado por la sangre, no era muy distinto del primer bastardo que podría haber tenido antes de convertirse en vampiro.

Se le crisparon las facciones al pronunciar aquellas palabras. Por lo visto, alguien tenía problemas que solucionar con mi padre.

—Ahora que has aparecido, si te llevo hasta él, por fin conseguiré que esté orgulloso de mí. De lo contrario...

Me miraba con un rictus morboso y me costaba soportarlo. Le hubiera llenado la boca de tierra para hacerle perder las ganas de sonreír.

— De lo contrario, ¿qué? —pregunté, ya que no se decidía a acabar la frase.

Se me acercó a la cara, para poder hablarme al oído. Se me revolvió el estómago por la proximidad.

—Pues, podríamos matar al viejo cretino y reinar sobre su imperio.

Me puse a reír incluso antes de darme cuenta de que me parecía divertido. El estrés, el cansancio y los planes diabólicos de mi hermano. Tenía los nervios a flor de piel.

Retrocedió un paso y pude darme cuenta de que ya no sonreía. De hecho, parecía muy enfadado.

—¿Qué es lo que te divierte? —gritó.

—Tú —respondí con aspereza sofocando la risa en el acto—. Me haces reír tú. ¿De verdad crees que conseguirías matarlo? No lo he visto nunca, pero le precede su reputación y dudo mucho que un bebé vampiro como tú pueda hacerle nada.

De repente, me dolió horrores el cuello. Me lo apretaba con fuerza. Tenía la mirada fría de un demente.

—Ahí es donde entras tú, hermanita. Solo tengo los poderes de un vulgar vampiro, no soy el niño de la profecía. Pero tú, sí. Juntos podríamos deshacernos de él y reinar como señores absolutos.

Sonreí aún más y me soltó.

—Pero en tu plan falla un pequeño detalle —le dije, con la garganta todavía dolorida, pero divertida por la situación—. Aparte del hecho de que no tengo la más mínima intención de ayudarte, tampoco poseo ningún poder.

Se le ensombreció la mirada.

—Estás mintiendo —gruñó.

—Ya me gustaría —contesté, con la sonrisa en la boca—. Pero es la pura verdad. Ni siquiera tengo colmillos como los tuyos y soy más humana de lo que tú hayas sido nunca.

Se paró a pensar.

—No tiene importancia —dijo al fin—. Nuestro padre no lo sabe, tendremos a nuestro favor el efecto sorpresa. Entre los dos podemos acabar con él. Juntos. Solo el shock que tendrá cuando te vea podría matarlo.

Fruncí el ceño.

—¿Quieres decir que no sabe que estoy viva?

Volvió a sonreír.

—No tiene ni idea. Eres uno de los secretos mejor guardados que hay. Yo solo me puse a atar cabos cuando empecé a tener esos sueños raros. Lo entendí cuando Lukas se puso en contacto con Roy para hablarle de una entrega importante para Victor. Le impedí a Roy que se lo contara a Victor antes de estar seguros. Pero te pareces tanto a nuestra madre que le dará un infarto en cuanto te vea, seguro.

Ese pensamiento pareció divertirlo en grado sumo. A mí no me hacía gracia. El cerebro me iba a cien por hora. Si Victor no sabía que yo existía, eso quería decir que, una vez Connor hubiera muerto, ya no tendría nada que temer. El problema consistía en que no podía matar a siete vampiros yo solita sin armas. Quizá podría ganarme la confianza de Connor para eliminarlo luego. Pero dudaba de que fuera a funcionar. Me liquidaría en cuanto lo hubiera ayudado. Seguro que lo de compartir el poder no entraba en sus planes.

—Vamos —insistió—. ¿Qué dirías si fuéramos a eliminar al viejo esta misma noche?

Sonrió con tanto encanto que se me puso carne de gallina.

—No —contesté.

Se le deformó la cara de pura rabia.

—¿No? —repitió.

Me señaló con el dedo, amenazador. Parecía un niño malcriado a punto de tener una rabieta.

—De todas maneras, ¡te encontrarás con nuestro padre esta noche! —gritó—. Pero que sepas que, si no es para ayudarme a matarlo, estarás muerta cuando lo conozcas. Y lo habrás lamentado amargamente.

A continuación, me agarró el brazo con violencia y me hizo dar la vuelta.

—¡Russ! —chilló—. ¡Enciende la luz!

Quedé cegada un momento. Los ojos se me habían acostumbrado del todo a la oscuridad y les sentó mal el brillo de los proyectores. Les gustó aún menos lo que vieron cuando se hubieron adaptado a ellas.

Encima de los asientos, del lado del terreno, había un gran toldo para proteger a los espectadores de la lluvia, tan liso que parecía un balcón enorme. Con la diferencia de que no había barrera de seguridad y de que a cada extremo se encontraba uno de los vampiros que habían salido antes del estadio. Uno de ellos sujetaba a un hombre vestido con esmoquin y el otro a una mujer con un vestido rojo. Elliot y Brianne.

No les veía el rostro, ya que tenían una especie de capucha en la cabeza, pero suponía que debían de estar muertos de miedo. Se me volvió a parar el corazón.

—¿Acaso huelo a miedo? —preguntó Connor más que satisfecho—. ¡Me encanta ese olor!

Y me tiró al suelo empujándome con violencia por el brazo. Me volví hacia él, suplicándole con la mirada. Parecía un niño con su juguete favorito. El espectáculo era aterrador. Toda esa gracia inocente y esos ojos de loco.

—¡Por favor, no les hagas daño! ¡Ellos no tienen nada que ver con esto!

Lanzó una carcajada.

—No —soltó con el mismo tono con el que yo le había contestado hacía un momento—. Vamos, levántate. Tienes tiempo para salvar a uno de ellas.

Siguió riendo como un loco mientras me incorporaba.

—Te lo suplico —volví a implorarle.

—Vamos a ver, se está acabando el tiempo. ¿A quién vas a salvar?

—Por favor...

—¡Suéltalos!

Parecía que la escena se desarrollaba a cámara lenta. Me volví para ver cómo empujaban a Elliot y a Brianne al vacío, desde cada lado del toldo. Me entró pánico cuando advertí que Connor tenía razón y que no podría socorrerlos a los dos, teniendo en cuenta la distancia que los separaba y aún menos si me quedaba parada.

Me tiré hacia un lado sin pensarlo, mientras me llegaba la risa histérica de Connor que se había fijado en mi elección.

Corrí hasta que me ardieron los pulmones, sintiendo la hierba en los pies descalzos. Me parecía que no iba a llegar nunca hasta el cuerpo que estaba a punto de estrellarse. Creía que me iba a asfixiar. Nunca sería lo bastante rápida.

Tomé todo el impulso que pude con las piernas para saltar hacia adelante y choqué de lleno con él, modificando así su trayectoria. Rebotamos con fuerza contra el muro de hormigón que había detrás, yo primero, absorbiendo así el impacto.

Oí gemir a Elliot. Pero no tenía tiempo para ponerme a hacer de enfermera. Me levanté enseguida y me puse a correr sin parar en dirección contraria, a pesar de que a pocos metros vi, impotente, cómo se estrellaba violentamente el cuerpo de Brianne con un ruido macabro de huesos rotos.

—¡Brianne! —grité hasta destrozarme los pulmones mientras oí cómo se burlaba Connor.

—¡Ya te dije que no los podrías salvar a los dos!

Y su risa sádica resonó por todo el estadio.

—¡Brianne!

Me precipité hacia ella mientras me dejaba caer, abrasándome las rodillas encima del césped al frenar. Dentro del precioso vestido rojo había un cuerpo dislocado, y descansaba encima de la hierba verde como una marioneta desarticulada con las cuerdas rotas. Me embargó la tristeza tanto como la rabia, y me puse a llorar cuando la toqué y me di cuenta de que ya no respiraba. La había matado yo. Todo era culpa mía.

Le tomé la mano, sollozando. Todavía estaba caliente. El cuerpo estaba inmóvil, tranquilo. La había matado y tendría que vivir con eso durante toda mi vida. Aunque, gracias a Connor, seguramente sería breve.

Me limpié las lágrimas que me empañaban la vista y me levanté, dispuesta a arrancarle el corazón a mi hermano, con mis propias manos, cuando me di cuenta.

—No —balbucí sin querer creerlo al ver el mechón que sobresalía por debajo de la tela.

Era rubia. Y cuando le quité la capucha, me vinieron a la cabeza algunos recuerdos de la velada. Brianne, con el precioso vestido rojo que le realzaba el fuego de la melena, y Tara, con su vestido dorado, manchado de rímel. En un momento dado, después de que yo saliera del servicio de señoras y antes de que los fuera a buscar Connor, debían de haber intercambiado los vestidos. Porque Tara estaba muerta, delante de mí, y sus grandes ojos vidriosos me miraban fijamente. Algo se rompió dentro de mí.

—¡Te voy a matar! —grité con todas mis fuerzas mientras me incorporaba y me ponía a correr hacia Connor.

Rio aún más fuerte.

—¡Atrapadla! —ordenó.

Pero me daba igual. Nunca me había sentido tan furiosa ni tan desesperada. Y nunca le había dado tan poca importancia al hecho de sobrevivir o no. Iba a machacarlos a todos por lo que acababan de hacer y, si perdía el pellejo, mala suerte. Solo quería hacer tanto daño como fuera posible, mientras pudiera.

Antes de que pudiera llegar a Connor se me tiraron encima dos vampiros. Intentaron sujetarme por un brazo cada uno, pero no lo consiguieron. La rabia y la desesperación multiplicaban mis fuerzas más que si me hubiera tomado litros de sangre y estaba más que resuelta a hacerles pagar por sus actos.

Tiré a uno a los pies de Connor, mientras agarraba al otro por la garganta. Me cegaban las lágrimas y la rabia mientras le acercaba rápidamente la boca al cuello y lo mordía con todas mis fuerzas. Sentí cómo se le desgarraba la carne y empezaba a correr la sangre. Le había destrozado la yugular y, por los ruidos que hacía, no debía de resultarle demasiado agradable. Me salpicó la sangre y conseguí beber una parte de ella. Estaba enloquecida, febril. Los quería desangrar a todos. A todos.

El otro me arrastró hacia atrás mientras volvía a la carga. Los demás también venían hacia mí. Solo Connor se había quedado apartado, con una expresión indescifrable en la cara. ¿Acaso lo asustaba? Eso esperaba, y tenía motivos para tenerme miedo.

El vampiro me había agarrado por el moño, y aprovechó el impulso para sujetarme el brazo, que me retorció en la espalda. Aquel a quien había degollado cayó al suelo, en silencio. No estaba muerto —o ya lo estaba desde hacía tiempo—, pero no vendría a molestarme durante un buen rato.

Con la mano libre, tomé una de las agujas de plata que tenía en el pelo y di un golpe hacia atrás, a ciegas. Sentí cómo se hundía sin encontrar demasiada resistencia. El vampiro se puso a chillar y me soltó. Aproveché para dar media vuelta y recuperar el arma. Se la había clavado en la oreja. «Buen trabajo, Regan» pensé. Saqué la aguja y se la clavé en el corazón. Y me puse a retorcerla una y otra vez para asegurarme de que trituraba totalmente el órgano. Oí el gorgoteo de la sangre que ya no sabía adónde ir. El olor empezó a propagarse y me excitó el olfato. Empezaba a perder el color.

—Buen viaje, imbécil —dije pegándole una patada en el vientre que lo envió al suelo.

Se desintegró del todo en cuanto tocó la hierba y no dejó más que unas marcas de ceniza, que parecían blancas por la luz de los focos.

Me volví a tiempo de esquivar el golpe que intentó darme el primero de los cuatro vampiros que quedaban. Esos malditos animales iban armados.

Tomé la segunda aguja con presteza y evité que me dieran en el cuello. En ese preciso instante, otro vampiro me hizo caer de una patada. Enseguida se abalanzaron todos sobre mí. Entonces oí una risa perversa detrás del montón de brazos que me sujetaban. Apareció una cabeza por encima de la masa. Pero no era posible. La misma melena oscura, los mismos ojos claros y el mismo aspecto bovino. Solo era distinta la piel, pero no hubiera sabido decir por qué. Seguía teniéndola morena, pero parecía más transparente.

—¡Estás muerto! —grité.

De hecho, era un reproche más que otra cosa. Marc me dedicó una de las miradas malvadas que tanto le gustaban.

—Si tú supieras... —rio sarcástico.

Connor se le unió un poco más lejos.

—No querías que lo matara, pero tampoco querías que viviera. Encontré la solución. Además, podría resultar útil. Ya sabes, los enemigos de mis enemigos, etcétera. Puedes acabar la frase tú misma.

Marc me miraba con una sonrisa cómplice.

—¡Por fin vamos a poder divertirnos los dos! Soltadla —les ordenó a los otros vampiros.

No parecía que les gustara obedecer, pero le hicieron caso.

—Vamos, levántate, zorra.

Obedecí, aunque no fue por educación. Me puse enfrente de él, con las rodillas un poco dobladas, lista para saltar en cualquier momento, ya fuera para atacar o para defenderme. Era el primer vampiro que había conocido cuando aún estaba vivo. Y ahora que estaba muerto, no tendría escrúpulos para acabar con él.

—Sabía que no eras normal —me dijo asqueado—. No podías serlo. Había...

Le corté en seco, irritada. Los monólogos de los malos quedaban bien en las películas, pero ahora tenía otras cosas que hacer.

—No he venido aquí para charlar —solté—. O sea que déjate de discursos y ataca, —proseguí. No le gustó que interviniera—. A menos que sigas teniendo miedo de mí, como una niña —añadí.

No es fácil cambiar de costumbres. Sabía cómo irritarlo cuando estaba vivo, y muerto no iba a ser muy distinto.

Se abalanzó sobre mí mientras oía cómo Connor decía que empezaba el espectáculo. Esquivé su ataque haciéndome a un lado. Las buenas tácticas dan resultado más de una vez.

—Pues parece ser que no has aprendido nada, ¿verdad? Sigues siendo un desastre, tanto vivo como muerto.

La rabia se había apoderado de sus facciones cuando se dio la vuelta. Cuando estaba enojado y se le deformaba la cara perdía todo el atractivo. Me hubiera gustado que Brianne lo viera así desde el principio.

—Ven aquí, estúpido —le dije mientras lo provocaba para que se acercara.

Me embistió como un toro, y esta vez no tenía la intención de apartarme. Fue un choque violento, tanto para él como para mí.

Si se hubieran aplicado las leyes de la física, habría tenido que salir volando como una maldita pelota. Pero no tenían ningún efecto cuando las fuerzas no eran naturales. Me quedé plantada donde estaba, y el choque me hundió los pies en la tierra cuando me negué a moverme por el impacto. Le di un derechazo en el tórax, mientras me protegía la cara. Luego le pasé entre las piernas y me levanté cuando se daba la vuelta. Le di un codazo fortísimo en el vientre. Por desgracia, no es posible hacerle perder la respiración a alguien que no necesita aire. Lo descubrí con Lukas. Si hubiera tenido cuchillos, le habría mostrado mis dotes de carnicera.

Me agarró el moño con una mano y, con la otra, me dio un puñetazo violento en la mandíbula. Oí que Connor se alegraba.

—No la destroces demasiado, amigo mío. Vas a desfigurarle la cara.

Este tampoco perdía nada por esperar.

Marc no me había soltado del pelo, por lo que mi radio de acción se veía reducido. Le di una patada en las partes. Otra cosa que me había enseñado Lukas era que, vivo o muerto, las joyas de la corona siguen siendo las joyas de la corona. Y si nunca le había dado con todas mis fuerzas a Lukas, no iba a cortarme con Marc.

Se retorció de dolor, lo suficiente para tener ganas de soltarme la melena. Pero volvió al ataque casi al instante y soltó un puñetazo en dirección a mi cabeza. Le detuve el brazo con el mío mientras me apartaba para evitar el impacto y le golpeé a mi vez. Le di de lleno en la mandíbula y tuve la satisfacción de oírla crujir. Se curaría rápido, pero dicen que los pequeños placeres son los mejores.

Me volvió a dar golpes, una y otra vez, y se los devolví. Intentó tirarme al suelo agarrándome la pierna, pero aguanté mientras le arañaba la cara. Rugió e hizo algo que no me esperaba en absoluto.

Me tomó el pecho y lo apretó con todas sus fuerzas. Me hizo tanto daño que creí que no podía respirar. Pensé que me lo había hecho explotar por lo bestia que había sido y me saltaron las lágrimas. Dicen que no se puede comparar con un golpe en las partes, pero el dolor era lacerante. Sonrió para mostrarme lo mucho que le había gustado.

Perdí el equilibrio a causa de la sorpresa y me aplastó con todo su peso. Se puso a apretarme el cuello, cada vez más fuerte, y me quedé sin aire. Sabía que no lo necesitaba, porque si no no se me pararía el corazón cada dos por tres, pero el pánico no me dejaba pensar con claridad.

Tenía la sensación de que me iba a asfixiar. Se me nubló la vista y oí a nuestro alrededor las risas de los vampiros y sus comentarios subidos de tono.

Reuní las fuerzas que me quedaban e intenté apretarle el cuello yo también. En vano. Aparte de hacerle reír aún más, no tuvo ningún efecto. El corazón me había dejado de latir y sabía que no tardaría en desmayarme. Luché con todas mis fuerzas, a sabiendas de que, si perdía el conocimiento, no volvería a despertarme.

Encontré la yugular de Marc con el pulgar y aproveché la oportunidad. Apreté todo lo que pude con la uña y sentí cómo se partía la piel con la yema del dedo. Se lo hundí al máximo, agrandando el hueco. La sangre me salpicó la cara.

—Ma... la... pu... ta... —dijo con dificultad, mientras dejaba de ahogarme.

No esperé más para enviarlo lo más lejos posible de mí y, en cuanto me hube levantado, me tiré encima de él. Me puse a golpearle el pecho con violencia, como si hubiera estado tocando un tambor, y sentí que se le rompían las costillas, sin darle tiempo a que se curaran. Solo tenía una idea en la cabeza. Iba a destrozarle el torso y a arrancarle el corazón con mis propias manos. Le rompí la camisa, que había sido blanca, y empecé a arañarle el pecho, como un perro que escarba en el suelo para enterrar un hueso. Iba a pagar por todo lo que había hecho. Me cegaba la rabia, y era como si no existiera nada a mi alrededor.

—¡Matadla! —chilló Connor, espantado.

—¡No tienes cojones para hacerlo tú mismo! —le grité como respuesta, mientras sus cuatro esbirros se me echaban encima.

Y al ver que se quedaba en la retaguardia, supe que había acertado.

Me quitaron de encima de Marc cuando empezaba a distinguir el interior de su tórax. Me inmovilizaron en el suelo. Tenía a un vampiro en cada miembro y me aguantaban como podían. Forcejeaba tanto que les costaba sujetarme, a mí, un peso pluma de cincuenta kilos contra media tonelada de vampiros llenos de testosterona. Me sentía invencible.

Finalmente, uno de ellos se las arregló para inmovilizarme las piernas, después de recibir algunos golpes bien dados en el rostro y en las partes, mientras que otro levantaba su puñal encima de mí. Se disponía a clavármelo en el corazón. Y yo no tenía miedo. Estaba demasiado cabreada para estar asustada. Vi cómo se elevaba la cuchilla, brillante como un diamante bajo la luz de los focos. Cada vez estaba más furiosa. Nunca había pedido ser lo que era, ni encontrarme en esta situación y menos aún poner en peligro a las personas que quería. O que los mataran. Sentía tanta rabia dentro de mí que estaba a punto de explotar.

En el mismo momento en que el cuchillo hendía el aire en dirección a mi corazón, sentí que estallaba mi ira. Más bien, vi cómo se proyectaba en forma de rayos y cómo mis atacantes salían despedidos mientras se propagaba la onda expansiva.

Me levanté gritando, furiosa, y recuperé el puñal de manos del vampiro que aún lo sostenía antes de clavárselo en el corazón con un gesto rápido. Le hice lo mismo al segundo, que me miró sin entender qué le pasaba al sacarle la cuchilla del pecho. Cuando hube matado a todos los secuaces de Connor, me volví para ocuparme de Marc. Miré a mi alrededor, pero no lo veía por ninguna parte. Estaba sola, en medio de un círculo de hierba quemada. Connor se fue corriendo hacia el otro lado del estadio y me puse a perseguirlo.

—¡Ven aquí! —grité.

Se volvió cuando quedó arrinconado contra la pared. Parecía aterrorizado pero cambió su expresión por otra que le pegaba más al personaje y sonrió, seguro de sí mismo.

—No irás a matar a tu hermano —me dijo.

Solté una carcajada a modo de respuesta y me abalancé sobre él, blandiendo el puñal. Esquivó el golpe y apareció detrás de mí.

—Nos volveremos a ver —me prometió.

—En el infierno —repliqué con frialdad.

Me lancé a la carga. Pero cuando llegué al lugar donde se encontraba un segundo antes, había desaparecido. Levanté los ojos, a tiempo de ver cómo se desvanecía una sombra detrás de los focos del estadio. El muy cabrón podía volar. O saltar muy alto. Todavía me quedaban muchas cosas por descubrir sobre los vampiros.

—¡Te encontraré! —grité con todas mis fuerzas—. ¡Te encontraré y te mataré, desgraciado! O sea que vete tan lejos como puedas, porque la próxima vez que nos veamos, ¡lamentarás haberte cruzado en mi camino!

Epílogo

«La rabia iba disipándose con rapidez, dejándome con los músculos doloridos.»

La noche se había vuelto a quedar en silencio después de haber gritado hasta destrozarme los pulmones. Connor había desaparecido y estaba sola en medio de un estadio desierto. Se había acabado el juego y había perdido. Hasta la luna, que había brillado tanto, se había escondido detrás de unas nubes que aparecieron de repente y cargaron el ambiente. Levanté los ojos hacia el cielo, casi esperando que se pusiera a llover, como si el clima se adecuara tan bien a mi estado de ánimo que hubiera entendido que era hora de ponerse a llorar. Pero solo me llegó una ligera corriente de aire, que refrescó la noche sofocante.

Miré el cuchillo que todavía tenía en la mano. Estaba cubierto de sangre, así como mis brazos y seguro que el resto del cuerpo. Tenía la impresión de volver de la guerra, con una sensación dolorosa de haber dejado cosas inacabadas. Me faltaban las cabelleras de mis enemigos. Pensé en Lalawethika y en Lukas, que debían de estar buscándome en ese momento. Pero era demasiado tarde. Para todo.

Empecé a andar lentamente en dirección al cadáver de Tara. Me arrodillé a su lado y me puse a acariciarle el pelo con ternura, como si la hubiera estado acunando, meciéndome hacia adelante y hacia atrás, pidiéndole perdón por todo el daño que le había hecho.

La culpabilidad que sentía en ese momento no se podía expresar con palabras. Me reprochaba haberla odiado siempre, haberla despreciado por todo lo que era y que nunca sería yo, por haberme sentido celosa, por haberla matado. Tendría que haber muerto yo en su lugar, era consciente de ello. Había fallecido después de que la dejara Elliot por mí y porque había tenido la mala suerte de conocerme. Sabía que yo no podía cargar con un peso como ese, que era imposible que pudiera volver a cometer un error así.

Sus ojos sin vida me seguían mirando, inmóviles para siempre, y en ellos se mezclaban la sorpresa y el dolor. De los míos brotaban lágrimas, pero no me daba cuenta de que estaba llorando. Tarde o temprano, me las pagarían, y el precio sería alto.

Sonó un trueno violento, seguido por un rayo que rasgó el cielo.

—¡Maeve! —oí gritar desde el otro lado del estadio.

Me había olvidado de Elliot, que seguía vivo. «No podrás salvarlos a los dos, ¿a quién vas a elegir?» La risa de Connor me seguía resonando en los oídos.

Me incliné hacia Tara, evitando su mirada, que me gritaba una verdad que costaba soportar. Que era responsable de su muerte. Que todo había sido culpa mía. La levanté, reprimiendo las náuseas que me daban sus miembros deformados.

Empezaron a caer las primeras gotas cuando me incorporé. Primero unas pocas, luego a chorros. Quizá me había escuchado el cielo, a fin de cuentas.

Al cabo de unos segundos estaba empapada, y la sangre que se me había secado en la piel fluía de nuevo, arrastrada por la lluvia. Por un momento me pasó por la cabeza la idea descabellada de que un poder superior intentaba lavar mis pecados. Pero la deseché en cuanto vi a Elliot. Seguía apoyado en la pared de hormigón, con las manos atadas y una capucha en la cabeza.

Dejé a Tara en el suelo con la mayor delicadeza posible, por miedo a romperla más de lo que estaba.

—Maeve, ¿eres tú? —preguntó un Elliot atemorizado.

—Sí —contesté con una voz inexpresiva.

Me acerqué a él y corté la cuerda que le ataba con el cuchillo, antes de quitarle la capucha. Me miró horrorizado.

—¡Dios mío, qué te ha pasado! —exclamó tomándome la cara entre las manos—. ¡Estás llena de sangre!

No era un reproche. Le daba miedo que fuera mía.

—Estoy bien —le dije apartándolo sin miramientos.

No soportaba verlo, ahora no. Si estaba vivo, era porque lo había salvado a él, en lugar de Tara, y la culpa me daba ganas de vomitar. En ese momento lo odiaba porque respiraba, porque hablaba. Y lo odiaba porque se preocupaba por mí. Y porque había dejado a Tara esa misma noche y ella lo había perdido todo en pocas horas por culpa nuestra.

Vi cómo los ojos de Elliot miraban el cuerpo sin vida al cabo de un segundo. Se le abrieron como platos y se quedó boquiabierto. Pero no se movió, estaba paralizado.

—¿Ta-Tara? —balbució, con la voz ahogada tanto por la lluvia como por su propia garganta.

No contesté nada. Era inútil. Leí la culpabilidad en su mirada y sentí un alivio morboso al entender que ya no era la única que tenía remordimientos. La había hecho sufrir y ya no podría disculparse nunca más. Yo tampoco.

Me levanté.

—¿Tienes tu móvil? —le pregunté.

Asintió, sin decir palabra, blanco como un fantasma y con la vista clavada en Tara.

—Lárgate —le ordené con frialdad.

Elliot reaccionó y buscó el teléfono en el bolsillo. Por suerte, no se había estropeado durante la caída y todavía funcionaba. Marqué el número de Lukas y se lo di a Elliot. A continuación me incliné para ponerle las manos en los hombros. Tenía que concentrarme.

Lo miré fijamente a los ojos y respiré hondo.

—Escúchame bien —empecé.

Pero era demasiado penoso. Cerré los ojos y contuve las lágrimas que se querían abrir paso. Cuando volví a abrirlos, Elliot no se había movido ni un milímetro. Tenía sus grandes ojos verdes clavados en los míos y me hacían miles de preguntas, a cual más dolorosa. Tenía la boca algo entreabierta y su aliento exhalaba un aroma especial, indescriptible. No supe por qué, pero estaba convencida de que era eso a lo que se refería Connor cuando me dijo que le encantaba el olor del miedo. Era embriagador.

—Escúchame bien —repetí, esta vez sin dudar—. Te han secuestrado y te he salvado la vida cuando caías al vacío. No he podido socorrer a Tara. A continuación, has visto cómo se me llevaban los hombres de Connor y cómo he luchado hasta el final. Me he defendido con valentía, pero después de deshacerme de tres vampiros, me ha matado Connor de una puñalada en el pecho. Se ha puesto a reír como un loco y tú no te has movido porque no querías morir. No has dicho nada mientras me arrancaba el corazón y me decapitaba. Estabas escondido en las gradas y lo has visto todo. Han tardado un poco antes de conseguir separarme la cabeza del cuerpo y se han ensañado con los restos de mi columna vertebral. Luego has visto cómo Connor se iba con mi cabeza en la mano, agarrándola por el pelo, con una gran sonrisa, mientras lo seguía un vampiro con mi cuerpo a hombros. Nunca olvidarás la expresión que me quedó marcada en el rostro, una mezcla de sufrimiento y de puro terror.

Hice una pausa. Se trataba de la mirada que tenía Tara cuando le descubrí el rostro. Esperaba que la mía le quedaría grabada a Elliot en la memoria del mismo modo. Me costaba continuar después de haberle dado tantos detalles morbosos. Pero tenía que parecer real.

—Has visto cómo me moría, Elliot.

Seguía observándoles y me daba cuenta de que le costaba asimilar la información que le iba proporcionando.

—¡Pero estás aquí! —gimió.

—No —insistí mirándolo con la mayor intensidad posible—. Me he muerto hace menos de cinco minutos. Delante de tus ojos.

Insistí como pude en estas últimas palabras y se puso a sollozar quedamente.

—De acuerdo —me dijo, con la voz temblorosa.

Resistí las ganas de acariciarle la mejilla con la mano. A pesar de los acontecimientos de los días anteriores, me partía el corazón verlo así. Pero debía dejar de llorar. Tenía que dejar de lado cualquier sentimiento. Había luchado por aferrarme a una parte de humanidad que quizá no había tenido nunca, y precisamente eso era lo que tenía que decidirme a abandonar junto con Elliot en este lugar.

—Vas a llamar a Lukas y a decirle dónde estás. Le vas a contar todo lo que ha sucedido, con todos los detalles, y le pedirás que venga a buscarte.

Intenté mantener la voz lo más neutra posible, pero no era fácil.

—De acuerdo —repitió, con la mirada vacía.

Me levante, decidida y fría. Se puso a llorar a lágrima viva, pero sabía que no tenía tiempo para consolarlo por la pena que le causaba mi muerte. Lo miré. No volvería a verlo nunca. Se me encogió el corazón, sin poder evitarlo. O sea que hice lo único que podía para intentar acallar el dolor apagado que me resonaba en el pecho. Me incliné hacia él, le tomé la cara entre las manos y, con mucha dulzura, como si pudiera romperlo con solo tocarlo, puse mi boca encima de la suya delicadamente. Al principio no reaccionó, pero enseguida sentí un cosquilleo en los labios, mientras los de Elliot cobraban vida. Me devolvió un beso tierno y frágil, y se me escapó una lágrima entre los párpados cerrados. Me juré que sería la última.

—Adiós —susurré, con la frente apoyada en la suya.

No conseguía decidirme a abrir los ojos. Pero me levanté y empecé a alejarme. Al llegar a la salida del estadio, miré hacia atrás por última vez. Elliot estaba hablando por teléfono y tenía las facciones deformadas por el dolor. Me obedecía, y eso era lo que contaba. Tendría que recordarlo.

Di media vuelta y me puse a correr. Oí cómo gritaba mi nombre con desesperación. No contesté, sabía que no se dirigía a mí. Me marché lo más rápidamente que pude, con la carne de gallina y los pelos de punta.

Corrí con todas mis fuerzas, hasta que los pies descalzos dejaron de llevarme. Al llegar fuera de los límites de la ciudad, aminoré el paso y me puse a andar, respirando hondo. No volvería atrás, había tomado una decisión. No podría hacer nada si me quedaba. Mi abuelo estaba en coma y Lukas intentaría protegerme. Sentía mucho haberlo dejado así, con lo que le había costado confiar en mí. Lo había traicionado, pero sabía que estaría mejor sin mí. Era una bomba de relojería y no podía aceptar ponerlo en peligro después de todo lo que había hecho, aunque fuera eso lo que quisiera. Esperaba sinceramente que olvidara cualquier idea de venganza en los siglos venideros y que se decidiera a llevar una vida tranquila. También me resultaba muy doloroso dejar a Elliot, pero me era imposible cargar con alguien. No podría hacer nada si me permitía el lujo de preocuparme por alguien más que por mí misma.

Porque encontraría a Connor y lo haría sola. Nunca más aceptaría que alguien corriera peligro por mi culpa. Era una amenaza ambulante, tanto para mis enemigos como para mis amigos. Si creían que estaba muerta, no irían a buscarme.

Y, después de todo, ¿no dicen que los trapos sucios se lavan en casa?

AVANCE EDITORIAL

Descubre qué aventuras vivirá Maeve Regan
en *Diente por diente*, el segundo libro de la saga.

Capítulo 1

«Pensándolo bien, las discotecas no estaban tan mal, comparadas con esto.»

Crucé la puerta y me detuve un instante para respirar hondo. Mala idea. Olía a chacal en celo. O muerto. O ambas cosas. Al llegar a la barra, dudé unos segundos delante de los taburetes. Todos parecían muy grasientos. Seguro que la mujer de la limpieza brillaba por su ausencia. Decidí sentarme. Mis *jeans* habían visto cosas peores. Sin embargo, evité poner las manos en la barra. No tenía ganas de quedarme enganchada, sobre todo si tenía que salir corriendo.

—¿Qué va a tomar la señorita?

Observé al camarero con detalle. Aparentaba unos cuarenta años, tenía el pelo de un color amarillento sin brillo que debía de estar tan limpio como el taburete en el que estaba sentada e iba vestido de cuero de arriba abajo. Pantalones de cuero, chaleco de cuero y nada más. Esperaba de veras que llevara ropa interior.

—Tequila —contesté.

Me dedicó una sonrisa franca y simpática que no me inspiró confianza. No era humano, lo dejaban claro el par de colmillos que le salían por la comisura de los labios.

Me volví para tener una vista panorámica del local mientras esperaba que me sirvieran la copa. Sórdido: era la única palabra que se adecuaba al lugar que acababa de pisar. Parecía la versión *underground* de un salón del salvaje Oeste, a diferencia de que, en el siglo XXI, los vampiros habían sustituido a los vaqueros. El recinto era bastante amplio y se dividía en tres zonas distintas: la barra, el escenario y la pista de baile. La zona de la barra, donde me había sentado, ocupaba toda la pared del fondo y era tan larga como la sala donde se hallaba el público para disfrutar del escenario, donde tocaban tres músicos. Su melopea sonaba como los gritos de un animal agonizante. No obstante, la pista estaba bastante llena y, aunque no supiera cómo reconocerlos excepto por los colmillos, estaba convencida de que casi todos los presentes seguían una dieta a base de sangre. También estaban los seguidores o admiradores humanos, categoría a la que se suponía que pertenecía yo, como demostraban los latidos regulares dentro de mi pecho. A pesar de ello, como daba fe el nombre del establecimiento, la mayoría de la clientela del Barón Vampiro estaba más muerta que viva.

Si algunos clientes se conformaban con oír la música moviendo un poco la cabeza, otros eran más extravagantes. Por desgracia, no se trataba de los que agitaban el cuerpo con frenesí al ritmo del bajo, sino de las parejas que se estaban montando —en el sentido animal de la palabra— en medio de la gente. Me dieron náuseas y me volví hacia la barra después de haber visto un tipo de estaca que hacía tiempo que no utilizaba.

Me esperaba el tequila. Vacié el vaso de un trago y lo dejé en la barra, indicándole al camarero que pensaba repetir. Hay que mantener las viejas costumbres. Tomó la botella que tenía detrás y me sirvió otra copa. Alargué la mano en dirección a él cuando sentí que me la rozaba algo frío. Algo frío y verde...

—Maldita s...

«Maldita sea, ¿qué coño pinta una serpiente aquí?» Eso quería decir, pero no acabé la frase. El tipejo que había irrumpido a mi lado mientras yo examinaba el club con detalle me miraba desconfiado. Tampoco era humano, sino imponente, con ojos brillantes de jade debajo de unas cejas negras enmarañadas. Su cara me resultaba familiar, pero no recordaba dónde podía haberlo visto antes. Sin duda no era más que una impresión. Los que estaban en la barra se parecían tanto que resultaba espantoso. Clones reales.

Intenté sonreír para distender la situación. Me imitó.

—Esta es *Rosita* —me dijo señalando a la serpiente que llevaba con cariño alrededor del cuello y que acababa de rozarme la mano—. Le gusta saludar.

Solté una risita nerviosa sin querer y me obligué a sonreír. Él también sonreía. O más bien decidí interpretar así su manera de estirar los labios, porque daba miedo. Tenía la mirada vacía y no estaba segura de que fuera capaz de sentir emoción alguna.

El tipo era muy alto y tenía un cuerpo musculoso y moldeado. Su larga melena de color castaño tapaba a medias a su acompañante. Tendría que haber desconfiado de él, pero no podía apartar los ojos de ella. Me horrorizaban las serpientes, hasta el punto de que me quedaba petrificada. En ese momento, lo único que hubiera podido asustarme más era armar un escándalo y verme rodeada de chupasangres dispuestos a hacerme lamentar mi falta de educación. Así que miré al reptil con una sonrisa que intentaba parecer sincera.

—Hola, *Rosita* —le dije sin más.

Y esperé. El tipo no se movía y yo me sentía cada vez peor. Al cabo de un rato, la serpiente se irguió y se quedó quieta delante de mí. Me miró fijamente durante unos instantes, durante los cuales el corazón no me latió ni una sola vez. No era buena señal. Hacerse pasar por seguidor de un vampiro es una buena tapadera, siempre y cuando funcione el corazón.

Rosita me observaba y yo sentía cómo me atravesaba con la mirada, como si no fuera un simple animal, como si hubiera algo más detrás de aquellos iris tan especiales, como si intentara decirme algo. Por fin, soltó un silbido con la lengua y me rozó la nariz con los dos lados separados. Luego retrocedió y se enroscó en la melena de su dueño. No había apartado de mí su mirada vacía.

—Le gustas —anunció al cabo de unos segundos.

Dio media vuelta y se fue, dejándome jadeante en el taburete. Mazeltov, buena suerte. Miré el vaso de tequila y dudé un momento antes de tomarlo. Para acabar, me bebí el líquido de un trago cuando oí que mi corazón se había vuelto a poner en marcha. No tuve que decirle nada al camarero para que me lo volviera a llenar.

Lo miré y me di cuenta de que la situación le divertía. Al fin y al cabo, no parecía mal tipo y tenía algo que me inspiraba confianza. Es curioso observar hasta qué punto la presencia de un depredador convierte la de otro en algo mucho más agradable.

—Cormack no es malo —me dijo sin dejar de sonreír—. Solo es un poco raro. Pero no mataría ni a una mosca.

«Como si los chupasangres tuvieran por costumbre ensañarse con las moscas», pensé mientras hacía desaparecer mi tercer tequila. De todas maneras, no era Cormack quien me preocupaba más de los dos.

—Has hecho un amigo —continuó mientras me observaba a su vez con detalle—. Si pasas la prueba de la serpiente, te acepta.

Fantástico. Me preguntaba qué pasaba con los que no tenían tanta suerte.

—Eres nueva. ¿Cómo has llegado hasta aquí?

Reprimí un suspiro y en su lugar me encogí de hombros. «Es una larga historia, amigo mío, muy larga», pensé.

—Como todo el mundo, supongo.

Confiaba en que resultara una respuesta lo bastante imprecisa y convincente. Había ido a pocos clubes de vampiros y los odiaba. Lo mío era más bien la caza en solitario, no la adoración de un muerto viviente. Sin embargo, estaba buscando a un vampiro en concreto y, según la información que había obtenido a base de golpes de estaca, era el dueño del local.

—Estoy buscando a Barney. ¿Sabes dónde lo puedo encontrar?

Hablé como si no le diera importancia, pero por lo visto había fracasado, teniendo en cuenta la expresión desconfiada con la que me miró el camarero al oír mencionar ese nombre. Si él era el famoso Barney, acababa de meter la pata hasta el fondo. Sentí cómo se movía el aire detrás de mí antes de oír una respuesta.

—Todo el mundo está buscando a Barney, guapa, pero nadie lo encuentra.

Di media vuelta. El recién llegado estaba apoyado en la barra con indolencia, como si llevara horas ahí. La melena castaña y lisa le llegaba hasta los hombros. Tenía la piel clara y los labios finos, pero bien dibujados. El labio superior estaba algo levantado, y eso le confería a la boca un aspecto infantil que resultaba encantador. En cuanto a los ojos, eran de un azul cielo hipnótico. Eran los más hermosos que había visto nunca. Desentonaba en este decorado de película del Oeste, con sus *jeans* desteñidos y agujereados, su sencilla camiseta blanca que también estaba rota por varios sitios y sus párpados ligeramente maquillados de negro. Bueno, lo de ligeramente... Iba más maquillado que yo, pero eso no le restaba fuerza a la mirada. Era guapísimo. Lástima que fuera vampiro.

Estiró los labios como un felino.

—Tienes ganas de mí —soltó a modo de saludo.

«Menuda manera de entrar en materia. Tomo nota.»

Fruncí el ceño a propósito poniendo mala cara y pareció que eso le divertía.

—No te equivoques, encanto. No lo interpretes como algo personal. No he dicho que te interesara yo, pero el deseo sexual tiene un olor muy fácil de reconocer.

Si era cierto, estaba jodida.

—De hecho, se huele a tres kilómetros de distancia que no te lo has pasado bien desde hace tiempo —añadió en tono confidencial—. Vas a volver locos a todos los de aquí.

Recalcó la frase con un guiño.

Había hablado con desenvoltura, moviendo las cejas, lo que resultaba bastante cómico. Yo estaba entre divertida e irritada, pero no por ello dejé de sostenerle la mirada sin pestañear. Parecía satisfecho cuando se incorporó.

—Si necesitas mis servicios, estoy a tu entera disposición —dijo tomándome la mano para besarla—. Pero, ahora mismo, ¡el deber me llama!

Desapareció en menos de un segundo, sin esperar respuesta. Debía de sospechar que no la habría. Sin embargo, tenía razón. No me lo había pasado bien desde hacía mucho tiempo —demasiado— y aquello empezaba a resultar insoportable. Últimamente había estado pensando en otras cosas. Desde que estuve con Lukas, había sido tan buena chica como una monja recién ordenada. Se me puso el corazón en un puño. Enseguida aparté ese pensamiento y me dirigí al camarero, que no se había perdido ni un ápice de mi conversación con el vampiro desconocido.

—¿De verdad podéis oler este tipo de cosas? —le pregunté entonces.

Aunque yo fuera un híbrido, todavía había muchas cosas que desconocía de ellos. Poco a poco me iba poniendo al día, pero siempre me sorprendía descubrir todo lo que podían hacer y que se me pasaba por alto, como en este caso. Tenía un olfato de lo más normal y mi visión nocturna brillaba por su ausencia. Al ser solo un vampiro a medias, a veces tenía la impresión de que tenía los sentidos a medio desarrollar, comparada con ellos.

El camarero siguió tan tranquilo secando un vaso y me sonrió con complicidad. No me gustaba nada la idea. Andaba tan apurada que se debía de oler de lejos. Ya habían pasado más de ocho meses desde la última vez. Ocho malditos meses...

—Por cierto, ¿por qué buscas a Barney? —me preguntó, sacándome a punto de unos pensamientos en los cuales más valía que no me perdiera.

—Me han dicho que sabría dónde encontrar a un viejo amigo.

Pareció algo desconfiado. Intenté resultar lo más amable posible con una sonrisa para que se lo tragara y se relajó un poco. Vi cómo hacía una ligera señal, casi imperceptible, con la barbilla. Me volví por instinto, pero no pude ver a quién iba dirigida. El público seguía follando y no era nada fácil distinguir algo en ese batiburrillo de muertos vivientes.

Me volví hacia el camarero, arqueando una ceja. Parecía aún más inocente que el niño Jesús. Excepto que se hubiera comido al buey, al asno y a los Reyes Magos. Deseché esa idea con un movimiento de cabeza y me di cuenta de que me había vuelto a poner tequila. Le di las gracias antes de hacerlo desaparecer y me puse a buscar en los bolsillos.

—Invita la casa. Pocas veces tenemos a recién llegadas de tu estilo.

«¿De mi estilo? ¿Cuál es mi estilo?»

Ladeé la cabeza sin querer, antes de levantarla igual de rápido. Odiaba a la gente que inclinaba la cabeza para pensar, como si fuera la única manera de hacer que se conectaran las neuronas.

—¿Quieres decir carne fresca?

—Sin estropear —corrigió con un guiño cómplice.

Sonreí con sinceridad. En el fondo, este tipo me caía bien, a su manera.

—¿Tienes nombre, bonita? —me preguntó después de un momento de silencio.

Me di cuenta de que se había acabado la música. Qué bien le sentaba a mis oídos. Examiné al camarero durante unos instantes antes de contestar. Estos últimos meses había tenido muchos nombres.

—¿Cómo crees que me llamo?

Sentí el peso de su mirada en cada centímetro de piel que inspeccionaba, como si me la hubiera recorrido con las manos. Apretó un poco las comisuras de los labios.

—Carolina.

Me reí sin querer. Tenía cara de todo menos de llamarme Carolina.

—¿Alberta? ¿Josefina?

Con aquel aspecto desenfadado, me sonreía seductor. Si ese camarero no estaba flirteando conmigo, yo no me llamaba Maeve Regan.

—Quinn —contesté.

Me observó un instante, con los brazos cruzados encima del pecho, la boca ligeramente apretada, y asintió. Se veía de lejos que no se lo creía ni por asomo. Pero, como buen camarero, no discrepó. Debía de estar acostumbrado a las muchachas de buena familia que venían a buscar emociones fuertes entre vampiros y luego regresaban a sus vidas bien ordenadas como si nada.

Empezó a llegar gente a la barra y a amontonarse a mi alrededor. No hacía falta tener un olfato demasiado desarrollado para disfrutar del olor a transpiración que emanaban todos y cada uno de ellos. Dios mío, ¿por qué no se acababa el sudor con la muerte? De verdad que en este mundo reina la injusticia.

Un hombre me empujó para apoyarse en la barra. Rectifico: para tumbarse sobre la barra. Después de eructar de manera poco alentadora, le soltó un discurso al camarero y se decidió por una cerveza. Subrayó el pedido con otro eructo más sonoro que distinguido antes de volverse hacia mí. Todo un príncipe azul, vamos. Cincuentón, por lo menos sobre el papel, una melena gris y grasienta, una especie de sombrero de vaquero incrustado en el cráneo —debía de tratarse del código de vestimenta del local— y una sonrisa desdentada que hubiera causado furor en un seminario de higiene dental. «Está claro que a los niños no se les enseña lo que hace falta para motivarlos», pensé mientras con la mano ventilaba el aire nauseabundo que me llegaba a la nariz.

—Hola, ¿qué hay? —me dijo en un tono tan inocente como el de una mujer de vida alegre en plena hora punta.

Me siguió observando con detalle como si fuera un trozo de carne —debía de parecerlo a sus ojos—, sin cortarse un pelo delante de mi escote, pasándose la lengua por los labios. Se acababa de cargar mi líbido. Para los próximos veinte años. Tenía el aliento aún más insoportable que los modales.

—Tengo la camioneta aparcada cerca de aquí —el príncipe azul volvía a la carga.

Lo miré y se me deformó la boca sin querer. «Nada de crearse enemigos ni de hacer enfadar a nadie», me repetí en silencio. Sin embargo, Dios sabe cuánto me hubiera gustado enviarlo a paseo, aunque solo fuera por deshacerme de aquel olor.

—Gracias, pero me están esperando.

Había intentado sonar lo más sincera posible. Puso cara de disgusto mientras me seguía espiando el pecho y suspiró.

—Si te hace esperar un rato más, nos daría tiempo...

Apareció una jarra a nuestro lado de la barra, ruidosamente.

—Lárgate, Johnny.

El susodicho Johnny levantó una mirada llena de odio hacia el camarero, tomó la bebida y se fue tan rápido como había llegado, después de dedicarles una última mirada a mis pechos. Le di las gracias a mi salvador con un movimiento de cabeza.

—¿Cuál es tu historia, Quinn? —me preguntó mientras empujaba una copa en mi dirección.

También él se sirvió una y me esperó para brindar. Perfecto, si creía que iba a emborracharme para soltarme la lengua, se iba a quedar sin botellas.

La bebí de un trago y él también. Volvió a llenar las copas y siguió hablando.

—¿Qué hace una muchacha como tú en un lugar como este?

Señaló el local con un gesto circular. Me había hecho la misma pregunta antes, pero con un tono distinto. Ahora iba en serio. Detrás de mí, volvió a sonar la música.

¿Cómo había llegado hasta aquí? Nada más sencillo. Mi padre mata a mi madre y se hace cargo de mi hermano vampiro que sueña con liquidarme. Mi querido hermanito asesina a una amiga y deja a mi abuelo como si fuera un vegetal, lo cual me da motivos para querer procurarle una vivienda permanente a un metro bajo tierra.

—Estoy buscando a un viejo amigo —contesté lacónicamente.

Se puso en guardia. Quizá debería largarme cuanto antes, pensé. Por instinto, crucé las piernas para poder tocar el cuchillo que llevaba disimulado bajo los *jeans*, a la altura del tobillo. Me relajé un poco, pero ya iba siendo hora de ir a dar una vuelta, antes de que decidiera que sería una buena cena para él y sus amigos. Por supuesto, gracias a mi extraña herencia genética, sería su última cena. Resultaba tan tóxica para ellos como el veneno más virulento, pero no tenía ganas de que me destrozaran medio cuerpo antes de darse cuenta.

Tomé la copa que me había vuelvo a servir y me la bebí de un trago antes de bajar del taburete. Me costó un poco desenganchar los pantalones, pero en cuanto hube tocado tierra sonreí al camarero con discreción.

—Me voy a dar una vuelta. ¡Gracias por los tequilas!

No contestó nada, estaba ocupado mirándome de manera demasiado insistente a mi gusto y enseguida me mezclé con la gente. Eché una ojeada hacia la barra desde la masa libidinosa y maloliente. Me seguía mirando fijamente. Un punto negativo, qué pena. Debía conseguir que me olvidaran y desaparecer. Mala suerte. En cuanto a Barney, ya lo encontraría por otro lado.

Sentí que alguien me ponía las manos en las caderas y conseguí no sobresaltarme. Me di la vuelta y vi a un vampiro, de unos treinta años, que parecía disfrutar con la música y que por lo visto quería seguir escuchándola en mi compañía. Llevaba el pelo corto y era uno de los primeros con quienes me cruzaba que no llevaba melena. Lo rechacé de la manera más amable posible e intenté dar un paso. Pero se me enganchó y se frotó contra mí.

—¡Suéltame! —gruñí sin miramientos.

Tampoco había que exagerar.

En lugar de obedecer, me agarró el trasero. Por poco suelto un golpe más rápido que el rayo. Por poco, porque antes de poder levantar el codo irrumpió una cabeza de reptil entre el manazas y yo. Me sobresalté y retrocedí, sin que me retuvieran manos mal situadas.

—La señorita te ha dicho que no —dijo una voz que identifiqué como la de Cormack.

El vampiro desapareció sin más, mientras *Rosita* me pasaba la lengua delante de la cara. Sin pedirme permiso, deslizó su piel fría encima de la mía como en un ballet macabro y se enrolló poco a poco alrededor de mi cuello. No pude reaccionar, estaba paralizada. Enseguida abandonó a Cormack del todo para acabar encima de mí. Pesaba una tonelada.

—Gracias —le susurré a Cormack.

—Dale las gracias a *Rosita*, le gustas.

«Por desgracia», pensé, de mal humor.

Esa maldita serpiente se me había enganchado a la nuca como si fuéramos amigas de toda la vida. Volvió a cruzar por delante de mi cara antes de regresar con su dueño y de enrollarse con rapidez alrededor de su cuello. Cuando estaba quieta, parecía un collar verde enorme. Respiré hondo. De verdad que odiaba a las serpientes.

El corazón no me latía desde que se había paseado por encima de mí, y eso no era bueno. Mi tapadera consistía en hacerme pasar por una humana inocente que había llegado hasta aquí para experimentar emociones vampíricas. Y mientras no se demostrara lo contrario, las humanas tienen un corazón que bombea sangre de manera regular. Tomé aire, con la máxima discreción posible.

Cuando me atreví a mirar a mi lado, Cormack había desaparecido. Lo busqué con la mirada y lo vi a unos metros de allí, en medio de la gente, agitando la melena al ritmo de la música. Algunas caras miraban en mi dirección, con la simpatía de un grupo de cocodrilos hambrientos. Un par de respiraciones más. El maldito corazón tenía que volver a latir.

Me volví hacia el escenario para intentar concentrarme en lo que sucedía. Parecía que los miembros del grupo estuvieran en trance y se movían tan deprisa que era imposible distinguir sus rostros. Volví a respirar.

Sentí una presencia en la espalda. No tenía ganas de darme la vuelta. Seguí respirando. Me volvió a latir el corazón, muy lentamente. Eché una rápida ojeada detrás de mí y reconocí a mi camarero. Se quedó parado unos metros por detrás y empezó a mirar el escenario. Seguí la dirección de su mirada y me di cuenta de que por fin el cantante del grupo había dejado de gesticular. El camarero le hizo una rápida señal, como la de antes, y el hombre asintió encima del escenario. Y se volvió hacia mí. Se trataba del vampiro que estaba en la barra un rato antes y que me había ofrecido sus servicios. Me miraba fijamente. Se me heló la sangre.

Volvió a cantar y la música resultó ser muy melodiosa. Me observaba. Cuando aparté la vista para escapar a su influencia, advertí que el camarero volvía a estar en su sitio, ocupándose de los clientes tranquilamente. Me volví hacia el escenario y vi que el cantante me seguía examinando. Resultaba más que perturbador. Tenía la impresión de que las paredes que tenía a mi alrededor se estaban contrayendo con rapidez y de que iba a acabar molida bajo la fuerza de ese océano.

Pestañeé, pero esa sensación no desapareció. Tenía que salir de allí cuanto antes. A este ritmo, se me iba a parar el corazón otra vez y eso era lo último que deseaba. Seguro que ya habían detectado mi presencia y aunque no viera qué había hecho mal a sus ojos aparte de buscar a Barney, me parecía motivo suficiente para largarme antes de que vinieran a pedirme explicaciones. Sin embargo, no conseguía moverme, estaba fascinada por los ojos azules que no se apartaban de mí.

Al fin, el cantante me guiñó un ojo, lo cual me descolocó lo suficiente como para hacerme reaccionar. Luego me señaló discretamente una esquina de la sala con la barbilla. Lo miré perpleja y volvió a hacerme señas. Volví la cabeza para examinar la dirección que me indicaba. En un rincón, una muchacha alta de pelo castaño —seguro que también era vampiro— estaba apoyada en una mesa elevada, en plena conversación con un hombrecillo seco.

Miré hacia el escenario y el cantante me sonrió. Luego volvió a señalar en la misma dirección. La melodía que cantó a continuación me dejó pocas dudas en cuanto a su mensaje. *It's what you've been looking for**. Me volví con rapidez hacia la mujer. *What you've been looking for***. Me miró a su vez. *What you've been looking for. Go get it****. Cuando se dio cuenta de que la observaba, todo fue muy rápido.

(N. del T.)

* Es lo que has estado buscando.

** Lo que has estado buscando.

*** Lo que has estado buscando. Ve y atrápalo.